HERBERT BECKMANN

Die indiskreten Briefe des Giacomo Casanova

PREUSSISCHE AFFÄREN Giacomo Casanova, der selbsternannte Chevalier de Seingalt, kommt im Sommer 1764 nach Berlin und Potsdam, um dort sein Glück zu machen. Restlos pleite, lediglich unterstützt von seiner geheimnisvollen Brieffreundin, trifft er dort auf das Preußen Friedrichs des Großen, einen Militärstaat, der nach dem Siebenjährigen Krieg nahezu bankrott ist.

Im Berliner »Hôtel de Paris« macht Casanova die Bekanntschaft des alten Barons von Ribbeck. Dessen Schwiegersohn und gleichaltriger Kriegskamerad, der Graf von Wilmerstorff, ist auf mysteriöse Weise verschwunden. Nur um seiner Gattin, der jungen Gräfin Johanna, näherzukommen, übernimmt Casanova die zwielichtige Rolle des Commissaire und begibt sich auf die Suche nach dem Vermissten …

Herbert Beckmann wurde 1960 geboren und lebt mit seiner Familie in Berlin. Er veröffentlichte bereits zahlreiche Sachbücher, Hörspiele und Geschichten für Kinder und Erwachsene. 2007 folgte sein erster Kriminalroman (»Leas Plan«). Er ist Mitglied im Verband deutscher Schriftsteller Berlin/Brandenburg. Mit »Die indiskreten Briefe des Giacomo Casanova« erscheint sein erster historischer Kriminalroman im Gmeiner-Verlag.

HERBERT BECKMANN

Die indiskreten Briefe des Giacomo Casanova

Ein Roman aus dem alten Preußen

GMEINER *Original*

Besuchen Sie uns im Internet:
www.gmeiner-verlag.de

Im Ehnried 5, 88605 Meßkirch
Telefon 07575/2095-0
info@gmeiner-verlag.de

1. Auflage 2009

Lektorat: Claudia Senghaas, Kirchardt
Herstellung: Katja Ernst
Umschlaggestaltung: U.O.R.G. Lutz Eberle, Stuttgart
unter Verwendung des Bildes » Porträt der Madame de Pompadour« (1758)
von François Boucher, www.zeno.org
Druck: Fuldaer Verlagsanstalt, Fulda
Printed in Germany
ISBN 978-3-8392-1005-5

Nur das Böse macht Spaß.
Jeder denkt nur an sein Vergnügen.

Ovid, *Liebeskunst*

Madame Calzabigi

Berlin, Hôtel de Paris,
Montag, 4. Juni 1764, kurz vor Mitternacht

Was für eine kluge Idee von Ihnen, Madame, mir Ihre geschätzte Freundin als Adressatin zu nennen! ›Die abgeschickten Zeichen nehme eine geeignete Dienerin in Empfang‹, riet schon der Dichter der *Liebeskunst*. Für ihren galanten Dienst soll Ihre Vertraute nicht nur meinen Brief an Sie, liebe Freundin, sondern auch meinen herzlichsten Dank empfangen. Ich bewundere Ihre Vorsicht und Raffinesse, Madame. Am allermeisten aber Ihre Großzügigkeit: Wie werde ich Ihnen jemals danken können – wenn nicht in natura? Wozu leider derzeit nicht die geringste Hoffnung besteht. Sie, Madame, sind auf lange Sicht, wie Sie schreiben, in Dresden gebunden. Und mich halten meine Verpflichtungen, vielmehr meine Hoffnungen (von Begierden jedoch zu schweigen) in Preußens Hauptstadt fest. Und wer weiß, wie lange?

Und doch bin ich dankbar: Ich wäre nicht hier, hätte mich Ihr äußerst großzügiger Wechsel nicht gerade noch rechtzeitig in Braunschweig erreicht. Die Summe macht mich betroffen. Der Wechsel bewahrte mich vor dem Zorn der Meute und, schlimmer noch, vor der Unverzeihlichkeit, in Gesellschaft schlecht gekleidet zu sein. Ich hatte bereits allen Schmuck und Putz von Wert versetzt, sodass meine Garderobe nur noch aus einem Sommeranzug (Kammgarn, mit Goldknöpfen, aber ohne Spitzenbesatz) und einer Garnitur aus geblümtem Samt für den Winter bestand. Dazu ganze drei Paar Spitzenschuhe und variable Silberschnallen im Etui.

Verschiedene Handwerker und Geschäftsleute in Braunschweig – Schneider, Schuster, Perückenmacher, leberwurstgraue Stümper, die sich für Künstler hielten – scharrten bereits mit ihren Schweinsfüßen, lärmten und wünschten mir gewiss schon den Bruder Scharfrichter an den Hals, als sie bemerkten, dass ihre bereitwilligen Vorleistungen am Ende unbezahlt bleiben könnten. Dabei hatten sie *mich* gebeten, sie zu beschäftigen, nicht ich sie.

Sie setzten mich fest, stellen Sie sich vor, in meinem gemieteten Zimmer! Das schlichte Haus hieß ›Zum Hirschen‹, mehr als unverständlich, da der Wirt, ein Mann mit schlaffem, übersättigtem Gesichtsausdruck, ein offenkundiger Esel war.

Sei's drum. Schon der Anblick Ihres Wechsels, Madame, und die magische Adresse der Bank von Amsterdam genügten, um mich unter Katzbuckeln freizulassen und nun sogar weitere Aufträge von mir zu erwarten. Ich entschloss mich, diese Erwartungshaltung aus erzieherischen Gründen zu enttäuschen und mich stattdessen dem Schutz von Nacht und Nebel anzuvertrauen. Zwei frische Mietpferde und ein halb betrunkener Postillon waren mir behilflich, mit Extrapost zu entkommen.

Der Wohlstand, Madame, den wir doch beide nicht verachten, in der Hand von Leuten, die ihr Haupt zugleich für die geistige Hauptstadt halten, ist schlicht zum Davonlaufen.

Gleichwohl, die Fahrt nach Berlin war alles andere als eine Offenbarung. Oder sagen wir: trist. Ein Bedienter steht mir nicht zur Verfügung, seitdem mich Noël in Hannover verlassen hat. Ich tröste mich damit, dass es nicht wegen des (fehlenden) Geldes war, sondern wegen einer Frau. Ich reiste also allein, schlief allein, bedenken Sie, ohne eine Frau, die mich oder doch wenigstens einen Teil von mir gnädig ummantelt hätte.

So rollte ich in meiner Kutsche durch die norddeutschen Ebenen, aus denen selbst die kleinste Erhebung in die Ostsee geweht worden ist. Die Krönung waren schließlich die erbärmlichen Wege auf dem preußischen Sandboden! Sie sorgten dafür, dass ich drei Tage brauchte, um achtzehn deutsche Meilen zurückzulegen. Preußen ist in der Tat ein Land, dessen Reichtum buchstäblich am Boden liegt. Nach dem großen bösen Schlesischen Krieg, in den Friedrich halb Europa gestürzt hat, versinkt die ohnehin schon mit dem deutschen Phlegma belastete Bevölkerung in Armut und Hoffnungslosigkeit. Allenthalben begegnen einem hierzulande Friedrichs Kriegsversehrte und ihre Familien als bettelnde und hungernde Kreaturen. Zerfetzte, ausgemergelte Gestalten, die nur entfernt an Menschen erinnern, mit Gesichtern ohne Zukunft oder auch nur den Glauben daran. Kaum vorstellbar, dass aus Preußen jemals ein wohlhabendes Land werden wird, aber wenn doch, so ganz gewiss unter Ausschluss seiner Bevölkerung.

Pardon, Madame, mich ergreift zuweilen die Schwermut. Ich langweile Sie mit der preußischen Magerkeit, dabei befinde ich mich längst im üppig schwellenden Berlin, wo man geschickterweise das Betteln verboten hat. Ich logiere im Hôtel de Paris, einem kleinen, aber vornehmen, zentral in der Stadt gelegenen Haus, das unter den Berlinern kurioserweise als das ›Drei Lilien‹ bekannt ist, weil es drei in Stein gemeißelte Exemplare dieses hübschen Gewächses über seinem Hofdurchgang zur Schau trägt. Der Künstler hat es jedoch mit der Eleganz der Form nicht allzu genau genommen, sodass die Lilien auch als originelle Tore der Stadt Paris durchgehen würden. Der Hauswirtin, Madame Rufin, ist das egal. Hauptsache, das Hotel ist belegt, was der Fall zu sein scheint.

Apropos Madame Rufin. An dieser Stelle ein Wort zu meiner Wirtin, damit Sie wissen, in wessen geschäftigen Händen ich mich derzeit befinde. Sie ist die kleine, aber resolute Tochter eines Hugenotten, der bereits vor fünfzig Jahren gnädig-tolerante Aufnahme in Berlin gefunden hat. Sie ist eine Frau in ihren Vierzigern, von echt französischer Liebenswürdigkeit und zugleich holländischer Geschäftstüchtigkeit, wie sie nach meiner Ankunft sogleich unter Beweis stellte. Madame Rufin hält Table d'hôte, bot mir jedoch an, auf meinem Zimmer zu speisen, falls ich dies wünschte – und bereit sei, für diesen Service das Doppelte des Preises zu zahlen. Der Vorschlag amüsierte mich. Denn erstens wünschte ich keineswegs allein zu speisen und zweitens erschien mir die Aussicht, für die Geselligkeit und Unterhaltung durch die Gegenwart einer anregenden Tischgesellschaft auch noch durch Preisnachlass entlohnt zu werden, doppelt verlockend.

Ich bezog zwei schöne Zimmer, beide hübsch, aber nicht aufdringlich mit Papier beklebt, das eine blau-weiß, das andere grau (›die Elle zu zwölf Groschen bei Zelter in der Münzstraße‹, wie sich meine mauskleine, elefantenkluge Wirtin nicht enthalten konnte zu betonen). Das Wohnzimmer mit feinem Schreibtisch aus Nussbaum (›à l'anglaise‹), von unten bis oben mit Schubladen versehen wie die darunter befindliche, hohl gebogene Kommode (›fünfzig Taler‹); zudem ein Canapé mit Armlehne und dezent geblümtem Plüsch sowie ein Tisch, darauf die hübsche Nachahmung einer französischen Tafeluhr, auf deren Gehäuse ein molliges Ährenmädchen sein schweres Haupt stützt. Erwähnte ich schon die zwei Stühle ›aus bestem englischen Rohr‹? Im Schlafzimmer ein schlichtes eichenes Bett mit roten Gardinen. Die Bettdecke papageiengrün mit hübschen Chinoiserien im Mittelstück: Kolibris, die erstaunlich kräftigen Schwänze in unschuldig luftiger Höhe, die zierlichen Schnäbel jedoch sündhaft tief in Blütenkelchen vergraben, deren Duft man geradezu einzuatmen glaubt, süß wie Feigen oder doch eher salzig wie die Früchte des Meeres, was gäbe ich um Ihre Meinung, Madame!

Ein englischer Spind mit Spiegeltüren komplettiert das Bild zu meiner vollen Zufriedenheit. Doch der zierliche Pot de chambre aus Porzellan könnte, mit Verlaub, vor lauter Entzücken das Fass zum Überlaufen bringen, er ist weiß-blau, mit roten und blauen Blumen darauf, goldfarben umrandet, als wär's das Nachttöpfchen vom Jesuskind, wenn wir Grünewalds Altar in Isenheim glauben dürfen.

Madame Rufin scheint äußerst umtriebig zu sein und war bereits so freundlich, mich als Chevalier de Seingalt meinen Wohnungsnachbarn vorzustellen.

Die Zimmer zu meiner Linken bewohnen ein Baron Hans Georg von Ribbeck und sein Sohn. Der Vater ist ein massiger, bejahrter, äußerst missmutig wirkender Mann mit einem Kopf wie ein Vierkant unter einer gräulich gepuderten Zopfperücke. Der Sohn zurückhaltend, aber freundlicher im Ausdruck und von natürlicher Ausstrahlung, auch was das Haar betrifft, denn er trägt sein eigenes zuoberst. Sein Gesicht ist ohne Höhen und Tiefen, Ecken oder Kanten, abgesehen von tief liegenden dunklen Kuhaugen und zwei auffälligen Warzen, die als Nagelköpfe die große Nase am Gesicht festhalten.

Die beiden Herren kommen aus der näheren Umgebung Berlins. Der Zweck ihres Aufenthalts in der Hauptstadt ist jedoch etwas ungewöhnlich: Sie suchen den Schwiegersohn respektive den Schwager.

Madame Rufin, bei der sicher alle Gerüchtefäden der Hauptstadt zusammenlaufen, ärgerte sich bereits über den alten Baron:

»Graf von Wilmerstorff ist seit Jahren unser Stammgast, das ist richtig. Aber gibt das seinem Schwiegervater das Recht, mich und ich weiß nicht wen noch über sein Verbleiben auszupressen wie ein Inquisitor? ›Ich weiß es nicht, Baron, wo er stecken könnte. Jedenfalls war er seit Wochen nicht Gast in meinem Haus‹, beteuerte ich. Aber unter uns, Monsieur, wenn es doch so gewesen wäre, dass ich ihn kürzlich beherbergt hätte, ich hätte es dem Baron nicht verraten.« Sie legte pathetisch die knochige kleine Hand aufs Herz: »Glauben Sie mir, Chevalier, über meine Gäste erfahren andere von mir kein Sterbenswörtchen!« Was hiermit bewiesen wäre. Und noch weiter untermauert wurde: »Außerdem scheint es in Dahlem, draußen vor Berlin, auf dem Gutshof des Grafen, ohnehin nicht mit rechten Dingen zuzugehen«, fuhr sie eifrig fort. »Mein Stallknecht hat es vom Kutscher des Grafen, als er das letzte Mal bei uns logiert hat, das war vor etwa drei Wochen: Auch zwei Jungen, Stallburschen, glaube ich, sind kurz hintereinander spurlos vom Gutshof verschwunden.«

»Und nun also der Graf?«

Sie nickte unheilschwanger. Obwohl sie gleichzeitig beteuerte, nichts von seinem Verbleiben zu wissen. Wie sollte sie auch? Wenngleich es Gerüchte gibt, Friedrichs beste Spione seien die Wirte hierzulande.

Klarer liegen die Dinge zu meiner Rechten. In den Zimmern dort logiert ein junger Hamburger Kaufmann namens Zierenberg, kühl wie der Ärmelkanal, mit fischigem Ausdruck der wässerigen Augen. Weit weniger kaltblütig erscheint seine Gattin. Sie verströmt trotz des schweren Parfüms (ich vermute Eau de Vestale), das einer jungen Dame von Mitte zwanzig kaum angemessen ist, einen frischen Orangenduft, der einen unvergleichlichen Appetit auslöst. Besonders bei einem Mann, der, wie Sie wohl wissen, Madame, eigentlich *immer* Appetit hat.

Doch für heute genug, liebe Freundin, der Kerzenstummel brennt nur noch ein müdes gelbes Licht in die Nacht. Und noch immer ohne neuen Bedienten, bin ich gezwungen, mich selbst auszukleiden. Ja, wenn Sie hier wären, Madame, wenn Sie –

Den folgenden Tag, gegen elf Uhr

SIE FINDEN MICH, Madame, am offenen Fenster sitzend, den Blick vom Canapé hinausgeworfen in ein Geviert aus zartblauem Vormittagslicht des nahen Sommers. Ich gestehe, Schönste, nach der polternden Fahrt durch Preußens märkische Sandwüste und der unfreiwilligen Diät aus Polenta, Erdäpfel- und Biersuppen auf den Poststationen hatte ich mir den Morgenhimmel über seiner Majestät Hauptstadt eher staubgrau oder kartoffelfahl vorgestellt. Doch nein, ich habe Glück, der Himmel glänzt heute Morgen wie frisch gewaschen über dem Hôtel de Paris, das übrigens im schönsten Teil Berlins liegt! Behauptet zumindest meine Wirtin, Madame Rufin. Mein Fenster geht zur Chaussee sowie auf einen kleinen, aber belebten Markt hinaus (›eine Aussicht erster Klasse, Monsieur‹). Daher ein Taler pro Zimmer und gratis dazu die gellenden, bellenden Rufe der Händler, Lachen in allen Tonlagen, Fetzen aus Unterhaltungen, Hundegebell, das Knirschen der Kutschenräder und die klatschenden Töne der Pferdehufe auf dem Pflaster.

Ich lauschte durchaus genussvoll den Geräuschen und Tönen, die erstaunlich deutlich von unten heraufdrangen, als die Wirtin zusammen mit dem Mädchen eintrat, um nach dem vorzüglichen Frühstück noch die Extraportion Schokolade, die ich mir gewünscht hatte, zu bringen.

Das Mädchen, Bernice, ist die blutjunge Tochter des Hauses und im Gegensatz zu ihrer kleinen, knochigen, lebhaften Mutter ein rundliches, schwermütig wirkendes, ein wenig trief- und sehr rotäugiges Geschöpf. Beim Servieren des Frühstücks war sie auf meine Frage nach dem Grund für solche Traurigkeit sogleich in Tränen ausgebrochen. Nicht wahr, wir beide ahnen, was wie immer dahinterstecken wird!

Jetzt, begleitet von ihrer munteren Mutter, stellte sie rasch das Tablett mit der dampfenden Schokolade im feinen Porzellan ab und schlurfte hinaus, jedoch nicht ohne einen scheuen Blick auf meinen safrangelben Schlafrock zu werfen, der in der Tat in der Morgensonne leuchtet wie eine Orange. Was wäre der Mensch ohne seine Kleidung, Madame? Bloß er selbst. Und damit nichts. Nichts weiter.

»Alles zu Ihrer Zufriedenheit, Monsieur?«, erkundigte sich Madame, während sie umständlich ihre überdimensionierte schwanweiße Haube zurechtrückte, nachdem die Tochter beim Hinausgehen die Tür sacht und traurig hinter sich geschlossen hatte.

Ich nickte und lachte, indem ich den Blick wieder aus dem Fenster hinauslenkte. »Ich komme mir vor wie in Amsterdam, Madame.«

»Aber Chevalier«, erwiderte sie erschrocken, als hätte

ich Kritik am Ausblick geübt, und kam einen winzigen Schritt näher. »Sie sind in Berlin. Im Herzen der Stadt. Ich verstehe nicht …«

Ich ließ den Anblick des lebhaften Treibens auf dem Marktplatz gegenüber auf mich wirken und schüttelte nur den Kopf. Wie sollte ich ihr erklären, dass mich die Bewegungen der dicht gedrängten, bunt gekleideten Menschen dort unten an ein hin und her wogendes Tulpenfeld in Holland erinnerten? Der Gedanke war gewiss absurd und vielleicht nur das überspannte Ergebnis der beschwerlichen Reise. Und einer längeren Krankheit, die mich das Frühjahr hindurch in dem flachen, geschäftigen Land der Oranier festhielt.

Einen Moment lang überlegte ich, während Madame die Schokolade eingoss, sie nach dem Kummer ihrer Tochter zu fragen. Doch wäre dies wohl allzu indiskret gewesen, sodass ich es unterließ. Stattdessen lobte ich die Schokolade.

»Vorzüglich, Madame.«

»Und gewiss nicht billig, Monsieur.« Eine Falte trat auf die Stirn ihres Spitzmausgesichts und sie blickte mich ernst an.

»Sie wissen natürlich, dass zu viel Schokolade die Lüsternheit reizt. Insbesondere …«, sie zögerte und ließ den Blick ihrer schwarzen Äuglein forschend über mein Gesicht gleiten wie ein Priester bei der Beichte, unwillig, die Absolution zu erteilen.

Ich hielt erwartungsvoll mit der Tasse inne, die ich soeben zum Mund führen wollte. »Ja, Madame?«

»Insbesondere vollblütige, hitzige Naturen sollten maßvoll damit umgehen«, ergänzte sie, als habe sie noch vorhin die entsprechende Stelle in der Bibel gelesen.

Ich stimmte ihr höflich zu und stellte mir verschiedene Subjekte vor, die eine solche wohlmeinende Warnung besser nicht in den Wind schlagen sollten. Dann trank ich wollüstig aus und bat Madame Rufin, zunächst einen Friseur und anschließend einen Wagen zu rufen.

Somit war Zeit, Ihnen weiter zu berichten. Doch soeben kommt der Friseur.

Später

DER FRISEUR ERSCHIEN wie zur Schlacht gerüstet, in der einen Hand die Puderschachtel, in der anderen eine ungeheure Quaste. Ohne Zögern schoss er auf mich los und hüllte mich nach wenigen Augenblicken in eine veritable Wolke. Monsieur ist Franzose, geboren in Metz, ein Mann mit einem langen Pferdegesicht, der an der Quelle der Weisheit sicher nur genippt hat. Weder wusste er Interessantes aus seiner alten Heimat zu berichten, noch Galantes aus seiner neuen. Immerhin hat er einen Schwager. Das mag kein besonderes Verdienst sein. Aber vielleicht nützlich. Denn dieser Schwager stammt wie der Friseur aus Lothringen und musste aus Gründen, die mir noch etwas im Dunkeln zu liegen scheinen, Preußens Gastfreundlichkeit in Anspruch nehmen.

»Mit zwei Hemden, einem Dutzend mathematischer Bücher und etwas Wäsche taucht er plötzlich bei mir auf und will bei der Familie seiner Schwester wohnen!«, empört er sich, indem er mein Haar recht unsanft in die Bourse zwängt.

Der Friseur schien nicht viel von der Mathematik zu

halten. Ich verstehe nicht, wie insbesondere die Geometrie jemanden kalt lassen kann; gewisse Winkel, Linien und Körper ziehen mich magisch an, wie Sie wissen, Madame.

»Spricht Ihr lothringischer Schwager neben Französisch auch Deutsch, Monsieur?«

Der Friseur nickte und sah mich erstaunt an: ›Deutsch? Wozu das, wenn alle Welt Französisch spricht?‹, schien er sagen zu wollen, wenn ich die zähflüssige Veränderung in seinem weitläufigen Gesicht richtig gedeutet habe.

»Sehen Sie, das dachte ich mir. Schicken Sie mir Ihren Schwager vorbei, Monsieur. Mit seinen zwei Hemden oder ohne, in jedem Fall aber mit seinen Rechenkünsten im Gepäck.«

Der Friseur lächelte trocken, sichtlich ohne Verständnis (vielleicht auch ohne Verstand), und ich erklärte ihm, dass ich eines neuen Bedienten bedürfe, und wenn sein Schwager Manieren und ausreichend Sprachkenntnisse mitbringe, solle er mich morgen Nachmittag gegen vier Uhr aufsuchen, falls er Interesse habe.

Nachdem der Mann gegangen war, kleidete ich mich an. Meine Garderobe, ich klagte Ihnen schon davon, Madame, ist, seitdem ich in Hannover einige schöne Stücke habe versetzen lassen müssen, etwas dürftig. Immerhin, das inzwischen neu erworbene grüne Justaucorps ist ganz nach der Mode, ich knöpfe es relativ weit oben, beinahe in Brusthöhe, über dem Bauch wäre es auch gar nicht möglich, nicht weil ich dort an Linie verloren hätte, sondern weil die Vorderkanten nicht weit genug nach vorn reichen. Die Weste ist scharlachrot und kurz, die Hosen sind eng und, prickelndes Detail, à la bavaroise doppelreihig zu knöpfen, eine Petitesse, die man hoffentlich allegorisch deuten wird. Die Schuhe mit hohen

Absätzen sind flohbraun, aber wenigstens die Rheinkiesel auf den Schnallen schreien danach, beachtet zu werden. – Ein Kunstwerk zu betrachten, beruhigt die Sinne, ein Kunstwerk zu tragen, erregt sie. Stimmen Sie mir zu, Madame?

Die Kutsche ist da, Madame, adieu vorerst. Ich fahre zu Giovanni Calzabigi. Denn natürlich ist er der eigentliche Zweck meiner Reise. Sie kennen ihn? Sie werden sich gewiss erinnern, dass ich gemeinsam mit Calzabigi und seinem älteren Bruder Ranieri vor einigen Jahren in Paris die Lotterie für den König leitete. Sie machte mich vom besseren Bettler zum schlechten Millionär und anschließend wieder umgekehrt. Calzabigi dem Jüngeren dagegen glückte in Brüssel sogar der Versuch, den Erfolg zu wiederholen. Nur lebte er dort auf so großem Fuß, dass er sein Vermögen in kurzer Zeit durchbrachte. Die Angst vor den Gläubigern trieb ihn über die Grenze, er ließ seine Frau, Madame Calzabigi, die ehemalige ›Generalin de Lamothe‹, in Paris und seine Schulden in Brüssel zurück und flüchtete nach Berlin. Dort konnte er den König überreden, Financier einer ebensolchen Lotterie zu werden! Ein Fuchs, wie es scheint. Aber kein Künstler wie Ranieri, sein Bruder, von dem ich diese Informationen en passant in einem Brief erhielt.

Nächstens mehr, Madame. Dieser Brief geht Ihnen jedoch bereits mit der Morgenpost zu. Ich adressiere ihn an Ihre verschwiegene Freundin, wie Sie es wünschten und es selbstverständlich auch in meinem Interesse ist. Es geht mir nichts über den Familienfrieden.

Stets Ihr treuer Casanova.

Hôtel de Paris, Mittwoch, 6. Juni, Nacht auf Donnerstag

MADAME, LIEBE FREUNDIN, sind wir noch dieselben, wenn die Zeit wie ein wirbelnder Strom dahinrast und wir uns wie eine Schaumkrone darauf haben mitreißen lassen, statt der unbeugsame Pfeiler in seiner Mitte zu sein? Ist dies noch der Casanova, der Ihnen noch vor wenigen Tagen einen Gruß als Dank und Lebenszeichen aus Preußens Hauptstadt zukommen ließ? Schreibt Ihnen nun einer, den die Ereignisse erneut verwandelt haben? Oder der Mann, den sie wieder zu dem gemacht haben, der er eigentlich ist? Sie mögen selbst entscheiden, liebe Freundin, indem ich Ihnen schlicht den weiteren Fortgang meiner Geschäfte (nennen wir sie einstweilen so) berichte.

Sie erinnern sich, dass ich mich auf dem Weg zu Calzabigi befand und zu diesem Zweck bereits eine Halbchaise auf mich wartete, als ich aus dem Haus trat. – Ah, Madame, welch ein Himmel an diesem warmen Tag, die Luft klar und durchsonnt und über den Dächern der Stadt sanft sterbend im Tageslicht die bleiche, halbe Scheibe des Mondes.

Ich sah mich prüfend nach beiden Seiten um und der Kutscher, ein dünner, junger, blasser Bursche mit Ohren wie Bettlaken, lachte über meine Vorsicht. Wir befinden uns in Berlin, Madame, wo man Appareils kennt, die Bürgersteige genannt werden. Madame Rufin hatte es mir bereits erklärt, es geht hier nicht zu wie in anderen Städten (abgesehen von London natürlich), wo die Kutschen unmittelbar an den Hauswänden entlangrollen, um ohne Hindernis Jagd auf ahnungslos aus dem Haus tretende Personen machen zu können. Was meine kleine Wirtin jedoch zur Klage veranlasst, ist die Pflicht der Hauseigentümer, ›ihren‹ Abschnitt des Bürgersteigs herzurichten und zu betreuen. Nun, der zuständige Hotelbursche scheint es damit nicht allzu genau zu nehmen, denn gleich hinter dem Haustor stolperte ich über den Kadaver einer Katze, in dem bereits die Würmer aasten. Auch sonst ist der Bürgersteig von trügerischer Sicherheit, die Steine stehen weitläufig auseinander und Berg und Tal wechseln hübsch miteinander ab, sodass der galante Mann, der darüber hinwandelt, in der Gefahr schwebt, in seinen eigenen Degen zu stürzen, mag er ihn auch noch so sehr zur Zierde seines Geschlechts statt zum wüsten Gebrauch mit sich führen. Aber dieser Brief beweist es, Madame, ich erreichte die Chaise lebend.

Madame Rufin hatte dem Kutscher bereits mein Ziel nennen lassen, sie behielt recht damit, dass ihm die ehemalige Wohnung des Grafen Algarotti unbedingt bekannt, ja ein Begriff sein müsse.

»Es muss Ihrem Freund mehr als gut gehen, Monsieur, wenn er sich ein solches Domizil leisten kann«, hatte sie neugierig mit den Augen geplinkert, in der Hoffnung, mehr zu erfahren, als sie ohnehin schon wusste. Der alte Algarotti hatte seine Wohnung bereits vor längerer Zeit verlassen, um krank auf den Tod nach Pisa zurückzukehren, wo er kürzlich starb. Jedermann, jede Frau in Berlin scheint den Grafen in bester Erinnerung zu haben: als einen bedeutenden Gelehrten und als Friedrichs Freund. Ohne Zweifel ein verdienstvoller Mann. Sie werden wohl auch seinen ›Newton für Damen‹ gelesen haben; Voltaire, als ich ihn vor einigen Jahren in Ferney besuchte, äußerte sich eindeutig anerkennend über das Buch des Grafen – und zweideutig über dessen Status als Friedrichs Intimus.

Calzabigi hat somit die Wohnung des verstorbenen Schöngeists Algarotti geerbt, die sich, wie mir die Rufin zu erklären wusste, unweit des Spittelmarkts befindet, im Haus des Hofrats Müller (wer immer das sei, ich hatte nicht die Ehre, den Herrn kennenzulernen).

Wir fuhren los, und werfen Sie mit mir, liebe Freundin, rasch noch einen Blick aus dem offenen Wagen, mit dem wir durch die Schlagadern der Stadt jagten. Welch eine Perspektive, denkt man unweigerlich: breite Gassen, Häuser, die nach den besten Aufrissen italienischer Meister erbaut scheinen, hohe Lindenalleen, Paläste, öffentliche Plätze, Denkmäler en masse. Doch bei näherem Hinsehen changiert das Bild etwas. Zwischen prächtigen, aufstrebenden neuen Häusern kauern alte, baufällige Gebäude wie faule Zähne. Den freien Plätzen mangelt es für meinen Geschmack an regelmäßigen Formen und viele große öffentliche Gebäude stehen ganz ohne allen Zusammenhang und Plan da.

Immerhin fließt still und ruhig der Fluss durch die Stadt und scheint mir den Eindruck kalter Vernunft etwas zu mildern. Ein aufmunterndes Bild ist auch die Unzahl an Trödelbuden, vornehmlich an den Brücken. Es ist lehrreich zu sehen, wie selbst die prächtigsten Kolonnaden, die himmlischsten Säulenordnungen, die sich König und Baumeister erdachten, durch das wuselnde Leben und die alltäglichen Bedürfnisse der Menschen auf einmal wieder irdisch anmuten.

Wir erreichten schließlich das Haus des Hofrats, dessen mittlere Etage Calzabigi bewohnt. Ein etwas klobig wirkender Bedienter in dunkler Livree, ein wahrer Prellbock in Uniform, öffnete, erkundigte sich in akzentfreiem Französisch nach meinem Namen und meinem Anliegen.

Ich erklärte, ich wünsche seinen Herrn zu sprechen. Doch der Prellbock schüttelte bedauernd den Kopf. Sein Herr sei ausgegangen und werde erst am späten Nachmittag zurückerwartet.

So beschloss ich, zum Hotel zurückzukehren, einige Korrespondenz zu erledigen und meinen Besuch bei Calzabigi zu späterer Stunde nachzuholen.

Es kam jedoch etwas anders als gedacht. Die rührige Madame Rufin bat mich in ihr rot geplüschtes Paradezimmer. Mit gestreuten Papiertapeten voller Blumen- und Tiermotiven ›zu drei Talern vier Groschen die Elle‹ ist es ihr ganzer Stolz. Da ich grundsätzlich Zeit hatte, kam ich ihrer Bitte mit einiger Neugier nach. Um einen großen Tisch in der Mitte saß ein halbes Dutzend mir unbekannter Gäste versammelt, darunter ein auffallend gut aussehender junger Mann mit großen (fast zu großen) wasserblauen Augen, geradlinig nach englischer Mode gekleidet, ein Bursche im vollen Saft, der Ihnen sicherlich gefallen hätte, Madame. Ich war bereits im Begriff, mich zu ihm zu setzen, als ich meine Zimmernachbarn bemerkte, das Hamburger Kaufmannspaar, das separat an einem Teetischchen weiter hinten im Raum bei Mokka und Likör saß.

Monsieur Zierenberg lud mich sogleich ein, mich zu ihnen zu setzen. Seine Gattin sah entzückend aus in ihrer lila und weißen Robe und duftete heute nach einem spritzigen Wässerchen, dessen Name mir auf der Zunge lag. Monsieur roch dagegen mehr nach würzigem Eau de Levante. In der Unterhaltung, die sich zwischen uns entspann, stellte sich heraus, dass er der Spross einer vermögenden Hamburger Parfumeursdynastie ist. Und es scheint, dass seine junge Gattin dazu ausersehen ist, die modischen Duftnoten der Saison spazieren zu tragen, ob sie nun zu ihrer rosig schimmernden Haut passen oder nicht.

Sein selbst gestelltes Thema an diesem Tag war der gute Geschmack. Keine Überraschung bei einem Parfumhändler. Wohl aber, dass Zierenberg junior ihn am Beispiel des Briefschreibens festmachte. Genauer am Geschäftsbrief.

»Drei Regeln, Monsieur Casanova, gelten beim guten Geschmack: Erstens, ein Brief sollte so geschrieben sein, wie der Kaufmann spricht. Natürlich schön und folglich gut.«

»Natürlich schön«, wiederholte ich und versenkte meinen Blick in die Mandelaugen seiner Gattin.

Der Kaufmann nickte. »Zweitens, der Geschäftsbrief sollte verständlich sein. Die richtige Reihenfolge der Gedanken ist zu beachten. Wichtiges zuerst, Beiläufiges am Schluss.«

Ich ließ beiläufig meinen Blick über den schlanken Hals der parfümierten Gattin gleiten, dessen zarter heller Flaum im schräg einfallenden Licht goldgelb aufleuchtete wie hohe Abendwolken.

»Drittens«, fuhr Zierenberg fort, »sollte der Kaufmann ausländische Sprachbrocken in der Korrespondenz vermeiden.«

Ich warf ein, dass ich mir diese letzte Bedingung guten Geschmacks für einen Parfumeur, dessen Berufsbezeichnung bereits nicht eben deutsch klinge, recht schwierig vorstellte. Er schüttelte mit überlegener Miene leicht den Kopf und klärte mich sehr von oben herab darüber auf, dass das Französische hiervon selbstverständlich auszunehmen sei. Ich lachte, beugte mich in aller Ungezwungenheit zu Madame Zierenberg vor, ergriff beherzt ihre kleine fleischige Hand, führte ihren Puls an meine Nase und sog den herbfruchtigen Duft tief und mit halb geschlossenen Augen ein. Madames Hand erglühte wie eine Feuerzange, das Fischgesicht von Monsieur lief violett an … und barst in einem scheppernden Gelächter, als ich sagte:

»Potpourri de Serail.«

»Bravo! Es ist das Potpourri«, applaudierte er und übersah in seiner Begeisterung, dass ich noch immer Madames Puls fühlte, als wäre ich ein Arzt, der sie gleich zur Ader lassen will, nur die rechte Stelle weiter oben am Arm noch nicht gefunden hat. Was für ein Mann, reich und dumm, eine äußerst ungünstige Mischung, Madame.

Seine Gattin hingegen bebte, sie stand in Flammen. Ich erlöste sie, indem ich ihr die Hand zurückgab, als wäre sie ein sehr persönliches Geschenk von mir. Denn Bernice, die junge traurige Tochter des Hauses, trat in diesem Augenblick an unseren Tisch und fragte nach unseren Wünschen.

Wir bestellten Pontaq, und Monsieur stand bereits im Begriff, seinen Vortrag über den guten Geschmack fortzusetzen, als meine anderen Zimmernachbarn im Hotel, der Baron von Ribbeck und sein Sohn, den Raum betraten. Sie zogen sofort meine Aufmerksamkeit auf sich. Ich erinnerte mich wieder der heiklen Mission, die sie laut Madame Rufin nach Berlin führte. Demnach suchen sie den Schwiegersohn des Alten, Schwager des Sohns, in der Hauptstadt. Befremdlich, wie ich finde, einen erwachsenen Mann wie ein kleines Kind, das sich verlaufen hat, zu suchen. Ich betrachtete die beiden genauer.

Der Baron ist bereits als solches eine imposante Gestalt, ein vierschrötiger, untersetzter Mann mit mächtigem Schädel und stark vorgeschobenem Unterkiefer, der ihm die

Gestalt einer englischen Bulldogge mit Zopfperücke verleiht. Sein unscheinbarer Sohn dagegen ist überraschend klein, er wirkt ein wenig dicklich und unbeholfen, doch sein Gesicht strahlt freundlich aus den etwas schwermütigen braunen Augen in den tiefen Höhlen hinter dem Vorgebirge seiner warzengespickten Nase. In Gegenwart des bulligen Vaters erscheint er buchstäblich wie ein Fremdkörper. Vielleicht ist er es.

Der alte Baron machte nun aber seinem grobschlächtigen Eindruck alle Ehre, als er schnurstracks auf Bernice, die sich soeben von unserem Tisch löste, zusteuerte, als wolle er sie aufs Schafott zerren. Ihr Gesicht wurde totenbleich und ihre Hände begannen zu zittern.

Dem jungen Ribbeck war die Szene sichtlich unangenehm, doch sein Versuch, den Vater am Ärmel seines dunklen, etwas abgetragen wirkenden Samtrocks zurückzuhalten, scheiterte kläglich.

Schon stand der Alte neben unserem Tisch und zischte das arme Mädchen an.

»Auf ein Wort!«, befahl er, als gäbe es nur ihn und Bernice im Raum, und wies mit seinem mächtigen Kinn, das keinen Widerspruch duldete, in Richtung des hinteren Ausgangs. Dort verschwand das ungleiche Paar, gefolgt von dem jungen Baron, der wie ein Ochse am Strick gleichfalls hinter der Tür verschwand.

Die Unterhaltungen an den Tischen im Raum waren mittlerweile sehr lebhaft geworden, deshalb schenkte man dem Vorfall kaum Beachtung. Abgesehen vielleicht von dem jungen Schönling, der die Ohren spitzte wie ein Vorstehhund. Und auch Zierenberg hatte für einen Moment mit seinem Vortrag innegehalten. Wir vernahmen deutlich die polternde Stimme des Barons im angrenzenden Raum, ohne jedoch seine Worte im Einzelnen verstehen zu können, abgesehen von dem Namen des Grafen von Wilmerstorff, der des Öfteren fiel. Dazwischen das Schluchzen des Mädchens und als weitere misstönende Begleitmelodie die offenbar vermittelnd gemeinten Worte des jungen von Ribbeck. So heftig die Auseinandersetzung, so kurz war sie auch. Nach wenigen Minuten trat Bernice wieder ins Zimmer wie ein scheues Tier mit einer Wunde im Rücken und eilte sogleich längs durch den Raum, vermutlich auf dem Weg zum Weinkeller, da sie uns den Pontaq noch schuldig geblieben war.

Gleich darauf erschienen auch die von Ribbecks wieder im Paradezimmer, der Alte noch immer mit bärbeißigem Gesicht, der Junge dagegen fast mit Verzweiflung in den kindlichen Augen.

Ich weiß nicht, was mich trieb, (oder doch, Madame: natürlich die Neugier), aber als sich die beiden Herren in Höhe unseres Tisches befanden, erhob ich mich, verbeugte mich und lud Vater und Sohn Baron ein, den Wein mit uns zu teilen. Der Vater starrte mich mit blutunterlaufenen Augen an, als hätte ich nach seinem Galanteriedegen gefasst. Der Sohn dagegen nahm unsere Einladung höflich und mit vollendeter Verbeugung in alle nur denkbaren Richtungen an. Da blieb selbst seinem säbelrasselnden Vater nichts übrig, als seinem Beispiel zu folgen und sich zu uns zu setzen, wollte er nicht beleidigend sein.

Bernice erschrak heftig, als sie sich mit dem Wein in der Hand wieder unserem Tisch näherte und die beiden von Ribbecks dort erblickte. Aber der junge Baron blinzelte ihr an seinen Warzen vorbei freundlich zu, während der alte durch die zwei riesenhaften Nasenlöcher die kleine Jagdszene an der Wandtapete gegenüber anschnaubte. So stellte sie tapfer die Bouteille ab und brachte kurz darauf noch eine zweite, ohne zusammenzubrechen. Eine Gefahr, die vermutlich bestand.

Während der ganzen Zeit fragte ich mich, was dieses ungleiche Trio miteinander zu besprechen haben mochte. Wenn man denn die Brüllattacke des Barons so nennen möchte. Was hatte Bernice mit dem ominösen Verschwinden des Grafen zu tun? Versuchte der alte Hitzkopf aus der Tochter herauszupressen, was die Mutter ihm vermeintlich verschwieg?

Nebenbei, ich glaube nicht daran, dass es Madame Rufin möglich ist, irgendetwas zu verschweigen, für das sich andere interessieren könnten. Aus der Tochter hatte der Baron offenbar nichts Nennenswertes herausbekommen. Er wirkte im höchsten Maße unzufrieden. Gelinde gesagt. Er schwieg zunächst grimmig, mit einem Gesicht, das enorme innere Spannung verriet, und mahlte knirschend mit seinem Bulldoggenkiefer, während sein Sohn auf eine liebenswürdig nervöse Weise Freundlichkeiten mit mir und den Hamburgern austauschte.

Ich streute einige Eindrücke von den Glanzlichtern meiner Reisen in die Unterhaltung, wagte das eine oder andere Aperçu, erzählte ein paar harmlose Anekdoten. Ribbeck-Sohn lauschte interessiert, fragte recht klug, während Vater Ribbeck nur gelegentlich grunzte. Madame Zierenberg klammerte sich an ihren Fächer, der eine ganze Kutschenladung voll Nixen beim Bade zeigte. Sie fächelte sich äußerst beredt im Schmetterlingstempo Luft zu, während ich sprach. Sie machte ganz den Eindruck, als befänden sich ihre Seele in Aufruhr und ihre Körpersäfte nahe dem Siedepunkt.

Ihr Gatte hingegen zeigte sich keineswegs amüsiert, er vertrat den rationalen Zweck des Reisens und dachte dabei in erster Linie an den Kaufmann. In zweiter Linie ebenfalls:

»Die Reisen eines Kaufmanns können nur zwei Zwecke haben«, dozierte er. »Erstens den Unterricht in gewissen Kenntnissen, die er als Kaufmann nötig hat. Zweitens Geschäfte bestimmter Art, die sein Gewerbe betreffen.«

Es war mir ein gewisser Trost, dass der alte von Ribbeck bei diesen kanzleitrockenen Worten noch abfälliger grunzte als zuvor bei meinen. Die Parfumeursgattin dagegen seufzte leise. Gelangweilt bis zum Scheitel ihres Blondhaars oder aber erregt bis in die Spitzen ihrer Zehen, das war für mich augenblicklich schwer zu beurteilen. Wahrscheinlich traf beides zu.

Der Sohn, Karl Otto Friedrich mit Namensdreispitz, sprach ohne spürbaren Dünkel auf eine fast beiläufige Weise von sich und dem Vater, und so erfuhren wir denn außer den vollständigen Namen auch, dass die Herren von Ribbeck Eigner zweier Landsitze westlich von Berlin, im nahe gelegenen Havelland, seien. Einer davon heißt Glienicke, wenn mich das Gedächtnis nicht trügt, der andere trägt als Hauptsitz den Familiennamen Ribbeck. Die Herren, so ihre offizielle Version, planten einen Besuch in der Oper am morgigen Abend und erwarteten zu diesem Zweck am kommenden Tag auch das Eintreffen des weiblichen Teils der Familie: zwei Töchter und die Gattin des alten Barons.

An dieser Stelle grunzte der Alte nicht nur, er machte den Eindruck, als müsse er sich übergeben. Er sah sich kurz um, als vermisse er irgendetwas, und spie dann auf den nackten Holzboden. Es war der Crachoir, wussten wir jetzt, den er vermisste. Dabei befand sich ein hübsch poliertes hölzernes Exemplar dieses urdeutschen Gegenstands unmittelbar neben dem hinteren Ausgang.

Eine Pause entstand im Gespräch, es war sehr warm im Raum geworden, der schwüle Nachmittag drückte von außen gegen die Fenster. Wir tranken, ich gab Bernice Zeichen, dass sie uns Champagner, einen Oeil de Perdrie, falls vorhanden, bringen solle. Nachdem sie uns dieses köstliche Getränk, gut gekühlt, serviert hatte und glücklich wieder fortgegangen war, spielte ich auf das blässliche Aussehen des Mädchens an.

»Ich werde Madame Rufin vorschlagen, einen Arzt für ihre Tochter kommen zu lassen«, sagte ich.

»Das werden Sie schön bleiben lassen, Chevalier«, quetschte der Baron auf einmal die Worte durch seine fleischigen Lippen.

Ich sah ihn verblüfft an.

»Sie kennen nicht das Allheilmittel der Ärzte in Berlin, Wassersuppe und Hafergrütze, dünn wie Katzendurchfall«, belehrte er mich grantig. »Und reicht dies nicht für eine ordnungsgemäße Entkräftung, so rollen die Doktoren oder was immer sie sein mögen die Ärmel ihrer Opfer hoch und lassen sie zur Ader, bis sie umfallen oder wenigstens nicht mehr aufstehen. Wenn Sie also nach dem Arzt rufen, Monsieur, so vergessen Sie nicht, auch gleich Charon mit dem Todeskahn zu bestellen.«

»Was empfehlen Sie also, Baron?«, fragte ich.

»Eine Kur, was sonst«, brummelte er.

»Einen Aufenthalt am Gesundbrunnen bei Berlin«, beeilte sich der junge von Ribbeck anzufügen. »Mein Vater hat es dem kranken Ding bereits vorgeschlagen. Sie muss sich nur erst an den Gedanken der zeitweisen Trennung von ihrem Heim gewöhnen.«

Ich nickte. Doch die plötzliche Fürsorge des Alten für Bernice erschien mir suspekt.

Madame Zierenberg schien Ähnliches durch den Kopf zu gehen. »Was ist eigentlich mit ihrer Mutter?«, warf sie lebhaft ein. »Wäre es nicht an ihr, zu …«

Ihr Mann unterbrach sie, indem er vermeintlich ihren, in Wahrheit aber seinen Gedanken aussprach. »Richtig«, nickte er mit schwerem Kopf, »wer soll in der Zeit, da die Tochter fehlt, ihre Stelle im Gasthof übernehmen, nicht wahr?«

»Dafür wird gesorgt sein«, beschied der Alte die Frage kurz und bündig und beendete damit das Thema so elegant, wie man eine Fliege totschlägt.

Ich erkundigte mich beim jungen von Ribbeck nach der vorhin erwähnten Oper, die am folgenden Tag auf kleiner Bühne im Schloss Charlottenburg gegeben werden sollte.

»Aus Anlass des Besuchs der Herzogin von Braunschweig. Der Schwester Seiner Majestät«, gab er bereitwillig Auskunft. ›Äneas in Latium‹. Von Jommelli aus Stuttgart.«

»Ah, Jommelli«, sagte ich. »Ich kenne ihn flüchtig. Ein großartiger Kapellmeister.« Zumindest in Württemberg.

Der alte Ribbeck schnaubte verächtlich mit den Lippen wie ein Pferd. »Was kann aus Württemberg schon Gutes kommen?«, knurrte er. Er ließ die Frage kurz einwirken und starrte dabei wild in die Runde. »Einem Hof, an dem ein Herzog das Dutzend Kinder, das er mit einem halben Dutzend Mätressen hatte, munter untereinander verheiraten konnte.«

Der Sohn seufzte hörbar und zuckte die Achseln, als wolle er sagen: Na und? Wie lange ist das jetzt her! Alle Welt tat dergleichen damals, und tut es noch.

Und hat er nicht recht? Im Adel bleibt von jeher *alles* in

der Familie. Ich erinnere mich lebhaft an einen Ihrer früheren Briefe, Madame, in dem Sie mir auf so anschauliche Weise die alte Geschichte beschrieben, wie sich damals August der Starke (de mortuis et cetera) in Dresden ungeniert mit seiner Tochter, der Gräfin Orselska, vergnügte. Erinnere ich mich richtig, dass er sie einst im Evaskostüm dem jungen preußischen König vorgeführt und angeboten haben soll? Oder handelte es sich um eines der anderen dreihundert von Augusts unehelichen Kindern? Und es ist gewiss wahr, dass Friedrich damals entrüstet das Weite gesucht haben soll? Nun, jung an Jahren, fällt es nicht leicht, philosophisch gelassen zu bleiben.

»Seitdem Graun tot ist«, sagte der Alte jetzt, »hat die Oper ohnehin keine Bedeutung mehr in Berlin. Nicht mal für Friedrich.« Mit dieser betäubenden Meinung erhob er sich schwer, deutete kaum eine Verbeugung an und stampfte aus dem Zimmer. Sein Sohn verabschiedete sich umständlicher und folgte dem Vater, trotz seiner Dicklichkeit, auf eine spielerische Weise hinaus. Ich leerte mit den Hamburgern den Champagner und wir verließen schließlich gemeinsam das Paradezimmer, um zu unseren Zimmern zu gelangen. Zierenberg ging voran, ich folgte dem Duftschatten seiner zierlichen Gattin. Ihr sanft schaukelnder Gang brachte mich schier um den Verstand.

Am frühen Abend nahm ich eine Mietkutsche und fuhr ein zweites Mal vor Calzabigis Wohnung vor. Diesmal war der Hausherr anwesend und ich wurde von dem livrierten Lakaien gemeldet, der mich schon am Nachmittag empfangen hatte. Mit fliegenden Rockschößen über seinen massigen Schinken eilte der Gute zurück, um zu verkünden, »le Staatsrat« (er sprach das Wort deutsch aus) erwarte mich bereits ungeduldig. Er führte mich durch einen flussbreiten Flur an mindestens zehn aufeinander folgenden Zimmern vorbei. Die Wohnung dürfte insgesamt sicherlich über vier separate Eingänge verfügen.

Wir erreichten schließlich einen Salon, dessen Ausstattung mich verblüffte: sehr schön gearbeitete Stühle und Canapés mit geblümtem Damast, eine ganze Galerie kleiner und großer Spiegel, ein französischer Kupferstich unter Glas in vergoldetem Rahmen, ein Gemälde, mit Firnis überzogen, das eine entzückende Venus darstellte, die ihre rosigen Rundungen von vorn und von hinten in Rundspiegeln betrachtet, eine in kostbares Schnitzwerk eingefasste Tischuhr, Dresdner Porzellan, kunstvolle Girandolen auf einer weitläufigen Tischlandschaft – Madame, wer würde vermuten, dass ein Mann, umgeben von solchen Schätzen, in finanziellen Schwierigkeiten stecken könnte?

Er selbst, Calzabigi, fällt dagegen kaum auf, obwohl er sich unredlich darum bemüht. Er empfing mich, indem er sich von dem Canapé erhob, auf dem er mit übergeschlagenen Ziegenbeinen gesessen hatte, und sich galant verbeugte. Dann machte er in seinem nachtblauen Justaucorps über einer sehr hübschen hautfarbenen Weste mit zauberhaftem Rosenmuster und Silberknöpfen einen winzigen Schritt auf mich zu. Den schmalen Vogelkopf hatte er halb verborgen unter einer gewaltigen grauen Allonge, die seit den Zeiten Ludwigs XIV. kein vernünftiger Mensch mehr trägt.

Denken Sie sich ein mageres Männchen mit strahlendem Pudergesicht, den Mund fast ohne Lippen weit aufgerissen, in dem sich die gelben Zähne wie herbstliche Blumenstiele gegenseitig vor dem Umfallen stützen.

»Signor Casanova! Wie schön, dass Sie den Weg zu mir gefunden haben!«, rief er mir in unserer Landessprache zu. »Seit wann befinden Sie sich in Berlin?«

»Seit zwei Wochen etwa, Signor Staatsrat«, entgegnete ich, indem ich seine gedrechselte Verbeugung erwiderte.

Warum, fragen Sie sich sicherlich, Madame, sagte ich ihm nicht offen, dass ich in Wahrheit erst kürzlich eingetroffen war? Nun, es ist eine Sache, bedürftig zu sein, aber eine ganz andere, sich bedürftig zu *zeigen*; das Erstere ist eine Laune des Schicksals, das Letztere ein Charakterfehler.

Wir setzten uns aufs Canapé. Calzabigi ließ einen vorzüglichen Ratafia, Rheinwein, Mokka und Gebäck kommen. Eine etwas eigenwillige Mischung, nicht wahr. Jedoch wir tranken, wir aßen, wir plauderten eine Weile, es gibt Schlimmeres.

»Wie war die Reise? Ich hoffe doch, angenehm«, sagte er mit einem kleinen listigen Funkeln in den Augen, das ein interessantes Licht auf seine Frage warf.

An dieser Stelle half nur Offenheit. »Holperig und einsam war die Fahrt, Signore«, erwiderte ich. »Ich reiste allein. Durch Preußens tiefe Sände, die man hierzulande Wege oder sogar Straßen nennt.«

Er lachte schallend, und für einen Moment sah es so aus, als würden dabei seine Zahnstummel geradewegs aus ihrer dunklen Höhle hinausgeschleudert werden. »Nun, Signor Casanova«, fuhr er amüsiert fort, »Friedrich denkt sich selbst dann etwas, wenn er nichts tut. Ich sprach einmal mit ihm über den miserablen Zustand seiner Straßen.« Wiederum stieß er sein wieherndes Lachen aus. Und dazu eine faulige Atemwolke, die eine Ahnung vom Zustand seiner Verdauungsvorgänge vermittelte. Ich griff nach meiner Tabaksdose und verstopfte mir eilends die Nasenlöcher. Ich bot sie auch Calzabigi an, der dankend annahm und fortfuhr, seine kleine Anekdote vom preußischen König zu erzählen: »Wissen Sie, was der König sagte: ›Je schlechter die Straßen, desto langsamer kommt der eindringende Feind mit seinen Truppen voran. Und desto länger braucht der Fremde für die Durchreise.‹ Basta.«

Ich versuchte mich an dem kleinen Kunststück, zugleich verständnisvoll dreinzuschauen und verständnislos den Kopf zu schütteln. »Das erste Argument, Freund, lasse ich dem alten Soldaten im König durchgehen«, entgegnete ich dann. »Aber worin besteht der Vorteil nach Friedrichs Ansicht, wenn der Reisende samt Equipage im preußischen Matsch versinkt?«

Calzabigi setzte wieder sein listiges kleines Lächeln auf. »Nun, das liegt auf der Hand, Chevalier. Je länger der Reisende in Preußen verbringt, freiwillig oder in diesem Falle unfreiwillig, desto mehr Dukaten, Zechinen, Louisdors oder Gulden gibt er im Lande aus. So treibt er hübsch die heimische Wirtschaft voran.«

»Denkt der König?«, fügte ich hinzu. Calzabigi zuckte mit den Schultern und setzte eine finstere Miene auf, als zweifele er mit einem Mal grundsätzlich an Friedrichs Geistesgaben. Ein Muskel an seiner Schläfe arbeitete wie ein Insekt, das sich von einer Decke befreien will. »In Geldangelegenheiten ist der König sehr … nun ja, eigen. Mitunter ist er sehr gewitzt. Im Großen Krieg, der ja nun leider hinter uns liegt, ließ er Unmengen minderwertiger Münzen in Umlauf bringen, um seine Ausgaben gewissermaßen zu verdünnen. Seit Friedensschluss lässt er sie wieder einsammeln und verdient recht hübsch an der Verteuerung infolge der Geldverknappung.«

»Die Zeche zahlt das Volk«, warf ich ein.

Calzabigi gab unterdessen mahlende Geräusche von sich, als ärgerte er sich, dass er selbst an Friedrichs Einnahmen nicht beteiligt war. Überhaupt machte er mit einem Mal auf mich den Eindruck eines Mannes, der sich nicht auf der Höhe, sondern eher im Wellental des Lebens befindet.

»Liebe kennt viele Wege«, kommentierte er ungerührt meine letzte Äußerung. »Auch die Liebe des gestrengen Landesvaters. Ärgerlich ist bloß, dass der Alte, wie ihn sein Volk ja gern nennt, oft den eigenen Vorteil an einem Geschäft nicht erkennt.« Er warf den Kopf so heftig herum, dass die Nackenwirbel knirschten. »Stellen Sie sich vor, gerade vor zwei Tagen teilte der König mir mit, dass er nicht weiter als Financier meiner Lotterie fungieren will. ›Zu riskant. Was, wenn die Banque gesprengt wird?‹, bellte er mich an.«

Calzabigi musterte mich aufmerksam. Wahrscheinlich war mir die Enttäuschung vom Gesicht abzulesen: Was nützte mir ein florierendes Geschäft, das mangels Kapital bald zu Ende sein würde?

Doch er lächelte und sah aus, als sei ihm ein bestimmter Gedanke gekommen. Ich zog die Brauen hoch und presste die Nasenflügel fest zusammen, denn er kam mir auf einmal mit seinem Pest-Atem sehr nahe. Kurz gesagt, schlug er mir nun vor, den König um eine Audienz zu bitten und Friedrich bei dieser Gelegenheit die Vorteile der Lotterie mit überzeugenderen Worten auseinanderzusetzen, als er, Calzabigi, es offenbar vermöge.

»Es ist noch nicht zu spät und wird Ihr Schaden nicht sein, Casanova, wenn Sie mir helfen«, blitzte er mich mit seinen farblosen Augen an. »Bedenken Sie, Chevalier, wir könnten beide zum zweiten Mal reich werden und für den Rest unserer Tage im Überfluss leben!«

»Nichts dagegen, Signore«, lachte ich. »Doch so einfach, wie Sie sich die Sache vorstellen, erscheint sie mir nicht. Ich habe nämlich nicht die geringste Absicht, diesen oder einen anderen König ohne eine Empfehlung um eine Audienz zu bitten. Und ein Empfehlungsschreiben von Ihnen scheint mir angesichts des Anlasses allzu durchsichtig.« Um nicht zu sagen, abgeschmackt.

Doch Calzabigi sprang auf und fuchtelte mit seinen fleckigen Händchen durch die Luft, dass sie aussahen wie betrunkene Vögel. »Eine Empfehlung? Aber das wird kein Problem sein, Chevalier. Keith wird das besorgen. Er schuldet mir noch einen Gefallen, er wird Ihnen den Weg zu Friedrich ebnen.«

»Keith?«, rief ich. »Sie meinen den Lord …«

»Lordmarschall, jawohl.«

»Ihren Gefallen braucht es nicht, Signore. Ich kenne ihn.«

Sie wissen, Madame, ich traf den Lord bereits früher in Konstantinopel und später in London. Die englische Krone beraubte ihn aller seiner Güter in Schottland. Er steht schon seit Jahren in Friedrichs Diensten.

»Umso sicherer wird Keith Sie dem König empfehlen«, frohlockte Calzabigi. »Ich treffe ihn übrigens am heutigen Abend. Ich werde ihm Ihre Grüße übermitteln. Und Ihre Bitte, wenn Sie erlauben, Signore.«

»Aber zuvor speisen wir gemeinsam mit Monsieur!« Eine weibliche Stimme schwebte durch den Raum wie Katzenschnurren. Ich fuhr herum und da stand sie in der weit offenen Flügeltür, zartweiß geschminkt, kaum Rouge trotz der fortgeschrittenen Stunde, jedoch mit Mouche auf der rechten Wange, die Haare kunstvoll kranzartig frisiert und silberweiß gepudert, in einem einfachen taubenblauen Négligé. Eine Frau von Mitte zwanzig, bleich und zart und kühl wie der Morgennebel über einem stillen Flusstal.

Calzabigi stellte uns vor, das brachte mich zur Besinnung – und bestürzte mich, denn er sagte:

»Monsieur Casanova. Madame Calzabigi.«

»Madame …?« Ich verbeugte mich tief, so tief, wie es mein von der langen Reise noch immer lädierter Rücken zuließ. »Ich … bin entzückt.« Das entsprach durchaus der Wahrheit, doch die vorgebliche Gattin Calzabigis hatte mein Zögern sehr wohl bemerkt, und ich war sicher, unter ihrer dezenten Puderschicht das Aufflammen einer peinlichen Röte entdeckt zu haben. Auch der flackernde Blick aus ihren hellen, meerblauen Augen zeigte an, wie beschämt sie war. Und das war verständlich.

Sie erinnern sich, Madame, dass ich Ihnen schrieb, Calzabigi habe nach seinem Bankrott Madame Calzabigi, die seit zwanzig Jahren seine Gattin gewesen war, in Paris ihrem Schicksal überlassen. Aber gestorben war sie meines Wissens nicht. Dieses schüchterne Mädchen, das nun vor mir stand, mochte wer auch immer sein, aber seine Frau war sie nicht, das stand für mich fest. Und sie wusste augenblicklich, dass ich den Schwindel durchschaut hatte.

Calzabigi focht das indessen nicht an. Er lachte keckernd wie ein exotischer Vogel, klatschte in die Hände und wies seine Lakaien an, das Essen aufzutragen.

Der angrenzende Speisesaal, der dem Salon an prachtvoller Ausstattung und kunstvollem Inventar in nichts nachstand, war ein langer, heller Raum mit Fenstern auf einer Seite. Zwei Lakaien und ein Mädchen servierten Forelle, Wildpastete, Salat und Käse. Alles, auch die gebackenen Feigen, war vorzüglich. Aber nicht unvergesslich.

Calzabigi war die ganze Zeit von so übersprudelnder Geschwätzigkeit, dass man den Eindruck bekam, er brauche gar kein Publikum. Die Zurückhaltung seiner ›Gattin‹

war dagegen ein stummer Schrei nach Aufmerksamkeiten, die ich ihr mehr mit Blicken als mit Worten zukommen ließ.

Nach etwa einer Stunde erhob sich Calzabigi und bedeutete mir mit einem kleinen kalten Blick, ihm in den Flur zu folgen. Vor der Tür deutete er mit einer knappen achtlosen Bewegung seines Kopfs in Richtung des Speiseraums, in dem sie zurückgeblieben war.

»Madame …«, raunte er mir mit seinem fauligen Atem zu, »gefällt Ihnen, nicht wahr?«

Ich wich zurück, antwortete mit einer unbestimmten Geste, die alles und nichts bedeuten konnte. Worauf wollte er hinaus?

»Doch, doch, sie gefällt Ihnen, Casanova«, insistierte er. »Sie gehört Ihnen am heutigen Abend, wenn Sie nur wollen. Für die Kleinigkeit von zehn Friedrichsdor.« Er zog seinen Mund, in dem die dünnen geschminkten Lippen wie zwei Blutfäden wirkten, zu einer grotesken Breite auseinander.

Ich schwieg. Betroffen, dass er mir seine Dame zunächst als seine Gattin präsentierte, nur um sie mir gleich darauf als zu mietende Geliebte anzubieten.

Er versprach, mir am folgenden Tag persönlich oder brieflich Auskunft zu erteilen, welchen Weg Keith sehen würde, die erhoffte Audienz bei Friedrich zu erreichen. Dann erkundigte er sich nach meiner Wohnadresse und verabschiedete sich mit einer hastigen Verbeugung.

»Adieu, mein Freund. Und was Madame betrifft«, er warf einen seiner schwefligen Blicke in Richtung Speiseraum, »so wünsche ich viel Vergnügen.«

Nun, das Vergnügen war bis hierhin ganz auf seiner Seite.

Als ich zurück in den Speisesaal ging, saß Madame Calzabigi schlaff und gewunden wie ein Fragezeichen auf ihrem Stuhl am Kopfende der Tafel. Sie hielt den Kopf gesenkt und fixierte ihre schmale Hand, die wie abgeschlagen auf dem Tisch lag. Das schöne Schiff hatte alle seine Segel eingezogen. Es reizte mich, für ein wenig Wind zu sorgen und es wieder flott zu machen.

Ich bedeutete den verbliebenen Lakaien mit einer energischen Kopfbewegung, die sie sogleich verstanden, den Raum zu verlassen, und ging mit raschen Schritten auf die Dame des Hauses zu. Ich setzte mich ihr schräg gegenüber und ergriff ihre Hand. Sie war kalt und schlaff und feucht wie ein Herbstblatt.

Ich fühlte nach ihrem Puls. Immerhin, er schlug. Schwach. Aber er beschleunigte sich wie ein Geschoss, als ich sagte: »Wer sind Sie wirklich, Madame? Ich muss gestehen, dass es selbst in unseren Zeiten, die vermutlich als die päderastischen in die Historie eingehen werden, ungewöhnlich ist, seine Mätresse als Gattin auszugeben und beiläufig einem Geschäftsfreund für ein paar Friedrichsdors zu seinem Vergnügen anzubieten. Wer sind Sie, Madame? Oder Mademoiselle?«

Ihr Kopf schoss hoch, sie errötete (vermutlich) noch heftiger unterm Gesichtspuder als vorhin schon, ihre seeblauen Augen funkelten mich an, sie entzog mir ihre Hand. Ich ließ sie gewähren. Und setzte den nächsten Stich:

»Für zehn Friedrichsdors gehört mir der Abend, Madame. Mit allem, was sich darin befindet, und dazu zählen Sie in der Hauptsache.«

»Cochon.«

Ich nickte. Wer wollte ihr da widersprechen. Wenngleich ich den Verdacht hege, dass man dieser interessanten Tierart Unrecht tut. Mit derlei Vergleichen und mit ihrem Verzehr.

»Sie missverstehen mich, Madame«, entgegnete ich. »Ich gedenke keineswegs, von Calzabigis Angebot Gebrauch zu machen.«

Ihr Kopf ruckte zurück wie der einer Taube, sie winkelte ihn leicht an und machte für eine Sekunde einen beinahe enttäuschten, in jedem Fall aber überraschten Eindruck. Ich ergriff vorsichtig wieder ihre Hand, ihr Puls schlug noch immer schnell.

»Wer sind Sie, Madame? Vertrauen Sie mir.«

Sie überließ mir ihre Hand und setzte eine schuldbewusste Miene auf, als hätte sie soeben ihr Kind ertränkt. »Also gut, Monsieur Casanova. Ich bin nicht die Madame Calzabigi, als die mich dieser widerliche Vertreter Ihres nichtswürdigen Geschlechts in Berlin eingeführt hat. Ich bin Sophie-Anne Bélanger. Aus Paris. Die Tochter von Jean-Marie Bélanger. Mein Vater war Bankier und machte Bankrott. Er flüchtete nach Lyon, wurde aber unterwegs von Räubern überfallen und getötet. Ich … befand mich vor zwei Jahren in einer schlimmen Notlage, als auch meine Mutter plötzlich starb. Ein alter Freund meines Vaters, der sich auch als meiner ausgab, ebenfalls ein Bankrotteur, sein Name tut nichts zur Sache, hätte sicher nichts dagegen gehabt, mich zu seiner Mätresse zu machen. Aber er war finanziell außerstande und auch … als Mann, wenn Sie verstehen?« Ich verstand und senkte die Augenlider.

»Eines Tages«, sagte ich, »wird man ein Kraut finden, das auch solchen Männern hilft.«

»Einen Tag, den ich nicht mehr zu erleben hoffe«, antwortete sie rasch.

»Nun, einstweilen hilft Sellerie.«

»Bei diesem Herrn half zum Glück nichts. Und so bot er mich Calzabigi an, den er geschäftlich kannte. Calzabigi war bereits in Berlin und ließ mich zu sich kommen. Seitdem figuriere ich als Madame Calzabigi.«

»Und ist er … imstande?«

Sie entzog mir wieder ihre Hand und wog den Kopf hin und her. »Wie man es nimmt.« Plötzlich klatschte sie laut in die Hände und ließ uns vom herbeigeeilten Lakaien Champagner kommen. Wir tranken aus Kristallgläsern, sprachen über Paris, schwiegen eine Weile, tranken wieder, und mit dem erfrischend duftenden, köstlich kühlen Getränk schäumten immer mehr auch die Bedürfnisse in mir auf.

»Mademoiselle, ich versichere Ihnen erneut, dass ich das Geschäftsangebot des Hausherrn keineswegs in Anspruch nehmen werde«, leitete ich das Thema vorsichtig ein, indem ich mein Glas abstellte und ihre beiden Hände ergriff. Ihre Augen weiteten sich und schienen alles Licht im Raum einzufangen. »Wenn jedoch umgekehrt Sie, Mademoiselle, die Gunst der Stunde nutzen möchten, zu Ihrem Vergnügen über mich zu verfügen, so …« Ich blickte weiter forschend in ihr Gesicht, in das auf einmal Bewegung kam wie bei einer sanft geschwungenen Schneelandschaft, über die ein kräftiger Wind fährt.

»So … was?«, fragte sie, und ich spürte mit einem Mal einen Hitzeschwall, bei dem ich nicht sicher war, ob er von mir oder von ihr ausging.

»So würde ich mich glücklich schätzen, Mademoiselle. Und …«

»Und … was?«

»Und schweigen. Im Bewusstsein und in der Genugtuung, aus einem Gecken einen betrogenen Ganter gemacht zu haben.«

»Das Arrangement setzt voraus, dass auch ich schweige.« Sie fixierte mich wie mit Pfauenaugen, die Lippen in ihrem lilienweißen Gesicht öffneten sich nur leicht, doch das Ergebnis war ein Dammbruch.

Wir wechselten die Zimmer und ertranken in einem halben Dutzend isabellfarbener Seidenkissen unter einem geschweiften Himmel ihres Betts à la Duchesse. Der zarte lichtblaue Vorhang blieb halb offen, die Wände des Zimmers waren rundherum verspiegelt, sodass unser Vergnügen, durch ein Dutzend Leuchter illuminiert, bis ins Unendliche vervielfacht wurde. Ich weiß, Madame, Sie hätten es ebenso gehalten.

Mademoiselle Sophie-Anne eroberte den Abend, und zu allem, was dazu gehörte, zählte auch ich, in aller Bescheiden- und Lüsternheit.

Ich blieb jedoch nicht über Nacht. Meine Lust, Calzabigi heute noch einmal zu begegnen, glich einem Brechreiz. Ich empfahl Sophie-Anne, die Tür ihres Zimmers zu verschließen, bevor er (falls er) heimkam.

Sie war so freundlich, mir aus Calzabigis Marstall einen Wagen und einen Fahrer zur Verfügung zu stellen, um mich zurück zum Hôtel de Paris zu fahren. Wir rollten gen Westen, der Tag legte sich zum Sterben, wenngleich die Straßen noch belebt waren. Auch in mir waren die Lebensgeister erwacht, Madame. Ich war wieder – ich selbst.

Im Gasthof ging ich ohne erneuten Umweg auf mein Zimmer und öffnete ein Fenster. Der Himmel war schwarz, tief und unendlich, es roch ein wenig faulig wie von gammelnden Kohlblättern, vereinzelt hörte man noch die

Knirsch- und Rumpelgeräusche fahrender Kutschen und sogar die Schritte mutiger Passanten, deren Leuchten wie Glühwürmchen durch den Raum zu schweben schienen.

Ich lehnte mich etwas hinaus und blickte mich um. Auch Zierenbergs hatten die Fenster geöffnet. Ich wartete noch eine Weile, doch kein Seufzer, kein leises Ächzen, kein ›Liebster‹ war von drüben zu vernehmen.

Ich schloss das Fenster und ging zu Bett, ich schlief erschöpft ein.

Am nächsten Morgen erwachte ich mit dem größten Wohlbehagen. Die Sonne stahl sich an den Rändern der Vorhänge vorbei ins Zimmer. Bernice öffnete vorsichtig die Tür und kam mit einer Schale Obst herein. Ihr rundes Gesicht war totenblass, ihre Züge wirkten verschlossen. Sie entschuldigte sich, falls sie mich geweckt habe und teilte mir die Uhrzeit mit. Halb neun. Sie richtete ein wenig das Zimmer her, während ich mich wieder in die Kissen sinken ließ. Ich verschränkte die Arme hinter dem Kopf und genoss die Untätigkeit, die den Geist so heiter und leicht macht.

Der erregende Geschmack des gestrigen Abends lag mir noch auf der Zunge. Und gleich darauf stieg in meinem Inneren das verheißungsvolle Bild – nein, nicht Sophie-Annes, sondern der kleinen Kaufmannsgattin gleich nebenan auf. Ich spürte, wie mir auf einmal der Appetit wie Saft in alle Fasern schoss. Ich richtete mich auf, es war nur eine Idee, vielleicht eine Ahnung, aber ich erkundigte mich bei Bernice, ob meine Nachbarn, die Zierenbergs, schon auf den Beinen seien.

»Monsieur hat bereits gefrühstückt«, antwortete das Mädchen beiläufig. »Dann ist er fort. Vermutlich in Geschäften.«

»Und Madame?«

»Ist in ihrem Zimmer. Ich bringe ihr gleich anschließend das Frühstück.«

»Nein«, hatte ich plötzlich eine Eingebung »*Ich* bringe es ihr. Trage ihr Tablett zuerst zu mir, Bernice.«

Sie starrte mich verständnislos an.

»Ach, und sorge für Champagner! Nein, besser noch Champagnerpunsch!«

»Bedaure, Monsieur, aber Punsch …«

»Wenigstens Austern?«

Sie schüttelte den Kopf. »Heute nicht.«

»Dann muss es ohne gehen. – Rasch, rasch, was stehst du noch herum, Bernice!«

Während sie sich stoisch auf den Weg machte, das Frühstück zu holen, erfrischte ich Kopf und Körper in aller Eile am Lavoir, parfümierte mich stärker als gewöhnlich und schlüpfte in meinen Schlafrock. Ich fing Bernice noch im Flur ab und übernahm das riesenhafte Tablett mit dem Frühstück: Kaffee, Schokolade, Eier, Weißbrot, eine Art Pflaumenmus (eine deutsche Spezialität, heißt es), Schinken, der Champagner und noch diverse Dinge, für die ich jetzt kein Auge hatte.

Ich trat ohne zu klopfen bei meinen Nachbarn ein und überraschte – um nicht zu sagen: entsetzte – Madame, die an einem kleinen Tischchen saß, um einen Brief zu schreiben. Sie starrte mich an wie das angepflockte Kalb den plötzlich auftauchenden Wolf.

Ich stellte das Tablett auf den Tisch in meiner Nähe ab und setzte bereits zu einer galanten Erklärung für eine recht ungalante Einladung an, als mir auffiel, dass sie den Ernst der Lage bereits vollständig begriff. Ihre zitternden Lippen öffneten sich, sie sagte leise und angstvoll: »Er kann jeden Moment zurückkommen.«

Das plötzlich aufblühende, noch ungeschminkte Gesicht der jungen Frau entwaffnete mich. Für Sekunden stand ich still im Zimmer und betrachtete meine schöne kleine Nachbarin in ihrem erdbeerfarbenen Nachtmantel. Als ich bemerkte, dass sie nun auch am Körper anfing zu zittern, machte ich kehrt, um … nun, um die Zimmertür zu verschließen. Doch sie missverstand dies als meinen scheinbaren Rückzug und rief erschrocken: »Nein.« Zwei Sekunden vergingen, ehe sie wiederholte: »Bleiben Sie.«

Ich drehte also den Schlüssel im Schloss herum, ging entschlossen auf sie zu und nahm die Zitternde bei den Händen. Ich beugte mich tief zu ihr hinunter, im nächsten Moment saugten ihre Lippen an meinen wie Wesen mit eigenem Willen. Unter der seidenen Erdbeerhaut trug sie nichts als die Chemise, beides lag so schnell am Boden, als hätte eine unsichtbare Hand daran gezogen. Ich spürte ihr Herz rasen, der Schweiß brach ihr aus, meine Hände glitten über ihre weiße Haut wie über schmelzendes Eis, ich sog ihren schweren Duft ein, Eau de Vestale, schmeckte das erregende Meersalz aus Angst und Lust. Ich fühlte mich jung und animalisch, beinahe wie vor zwanzig Jahren. Was soll ich sagen, Madame, wir taumelten zum Bett und frühstückten – uns.

Der Gatte kam spät zurück, lange, nachdem wir satt und befriedigt waren. Ich war mehr als rechtzeitig zurück in meinem Zimmer und drückte Bernice eine Münze in die Hand, damit sie sich an nichts erinnerte. Zum ersten Mal in diesen Tagen sah ich sie angedeutet lächeln. Wegen des Geldes oder wegen des damit versiegelten kleinen Geheimnisses, in das sie nun eingeweiht war. Ich mag sie und vertraue ihr.

AM SPÄTEN VORMITTAG erreichte mich durch einen Boten die erwartete Antwort Calzabigis. Ich ließ den Burschen warten, während ich den Brief las: ›Signore, meine Unterhaltung mit dem Lordmarschall war überaus Gewinn bringend.‹ Ich gehe davon aus, Madame, wir dürfen das wörtlich nehmen. Er schrieb weiter: ›Keith lässt Sie grüßen und empfiehlt Ihnen, sich direkt an Friedrich mit der Bitte um eine Audienz zu wenden. Im Übrigen hofft der Lordmarschall, Sie am Abend in der Oper zu sehen, die der König im Schloss Charlottenburg aufführen lässt. Keith lädt Sie hiermit ein, ich werde ebenfalls dort sein. Darf ich Ihnen einen Platz in meiner Kutsche anbieten? Schreiben Sie dem König, Casanova. Er wird, meint Keith, Sie zweifellos vorlassen. Calzabigi.‹

Ich ging zum Sekretär und schrieb unter die letzte Zeile des Gauners: ›Signore, ich sagte bereits und wiederhole mich, es fällt mir gar nicht ein, mich ohne Empfehlungsschreiben an gleich welchen König zu wenden. Ich werde den Lordmarschall persönlich um eine Empfehlung bitten, wenn wir uns später in der Oper sehen. Casanova de Seingalt.‹ Mit dieser Antwort schickte ich den Burschen fort.

Das Mittagessen nahm ich gemeinsam mit den Zierenbergs an Madame Rufins großer Tafel ein. Ich gestehe, die deftige Lebensart der Deutschen hat eine überaus ansteckende Wirkung auf mich, liebe Freundin. Es gab ein repräsentatives Sortiment von Havelfischen in Gelee: Zander, Hecht, Plötze und Bleie. Dazu Eier, Gurken und gekochte Erbsen. Eine vorzügliche Mahlzeit, die sich über zwei Stunden hinzog, äußerst pikant gewürzt durch die amüsierten Blicke, die Madame und ich uns wie Bälle im Lustgarten ganz offen zuwarfen. Monsieur bemerkte nichts davon, er hielt unterdessen einen Vortrag über Erziehung. Er trat heute vehement dafür ein, dass ein Kaufmannsjunge seinem Prinzipal vor allem anderen Treue zu halten habe und blinden Gehorsam schulde.

»Ah, wie ich sie verabscheue, die Grübler, die Hochnasen, ich kann sie gar nicht vertragen. Ich erwarte, dass man meinen Anordnungen ohne Widerrede folgt!«, schimpfte er, als habe man sich gerade vorhin noch seinen Anordnungen widersetzt.

Ich merkte an, dass sich offenbar viel Preußisches auch in der Hamburger Kaufmannschaft finde. »Und beziehen Sie denn den Gehorsam und die Treue in gleicher Weise auf das Verhältnis von Ehegatten?«, setzte ich naiv fragend hinzu.

Er machte eine etwas verblüffte Miene, während seine kleine schöne Gattin sich am Hecht verschluckte. »Nun«, sagte er nach einigem Nachdenken, »das Wichtigste dürfte denn doch wohl sein, dass die Frau sich angemessen kleidet, darüber hinaus das Gesinde zu leiten und den Haushalt zu führen weiß.«

Ich stimmte ihm herzhaft zu und wir stießen mit unseren Gläsern an, während ich meinen Blick über die sanfte hellrosa Hügellandschaft gleiten ließ, die Madame für den Genießer auszubreiten wusste.

Wir kamen auf unsere Nachbarn zu sprechen, den alten Baron und seinen Sohn. Die Herren von Ribbeck, wusste Zierenberg von Madame Rufin, trafen sich mit ihrer Familie in ihrer Berliner Stadtwohnung, um später zur Oper nach Charlottenburg zu fahren. Die Wirtin habe dies schon deshalb berichtet, um nicht etwa den Eindruck entstehen zu lassen, es habe den vornehmen Gästen in ihrem Haus nicht gefallen, vermutete Zierenberg. Aus kaufmännischer Sicht goutierte er diese Flüsterpolitik ausdrücklich.

Dennoch kam mir einiges an der Sache merkwürdig vor. Warum, fragte ich mich, waren die Herren nicht von vornherein in ihre Stadtwohnung gezogen? Was steckte hinter der ominösen Suche nach dem verschwundenen Grafen, ihrem Verwandten? Und wie war das ebenso auffällige wie widersprüchliche Verhalten des alten von Ribbeck gegenüber Bernice Rufin zu erklären? Wie stand Madame Rufin, immerhin die Mutter des Mädchens, zu all diesen obskuren Vorgängen? Nun, das war nicht meine Sache, nicht wahr, aber immerhin doch seltsam.

Wir nahmen zusammen noch den Mokka und den Likör. Dann verabschiedete ich mich. »In der Hoffnung auf ein baldiges Wiedersehen, Madame«, verneigte ich mich tief gegenüber der Gattin. Und weniger tief gegenüber dem Gatten.

Kurz darauf – ich hatte ihn schon beinahe vergessen, da es mir im Gasthof im Augenblick an nichts fehlte – stellte sich mir der Schwager des Friseurs vor, um sich mir als mein Bedienter zu empfehlen.

Sein Name ist Lambert, und in der Hoffnung, Sie mit einem kuriosen Menschen zu unterhalten, liebe Freundin, lassen Sie mich ein paar Worte über ihn verlieren. Er kündigte sich gewissermaßen durch den alkalischen Geruch wie nach altem Käse an, den er verströmte. Ein kleiner, dünner Mann von Ende zwanzig, ausgemergeltes, ovales Gesicht mit dunkler Haut, verklebtes, langes, schwarzes Haar, eine lange, dünne Nase, fliehendes Kinn, dunkle Augen unter ein wenig traurig hängenden Lidern. So stand er vor mir, den löcherigen Stroh-Dreispitz unterm Arm, in einer fadenscheinigen moosgrünen Weste beinahe ohne Knöpfe, die Kniehosen ehemals beigefarben, jetzt überwiegend schlammgrau, ebenso die Strümpfe. In Ordnung war nur sein schlichtes, aber solide aussehendes Schuhwerk.

Sein Französisch war grauenhaft (aber vielleicht nicht ungewöhnlich für einen Lothringer) und der Inhalt seines Geredes absurd.

Ich fragte ihn, was ihn nach Berlin treibe. »Doch nicht etwa auch das Friseurhandwerk? Dann müsstest du bei deinem eigenen Kopf anfangen.«

Er lachte darüber und behauptete, er sei Soldat gewesen und habe mit seinem Regiment im Elsass gelegen.

»Wo genau? In Straßburg?«

Er stutzte. Und schüttelte den Kopf. »N-nein, in Thann war's. Ich bekam dort Streit mit einem Fähnrich. Er ohrfeigte mich. Ich gab ihm die Klinge.«

»Du … du gabst ihm … Du willst sagen, du hast ihn erdolcht?«

Diesmal lachte ich. Ein angeblicher Mörder, der nichts Besseres zu tun hatte, als sich mit seiner Tat zu brüsten, um sich damit als Bedienter einem Herrn zu empfehlen? Das ging über meinen Verstand.

Lambert setzte ein Schafsgesicht auf und schien beleidigt.

»Warum tischst du mir eine solche Lügengeschichte auf, Freund? Hältst du mich für einen Esel?«

Ein schlaues Blitzen trat in seine Augen. »Eher für einen Goldesel, Monsieur.« Er zuckte die Schultern. »Ich dachte, es kann nicht schaden, mich Ihnen mit einem ordentlichen Fuder an Tapferkeit und Courage zu präsentieren.«

Ich lachte wieder. Seine bauernschlaue Art gefiel mir. »Zumindest kannst du tapfer Lügen erfinden, das ist womöglich wichtiger, als wütend die Klinge zu führen. Hör zu, Lambert, du gehst gleich hinaus in den Hof und lässt dich vom Stallknecht am Brunnen unten schrubben wie ein Schwein nach der Schlachtung. Dann besorgst du dir einen Satz neuer Kleider, dunkler Rock, helle Weste, cremefarbene Hosen. Die Strümpfe …? Lass sie waschen. Die Schuhe sind in Ordnung. Ich sorge dafür, dass Madame Rufin dir ein Bedientenzimmer zuweist. Da hast du Geld fürs Erste.« Ich steckte ihm zwei Taler zu. »Und jetzt fort mit dir, bevor ich mich übergeben muss.«

Er verbeugte sich, dankte, griente dabei und polterte hinaus. Mit etwas entschärfter Geruchsfahne und in anderen Kleidern kehrte er später zurück. Neu waren sie nicht, aber sie entsprachen meinen Wünschen und waren sauber. Lambert hatte sie in einer der Trödelbuden an den Spreebrücken, die ich bereits erwähnte, aufgestöbert. Sein Haar klebte ihm allerdings immer noch am Kopf wie nasses Gras.

»Nächstens lässt du dir die Haare von deinem Schwager frisieren. Trag einen Zopf. Du sollst mir ein wenig preußisch aussehen. Doch ehe das nicht gemacht ist, bist du in Gesellschaft nicht vorzeigbar.« Er zuckte die Achseln und die Mundwinkel.

Während er mir nun bei der Garderobe für die Oper zur Hand ging, fragte ich ihn, was es mit seinen mathematischen Interessen auf sich habe, von denen mir sein Schwager berichtet hatte. Ich glaubte nicht wirklich an diese Geschichte des Friseurs, umso weniger, nachdem ich Lambert jetzt kennengelernt hatte.

Mehr um mich mit seinen Flunkereien zu unterhalten, fragte ich ihn, während er mir das frische Hemd überzog:

»Mit welchem mathematischen Problem beschäftigst du dich zurzeit, Lambert?«

»Mit der Unendlichkeit, Monsieur«, antwortete er.

»Sieh an, die Unendlichkeit. Das ist keine Kleinigkeit.« Ich bat ihn, mir das Problem zu erläutern.

Er sah sich im Zimmer um, deutete mit dem Kinn auf die Schale mit Früchten, die Bernice am Morgen auf den Tisch gestellt hatte.

»Die Früchte dort«, sagte er. »Birnen und Äpfel. Acht Stück, scheint's, eine ganz bestimmte Menge.«

»Hm, und?«

Er half mir jetzt mit der Weste. »Ich frage mich, Monsieur, ist es möglich … äh … kann es das Unendliche im Endlichen, ja sogar im Einfachen geben?«

Ich schüttelte den Kopf. »Was zum Teufel faselst du, Lambert?«

»Nehmen Sie diesen Apfel, Monsieur.« Er stampfte hinüber zum Tisch und nahm den, der zuoberst in der Schale lag, heraus. »Ein Apfel. Mehr nicht.«

»Richtig. Mehr nicht.«

»Genau einer.«

»Ja doch, Lambert.«

»Was nun aber, wenn Sie den Apfel teilen müssten?«

»Kommt gar nicht in Frage. Du wirst ihn mir gleich schälen und vierteln.«

»Das war es, was ich meinte, Monsieur: Sie schneiden den Apfel …«

»*Du* wirst es tun, Lambert.«

»Pardon, Monsieur, selbstverständlich. Ich teile ihn also für Sie. In Viertel, wie Sie sagten.«

»Brav. Reich mir die Strümpfe, Lambert. Rasch.«

»Der Apfel ist jedoch recht groß, Monsieur.«

»Willst du ein Stück? Bon, in Ordnung.«

»Danke, Monsieur. Aber ich will etwas anderes sagen: Der Apfel ist groß, vielleicht wäre es also sinnvoll, die Viertelstücke weiter zu teilen.«

»In Ordnung, tu das. Aber was hat der dumme Apfel nun mit deiner Unendlichkeit zu tun?« Ich wurde ärgerlich, mein neuer Bedienter schien mich tatsächlich zum Narren halten zu wollen.

»Angenommen, Monsieur, nur ein Gedankenspiel, gesetzt also, Sie teil…, pardon, ich teilte den Apfel weiter für Sie, sodass wir Achtel erhielten, Sie wären jedoch noch immer unzufrieden damit, ich teilte deshalb auch diese Stücke …«

»Gut, und was dann?«

»Angenommen auch, wir … ähm … wir hätten die Gerätschaft dazu, den Apfel immer weiter zu teilen. In immer kleinere Teile. Wie oft könnten wir diesen Vorgang …«

»Einen vollkommen unsinnigen Vorgang, Lambert.«

Mein Einwand kümmerte ihn nicht. »Wie oft könnten wir dieses Teilen von Apfelschnitzeln wiederholen«, fuhr er fort, »wenn wir nur das Messer dazu, ein rechtes Zaubermesser, hätten?«

»Das weiß Gott, mein Lieber. Denn nur er dürfte das Wunderwerkzeug dazu haben, dein Gedankenspiel bis zum Ende durchzuführen.«

»Eben nicht!«, rief er plötzlich und riss die Hand, die noch den Apfel hielt, in die Höhe. »Nicht mal Gott könnte es.« Er hatte die Augen vor Begeisterung weit aufgerissen wie ein Komödiant. Aber es war ihm todernst damit. »Nicht einmal Gott könnte jemals bis zum Ende gelangen, Monsieur. Denn es gibt keins. Mit dem rechten Werkzeug ist unser Apfel unendlich oft teilbar.« Er machte eine erstaunlich elegante, schraubende Bewegung mit der rechten Hand. »Da haben Sie die Unendlichkeit in der Endlichkeit, Monsieur. Dieser Apfel enthält die ganze Welt. In jedem Apfel steckt das ganze Universum.«

Ich starrte ihn an. War dieser kleine, stinkende, Französisch radebrechende Lothringer nun ein Genie? Oder doch eher ein Verrückter? Ich bin noch nicht entschieden in dieser Frage, aber die zweite Variante wäre mir angenehmer.

Später

MEIN BRIEF ist bereits lang geworden, Madame, er wird noch länger werden. Ich beabsichtige nicht zu schlafen. Ich könnte es nicht, ehe ich Ihnen für heute nicht *alles* berichtet habe. Alles von der Oper. Und von *ihr*.

Calzabigi fuhr am hohen Nachmittag in einer sechsspännigen Berline vor. Er begrüßte mich matt und machte mir ein wenig umständlich Platz. Vermutlich sah er sich beleidigt, weil ich sein Angebot, von seiner vorgeblichen Gattin Gebrauch zu machen, anscheinend nicht gewürdigt hatte. Zumindest hatte er nicht daran verdient. Mademoiselle Bélanger alias Madame Calzabigi belegte die Seite vis-à-vis. Sie war mit schlichter Eleganz gekleidet. Unter dem quittengelben Manteau mit Nerzrand trug sie eine himbeerfarbene Robe, unter der die schwanweißen Ärmel hervorquollen wie ein erstarrter schaumiger Strudel. Um den Hals trug sie zum feierlichen Anlass eine doppelreihige Perlenkette, die wie ein Band aus Licht blitzte und Calzabigi ein Vermögen gekostet haben musste. Ihr silbergrau gepudertes Haar trug sie in sanften Wellen hochgesteckt.

Vielleicht war es die aufreizend nachlässige Art, mit der sie sich Luft zufächerte, die mich auf der Stelle wieder für Mademoiselle Sophie-Anne entflammte. Ich verschloss die Erinnerung an die wagemutige Madame Zierenberg in den hintersten Kammern meines Gedächtnisses. Sollte es jemals dazu kommen, Madame, dass ich mich genötigt sehe, aus Langeweile oder Überdruss meine Memoiren zu verfassen, so soll die Hamburgerin darin nicht vergessen werden.

Jetzt aber saugte sich mein Blick an Sophie-Anne vis-à-vis fest. Sie schien mir bedrückt, ihre Augen waren trüb wie blinde Spiegel. Wen wundert's, da Calzabigi sie wiederum der ganzen höfischen Gesellschaft als seine Gattin präsentierte, obwohl alle Welt wissen dürfte, dass sie es nicht war. Sie ließ ihren Blick aus dem Fenster schweifen, ich folgte ihm. Es war schwül, der Himmel bedeckt. Wir zogen an herrschaftlichen Equipagen vorbei und an Holzfuhrwagen, die einen donnernden Lärm verursachten, an Husaren mit Koppeln über der Schulter und grünen Leibjägern mit aufgeblasenen Gesichtern und langen Federn an den Hüten.

Charlottenburg liegt im Westen, Madame, eine gute Wegstrecke vor dem schlichten Brandenburger Tor Berlins. Wir fuhren unter dem grünen Dach von vier Reihen Linden vorbei an den Palästen der Königsfamilie. Die Schönheit Berlins war beeindruckend, besonders jetzt, im sattgelben Licht der Sonnenstrahlen, die durch die wollgraue Wolkendecke sickerten.

Calzabigi hatte bereits die ganze Zeit geredet, ich hatte ihm jedoch nicht eine Sekunde zugehört. Als wir an dem eleganten Gebäude der Oper vorbeikamen, kicherte er plötzlich auf eine nervöse Art.

»Seine Majestät ist doch ein unglaublicher Geizkragen«, sagte er. »Warum lässt er die Aufführung nicht in der Oper stattfinden?«, fragte er mich. Jedoch nur zum Schein, denn bevor ich ihn daran erinnern konnte, dass der Anlass in diesem Fall kein allgemein öffentlicher war, gab er sich gleich selbst die Antwort. »Ich sag's Ihnen, Signore: Weil es ihm zu teuer ist. Wissen Sie, was allein die Wachskerzen für einen Abend in der Oper kosten, Casanova?« Ich zuckte die Achseln. »Dreitausend Taler. Nur die Kerzen. Dann all die Gewänder, Kostüme, Dekorationen.« Er schüttelte den Kopf. »Da kommt ihn Charlottenburg heute Abend billiger. Das er ansonsten aber sträflich vernachlässigt, heißt es, seitdem er sich sein Sanssouci geschaffen hat.«

Das freilich war nicht zu erkennen, als wir endlich das prachtvolle Schloss erreichten. Eine kaum überschaubare Zahl weiterer Kutschen der Gesellschaft rollte knirschend heran und drängte sich im Hof vor der Orangerie wie Bienen vor ihrem Stock. Friedrich hatte gepfiffen und der Hof tanzte herbei. In einem bunten Putz, der mit Versailles fast konkurrieren konnte.

Mitten zwischen all diesen bunt drapierten, duftenden, mit Mehl bestäubten, mit Edelsteinen, Perlen, Silber und Gold geschmückten Leibern durchschritten wir den weiten Hof des Schlosses, während Calzabigi sich in alle Richtungen verbeugte, als würde er jeden Einzelnen der Konzertbesucher persönlich kennen (zumindest aber seinen Vermögensstand).

Die Aufführung fand im lang gestreckten, prachtvoll geschmückten Orangerietheater statt, illuminiert von unzähligen Kerzen, ungeduldig erwartet vom Publikum, gleichgültig und mit unbewegten Gesichtern zur Kenntnis genommen von einer großen Schar livrierter Lakaien. Aber lassen wir das Allgemeine, Madame, ich langweile Sie. Kommen wir zum Besonderen. Dem König.

Ein Tusch von Pauken und Trompeten ertönte, das Publikum erhob sich, die Musiker in ihren Kostümen erstarrten zu bunten Eiszapfen. Majestät betraten den Saal.

Hatte Madame Rufin mir den König nicht ein Dutzend Mal schon in seinem alten Soldatenrock und seinen hohen Reitstiefeln, in denen er ihrer Meinung nach sogar schlief, beschworen? Nichts da, zum festlichen Anlass erschien Friedrich im bordeauxroten Seidenrock, an allen Nähten mit Gold bestickt und in schwarzseidenen Strümpfen. Ich saß entfernt von der Bühne, in den hinteren Reihen, doch so viel erkannte ich, dass da ein kleiner, leicht gekrümmter Mann den Saal betrat, den goldbetressten Hut unterm Arm, seine mild lächelnde Schwester an der Seite.

Das also war der Große Friedrich. Eine Krähe als Papagei verkleidet.

Hinter dem Kapellmeister nahmen der König mit seiner Schwester und weitere Mitglieder der Familie Platz. Nachdem er (der Kapellmeister) sich allmählich von seinem allzu tiefen Bückling erholt hatte, begann die Aufführung.

Leider hatte Calzabigi zwischen mir und seiner ›Gattin‹ Platz genommen. So konzentrierte ich mich erzwungenermaßen auf die Kunst. Es handelte sich jedoch keineswegs um die Württemberger Oper, wie der junge von Ribbeck geglaubt hatte, sondern um ein Werk von Scarlatti, mit einem Libretto von Goldoni; ursprünglich war es, wenn ich mich nicht täusche, der Signora Catterina Loredan Mocenigo gewidmet. Ich hatte das Glück, es bereits bei seiner Uraufführung, vor gut einem Jahrzehnt im Teatro

Nuovo di San Samuele, zu sehen. Ein köstliches Werk, vermutlich eine Wahl des Königs, die seinen Geschmack bewies.

Die Inszenierung war wunderbar. Calzabigi weckte mich in der Pause. Oder war es Keith? Der König war es jedenfalls nicht, er hatte bereits den Saal verlassen, wie an der allgemein sich lockernden Stimmung unschwer zu erkennen war. Selbst die höfische Gesellschaft, Madame, fürchtet diesen knöchernen König wie ein unberechenbares Raubtier.

Lord Keith traf ich, als ich wieder ganz bei Sinnen war. Calzabigi hatte ihn bereits entdeckt und steuerte auf ihn los wie ein sturmgeprüftes Schiff, das endlich seinen Hafen gefunden hat. Sophie-Anne begleitete ihn devot wie ein Hündchen; dies zu beobachten, schmerzte mich.

Nachdem Calzabigi den Lordmarschall mit einem Jahresvorrat an Verbeugungen bedacht hatte, begrüßten Keith und ich uns wie alte Freunde. (Streichen Sie das unschöne Wörtchen ›alt‹, Madame, wenigstens in Bezug auf mich.)

»Monsieur Casanova, wenn ich es nicht besser wüsste, würde ich Sie für höchstens vierzig halten!«

»Mit Verlaub, Mylord, ich bin erst neununddreißig.«

Er lachte lauthals. »Schon gut, mein Bester, ein Scherz, den Sie mir wohl verzeihen.« Das fiel mir nicht schwer. Ich schrieb die kleine Taktlosigkeit *seinem* Alter zu, er ist einiges über siebzig. Wir sprachen von seinen Gütern in Schottland, die ihm die englische Regierung zurückgegeben hatte. Er war noch nicht sehr lange zurück in Preußen und lebte »in bescheidenem Pomp«, wie er sich ausdrückte. »Gewissermaßen Rücken an Rücken mit dem König in Potsdam.«

Da waren wir denn beim Thema. Ich trug ihm meine Bedenken vor, den König ohne seine Empfehlung um eine Audienz bitten zu wollen. Doch er riet mir dringend zu.

»Der König hat keine Vorurteile. Mein Name auf Papier würde Ihnen nichts nützen. Schreiben Sie ihm. Er wird sich mit Ihnen unterhalten, wenn er die Zeit findet. Wie lange beabsichtigen Sie zu bleiben, Monsieur?«

»Den Sommer über. Berlin ist so überaus anziehend«, sagte ich und bedachte Sophie-Anne mit einem ungenierten Blick in ihr schönes, erregtes Gesicht, das dem festlichen Anlass, der Musik, dem Champagner, den vielen Menschen und vielleicht auch meiner Gegenwart geschuldet war.

Der Lordmarschall folgte meinem Blick und lächelte süffisant. »Ja, Berlin hat seine Reize«, bemerkte er und bat mich dann ganz ernsthaft, ihn über den Fortgang meiner Geschäfte auf dem Laufenden zu halten. »Übrigens könnten auch Sie mir einen Gefallen erweisen«, fügte er hinzu.

»Mit dem größten Vergnügen, Mylord. Wenn es in meiner Macht steht. Worum handelt es sich?«

Er streifte Calzabigi mit einem ironischen Blick und sagte: »Wie mir unser Lotteriekönig hier berichtet hat, logieren Sie im Hôtel de Paris, Chevalier?« Ich nickte. »Hm, es wohnt dort auch ein junger Landsmann von mir, Boswell. Er stammt aus einer der ältesten Familien Schottlands, mit der ich seit Langem befreundet bin. Boswell Junior hat mich von London aus hierher begleitet. Er befindet sich auf seiner Grand Tour durch Europa und hat sich in den Kopf gesetzt, Friedrich zu sprechen. Nur leider ist er ein Bruder Leichtfuß ...«

»Als solcher war mir der Preußenkönig noch gar nicht bekannt, aber es ist schön zu hören, dass wir beide vom gleichen Stamm sind, Friedrich und ich.«

Keith lachte in seiner ungezwungenen Art sehr herzhaft über meinen doch recht faden Witz. »Nun, Chevalier, Sie verstehen mich schon. James Boswell wohnt ebenfalls im Hôtel de Paris. Und ich möchte Sie bitten, ihn vielleicht ein wenig im Auge zu behalten. Er neigt sehr den Damen in gewissen Häusern zu und treibt es, soweit ich es beobachten konnte …«

»Sie konnten es beobachten?«

Ein weiterer billiger Scherz, Madame, ich bitte um Verzeihung, aber der leutselige Keith lachte wieder laut auf und die Umstehenden sahen sich bereits amüsiert und neugierig nach uns um. »Nun, Boswell macht es allzu oft, ohne bewaffnet zu sein.«

»Ich verstehe«, sagte ich. »Sie meinen, jemand sollte ihn daran erinnern, dass die Franzosenkrankheit nicht auf Frankreich beschränkt bleibt.«

Der Lord stieß mir vergnügt mit der Faust in die Seite, die ich noch jetzt schmerzhaft spüre. Ich verzieh ihm das. Und versprach mein Bestes zu versuchen, solange ich im Hotel wohnen würde. So verabschiedeten wir uns fürs Erste ebenso herzlich, wie wir uns begrüßt hatten.

Calzabigi wurde von Keith vollständig ignoriert. Seiner ›Gattin‹ schenkte der Lordmarschall jedoch einen offen bewundernden Blick. Calzabigi blickte mich dennoch zufrieden und selbstgefällig an. Die Gewohnheit billiger Rechthaber.

Unter einer Hitze zum Sterben infolge der unzähligen Kerzen im taghell erleuchteten Saal fächerten die Damen wie um ihr Leben, ich für meinen Teil hielt mich an den kühlen Champagner, der gereicht wurde. Ich ließ meinen Blick schweifen und seltsam, nach dem Abschied von dem so ungezwungenen, auf natürliche Weise liebenswerten Keith wuchs in mir auf einmal das Gefühl, es mit lauter Puppen um mich herum zu tun zu haben, mit gepuderten Marionetten in kostbaren Kleidern, die sich unter einer gigantischen Wolke aus tausend morgen- und abendländischen Düften nur versammelt hatten, um dazuzugehören, um zu sehen und gesehen zu werden. Und mitten darin ich selbst.

Aus diesem Gefühl von plötzlichem Überdruss riss mich ausgerechnet und unverhofft der alte Baron von Ribbeck. Ich war überrascht, ihn auf einmal neben mir auftauchen zu sehen wie einen dicken Karpfen an der glitzernden Oberfläche eines tiefen Gewässers. Ich begrüßte ihn stumm, mit steifer Verbeugung und ehrlich empfundener Abneigung. Und das nicht nur wegen der unwillkürlichen Bewegung, mit der Sophie-Anne hinter ihren ›Gatten‹ schlüpfte, geradezu eine Fluchtbewegung, die mich erst auf den alten Baron aufmerksam machte. Mit finsterem Gesicht und einem robusten, anspruchslosen, in der Oper jedenfalls deplacierten Stock in der Hand stand er da wie ein Schlachter mit der Keule vor dem armen Vieh.

Es schien immerhin, als habe er sich mir aus einem bestimmten Grund genähert. Gab es nicht genügend andere, an denen er seine schlechte Laune auslassen konnte?

Ich wich seinem Blick aus und sah mich über seinen bezopften Vierkantkopf hinweg nach seinem Sohn, dem jungen Baron, und der übrigen Familie um. Sie befanden sich einige Armlängen entfernt. Man stand zusammen in einer großen Gruppe mit zahlreichen anderen Gästen, die sich lebhaft unterhielten.

Die Gestalt des jungen von Ribbeck stach mir dabei ungünstig und beinahe schmerzvoll ins Auge. Er trug einen seidenen, altrosafarbenen Rock, der mir etwas ungünstig geschnitten zu sein schien, er sah darin aus wie ein dicker glänzender Regenwurm. Dicht an seiner Seite stand ein deutlich größerer, aber ebenfalls korpulenter Mann mit einem fleischigen Gesicht, rund und blassrot wie eine gekochte Schweinshaxe. Die Ungezwungenheit und Nähe, mit der die beiden Männer beieinander standen, sagte mir, dass sie vielleicht Brüder, jedenfalls familiär miteinander waren.

Ebenfalls zu ihrem Kreis gehörten zwei junge Damen, die gegensätzlicher kaum sein konnten. Die eine, noch sehr junge, mit voluminösem weißblondem Haaraufbau, war klein, bleich und dünn und versank fast in ihrer sandfarbenen Robe. Sie hatte sehr große, sehr schwarze, sehr traurige Augen in einem schmalen, ovalen Gesicht, das durch eine markante Nase geradezu in zwei Hälften geteilt schien. Es sah aus, als hielte sie sich am Champagner-Glas aufrecht. Unwillkürlich musste diese geradezu lebensuntüchtig wirkende junge Dame in jedem Gentilhomme den Impuls erzeugen, ihr zu Hilfe zu eilen. Um ihr beispielsweise beim Atmen zu helfen.

Sie befand sich ohne sichtbares Engagement in einem offenbar matten Gespräch mit einer älteren Dame, deren schwellende Brüste wie gewaltige weiße Blasen dem Décolleté ihres auberginefarbenen Kleids entstiegen, um in ihrer Mitte einem schweren, fingerlangen Bernsteinanhänger Zuflucht zu gewähren.

Den vollkommenen Gegensatz zu der mehr blutleeren als blutjungen Dame stellte nun aber eine weitere, etwa zehn Jahre ältere Dame dar, die dem Gespräch aufmerksam lauschte. Ihre Haltung war in jeder Hinsicht so außergewöhnlich, dass ich mich fragte, warum sie mir am heutigen Abend nicht längst ins Auge gefallen war. Diese Frau war groß, ihr Haar rötlich gepudert, ihre Robe von schillerndem Grün, das seine Färbung beständig von moos- zu sommergrasfarben zu wechseln schien. Sie trug keinen Schmuck, abgesehen von einem Band strahlend weißer Perlen um den schlanken Hals. Aber hatte sie das nötig, Madame? So wenig, wie Sie es hätten und je haben werden! Die Dame stand dort, aufrecht und aufmerksam, und doch in einer vollkommen entspannten Haltung, die sie (für meinen Geschmack) bereits vollständig gekleidet hätte. Ihr schmales Gesicht leuchtete wie eine Laterna magica, die alles Licht aufgesogen hatte und es nun mit ruhiger Intensität wieder nach außen abstrahlte. Warum löschte niemand die Lichter im Saal? Sie schienen mir überflüssig.

Der Baron machte Anstalten, sich zu entfernen, um zu seiner Familie zurückzukehren, und wieder fragte ich mich, warum er sich mir überhaupt so offensichtlich genähert hatte. Mir wurde aber plötzlich bewusst, wie unhöflich es war, den alten Herrn nach der stummen Begrüßung so offensichtlich zu übersehen.

Ich wandte mich ihm daher jetzt zu und erkundigte mich freundlich nach seiner Meinung zum Stück.

»Wie hat es *Ihnen* gefallen, Monsieur?«, konterte er nicht eben herzlich, aber auch nicht unfreundlich mit der Gegenfrage.

»Nun, Baron, das Werk, vielmehr seine Interpretation, erscheint mir äußerst nützlich.«

»Nützlich?«, brüllte er fast und stierte mich an. »Wozu?«

»Wenn ich in Zukunft einmal nicht einschlafen kann, so werde ich einfach an die heutige Aufführung zurückdenken und sicher ebenso schnell inneren Frieden finden wie vorhin, bevor ich durch den Applaus rüde geweckt wurde.«

Er lachte so schallend, dass Calzabigi, der sich anderen Bekannten zugewandt hatte, neugierig zu uns herüberschaute. Sophie-Anne blieb dicht hinter seinem Rücken, sofern das möglich war bei einem Kreuz wie aus dürren Ästen.

Der Baron lenkte seinen Nilpferdkiefer in Richtung der zwei jungen Damen, die ich Ihnen beschrieb, Madame. »Meine beiden Töchter meinen, die zweite Hälfte wird besser. Gott bewahre.« Er drehte seine Stieraugen gen Himmel, der in diesem Fall voller Kristallleuchter hing. »Wenigstens tritt auch das Ballett auf. Da gibt's mal was zu sehen.« Damit verabschiedete er sich und ging zu seiner Familie zurück. Gleich darauf war die Pause auch schon zu Ende.

Ich muss es zugeben, Madame Calzabigi (nennen wir sie einstweilen so) war für den Augenblick vergessen. Die aufrechte Schöne, offenbar die ältere Tochter des Barons, war in den Mittelpunkt meines Interesses gerückt. Was soll ich dagegen machen? Es scheint, dass dies meine Natur ist, Madame. Das Neue, Unbekannte zieht mich magisch an. Besonders, wenn es so außergewöhnlich erscheint und so schön ist wie in diesem Fall. Doch leider saßen die von Ribbecks, entsprechend ihrer Bedeutung in Friedrichs Welt, recht weit vorn im Theatersaal und wurden von den zahlreichen anderen Gästen dahinter fast vollständig verdeckt. Außerdem geschah auf der Bühne schon bald etwas ganz und gar Unerwartetes.

Das Ballett begann. Diese Tatsache wäre aus künstlerischer Sicht noch nicht erwähnenswert gewesen. Doch die Solotänzerin war es ganz gewiss. Es war die Denis. Ich kannte sie bereits aus meinen Kindertagen in Venedig und war schon als Elfjähriger in sie verliebt gewesen, als sie, kaum jünger als ich, auf der Bühne tanzte und das Publikum begeisterte.

Und sie tanzte also immer noch! Das war eine schier unglaubliche Leistung, wenn man sich ausmalte, wie viele um Jahre und Jahrzehnte jüngere Ballerinen es gab, die sicher alles daran setzten, die ›Altvordere‹ zu verdrängen. Um wie viel höher muss man den Erfolg veranschlagen, den die Denis an diesem Abend beim Berliner Publikum hatte. Sie erntete am Ende den bei Weitem stärksten Beifall (jedenfalls in meinen Ohren) und bekam ungezählte Vorhänge (nach dem dritten hörte ich auf mitzuzählen). Ich hätte die Tänzerin gern gesprochen, doch selbstverständlich konnte ich keinen Anspruch darauf erheben, als ihr Freund aus alten Tagen zu gelten, und daher auch nicht ohne Ankündigung in ihre Garderobe stürmen. Allerdings bekam ich Lust, ihr sobald wie möglich einen Besuch abzustatten.

Ich verspüre diese Lust noch immer, liebe Freundin, auch jetzt in meinem nächtlichen Zimmer. Umso mehr, als meine kleine Kaufmannsfrau abgereist ist, mitsamt ihrem allen Unsinn wissenden Gatten.

Nach dem Ende der Aufführung im Schloss hielt ich vergebens nach der markanten hohen Gestalt der älteren Tochter von Ribbecks Ausschau. Doch die in Bewegung geratene Masse des davonströmenden Publikums verschluckte die ganze Familie und zog sie fort wie ein Mahlstrom.

Sophie-Anne verhielt sich mir gegenüber merkwürdig kühl, als wir zusammen in der Kutsche zurückfuhren. Ist es möglich, dass ihr meine bewundernden Blicke für ihre unverhoffte Konkurrentin nicht entgangen sind? Dass ich immer wieder neu die natürlichen (oder besser übernatürlichen) Instinkte der Frauen unterschätze?

Madame, der Morgen graut bereits, die Stadt Berlin erwacht. Ich bin sicher, wenn ich mich gleich zu Bett lege, wird es sein, als hätte man die Beine unter mir weggeschossen.

Es war eine stille Freude, die letzten Stunden mit Ihnen im Geiste verbracht zu haben, schöne Freundin, die Nacht war dadurch vollkommen.

Auch dieser Brief erreicht Sie mit der ordinären Post und über Ihre außerordentliche Freundin, die ich küsse (aus Dankbarkeit).

Ihr aufrichtig liebender Casanova

Postscriptum: Kennen Sie das, Madame? Nach einem Tag, bunt und aufregend wie ein Maskenspiel, liegen Sie bleischwer im Bett. Doch aus den unzähligen Gesprächen, Blicken und Gesten, die Sie geführt, erlebt und beobachtet haben, steigt plötzlich eine einzige Person oder eine Szene aus Ihrem Inneren herauf und stellt sich zwischen Sie und den Schlaf wie eine unüberwindbare Schranke. In diesem Fall ist es der alte Baron von Ribbeck, der in der Orangerie so plötzlich neben mir stand. Was wollte er eigentlich von mir? Denn dass es ganz ohne Absicht geschah, kann ich nicht glauben.

Ihr ergebener, schlafloser, ruheloser C.

Hôtel de Paris, Freitag, 15. Juni 1764, halb elf Uhr

Liebe Freundin, ich konnte nur hoffen, aber niemals erwarten, dass Sie meinen Brief so rasch beantworten, wie Sie es nun getan haben. Und selbstverständlich freue ich mich, dass auch Ihre Freundin, die in gewissem Sinne ja nun auch meine ist, ebenfalls Freude an meinen dürren Zeilen hat. Ein erleseneres Publikum als zwei geistreiche Damen, die Anteil an seinem Geschick nehmen, kann ein Mann sich nicht wünschen.

Ich stimme Ihrem Urteil über Calzabigi übrigens vollständig zu, liebe Freundin, er ist ein Schuft. Dennoch schrieb ich den von Keith angeratenen Brief an den König, denn es ist ebenso sehr in meinem wie in Calzabigis Interesse, dass Friedrich mir die Audienz gewährt.

Ihrer Warnung vor ›Madame Calzabigi‹, meiner melancholischen Sophie-Anne, stimme ich jedoch keineswegs zu, liebe Freundin. Sie ist so aufrichtig zu mir wie ein Kind, das nichts als Wärme und Liebe will, jedoch stets die Zurückweisung fürchtet. Ihre Verstellung gegenüber der Berliner Gesellschaft ist bloß das Ergebnis ihrer Leibeigenschaft gegenüber Calzabigi. Ich hoffe, Sie am Ende von dem quellklaren Charakter Sophie-Annes überzeugen zu können. Bis dahin bleibt mir nur der Hinweis auf ihre selbstlose Bereitschaft, Genuss zu spenden, wo sie Genuss erlebt, versüßt durch kleine Geschenke und Aufmerksamkeiten, von denen ihr raffgieriger ›Gatte‹ nichts ahnt. Ich verbrachte eine himmlische Woche schwelgerischer Lust in heimlichen Tag- und Nachtstunden mit Sophie-Anne. Es ist alles sehr einfach, sie ist hungrig und ich habe Appetit. Wer spricht von Liebe?

Und doch, ja, Sie haben recht, Madame, mein Appetit wächst noch, wenn ich an die ältere Baronstochter denke. Ihren wenigen Andeutungen, liebe Freundin, entnehme ich, dass Sie beinahe ebenso verliebt in diese weibliche Lichtgestalt sind wie ich. Obwohl Sie sie genauso wenig kennen. Es stimmt schon, meine Gefühle gleichen nicht eben Kastraten-Empfindungen, ich *muss* die Dame wieder sehen und will doch einmal schauen, ob ich das Geheimnis ihrer beeindruckenden Erscheinung ergründen kann.

Und die Chancen dazu stehen gut! Das hat nun aber mit jenem Menschen zu tun, der Ihnen von allen Personen, die bisher meine Briefe aus Berlin bevölkerten, offensichtlich am widerwärtigsten ist: Baron von Ribbeck. Der Alte ist jedoch nicht so dubios, wie Sie aufgrund seines merkwürdigen, widersprüchlichen Verhaltens befürchten.

Ich wäre aber ein undankbarer Briefschreiber, liebe Freundin, wenn ich Ihnen die Ereignisse in einem einzigen banalen Satz präsentieren würde statt hübsch nacheinander wie im Kartenspiel. Und ich versichere Ihnen, Madame, die Geschichte, die ich Ihnen zu erzählen habe, lässt sich in höchstem Maße sonderbar an. Und ist, wer weiß, vielleicht sogar ein ganz klein wenig gefährlich. Jedenfalls hoffe ich es. Im Sinne der Unterhaltung für Sie und Ihre Freundin.

Der heutige Morgen begann überhaupt bemerkenswert. Lambert half mir wie gewohnt beim Ankleiden und unterhielt mich mit einem köstlichen mathematischen Gottesbeweis.

»Erster Satz meines Beweises, Monsieur: Gott ist vollkommen«, begann er.

Ich stimmte zu. Wenn auch etwas zögernd.

»Zweiter Satz: Das Vollkommene ist unteilbar. Denn wäre dies nicht der Fall, so hätten wir Bruchstücke. Und Bruchstücke sind nicht vollkommen.«

Ich war einverstanden.

»Dritter Satz: Wenn Gott also vollkommen ist, so muss er zugleich unteilbar sein. Unteilbar aber ist nur das allerkleinste Ding.«

»Und was folgt daraus?«

»Nun, dass Gott als der Allerkleinste verehrt werden muss, Monsieur. Nicht als der Allergrößte.«

Ist dieser übel riechende, verkaterte, inzwischen wenigstens wie ein Mensch gekleidete Lothringer bloß ein Ketzer? Oder ein Revolutionär, der am Ende noch glaubt, den Tag des Umsturzes mit dem Pythagoras berechnen zu können?

Als mir das Frühstück gebracht wurde, erinnerte ich mich an den Lordmarschall und seinen Landsmann, den jungen Schotten namens Boswell, der Keith zufolge ebenfalls in Madame Rufins Hotel logiert.

Ich erkundigte mich bei Bernice nach ihm. Sie errötete vom keuschen, zart geblümten Brusttuch bis zum Ansatz ihrer dunklen Haare unterm gerüschten Häubchen. Aber warum? Hatte ich etwa den Urheber ihrer besonderen Umstände angesprochen? Unmöglich. Denn wenn ich Keith recht verstanden habe, so ist der junge Schotte zusammen mit dem Lordmarschall erst vor Kurzem in Berlin eingetroffen. Sie werden mich jedoch nicht für so indiskret halten, Madame, das arme Mädchen durch peinlich bohrendes Fragen in Verlegenheit zu bringen. Ich bin nicht sein Vater. Und die Mutter, Madame Rufin, scheint nonchalant über Bernices Befindlichkeit hinwegzusehen, soweit ich das beurteilen kann.

Nachdem Bernices Gesicht zu ihrer normalen kränklichen Hautfarbe zurückgefunden hatte, erklärte sie, dass der junge Herr Boswell derzeit in seinem Zimmer sei. Ich bat sie, ihn zu mir einzuladen, um mit mir zu frühstücken.

»Sagen Sie ihm, der Chevalier Casanova de Seingalt lasse ihm Grüße von seinem Gönner und Reisebegleiter, Lordmarschall Keith, ausrichten.«

Sie ging und kam nach kurzer Zeit zurück, um zu berichten, dass James Boswell bereits auf dem Weg zu mir sei.

Wirklich stand er wenige Minuten später in der Tür und ich bat ihn herein. Er ist in der Tat ein erfrischender, nicht eben galanter, aber doch äußerst gut aussehender Junge, wenig mehr als zwanzig Moden alt, mit einem enormen Appetit. Ich überließ ihm bereitwillig und belustigt beinahe die ganze Tafel. Er war überdies derselbe junge Mann, den ich zuvor an Madame Rufins großer Tafel für einen Engländer gehalten hatte. Wenn ich mich recht erinnere, hat er ebenso aufmerksam wie ich das merkwürdige Verhalten des alten Barons gegenüber Bernice verfolgt.

Das Rätsel um Bernice löste er indessen ungefragt, nachdem sie das Zimmer verlassen hatte. Sie war wie eine verirrte Hummel immerzu um das Frühstückstablett herumgeschwirrt, bis ich ihr andeutete, dass wir sehr zufrieden seien.

»Danke, Bernice.« Den Wink verstand das sonderbare Mädchen sofort und ging.

»Sie ist in mich verliebt, seit dem ersten Tag, als ich hier einzog«, freute Boswell sich wie ein Spieler, dem versehentlich der Hauptgewinn ausgezahlt wird. »Keine Stunde, nachdem sie mir das Frühstück aufs Zimmer brachte, bekam ich sie.«

»Sie ist …«

»Schwanger, ich weiß. Eben darum bestand keine Gefahr«, lachte er wieder und verschlang seinen Happen, wie er wohl auch Bernice verschlungen hat. Ein seltsamer junger Mann, unterhaltend, aber unreif. Als Nächstes bat er mich um Geld.

»Ich war schon seit einer Woche nicht mehr in der ›Talgfabrik‹.« In dem Etablissement in der Kanonierstraße warteten die schönsten ›Vorgebirge der Lust‹ auf den jungen Gipfelstürmer. Jedoch vergebens, wenn ihm die Mittel für ihre Besteigung fehlten. »Ich werde Sie dort einführen, Monsieur, wenn Sie die Güte haben, mir auszuhelfen, bis ich neue eigene Mittel von meinem Vater erhalte«, bot er mir als Gegenleistung.

»Danke, Monsieur, ich weiß Ihr Angebot einzuschätzen. Ich lustwandele bereits in Landschaften, die mir Vergnügen genug bereiten.«

Seine Enttäuschung, kein Geld von mir zu bekommen, war so groß, dass er sich erhob und für die Einladung zum Frühstück dankte, sobald er auch die letzten Krümel verzehrt hatte. Eine Gegeneinladung sprach er nicht aus, als er sichtlich gekränkt den Raum verließ.

Ich hielt mich nicht lange mit diesem unerquicklichen Eindruck auf und rief nach meinem Bedienten. »Lambert, miete ein Coupé.«

»Wohin fahren wir?«

»Das geht dich nichts an.«

»Ich meine, wenn ich die Kutsche doch …«

»Ich werde dich anweisen.« Von Calzabigi hatte ich mir die Adresse der Tänzerin Denis sagen und eine ungefähre Wegbeschreibung zu dem Haus geben lassen, das sie bewohnte. Im Gedächtnis noch das Bild ihrer unnachahmlichen Darbietung am Vorabend, spürte ich das Blut in meinen Adern summen, wenn ich daran dachte, meine Freundin aus Kindertagen zu besuchen und mit ihr zu plaudern. Über Venedig natürlich. Über das Theater unbedingt. Über die Liebe vielleicht. Über ihren Mann – sie ist verheiratet – keinesfalls.

Doch in dem Moment, als Lambert die Zimmertür bereits geöffnet hatte, wurde sie ihm durch einen kräftigen Stoß aus der Hand gerissen. Auf der Schwelle stand die gedrungene, massige Gestalt des alten Barons von Ribbeck. In einem (vielleicht immer demselben) schmucklosen dunklen Rock, den Hut unterm Arm, seinen Viehtreiber-Stock in der Hand.

Ich war sicher, dass er sich in der Tür geirrt hatte, obwohl er keineswegs den Eindruck machte. Er starrte mich an, als befände ich mich in *seinem* Zimmer. Er umklammerte seinen Stock, offensichtlich bereit, meine schwarze Seele aus mir herauszuprügeln. Wahlweise auch die von Lambert, den er jetzt anstierte mit blutschweren Tränensäcken in seinem ungeschminkt wütenden Gesicht.

»Raus mit dir!«, bellte er ihn an, die Laute platzten wie schwere Geschosse aus ihm heraus. Lambert ließ sich jedoch keineswegs davon beeindrucken, sondern blickte mich fragend an. Ich nickte ihm stumm zu und er verschwand gemächlich um die Ecke mit dem zufriedenen Ausdruck des Privatiers, der sich nach der genossenen Mahlzeit wieder seinen Studien widmen kann.

»Tür zu, Canaille!«, brüllte der Baron. Er warf sie ihm quasi hinterher, das Haus zuckte unter dem Knall zusammen.

Er stampfte mit schweren Schritten an mir Mistkäfer vorbei durch den Raum und ließ sich auf den Stuhl fallen, dass das angeblich englische Rohr ächzte. Er wies mit dem Knüttel auf das Canapé und befahl vergleichsweise mild: »Setzen Sie sich, Monsieur.«

Ich tat ihm den Gefallen. Was wollte er von mir? Ich explodierte fast vor Neugier und sah ihn mit gespannter Erwartung an. Die Sonne fiel in sein Fleischerhundgesicht, es schien, dass er sie nicht mochte, seine Züge wurden verkniffen. Er öffnete seine wulstigen Lippen, um etwas zu sagen, doch es kam vorerst nur ein schwindsüchtiges Keuchen. Ich zückte mein Tuch und bewaffnete mich damit.

»Ich danke Ihnen für die Freundlichkeit Ihres überraschenden Besuchs, Baron«, sagte ich. »Doch ich denke, Sie sind mir …«

»Eine Erklärung, ja, ja, schon gut«, unterbrach er mich zartfühlend. »Sie sprachen gestern Abend mit Keith, Monsieur. Sie haben sich mit ihm amüsiert.«

»Gewiss.« War das etwa verboten in Preußen? »Wir tauschten ein paar Zoten aus. Ich erzählte ihm italienische, er bot schottische dagegen. Aber am meisten lachten wir doch über die preußischen Derbheiten.«

Ein windschiefes Lächeln huschte über seine Gesichtslandschaft und verschwand wieder. »Seien Sie nicht gleich gekränkt, Monsieur«, sagte er barsch. »Wir haben in Preußen, während Sie die Weltgeschichte bereist haben, sieben Jahre Krieg geführt. Da legt man nicht jedes Wort mehr auf die Goldwaage.« Ich bezweifelte, dass er das je getan hatte.

»Hören Sie, Chevalier«, fuhr er fort, »Sie kennen den Lordmarschall, sind offensichtlich vertraut mit ihm, wie ich in der Oper gestern sah. Das genügt mir für Ihren Leumund.«

»Ich entnehme dem, dass Sie gütig auf einen Nachweis meines Adels verzichten«, entgegnete ich.

Nun lachte er doch. Heiser. Eine entsprechende Legitimation meines Standes hätte mich allerdings in Verlegenheit gebracht. Chevalier de Seingalt war eine Erfindung kreuz und quer durchs Alphabet, mit dem Titel adelte ich mich erst seit einigen Jahren.

»Monsieur Casanova, sollten Ihre wie auch immer gearteten Geschäfte in Preußen zu Ende gehen«, sagte der Baron nun, »so bin ich in der Lage, Ihnen mit einem Empfehlungsschreiben an den Herzog von Kurland behilflich zu sein, dessen Wert Sie nicht verkennen werden. Eine Dame bei Hof, die der Herzog sehr schätzt, ist meine Schwägerin.«

»Es liegt mir fern, Baron, den Einfluss gleich welcher Dame zu unterschätzen. Aber wie komme ich zu der Ehre Ihrer überraschenden Offerte?«

»Sie meinen, was Sie dafür tun sollen«, korrigierte er mich in seiner galanten Art und stieß mit dem Ende seines Stocks gegen den Boden, als wäre er sein persönlicher Feind. »Hören Sie zu, ich hatte bereits gestern im Konzert die Absicht, mit Ihnen zu sprechen. Aber es war denn doch nicht der passende Rahmen für eine solche … Sache.« Das Thema schien delikat, er schwitzte, ihm war sichtlich unwohl, so als sei er gezwungen, die Beichte abzulegen, während der Pfarrer auf der Commodité saß. Worauf wollte der Alte eigentlich hinaus? Was hatten wir miteinander zu schaffen? Ich richtete mich auf.

»Baron, geradeheraus, worum handelt es sich?«

Er kratzte mit dem kräftigen Fingernagel an seinem wulstigen Hals und gab dabei ein seltsam reißendes Geräusch von sich, das tief aus seinem Schlund zu kommen schien. Er sagte: »Kurz und knapp, mein Schwiegersohn, Wilmerstorff, ist verschwunden. Seit zwei Wochen etwa, ich weiß es nicht auf den Tag genau. Merkte es aber daran, dass er nicht zum Schach erschien. Er kommt sonst jeden Freitagabend auf eine Partie zu mir hinaus nach Ribbeck und verbringt das Wochenende auf meinem Gut, um mit mir auf die Jagd zu gehen. Seit zweiunddreißig Jahren.«

Diesmal unterbrach ich den Alten. Sein Französisch war miserabler als das von Lambert. »Pardon, Exzellenz, verstehe ich Sie richtig, Sie sprechen von Ihrem …«

»Meinem Schwiegersohn, ja. Wilmerstorff!«, blaffte er mich an. »Graf Leopold Heinrich von Wilmerstorff, wenn Sie es denn genau wissen wollen. Er ist ein alter … ein Freund der Familie. Wilmerstorff und ich kennen uns von Jugend auf, waren zusammen auf dem Rittercollegium.«

»Und er ist der Mann Ihrer Tochter«, kam ich auf den Umstand zu sprechen, der mich am meisten interessierte.

Er nickte kurz und bestimmt. »Ich gab ihm meine älteste Tochter Johanna zur Frau.« Ihm war entsetzlich heiß, er öffnete den obersten Knopf seiner beigefarbenen Weste, die er, glaube ich, ebenfalls bereits im Konzert getragen hatte.

»Mein Schwiegersohn kam nicht hinaus zu mir an jenem Abend. Nicht zum Schach, nicht zur Jagd am folgenden Tag. Ich schickte einen Boten nach Dahlem, seinem Gut. Er war nicht dort. Und auch nirgendwo sonst. Einfach verschwunden. Ohne Ankündigung. Ohne Wissen seiner Familie. Ohne *mein* Wissen. Das lässt das Schlimmste befürchten.«

»Sicher gibt es einen guten Grund für sein Ausbleiben und Verschwinden, Baron. Nur verstehe ich nicht, wie ich zu der Ehre komme, dass Sie mir dies berichten. Noch dazu, indem Sie mich eigens aufsuchen.«

»Wie Sie dazu kommen, Monsieur?«, schnaubte er. »Sie sollen Wilmerstorff finden!«

Ich sollte – was? »Touché, Baron. Von allen möglichen Antworten hätte ich diese am wenigsten erwartet.«

»Sie sollen ihn finden«, wiederholte er. »In meinem Namen. Von mir autorisiert. Wenn schon ...«, seine Stimme fiel gleichsam in den Keller, »wenn schon meine Tochter kein Interesse an seinem Schicksal zeigt, so finden Sie ihn für mich. Wilmerstorff ist kein Heiliger. Nie gewesen. Aber er ist ein ... ein treuer Freund. Und ich weiß, er steckt in Schwierigkeiten. Wenn er noch lebt.«

An seinen Ausführungen weckte eigentlich nur ein Halbsatz mein Interesse: Die Gattin des Grafen vermisste ihn also gar nicht.

»Baron, habe ich die Ehre, Ihre Tochter, die Gräfin von Wilmerstorff anlässlich der Oper ...?«

Er runzelte die Stirn. »Ah, Chevalier, verschonen Sie mich mit Ihrem Schmalz. Ja, Johanna war im Konzert. Und Sie wissen es längst. Sie ist eine Schönheit, zweifellos kaum zu übersehen für einen homme à femmes wie Sie.« Ich dankte ihm fad, mit schief gelegtem Kopf, für das Kompliment. »Aber das ist es ja eben«, fuhr er heftig fort, »Johanna tritt in Gesellschaft auf, als gäbe es Wilmerstorff gar nicht mehr, als wäre er schon tot.«

Der ›Fall‹ begann mich zu interessieren. Wenngleich anders, als der Baron ahnte.

Ich betrachte das Ganze als ein Spiel, Madame, nennen wir es das Commissaire-Spiel. Auf das ich mich nur einlasse, um zu meinem eigentlichen Ziel zu kommen. Das jetzt *ihren* Namen trägt: ›Johanna. Jeanne de Prusse, Johanna von Preußen‹. Wie klingt das in Ihren Ohren, Madame? Unverhofft sehe ich die Möglichkeit einer Begegnung mit ihr. Und das unter dem heiligen Deckmantel der Sorge um ihren Mann, die ihr Vater, der Baron, feierlich an mich delegiert!

Dennoch hieß es, diplomatisch zu sein.

»Ich wüsste nicht zu sagen, Baron, wie ausgerechnet ich in der Lage sein sollte, den Grafen für Sie ausfindig zu machen? Haben Sie denn selbst keine Nachforschungen …?«

»Natürlich habe ich das! Ich habe, zusammen mit Karl, meinem jüngeren Sohn, nur deshalb die letzten Tage in diesem Hotel verbracht, weil ich Wilmerstorff in Berlin vermutete. Er war hier Stammgast.«

»Warum hielt er sich nicht bei Verwandten in der Stadt auf?«

»Er mag sie nicht. Und sie hätten wohl auch kaum den Platz, ihn standesgemäß unterzubringen.« Er verzog das Gesicht zu einer verächtlichen Grimasse. »Wissen Sie, Monsieur, wir sind nicht in Paris. So zahlreich der Adel in Berlin sein mag, werden Sie doch kaum ein Dutzend Familien darunter finden, die man als vermögend bezeichnen könnte. Der größte Teil unseres Standes steht in Diensten des Königs. Und der zahlt miserabel.«

Ich nickte verständnisvoll. Der Gedanke schoss mir schmerzhaft durch den Kopf, dass sich aus dem Haus

Hohenzollern womöglich kein sonderlich heller Funken für mich schlagen lässt. In diesem eher trüben Licht erschien mir das vom Baron in Aussicht gestellte Empfehlungsschreiben an den Herzog von Kurland durchaus erstrebenswert. Abgesehen von ›Johanna von Preußen‹.

»Ich erkundigte mich nach Wilmerstorff hier im Hause«, berichtete mir der Baron inzwischen in einem Ton, als sei ich der Polizeidirecteur von Berlin in Person. »So ein Procedere …«, er schüttelte den Felsen auf seinem Hals, »ist entwürdigend.« Vor allem für jene, die er ›befragte‹, dürfte das zutreffen. Das erklärte aber einigermaßen sein barsches Verhalten gegenüber der armen Bernice vor wenigen Tagen. Wenngleich nicht seine aufgesetzte Fürsorge für das Mädchen.

»Was konnten Sie bislang über Ihren Schwiegersohn in Erfahrung bringen?« Seine Antwort interessierte mich ehrlich. Das Spiel hatte bereits begonnen. Und es reizte mich.

»Nichts habe ich erfahren«, antwortete er und atmete heftig durch die Nase aus. »Oder doch so viel, dass Wilmerstorff in den letzten zwei Wochen nicht im Hotel war. Ich habe die Wirtin befragt. Und ihre Tochter. Außerdem einige Stammgäste. Unter anderem Noël, Friedrichs Zweiten Koch. Er lebt in diesem Haus beinahe das ganze Jahr, das heißt wenn der König ihn nicht in Anspruch nimmt, was jedoch sehr häufig der Fall ist. Auch Noël sagt, Wilmerstorff war nicht im Hotel. Folglich auch nicht in Berlin.«

Ich fragte mich, wie Friedrichs Koch zu dieser Einschätzung kommen konnte, wenn er doch kaum anwesend war. Aber so sind die Franzosen, sie beschreiben dir den Weg, nach dem du fragst, obwohl sie ihn gar nicht kennen, bloß weil sie nicht unhöflich scheinen wollen.

»Wenn Graf von Wilmerstorff sich also vermutlich nicht in der Hauptstadt aufhält, wie Sie sagen, Baron, wo könnte er …?«

»Säße ich hier bei Ihnen, wenn ich das wüsste, Monsieur?« Er schob sein Kinn auf eine kindische Art trotzig vor. Doch dann senkte er den Kopf und stützte sich mit der freien Hand am Sekretär zu seiner Linken ab, die stumpfen Finger lagen plump auf der Schreibfläche. Das hübsche englische Stück tat mir leid. Endlich richtete er sich auf und nahm die klobige Hand fort. Wo sie gelegen hatte, verdunstete jetzt der Schweiß, den sie zurückgelassen hatte, im Schein der Morgensonne.

»Nein«, stieß er hervor. »Wilmerstorff ist etwas zugestoßen. Vielleicht ist er tot. Finden Sie ihn, Chevalier.«

Dieser Mann verblüffte mich. Er erteilte mir soeben den Auftrag, seinen Freund und Schwiegersohn zu finden, tot oder lebendig, so wie er vermutlich einen Schrank in Auftrag gab. Ich überlegte und versuchte die ›Sache‹ von einer anderen Warte zu betrachten.

»Ich nehme an, Baron, Sie wenden sich an mich, einen Ihnen Fremden, weil Sie gesellschaftliches Aufsehen vermeiden wollen?«

»So ist es, Chevalier«, sagte er schlicht. »Und ich will in dieser Sache von keinem hinkenden Polizeidiener oder einem Militärspitzel des Königs belästigt werden.«

Ich lachte herzhaft, als er mir erklärte, dass in Berlin die Polizeiaufgaben von Helfershelfern des Bürgermeisters, der zugleich oberster Polizei-Inspekteur ist, wahrgenommen werden, von Militärinvaliden also aus Friedrichs grandiosen Siegen und Niederlagen.

»Darüber hinaus sorgt überall im Land die Armee für Ordnung in Preußen. Die Armee aber ist Eigentum des Königs.«

»Ich verstehe Sie voll und ganz, Baron«, sagte ich. »Wissen Sie, in Italien ist es undenkbar, dass zwischen einem anständigen Haus und dem Bargello, dem Polizeihauptmann, irgendeine Verbindung angeknüpft wird. In ganz Italien, glauben Sie mir, ist niemand so verhasst wie der Bargello. Außer in Modena, wo der schwachsinnige Adel sich nicht entblödet, sogar bei ihm zu speisen. Und keine Spezies ist allen Ständen so widerwärtig wie die der Sbirren. Denn diese Polizeidiener sind von Berufs wegen Spitzel, Lügner, Fälscher und Gauner. Solche Menschen sind uns unheimlich. Eine ganz natürliche Abwehr, da wir wissen, verachtete Menschen hassen alle, von denen sie selbst verachtet werden.«

Der alte Mann sah mir jetzt fest in die Augen. »Ich rechne also auf Ihre Hilfe und Ihre Verschwiegenheit, Monsieur«, sagte er dann. »Sie sind ein Abenteurer, Chevalier, ein Glücksritter. Aber davon abgesehen erscheint mir ein Mann, dem der Lordmarschall so offensichtlich seine Gunst zeigt, als unbedingt vertrauenswürdig.«

Ich erhob mich und verneigte mich. Ich dachte an seine Tochter, Johanna von Preußen, die Gräfin von Wilmerstorff, als ich sagte: »Ich stehe zu Ihrer Verfügung, Baron, und werde mein Bestes geben. Und selbstverständlich diskret.«

»Ich danke Ihnen, Monsieur. Sie enttäuschen mich nicht. Sie wohnen selbstverständlich auf meinem Gut in Glienicke. Von dort haben Sie alle Möglichkeiten, mit meiner Empfehlung Erkundigungen über das Verbleiben des Grafen einzuziehen. Auch in Dahlem, das nicht weit entfernt liegt. Aber als Wohnung steht es Ihnen nicht zur Verfügung, da Johanna für meine Sorge um ihren Mann, wie ich schon sagte, kein Verständnis aufbringt.«

Der Baron umfasste seinen Knüttel so fest, dass die Haut über seinen Knöcheln weiß wurde, und stand von dem Stuhl auf, der nun wirklich zu einer Art Beichtstuhl für ihn geworden war.

»Sie werden jedoch auf meine Anwesenheit in Glienicke verzichten müssen, Chevalier. Ribbeck, der Stammsitz unserer Familie, erfordert meine Präsenz. Karl, mein jüngerer Sohn, wird Sie empfangen. Er führt Glienicke und hält sich überwiegend dort auf. Ebenso, zur Sommerzeit, die Baronin und die Baronesse, meine jüngere Tochter Agnesa. Meine Familie wird nicht davon begeistert sein, dass ich einen Fremden mit einer so intimen Familiensache betraue. Aber sie alle wissen auch, dass uns weitere eigene Nachforschungen zum Gespött der Gesellschaft machen würden.« Er umschrieb mit seinem Stock einen Kreis, der offenbar die gesamte Hauptstadt umfassen sollte.

»Selbstverständlich würde das geschehen«, sagte ich. Und dachte: Aber nur, wenn der Stoff sich interessant genug entwickelt. Skandalös genug.

Man wird sehen, was für mich dabei herausspringt. Außer dem erhofften Vergnügen unter anderem auch Geld. Der Baron deutete mir zusätzlich zur Empfehlung für Kurland eine keineswegs geringe Summe für die Unkosten an, die mir entstehen würden.

Er überraschte mich zudem mit der Mitteilung, dass meine Rechnung im Hotel bereits bezahlt sei.

»Eine Mietkutsche wird Sie in einer Stunde abholen, Monsieur. Sie ist bereits bestellt. Sie können also ohne Zeitverzug mit Ihren Nachforschungen beginnen.«

War das zu glauben? Er hatte so fest mit meiner Zusage gerechnet, dass er bereits alle Vorkehrungen für meine Abreise und Umsiedlung auf sein Gut getroffen hatte. – Ich bitte Sie um eine ehrliche Antwort, Madame: Bin ich derart berechenbar? Oder sind wir es am Ende alle? Weil in Wahrheit die Umstände uns locken und lenken, während unser eitler Geist meint, er sei Herr im Haus?

Ich entschied mich für die Eitelkeit und sagte: »Sie irren, Baron. Ich fahre mit eigenem Wagen, Sie werden aber die Güte haben, für die Mietpferde aufzukommen.«

»Wie Sie wünschen«, knurrte er. »Ich empfehle Ihnen den Weg über Potsdam. Wechseln Sie die Pferde im Puhlmann'schen Gasthof, er ist einen Steinwurf vor dem dortigen Brandenburger Tor gelegen. Tun Sie es auf meine Rechnung. Mein Name zählt in Berlin wie in Potsdam so viel wie ein Wechsel. Au revoir, Monsieur.«

Nach einer knappen Verbeugung verließ er mit schweren Schritten das Zimmer. Kurz darauf erschien Lambert in der Tür. Er hatte den Baron hinausgehen sehen.

»Der Wagen steht bereit, Monsieur, wie Sie es wünschten«, verkündete er.

»Schick' den Wagen wieder fort, Lambert. Wir fahren aufs Land. Mit meiner Kutsche. Miete vier Pferde. Auf Rechnung des Barons von Ribbeck.«

Sein Mund blieb halb offen stehen. Seine tabaksbraunen Zähne standen kreuz und quer darin wie ein lückenhafter Holzzaun. Seine Begeisterung schien gewaltig angesichts der neuen ländlichen Aussichten. Er sah aus wie auf dem Weg zu seiner eigenen Beerdigung.

»Keine Sorge, Lambert«, beruhigte ich ihn. »Ich gedenke, nur so lange auf dem Lande zu bleiben, bis ich alle Leberpastetensorten gekostet habe.« Ich warf ihm ein Geldstück zu. »Hier, für deinen Fleiß.«

Mein Besuch bei der Denis lässt sich nachholen. Mit einem frühzeitigen Ende ihres Theaterengagements in Berlin ist angesichts ihres Erfolgs wohl nicht zu rechnen.

Außerdem, liebe Freundin, muss man, das ist meine Erfahrung, immer wieder für eine Weile die glückliche Stumpfheit des Geistes auf dem Lande atmen, um hernach die Reize der Stadt wieder so recht genießen zu können.

Ich ging zum Sekretär und begann eine Notiz für Calzabigi, die ihn davon in Kenntnis setzte, wo er mich für den Fall erreichen könne, dass Friedrich mich zur Audienz lade. Zu diesem Zweck solle er mit Keith enge Verbindung halten. Vorausgesetzt, er sei nach wie vor an meiner Anwaltschaft beim König für das Lotterie-Projekt interessiert. Wovon man ausgehen durfte.

Lambert wollte sich unterdessen bereits entfernen. Ich rief ihn zurück.

»Warte, Lambert! Nachdem du den Wagen zurückgeschickt und die Pferde gemietet hast, pack meine Koffer. Ich habe einstweilen einen Brief zu schreiben. Du wirst ihn aufgeben, bevor wir losfahren.«

Lambert ist zurück, Madame, er hat seine Aufträge ausgeführt, ich verlasse Berlin. Nächstens mehr. Vom Lande. Aus der Wildnis. Mit ihren silbern verhangenen Nächten und ihrem Frühlicht im Goldnebel. So hoffe ich.

Untröstlich, nicht in Ihrer Nähe zu sein!

Stets Ihr Robinson Casanova

Johanna von Preußen

Gut Glienicke, Sonntag, 17. Juni, zehn Uhr

Schöne Freundin, ich bewohne ein bescheidenes Zimmer mit schmalem Bett und großen Fenstern, die den Blick auf eine hübsche, offensichtlich englisch beeinflusste Parklandschaft mit gepflegtem Rasen, sich windenden Wegen und natürlich wirkenden Zierbüschen lenken. Dahinter bietet die Spitze eines kleinen hölzernen Kirchturms, der aussieht wie ein auf dem Kopf stehender Trichter, die Möglichkeit, Gebete direkt in den Himmel zu leiten.

Weiter entfernt blinkt (je nach Wetterlage) mal bläulich, mal gräulich ein kleiner See herüber, der seinen Namen vom großen Gut geborgt hat. Heute schimmert er silbergrau wie eine gepuderte Perücke. Der Himmel ist bedeckt mit einer dünnen Watteschicht, es ist warm und etwas feucht, und ich fühle mich, noch immer im Bett, wie ein Kalb, das nicht auf die Beine kommen will, lieber muhend auf dem Bauch liegt und dem Hämmern des Buntspechts im nahe gelegenen Wald lauscht. Zumal ich Lambert, meinem Diener, einen Ausflug nach Potsdam gestattet habe. Es ist Sonntag. Es ruft ihn, nein, nicht der *Herr*. Sondern der Wein. Und eine Frau. Ich bin zu nachgiebig mit dem Personal, ich weiß, Madame.

Dennoch täuscht das idyllische Bild, das ich Ihnen zeichne, liebe Freundin. Denn beinahe mit meinem Eintreffen vor zwei Tagen auf dem Gut der von Ribbecks ist ein Unglück geschehen, vielmehr eine schreckliche Bluttat. Sie ist beinahe ein Mord zu nennen, wenn denn der Täter vorsätzlich gehandelt hätte. Doch er tat es aus Eifersucht. Jenem explosiven Gefühl, das einer geladenen Duellpistole in unserer Hand gleicht.

Ein Stallbursche auf Gut Glienicke hat eine junge Küchenhilfe unten am See mit einem schweren Stein erschlagen, weil sie sich seinem Konkurrenten, einem Lakaien in schmucker Livree, ›nach endlosen Zweifeln‹, wie Lambert vom Gesinde erfahren hat, hingab. Oder hingegeben haben soll. Von dem Lakaien, der übrigens erst kurze Zeit im Dienst war, fehlt jede Spur; er ist aus Angst vor dem Stallburschen getürmt, gleich nachdem Letzterer die Magd erschlagen hatte und – ebenfalls geflohen war. Der Mörder hatte versucht, die Leiche fortzutragen, wurde jedoch entdeckt und suchte das Weite.

Doch er entkam nicht weit, die Polizei hat ihn bereits in Arrest genommen. Die unschöne Szene seiner Verhaftung ereignete sich sogar in unserer unmittelbaren Gegenwart, wie sich später herausstellen sollte. In dem Wirtshaus vor Potsdams Brandenburger Stadttor, wo wir rasteten und die Pferde wechselten.

Der Auftakt zu meinem ländlichen Abenteuer beginnt also nicht mit einem Pauken-, sondern mit einem Totschlag. Damit war nicht zu rechnen, als wir Berlin in Richtung Westen durch das Potsdamer Tor verließen. Der Tag war hell, die laue Juniluft wurde nur von leichten, freundlichen Böen bewegt. Selbst die Schildwachen am Tor schienen guter Laune zu sein, sie ließen den Schlagbaum nicht nur pflichtgemäß vor den Kutschen, sondern auch vor einer Gruppe Fußgänger hochgehen. Eine gute Tat, die ihnen mit kleiner, aber klingender Münze vergolten wurde. Einer Münze, die sich schon bald zu Branntwein verflüssigen wird, meint Lambert.

Es gibt einen direkten Weg, der von Berlin über die Orte Charlottenburg und Spandow nach Glienicke führt, hat mein neuer Bedienter ebenfalls in Erfahrung gebracht.

Doch ist die Strecke wegen ihres teils morastigen Untergrunds auf der westlichen Seite der Havel nicht empfehlenswert. So wählte ich den auch vom Baron empfohlenen Weg über Potsdam.

Sobald man das Tor passiert hat, geht es durch eine Allee prächtiger hoher Weidenbäume, einer grünen Laubröhre, die sich bis zum Dorf Schöneberg zieht, wo wir uns in einem Krug neben der Ortskirche eine Erfrischung erlaubten und den unvermeidlichen Staub abwischten.

Das Örtchen, wusste der Wirt zu berichten, war vor vier Jahren im Krieg von den Russen vollständig zerstört worden und wird seitdem von seinen Bewohnern wieder aufgebaut, wozu sie freies Bauholz erhalten. Stolz verwies er durch das offen stehende Fenster auf die soeben fertiggestellte Kirche, die makellos weiß in der Sonne leuchtete. Das Dorf liegt auf einer kleinen Anhöhe und bietet ein hübsches Panorama, wenn man nach Berlin und Charlottenburg blickt. Aber es fehlt doch die erfrischende Nähe eines Sees oder Flusses.

Das sollte sich auf meiner weiteren Fahrt erst kurz vor Potsdam ändern. Bis dahin sah ich oft nichts anderes als Sümpfe oder öde Brachfelder mit kleinen Herden genügsamer Schafe und Kühe, die vom Leben nicht mehr verlangen.

Dann aber überrascht einen die Havel. In Klein-Glienicke, verwandt oder verschwägert mit dem Glienicke, das wir ansteuerten, liegt sie als imposanter großer See plötzlich vor einem. Eine lange Holzbrücke ohne Geländer, aber mit einem Zug in der Mitte, führt hinüber.

Ich ließ Lambert noch vor dem Einnehmerhäuschen halten und stieg aus dem Wagen. Der Himmel war ein stummes Wolkenfestival, weiter draußen schwebten Wasservögel auf weit gespannten Schwingen über dem sattblauen Wasser, Enten schwammen behaglich in Ufernähe und hatten den Kopf unterm Gefieder.

»Als hätte ihnen jemand den Brägen abgeschlagen«, bemerkte Lambert dazu. Wie treffend. »Und schauen Sie dort, Monsieur.« Er deutete nachlässig mit seinen Schweinspfoten auf einen Haufen toter Fische am Ufer. »Sehen aus, als wären sie an der Luft ertrunken.«

Wir fuhren weiter, nachdem er die Fischbäuche genau gezählt und ihr Gewicht in etwa berechnet hatte.

Sandig ging es auf der anderen Seite der Brücke weiter auf einer langen und breiten, Schatten spendenden Allee aus vier Reihen gefährlicher Weidenbäume. Gefährlich? Mitten in der Fahrt streckte ich den Kopf vorwitzig zur Seite hinaus und wurde dafür mit einem Zweig gestraft, der mir wie eine Rute über die Stirn fuhr. Es fehlte nicht viel, und ich hätte mein rechtes Auge verloren. Das Glück, noch darüber zu verfügen, tröstet mich über den Schmerz hinweg, den der Striemen auf meiner Stirn noch immer verursacht, wenngleich inzwischen leidlich vom Puder kaschiert.

Wir lenkten nun nicht nach Potsdam hinein, denn die Visitation durch die Schildwachen am Stadttor hätte uns nur aufgehalten. Stattdessen fuhren wir in nordöstlichem Bogen um die Stadtmauer herum, bis wir das Brandenburger Tor erreichten. Dort befand sich, wie vom Baron beschrieben, der Gasthof ›Zum weißen Ross‹, der jedoch allgemein nach seinem Wirt das Puhlmann'sche Wirtshaus genannt wird.

Es war bereits später Nachmittag, als ich den Gastraum betrat, während Lambert sich um den Pferdewechsel kümmerte. Die Schenke war gefüllt von einem guten Dutzend

Gardeoffizieren, die am Tisch Karten oder weiter hinten im Raum Billard spielten, schwatzten, Pfeifen rauchten und tranken. Etwa ebenso viele zivile Personen, vermutlich Kaufleute und Handlungsreisende, aßen und tranken mit erfolgsgewohnter Schildkrötenruhe oder dem gehetzten Habitus, den der Misserfolg verschuldet.

Von einer jungen Kellnerin mit Rehaugen und einer Haut wie frisch geschlagene Sahne bekam ich einen geschmorten Hasenrücken serviert. Ich genoss den Anblick der jungen Rehbrust und kostete den Hasenrücken. Beides auf seine Weise hervorragend. In eben diesem Moment erhob sich im weitläufigen Hof ein grässliches Geschrei von mindestens einem halben Dutzend Stimmen.

Die Offiziere sprangen auf, einige rannten zuerst ans Fenster, andere gleich hinaus in den Hof. Die Beamten spitzten die Ohren, setzten die Gläser und Krüge ab und hielten mit dem Essen inne. Ich spießte weiterhin den Braten auf in dem Wissen, dass mich die Neuigkeit schon erreichen würde, wenn sie wichtig genug war. Das tat sie denn auch in Person meines Bedienten. Lambert stürmte kurze Zeit darauf in den Schankraum und berichtete, ein im Gasthof fremder Bursche habe versucht, ein Pferd aus dem Stall zu stehlen. Er wurde jedoch von den Knechten des Wirts überrascht und gestellt. Das Geschrei entstand, als er sich mit Gewalt den Weg ins Freie (und wie wir inzwischen wissen: in die Freiheit) zu bahnen suchte. Er verletzte dabei einen der Knechte. Doch schon im Hof rannte er geradewegs einem der Offiziere in den Bauch, kam zu Fall und wurde überwältigt.

»Die Offiziere führen ihn in die Stadt, zum Arrest.« Lambert zögerte einen Moment, um dann hinzuzusetzen: »Oder besser, sie prügeln ihn dorthin.«

»In Preußen«, antwortete ich, »zählt dies als Zärtlichkeit«, und beendete die Mahlzeit. Der strenge Geruch, der von Lambert ausging, verdarb mir den Genuss am Braten. Ich forderte ihn auf, den Hasen für mich zu Ende zu essen. Das ließ er sich nicht zweimal sagen. Während er geräuschvoll aß, setzte sich eine große Fliege – nein, nicht auf den Braten, sondern auf seine Stirn. Er machte keine Anstalten, sie abzuschütteln.

Das imposante, schwarz-grünlich schimmernde Tier erinnerte mich auf ironische Weise an die Mode, die ich zuletzt in Berlin sah. Berichtete ich Ihnen davon, Madame, dass sich die Damen der Hauptstadt Schönheitsfleckchen in Form von Spinnen oder Fliegen oder anderem niederen Getier in die überreizten Gesichter heften? Auch die höhere Tierwelt kam nicht zu kurz. Ich sah grandes mouches in Form von Hasen, Eseln, Bären, Schafen, Rindern und Schweinen. Beunruhigend der Gedanke, wie oft darunter wohl die schwarzen Venus-Blümchen gedeihen mögen, die die schönen Preußinnen recht bald zum Verblühen bringen dürften.

Drei oder vier Soldaten, die sich nicht an dem heroischen Überführen eines einzigen Stallburschen ins örtliche Gefängnis beteiligt hatten, kehrten von draußen zurück und nahmen ihre früheren Beschäftigungen im Schankraum wieder auf. Kurz darauf erhielten wir die Nachricht, dass die Pferde angeschirrt auf uns warteten. Mittlerweile hatte Lambert den Hasen vertilgt, doch sein Blick saugte sich an der kräftigen Gestalt des rundum gesunden Rehleins fest. Es bedurfte einiger strenger Worte, um ihn zur Räson zu rufen. Was mir umso schwerer fiel, als ich seine Fixierung nur zu gut verstehen konnte.

Schließlich ging es mit frischen Pferden weiter. Unter einem Himmel, der sich immer mehr goldgelb verfärbte.

Entlang der Havel, die mal links, mal rechts, mal direkt vor uns auftauchte und durch die sommerlich warme, summende Landschaft ebenso eigenwillig mäanderte wie die Spree durch das steinerne Berlin.

Die Überraschung war für mich groß, als ich bei meiner Ankunft auf Gut Glienicke neben einem livrierten, aber bedrückt schweigenden älteren Lakaien nur noch von einem großen, beleibten Mann von Mitte vierzig mit feistem, burgunderrotem Gesicht empfangen wurde, der sich mir als der Hofmeister Johannes Paulus vorstellte. Er trug einen abgegriffenen Habit aus einem saufarbenen Leinenstoff. Ihm voraus wehte eine kräftige Schnapsfahne, die einen mitbetrunken machen konnte. Sichtlich um Fassung, besser: um eine aufrechte Haltung bemüht, teilte er mir als erstes mit, es sei ein Mord im Gutshaus geschehen. Ich wollte es schon den Bouteillen zuschreiben, die er intus hatte, da kam er mit Details, die ihm unmöglich alle mit steigendem Alkoholpegelstand in den Kopf gestiegen sein konnten.

Der Stallbursche Justus, behauptete er, während Lambert begann, das Gepäck abzuladen, habe die Stine, ein Küchenmädchen, in der Nacht aus Eifersucht erschlagen und sei geflohen. Und nachdem der Mord von der alten Katharina auf ihrem Weg zum Waschhaus entdeckt worden sei, habe auch August, ein junger Hausbedienter, auf den der Justus tödlich eifersüchtig war, die Flucht ergriffen.

»Die Liebe, Monsieur«, kommentierte der große, aufgedunsene Mann ein bisschen von oben herab, »ist eine unheilbare Krankheit.«

»Das war klug gesagt, Monsieur Paulus. Beinahe wie aus Erfahrung«, erwiderte ich, während wir über einen breiten, gepflegten Kiesweg zum Herrenhaus gingen.

Ich hatte blind gezielt und anscheinend ins Schwarze getroffen. Er zuckte merklich zusammen, schluckte die Anspielung aber hinunter, fasste sich etwas übertrieben an die breite Trinkerstirn, da ihm soeben einfiel, dass er noch immer nicht erklärt hatte, warum er, ein Hauslehrer, mich empfing statt des jungen Barons Karl von Ribbeck, der hier Hausrecht ausübte.

»Herr Karl«, erklärte er mir, »begleitet seinen älteren Bruder, Herrn Georg, der über Nacht zu Besuch war und …« Er kniff sich in die Stirn, weil er offensichtlich den Faden verloren hatte. Also kehrte er zum Ausgangspunkt seines geistigen Labyrinths zurück und setzte erneut an. »Herr Karl begleitet den Bruder ein Stück Wegs nach Ribbeck, dem Stammsitz der Familie.«

»Hat Baron Georg Angst vor Räubern?«

»Nein, nein«, lachte der Hofmeister, indem wir über eine Veranda den Eingang erreichten und ins Haus eintraten. »Herr Karl reitet nach Paritz, das liegt auf halbem Weg vor Ribbeck. In dem Dorf vermutet er August, den Hasenfuß, bei seinen Eltern.«

»Ich verstehe offen gestanden nicht, warum dieser Bediente ebenfalls davongelaufen ist, Monsieur Paulus? Es trifft ihn doch keine Schuld am Tod des armen Mädchens.«

Er nickte entschieden. »Alles die Schuld vom Justus. – Ach, ihn soll der Teufel holen!«, wurde er recht heftig. Er war wohl schon versucht, die Tür mit lautem Knall zuzuschlagen.

»Beruhigen Sie sich, Monsieur«, riet ich ihm. »Wenn der Teufel ein Polizist ist, hat er sich Ihren Justus vielleicht schon geholt.«

Der Hofmeister blickte mich verwirrt an.

»Im Weißen Ross, vor der Potsdamer Stadtgrenze …«

»Im Puhlmann'schen, ich verstehe«, unterbrach er mich.

»Wie schön«, fuhr ich fort. »Dort hat man am Nachmittag einen Burschen festgesetzt, der ein Pferd stehlen wollte. Es spricht einige Verzweiflung aus einem so panischen Handeln. Die Verzweiflung eines Mörders auf der Flucht zum Beispiel.«

Monsieur Paulus war überrascht, das zu hören, beinahe wirkte er betrübt. Schweigend ging er voran, um mir mein Zimmer zu zeigen, das am Ende eines langen Flurs lag.

Das Gutshaus liegt übrigens auf einer kleinen Anhöhe und eröffnet von der oberen zweiten Etage ein sattfarbiges Panorama über eine wald- und seenreiche Landschaft. Eine Idylle, schöne Freundin, wie geschaffen für die Liebe. Zur Natur.

Von außen sehr massiv, ist das Herrenhaus innen von überraschender Verspieltheit. Das trifft besonders auf die zierlichen (französischen) Möbel zu, aber auch auf die Auswahl der Tapeten, Teppiche, Boiserien und Bilder.

Das mir zugedachte Zimmer ist sehr stilvoll mit moosgrüner Seide verkleidet. Der Hofmeister belehrte mich, dass die hohe Qualität des Stoffs auf seine preußische Herkunft und hiesige Verarbeitung zurückzuführen sei. In der Tat waren mir unterwegs einige Maulbeerbaumfelder aufgefallen, sodass die Pekingtapeten in Zukunft kaum noch ohne das Attribut preußisch auskommen dürften. Die Wandbespannung in meinem Zimmer ist zudem so reichhaltig mit allerlei Tieren, Bäumen, Früchten und Blumen verziert, dass man schon von einer Art Naturgeschichte auf Tapete sprechen kann.

Nur leider hat sich auch ein lokaler Historienmaler verewigt, der seine Motive in goldverzierte Medaillons quetschte, die ihnen gar nicht guttun. Zum Beispiel ist da *Iris, auf einem phallischen Regenbogen reitend.* Und als Pendant dazu *Jupiter, wie er, die Welt kopulierend, den Regen ausschüttet.* Außerdem hat der Künstler sich *Die vier Jahreszeiten* vorgenommen und ihre Unterschiede derart drastisch herausgearbeitet, dass man es vorzieht, blind zu sein oder lieber nur eine Jahreszeit zu haben. Am besten gar keine. Den Höhepunkt seines Schaffens erreichte der Meister jedoch, indem er geschickt ein Motiv aus der römischen Geschichte mit preußischen Accessoires schmückte: *Curius, wie er in seiner Bauernhütte Runkelrüben brät.*

Von solchen Entgleisungen abgesehen ist das Zimmer jedoch hübsch oder wenigstens nützlich, im Zweifel beides. Das eichene Bett, sittichgrün gestrichen, mit karmesinroten Gardinen und blau-weißen Federwolken über zwei (etwas muffelnden) Matratzen ist einladend schön, wenngleich zu schmal (für zwei in spe). An der Wand zwischen den beiden Fenstern scheint ein ebenfalls eichener Rollschreibtisch mit kunstvollem Rosenholzfurnier auf schmalen, geschwungenen Beinen geradezu zu schweben. Das Möbel scheint wie für eine Dame gemacht – oder dafür, einer Dame zu schreiben. Ein schmales Canapé und zwei mit blauem Damast bezogene Stühle um einen quadratischen Tisch aus Nussbaum wirken wie eine permanente Aufforderung zu Wein in angenehmer Gesellschaft. Einzig störend ist ein wuchtiger, dunkler Wäscheschrank, zum großen Teil bereits gefüllt mit Weißzeug der Familie. Eine etwas plumpe Art, dem Gast zu demonstrieren, wie gut betucht man ist.

Nachdem mich der Hauslehrer verlassen hatte, ließ ich mich vollständig gekleidet in die blauweiße Federbettwolke fallen.

Lambert war unterdessen mit dem Auspacken des Koffers beschäftigt und pfiff dabei eine abscheuliche Melodie (oder eine schöne Melodie, die er nur abscheulich pfiff).

»Sei leiser, Lambert, dein Herr will ruhen«, fuhr ich ihn an. Mit mäßigem Erfolg.

Die Fenster waren geöffnet, die laue Abendluft drang zusammen mit dem späten Goldgelb der Sonnenstrahlen herein, vom See her vernahm man das Quaken der Frösche, vermischt mit dem Zirpen der Grillen und den Stimmen von Vögeln. Doch in diesen sommerlich-friedlichen Klangteppich drang immer mehr das klagende Orchester trauernder Frauen an meine Ohren, ihr Weinen und Beten im Gesindehaus neben den Stallungen.

Dort lag Stine, die junge tote Magd, aufgebahrt.

Lambert wurde auffallend still und ernst, während er weiter meine Kleider auspackte und auf verschiedenen Ständern drapierte oder in die freien Fächer des Schranks legte. Ich hatte ihm eine Bedientenkammer im Herrenhaus zuweisen lassen. Er hatte dem Gesindehaus jedoch einen Besuch abgestattet, um sich dort bekannt zu machen. Und den geschundenen Leichnam der getöteten Magd gesehen.

»Sie liegt in ihrer Kammer, die sie sich mit der Kleinmagd geteilt hat.« Er schluckte schwer und erschauerte bei der Erinnerung an ihren Anblick. »Sie ist erschlagen worden«, fuhr er langsam fort. »Mit einem großen Stein. Er liegt noch immer blutig herum. Drüben am See. Sagen die Leute.« Lambert deutete mit seinem unrasierten Kinn zum Fenster hinaus.

Ich schwang mich aus der blau-weißen Federwelt und blickte hinaus. Hohe Wolken rückten auf die schwindende Sonne vor, der See lag bleiern unter einem hauchdünnen

Dunstschleier, der im Abendlicht geradezu gespenstisch zu strahlen schien. Für einige Sekunden übermannte mich die schaurige Vorstellung eines mächtigen, klobigen Steins, der im Morgennebel über dem schreckensbleichen Haupt eines jungen Mädchens schwebt und niedersaust und … Pardon, Madame, ich vergesse mich, ich habe nicht das Recht, Ihre Seele mit solchen Bildern in Aufruhr zu versetzen. Und mögen die Zeiten, da man dies für opportun hält, niemals kommen.

Dennoch, der Vorfall beschäftigte mich naturgemäß: Es verschwinden innerhalb kurzer Zeit im Umfeld der miteinander verwandten und verbandelten Familien von Ribbeck und von Wilmerstorff zuerst zwei Burschen, dann der Graf. Schließlich wird eine Dienstmagd im zartesten Alter getötet, ihr Mörder flieht, sein Kontrahent tut's ihm nach, und Letzteres just vor meiner Ankunft. Was für ein seltsamer Zufall, Madame.

Der ältere, blau livrierte Lakai, der mich bei meiner Ankunft zusammen mit dem Hauslehrer mit seinem Schweigen begrüßt hatte, riss mich jetzt aus meinen Gedanken, indem er an die Tür klopfte und seine hagere, kränkliche Gestalt ins Zimmer schob. Sein Name war Hermann, wie mir Lambert erklärte, er lud zum Abendessen in den Speiseraum des Hauses. Hermann sprach kein Wort Französisch und wollte sich bereits ebenso schnell und unscheinbar zurückziehen, wie er eingetreten war. Doch ich forderte Lambert auf, ihn einen Moment zurückzuhalten.

Der Alte blickte zuerst Lambert, dann mich erstaunt an. Mit einem schmalen, scharfkantigen Gesicht, aus dem das Leben die weicheren Teile bereits vor langer Zeit abgeschliffen hatte.

»Frag ihn, ob er den zweiten Hausdiener, diesen … Auguste …«

»August!«, korrigierte mich mein Bedienter.

»Bon.« Wenn es denn der Wahrheitsfindung diente. »Frag ihn, warum August davongelaufen ist. Obwohl ihn doch offensichtlich keine Schuld am Tod des Mädchens trifft!«

Lambert übersetzte ihm meine Frage. Der Lakai blickte mich unentwegt dabei an. Einer Antwort würdigte er mich nicht. Er zuckte nur mit den livrierten Schultern und blickte mich kalt an aus farblosen Augen. Auf eine respektlose Weise, die mehr seiner Missbilligung meiner Person oder doch meiner Anwesenheit auf Glienicke als der des entlaufenen Kollegen gegolten haben dürfte. Es war zwecklos mit ihm. Ich ließ ihn gehen.

Später, am Nachmittag

Es WAR GEGEN NEUN, als ich den Speisesaal betrat, in dem bereits alle Anwesenden um den großen ovalen Tisch versammelt saßen. Der Hofmeister, Johannes Paulus, seine Schülerin, die Baronesse Agnesa, ihre Mutter, die Baronin von Ribbeck, und eine Gesellschafterin.

Der Hofmeister, ein, wie ich schon anmerkte, pflaumenrunder Mann mit übervollem Gesicht und schwer hängenden Backen unter seiner weiß gepuderten Perücke, nahm neben mir am Tisch Platz, die beiden Damen, Mutter und Tochter, vis-à-vis. Der Baronesse zur Seite saß steif eine ›französische‹ Gouvernante von dreißig Jahren, die sich mit Erfolg bemühte, wie vierzig zu wirken. Sie wurde mir als Mademoiselle de Bernays vorgestellt und war sicher vom alten Baron für die Gesellschaft der Tochter ausgewählt worden. Ich schloss dies aus ihrem harten Ausdruck um den schmallippigen Mund und ihren bleifarbenen Augen, die mich kritisch musterten. Ihr Gesicht war kaum gepudert und ebenso rotfleckig wie ihr Kleid, das aus schlecht verarbeiteter Seide bestand, aufgeputzt mit zahlreichen, offenbar nachträglich hinzugefügten, scharlachroten Schleifen. Das Wenige, das sie sprach, dokumentierte ihr miserables Französisch und ihre kerndeutsche Herkunft. An unserer Unterhaltung beteiligte sie sich so wenig, als habe nur ihre geistlose Hülle mit am Tisch gesessen.

Ein etwas kurioses Detail an diesem Abend bestand darin, dass offenbar auch für die Herren von Ribbeck gedeckt worden war, obwohl weder der alte Baron noch sein die Gutsgeschäfte führender Sohn Karl oder dessen älterer Bruder Georg anwesend waren. Es hätte nur noch gefehlt, dass ihre Teller und Gläser auch gefüllt worden wären, um den Spuk komplett zu machen.

Die junge Baronesse aber erschien mir heute, im Unterschied zu ihrem Auftreten am Charlottenburger Opernabend, wesentlich reizvoller und heiterer. Was angesichts der Tatsache, dass vor wenigen Stunden erst eines der Dienstmädchen vom Stallburschen getötet worden war, wiederum etwas überraschte. Ein merkwürdiges Mädchen, das auf meine Verbeugung und meinen Handkuss kaum reagierte und statt mir ins Gesicht verträumt in sich hineinzuschauen schien. Sie trug ein Seidenkleid aus kühlem Himmelblau mit silbern abgesetztem Kragen und hauchzarten Spitzen an den Ärmeln sowie am flachen Décolleté, die sich wie Eisblumen auf ihre Haut legten.

Ihre Hochfrisur war an diesem Abend grau gepudert und allzu glänzend wie durch feucht gewordenes Puder. Ein mit himmelblauen Steinen besetztes Haarnetz krönte ihr schmales Köpfchen, war jedoch nicht ihr einziger Schmuck. Gelegentlich zauberte sie einen recht ungewöhnlichen Fächer à double entente in ihr Händchen. Öffnete sie ihn von links nach rechts, war eine sitzende Dame mit rotem Mantel inmitten idyllischer Landschaft zu sehen, die ein Lamm mit einem Blumenkranz schmückte. Beim Öffnen ihres Fächers in anderer Richtung hatte die Dame den Mantel abgelegt und deutete nun auf einen Liebesaltar mit zwei schnäbelnden Tauben. Eine Allegorie. Das Unschuldslamm im Gegensatz zur verlorenen Unschuld der turtelnden Tauben.

Leider geht die Baronesse recht ungalant mit ihrem Accessoire um, benutzt den Fächer entweder gar nicht oder zu häufig und unpassend. So verdeckt sie meistens ihren kleinen, blassen Mund, der für sich genommen durchaus reizvoll ist, er kräuselt sich wie ein Wurm unter der Felsnase und bildet mit dem dunklen Schatten des sich deutlich abzeichnenden Jungdamenbarts auf der Oberlippe ein interessantes Ensemble.

Insgesamt aber wirkt die Baronesse anämisch, blass und blutleer. Es ist kaum vorstellbar, dass sie wirklich die Leibesfrucht der Baronin sein soll. Der Unterschied in der äußeren Erscheinung zwischen Mutter und Tochter kam mir nun, aus der Nähe betrachtet, noch größer vor als kürzlich in Charlottenburg aus einer gewissen Entfernung. Denn die ältere Dame vom Opernabend mit dem hoch aufschäumenden Busen, die damals so lebhaft mit den Schwestern Ribbeck gesprochen, ja vielmehr auf die Jüngere eingeredet hatte, war natürlich niemand anderes gewesen als die Baronin. Heute trug sie ein bemerkenswertes Seidenkleid, das zwar nicht à la mode war, jedoch durch seinen glänzenden, perlmuttfarbenen Stoff bestach. Broschen aus geschliffenen Steinen fixierten es vor der umfänglichen Brust, eine Kette traumhaft schimmernder Perlen umfasste sehr eng ihr zweites Kinn. Jawohl, Madame, die Baronin ist rund und gesund wie eine fünfhundertjährige Eiche! Ihre Haut schimmert zart und weich, ihr Gesicht wirkt etwas schlaff, ist aber geziert von Lachfältchen und Grübchen, die ihre Lebenslust verraten. Hätte ich nicht bereits eine Mutter, liebe Freundin, ich würde mir diese dicke, lebensfrohe Frau dazu erwählen.

»Sie müssen verzeihen, Chevalier, dass kein Herr von Stand Sie heute Abend auf Glienicke begrüßt«, richtete sie sich mit dem Apéritif in der Hand, einem fruchtigen Champagner-Punsch, an mich. Offenbar, dachte ich, ist sie zwar eine Frohnatur, aber nicht so klug, wie ich dachte, sonst hätte sie dem armen Hofmeister unteren Stands, der neben mir die Schultern einzog, diese unnötige Kränkung erspart. Sie sprach schnell, etwas näselnd, ihre Stimme war dunkel und satt, ihr Französisch bemerkenswert gut.

»Karl ist in Geschäften unterwegs«, fuhr sie fort, ohne ins Detail zu gehen, wie es Johannes Paulus mir gegenüber bereits getan hatte. »Wir erwarten ihn erst morgen gegen Mittag zurück.« Dann, während die Suppe aufgetragen wurde, erkundigte sie sich nach meiner Reise von Berlin nach Glienicke. »Staubig, nicht wahr?«

»Jedenfalls keine Lustbarkeit, Baronin, wie es ein Souper mit den Damen dieses Hauses darstellt«, gab ich zurück und verneigte leicht meinen Kopf. Sie blinzelte mir auf eine zweideutige Weise zu und ließ beim deftigen Lachen ihr Doppelkinn hüpfen.

Das Stichwort ›Plaisir‹ trat eine Lawine aus Erinnerungen an die Fêtes galantes vergangener Tage bei ihr los. Während wir uns den Pasteten widmeten – abgesehen von Agnesa, die uns mehr dabei zusah, wie wir aßen –, erzählte die Baronin brünftig von den Gelagen und Festen der Geschwister des Königs in den Jahren vor dem Großen Krieg. Dabei schien es sie noch anzuspornen, Mademoiselle de Bernays vollends die Röte ins Gesicht zu treiben.

»Wir stellten Statuen dar und spielten Blindekuh«, schwelgte sie mit bebendem Busen. Und selten, behauptete sie, habe das satyrhafte Entkleiden der Herren oder der Kleidertausch der Geschlechter dabei gefehlt. »Einmal«, lachte sie mit krebsrotem Gesicht und einem Mund voll Pastete, »einmal, Monsieur, stellten wir das Serail dar. Die Prinzessin Amalie war der Großsultan und Prinz Heinrich stellte eine junge Sklavin dar, die mir, das heißt dem Sultan, vorgeführt wurde. Der Prinz im Evaskostüm. Oder in dem Adams, wie Sie wollen! Ich, der Sultan, erblicke ihren ... also seinen wirklich winzigen ...« Die Baronin barst vor wollüstigem Lachen und verschluckte sich endgültig, was sie fürs Erste zum Husten und Röcheln zwang. Nachdem sie sich und ihre Stimme wieder gerichtet hatte, kehrte sie zu den erinnerten Lustbarkeiten zurück. »Später, nachdem die Prinzessin ihren Bruder zur Favoritin des Sultans erklärt hatte, soupierten wir alle nach türkischem Geschmack und tanzten bis vier Uhr morgens.« Hatte sie wirklich ›soupierten‹ oder nicht vielmehr ›kopulierten‹ gesagt? Ich bin nicht mehr sicher. In jedem Fall haben wir hier eine reife Frau von außerordentlicher Sinnenfreude vor uns, Madame. Eine Dame wie Schaumwein, kräftig geschüttelt.

Während dieser ganzen Zeit schwieg die preußische Gouvernante betreten mit einem Gesicht wie totes Holz und die schüchterne Tochter des Hauses aß kaum, trank wenig, schenkte jedoch ganz unverhohlen ihrem korpulenten Lehrer Blicke, die mir allzu verträumt für ein staubtrockenes pädagogisches Verhältnis erschienen. Der Angehimmelte freilich, Monsieur Johannes Paulus, schien sie gar nicht zu bemerken. Er verzog, während die Baronin sprach, schmerzvoll das Gesicht, als erinnerte er sich selbst nur an leidvolle Erfahrungen aus seinem mindestens vierzigjährigen Leben. Wenn dem so war, versuchte er sie mit Palm-Sekt und starkem de Nuit-Burgunder zu betäuben, die er soff wie Pferde das Wasser nach einer halbwöchigen Durstperiode.

Es war also ein unterhaltsamer erster Abend auf Gut Glienicke. Überraschend daran war nur, dass weder Mutter noch Tochter mich auf den Grund meines Aufenthalts ansprachen. Meine Anwesenheit schien die natürlichste Sache der Welt zu sein. Weil angeordnet vom alten Patriarchen.

Ich dagegen dachte mehr an meine Ambitionen bezüglich der älteren Tochter der Baronin, der Gräfin von Wilmerstorff.

Irritierend und in gewisser Weise herzlos erscheint es mir im Nachhinein jedoch, dass der Tod der jungen Stine in der ganzen langen Zeit, da wir aßen, tranken, beieinander saßen und später am Spieltisch eine Partie Brelan spielten, dass dabei also der soeben begangene Mädchen-Mord, die nachvollziehbare Flucht des Täters und die unverständliche des Nebenbuhlers nicht ein einziges Mal Erwähnung bei der weiblichen Herrschaft fanden. Mir selbst hätte durchaus der Sinn danach gestanden. Aber die

Champagnerlaune der Baronin, die scheue Verträumtheit der Baronesse, die Kälte der Gouvernante und der zunehmend weingetränkte Verstand des Hofmeisters verdarben mir die Absicht.

In der Nacht schlief ich schlecht. Es war feuchtwarm, die Fenster des Zimmers ließ ich offen. Die Schwärze des Weltraums erfüllte das Zimmer rund um meinen halb zurückgeschlagenen Bettvorhang. Vom Gesindehaus drangen noch vereinzelte Klagelaute und die Totengebete der trauernden Frauen herüber.

Und nun, liebe Freundin, stellen Sie sich folgende Kakophonie vor: Von unten herauf, aus einem der gleichfalls offen stehenden Fenster im Erdgeschoss, wo die Damen des Hauses, die Baronin und ihre Tochter, ihre Zimmer haben, drangen wie in einer geschmacklosen Commedia dell'arte die unverkennbaren Töne und Geräusche weiblicher Lust: Dünnes Seufzen und fettes Stöhnen, schrilles Lachen und hohes Wimmern. Nein, Madame, es war nicht die Mutter. Sondern zu meiner Überraschung die Tochter, die auf dem Höhepunkt der Lust so schmerz- und zugleich lustvoll aufschrie, als wäre es das Letzte, was ihr in ihrem kurzen sechzehnjährigen Leben vergönnt war hervorzubringen.

Ihn, den Galan, hörte ich nicht. Das Zimmer des Hauslehrers lag auf meinem Flur. Ich war erstaunt über seine volltrunkene Leistung in den Armen seiner schmächtigen Schülerin. Es schien, dass er ihr bereits manches pikante Detail aus seinem geheimen Lehrplan beigebracht hatte. Später hörte ich ihn mit flinken Schritten den Flur entlanghuschen, auf dem außer ihm und mir sonst noch Karl, der jüngste Ribbeck, wohnte, sowie von Zeit zu Zeit wohl auch sein Bruder Georg. Dem älteren Ribbeck-Sohn, ließ sich Lambert vom Personal berichten, wurde im oberen Stockwerk ebenso ein eigenes Zimmer reserviert, wie der älteren Schwester, meiner Johanna von Preußen, ein Raum im Erdgeschoss, im Trakt für die Damen. Der Patriarch aber, der alte von Ribbeck, hat sich eigene Zimmer in einem separierten Teil des Hauses einrichten lassen, obwohl er so gut wie nie anwesend ist. Die Hälfte seiner Familie verbringt dagegen den ganzen Sommer und oft auch den frühen Herbst auf Glienicke.

Später

Am folgenden Tag, dem gestrigen Samstag, kehrte der junge von Ribbeck zurück nach Glienicke. Der Morgen versprach, trübe zu werden, graue Schleierwolken schoben sich vor die Sonne, wie ich vom Fenster aus beobachten konnte. Ich hatte soeben mein Frühstück auf meinem Zimmer eingenommen, als Karl von Ribbeck eintrat. Er sah bleich und mitgenommen aus und sein rundes, kindliches, abgesehen von der Warzenkette auf seiner spitzen Nase konturloses Gesicht wirkte noch leerer, als ich es schon kannte. Ich bat ihn, mir Gesellschaft zu leisten. Er setzte sich etwas umständlich zu mir an den schmalen Tisch. Ich versuchte, die Stimmung zu lockern, indem ich einen scherzhaften Ton anschlug:

»Ich hoffe, Sie waren erfolgreich bei der Jagd auf Ihren entsprungenen Lakaien, Monsieur.«

Er wirkte verlegen und schüttelte langsam den Kopf. »N-nein, leider nicht. August, ich verstehe nicht, warum ausgerechnet er das Weite gesucht hat.« Er kniff die Brauen zusammen. »Er ist noch jung, war zwar erst seit wenigen Monaten bei uns, bislang stets verlässlich. Ein braver, unauffälliger Hausdiener. Ich habe schon ganz andere erlebt.«

»Nun das macht vielleicht der schlechte Einfluss«, warf ich ein. »Wie das Sprichwort sagt: Ein Diener im Haus und die ganze Arbeit ist getan. Zwei Diener und die Hälfte ist erledigt. Drei Diener und du musst alles selbst richten.«

Er schüttelte wieder den Kopf und war die Ratlosigkeit in Person. »Nicht mal seine Eltern – sie waren natürlich tödlich erschrocken – wussten, wo er zu finden sein könnte.« Dann blickte er mich geradeheraus an. »Chevalier, es ist mir peinlich, dass Sie Glienicke unter solchen Umständen kennenlernen.«

»Monsieur, es gibt keinen Grund, sich bei mir zu entschuldigen. Es ist an mir, um Vergebung zu bitten, dass ich Sie und Ihre Familie in einer derart beunruhigenden Situation mit meiner Gegenwart belästige. Ich kann dafür nur die eine Entschuldigung ins Feld führen, dass, wie Sie natürlich wissen, Ihr Herr Vater, der Baron selbst, mich um meinen Aufenthalt hier gebeten hat. Aus einem bestimmten Grund.«

Er nickte und fixierte die appetitliche, durch Blumenmotive verzierte Schokoladenkanne mit dem gedrechselten Holzgriff, die mitten auf dem Tisch zwischen den Resten des Frühstücks stand.

»Ich will aufrichtig sein, Monsieur Casanova«, sagte er dann und sah mir müde in die Augen. »Ich verstehe die Sorgen meines Vaters um Wilmerstorff. In gewisser Weise teile ich sie sogar. Grundsätzlich. Doch ich bin der Auffassung, dass er Sie mit einer Familienangelegenheit betraut hat, Chevalier, von der wir noch nicht wissen, wie delikat sie sich am Ende entwickeln wird.«

Wenn er beabsichtigte, mich von meinem kleinen Commissaire-Spiel abzubringen, Madame, erreichte er so das glatte Gegenteil. Die Worte des jungen Barons schienen mir etwas Brisantes anzudeuten, das mich schon von Natur aus neugierig machte. Ich bat ihn, sich näher zu erklären.

Doch er winkte ab. »Sehen Sie, Monsieur, es kann viele Gründe haben, warum mein Schwager verschwunden ist. Vielleicht macht er Geschäfte in Berlin, dachte ich beispielsweise anfangs.«

»Sie haben ihn dort gesucht, wie mir Ihr Herr Vater erklärte.« Und wie Madame Rufin mir schon lange vorher verraten hatte.

»Richtig. Meinem Vater zuliebe habe ich dort Nachforschungen mit ihm zusammen angestellt. Aber Wilmerstorff, Sie wissen es ja selbst, war nirgends anzutreffen. Er ist vor zwei Wochen etwa, genau weiß ich es eigentlich gar nicht, ausgeritten. Allein, wie es aussieht. Ohne Bedienten, ohne sonstige Begleitung. Kein Mensch weiß, wohin. Das ist natürlich ungewöhnlich. Und beunruhigend, keine Frage. Zumindest bei der Vorstellung, Halunken könnten ihn unterwegs überfallen haben.«

»Sie denken an Straßenräuber?«

Er zuckte die Achseln. »Seit dem Krieg gibt es so viele Bettler und entlaufene Soldaten wie nie zuvor in Preußen. Jede Menge Gesindel. Ich weiß nicht, was Wilmerstorff so heimlich fortgetrieben hat. Und noch weniger, was ihn zögern lässt oder hindert, zurückzukehren. Aber …« Er atmete heftig durch die Nase aus und straffte den Rücken. »Aber wenn er es mit voller Absicht tut, bloß, um uns zu seinem Vergnügen alle an der Nase herumzuführen, so finde ich dies rücksichtslos meinem Vater gegenüber und unverzeihlich gegen meine Schwester, seine Gattin.«

»Sie mögen Ihren Herrn Schwager nicht besonders, richtig?«

Sein weiches, blasses Gesicht nahm schlagartig eine karminrote Farbe an. Nur die Warzen auf der Nase blieben farblos.

»Es stimmt, Monsieur Casanova. Sie verstehen die Menschen zu lesen, wie mir scheint. Sie hätten Geistlicher werden sollen.«

»Ich wollte es«, gab ich zu. »In meinen jungen Jahren.«

»Was hat Sie davon abgehalten?«

»Eine Predigt.«

»Eine – was? Eine Predigt? Wie das?«

»Eine Predigt, die ich hätte halten sollen.«

»Nun, und?«

»Ich hielt sie. Betrunken. Und stürzte von der Kanzel.«

»Oh.« Er wirkte ehrlich betroffen, dem Schafsgesicht nach zu urteilen, das er machte.

Ich lachte. »Ich überlebte, wie Sie sehen. Und fand Trost.«

»Gewiss.« Er blickte mich ernst an. Und ergänzte: »Im Glauben.«

»Nein! In der Liebe.«

»Oh, natürlich«, antwortete er matt, als glaubte er nicht wirklich daran, dass ein Mann mehr Trost in den Armen der Damen als im Kreuzgang eines Klosters finden kann. Ich fragte mich, wie mönchisch er selbst lebte, welchem Geschlecht (wenn überhaupt) er den Vorzug gab zum Beispiel, und allmählich hatte ich das Bedürfnis, den jungen Herrn aufzumuntern. Doch er war mir noch eine Antwort schuldig, wenigstens eine Erklärung. Aber er lieferte sie jetzt freiwillig.

»Nein, Casanova«, schob er nach. »Ich mag meinen Schwager nicht sonderlich. Aber das«, er lächelte dünn, »ist kein Vorrecht, das ich in meiner Familie für mich allein gepachtet habe. Sagen wir so: Niemand schert sich besonders um Wilmerstorff. Bis auf meinen Vater. Die beiden sind gleich alt. Kriegskameraden. Zwei knorrige Eichen, für die Friedrich nicht nur der König ist, sondern auch wirklich der Große.«

»Für Sie nicht?«

»Gewiss. Aber nicht als Kriegsherr. Ich bewundere seine Leidenschaft fürs Bauen. – Chevalier«, schnitt er das Thema ab, »ich habe das Bedürfnis, mich ein wenig auszuruhen, bevor ich an die Geschäftskorrespondenz gehe. Kurz und knapp: Ich respektiere den Wunsch meines Vaters, Sie bei Ihrer Suche in seinem Auftrag zu unterstützen.« Er legte den Kopf schief und runzelte wieder die Stirn. »Mir ist zwar nicht klar, warum Sie sich letztlich auf ein solches Niveau herablassen, Casanova, die Berliner Gesellschaft gegen die ländliche Langeweile einzutauschen, um jemanden zu suchen, den Sie nicht mal kennen und der Ihnen daher herzlich gleichgültig sein könnte. Aber das soll nicht mein Problem sein, ich nehme an, mein Vater hat Ihnen eine adäquate Entschädigung für eine solche Tätigkeit, die der eines Spions doch recht nahe kommt, in Aussicht gestellt. Was ist es? Geld? Eine Empfehlung? Eine Mätresse?«

Das war recht spitz für seine Verhältnisse. Ich ärgerte mich, dass er im Grunde recht hatte. Das Commissaire-Spiel als solches war auf die Dauer und als ernst zu nehmender Anlass für meinen Aufenthalt auf Glienicke selbstverständlich lächerlich. Aber konnte ich ihm sagen, dass es mir nur wenig um den Grafen von Wilmerstorff, dafür umso mehr um dessen faszinierend auftretende, keineswegs trauernde Gattin ging? Der Bruder hätte es der Schwester sogleich verraten. Doch in der Liebe wie im Spiel verspricht der Coup, die Überraschung, gepaart mit Kühnheit, den sichersten Erfolg. Ich zog es vor, ihm die Antwort schuldig zu bleiben.

Der junge Baron gähnte mit einem Löwenmaul und erhob sich. »Einerlei, ich werde Sie unterstützen, Monsieur. Wofern Sie Hilfe brauchen, wenden Sie sich an mich. Und wenn Sie es denn ernst meinen mit dem Dienst für meinen Vater, so empfehle ich Ihnen einen Besuch bei der Gräfin von Wilmerstorff, meiner älteren Schwester. Ich beabsichtige ohnehin, Gut Dahlem bald einen Besuch abzustatten. Wenn Sie wollen, begleiten Sie mich, ich werde Sie der Gräfin vorstellen.«

Madame, es war, als habe er meine geheimsten Gedanken erraten. Ich ärgerte mich jetzt nicht mehr (nicht mehr ganz so wie vorhin) über ihn, weil er mich kaum verhüllt für eine ausgemachte Canaille hielt, die nicht wusste, wie sie ihre Zeit totschlagen sollte, aber jederzeit bereit war, die geringsten Aufträge auszuführen, wenn nur irgendein Vorteil dabei für sie heraussprang.

Aber bin ich denn wirklich so, liebe Freundin? Sie wissen es besser. Sie wissen, dass es stets die Frauen sind (und waren), die mein Leben bestimmt haben. Die meine Gedanken und Wege leiten wie der Nordpol die Magnetnadel. Mit dem Unterschied, dass es für mich ebenso viele Pole wie Damen gibt, die mich faszinieren. Wie zurzeit Johanna von Preußen. Oder wie Sie es tun! Seit jenem glücklichen Tag im Haus Ihres Vaters, als wir uns kennenlernten, Jahre vor Ihrer (vernünftigen) Ehe. Und wie haben wir später gelacht – erinnern Sie sich, Madame? –, als Ihr Gatte, den ich offiziell besuchte, überraschend für einige Tage verreisen musste und ausgerechnet mich bat, die Zeit bis zu seiner Rückkehr in Ihrem Haus zu verbringen. Er hatte Sie im Verdacht, ihm untreu zu sein. Welche Anmaßung liegt doch in dem Wunsch des Mannes, eine Frau ganz für sich zu besitzen. Wie ein Ganter seine Gans.

Madame, ich denke an unsere heiteren Nächte und das Glück, das Sie mir immer wieder neu gegeben haben. Ich habe den weißen Schimmer ihrer seidigen Haut vor Augen, atme ihren Duft nach Rosenwasser. Ich ertaste im Geiste Ihren sanften (leicht glucksenden) Bauch, den Zirkumflex Ihrer geschwungenen Hüften und den Punkt, an dem alles zusammenfließt wie in einer tiefen Schale, die dunkel duftet und überläuft vor Glück. Wenigstens für Minuten. Um deretwillen ich immer wieder den Tod riskieren würde. Oder doch seinen kleinen Bruder.

Wiederum später, am frühen Abend

Karl von Ribbeck hatte das Zimmer verlassen und ich hörte ihn mit schweren Schritten, die mich an seinen Vater denken ließen, den Flur entlang auf sein Zimmer gehen. Wenig später kam Lambert zurück. Ich roch ihn bereits, bevor er das Zimmer betrat.

»Hat man dir eine Schlafstelle im Pferdestall zugewiesen, Lambert?«

Er schüttelte erstaunt den Kopf. »Nein, Monsieur, ich schlief im Alkoven unten, im hinteren Teil des Hauses, wie Sie es wünschten.«

»Hm, tatsächlich?« Ich dachte wirklich für einen

Moment daran, ihm mit ein paar Spritzern meines Parfums zu Leibe zu rücken. Ich entschied mich dann anders, da nicht mal ein ganzer Flacon ausgereicht hätte, den Viehdunst zu kaschieren, der von ihm ausging. »Du solltest dich für Friedrichs Heer bewerben. Als Geheimwaffe«, sagte ich. »Du wirst umgehend den Ziehbrunnen im Hof benutzen und dich säubern. Du ruinierst meinen Ruf, ist dir das klar?«

Er schwieg, sein braunes Gesicht drückte ein universales Desinteresse aus.

»Also gut. Zum Rapport, Lambert.«

Ich hatte ihm schon aus reiner Neugierde aufgetragen, sich im Gesindehaus dezent danach umzuhören, was es nach Ansicht der Leute dort mit dem Mord an der jungen Magd und einem möglichen Zusammenhang mit dem Verschwinden des Grafen von Wilmerstorff auf sich haben könnte. Der zeitliche Konnex war doch allzu auffällig.

»Die Knechte haben nur ihre Gäule im Sinn«, berichtete er, während ihn sein Steiß nebst Umland offenbar derart juckte, dass er sich nicht enthalten konnte, mit kräftig zupackender Hand Abhilfe zu schaffen. »Die lachen nur über den August, diesen Lakai, den sie von Anfang an für einen Schisshasen gehalten haben. Aber vor dem Justus haben sie Respekt. Auch wenn er jetzt bluten muss. Es sei ja auch nicht angegangen, wie die Stine, die halb und halb seine Braut war, dem August schöne Augen gemacht hätte. In letzter Zeit war sie in der Nacht öfter unterwegs, hat sich mit dem August heimlich getroffen.«

»Behaupten das die Knechte?«

»Die auch.«

»Wer noch?«

»Der Justus glaubte es.«

»Und?«

»Und die Anna glaubte es. Die Kleinmagd, die mit Stine das Zimmer geteilt hat.«

»Und gesehen …?«

»Haben sie alle nichts, nein.«

»Du sollst mich nicht …«

»Unterbrechen, ich weiß. Pardon, Monsieur.«

»Madonna! – Was hast du sonst noch herausgefunden, Lambert? Bei der Anna? Und bei den anderen Mägden et cetera?«

Er grinste und fragte, ob ich wirklich alles wissen wollte, was er in Erfahrung gebracht hätte. Es ist ein Kreuz mit ihm. Hoffen wir, dass er wenigstens eine Darmhaut benutzt hat. Und nicht ebenfalls wie der dumme junge Lakai an eine bereits versprochene Magd geraten ist.

»Von der alten Katharina habe ich mir erzählen lassen, wie sie den Justus nach der Mordnacht im Morgengrauen vom See her über den Gutshof hat schleichen sehen. ›Mit dem Teufel im Blick‹, sagte sie.«

»Himmel! Und womöglich mit ihm im Bunde.« Ich verdrehte die Augen. Lambert übersah das und nickte nur feierlich. »Der Mörder hat die Katharina erkannt und ist weggerannt, als wäre der Leibhaftige schon hinter ihm her.«

Lieber der Leibhaftige, dachte ich, als die preußische Justiz, die ihn jetzt am Kragen hat. Auf welchem ihm vermutlich die längste Zeit seines kurzen Lebens der Hitzkopf gesessen hat.

»Was ist mit dem Grafen von Wilmerstorff? Was sagt man über ihn? Über sein Verschwinden? Wenn man es denn weiß. Du hast hoffentlich dezent gefragt!«

Lambert nickte kurz und kratzte sich lang. »Gewiss doch, habe ich vorsichtig gefragt, Monsieur. Man weiß nichts

Genaues von seinem Verschwinden. Und einen Zusammenhang mit der Stine erkennt auch keine Sa…, ich meine niemand. Der Graf ist beim Gesinde beliebt wie die Pocken.«

»Behauptet wer?«

»Sagen alle. Alle, denen gegenüber ich seinen Namen auch nur wie von ungefähr erwähnt habe. Er ist gelegentlich zu Besuch auf Glienicke. Manchmal mit der Gräfin zusammen. Meistens aber allein, auf der Durchreise nach Ribbeck, auf dem Weg zum Alten. Ähm, zum alten Baron. Dann macht er, also der Graf, hier auf Glienicke ein paar Stunden oder für eine Nacht Rast und fährt weiter. Das war's.«

»Gut. Und jetzt raus mit dir! Wenn du noch einmal so verstunken ins Haus kommst, lass ich dich pökeln!«, rief ich ihm hinterher.

Ich bewaffnete mich mit Rock, Hut und Stock und ging über eine repräsentative Treppenanlage – das Eichenholzgeländer stellt eine filigran gearbeitete Weinrebe dar, die Treppe bildet gleichsam das Zentrum des Hauses – hinunter in den Salon. Der Raum wird dominiert von Möbeln, deren Verzierungen das Weinmotiv der Treppe variantenreich wieder aufnehmen, und mehr noch von einem großen Kristallleuchter, einem wahren Lichtfänger. Ein kostbarer, farbenfroher Peking voller Blumenmotive umrahmt die Szenerie hell und geschmackvoll.

Ich fand den Hofmeister an einem der vier großen Fenster stehend. Die Hände im Rücken zusammengelegt, schaute er hinaus in den weitläufigen Park.

»Ah, Monsieur Paulus«, rief ich ihm zu, »ich hatte gehofft, jemanden vorzufinden, der bereit wäre, mit mir einen Spaziergang durch den Park zu unternehmen. Wie wär's mit Ihnen?«

Der große schwere Mann drehte sich langsam um und blickte mich an, als müsse er jeden einzelnen Laut, den ich von mir gegeben hatte, in sein Hirn einwirken lassen, ehe er seinen Sinn verstand. Endlich ging er auf mich zu, es war mehr ein Schleppen, und blieb dicht vor mir stehen, indem er seinen breiten Mund zu etwas wie einem Lächeln auseinanderzog. Seine Zähne hatten Flecken. Sein Atem roch wie der abgestandene Rest einer vergessenen Weinflasche.

»Sehr gern, Monsieur Casanova«, sagte er. »Wäre es Ihnen recht, wenn wir bis zu den Ulmen am Ende des Parks wanderten und wieder zurück?«

Ich verbeugte mich und lachte. »Wie schön, dass Sie so genaue Vorstellungen haben, Monsieur Paulus. Zum Glück habe ich noch keine andere Route im Auge. Wie Sie möchten.«

Wir verließen den Salon und gingen über die von Säulen gestützte Veranda hinaus in den Park. Die Luft fühlte sich noch immer feuchtwarm und schwer an. Ein dünner Wolkenschleier hing über uns wie ein löcheriges graues Stück Seide. Wir folgten einem schmalen gewundenen Weg durch den sattgrünen Park wie in einem begehbaren Gemälde. Der Gesindehof befand sich auf der gegenüberliegenden Seite des Herrenhauses. Aber der verzweifelte Schrei eines Huhns, das nach kurzer Zeit urplötzlich verstummte, drang dennoch an unsere Ohren, und ich sagte:

»Ich ahne, was heute auf dem Speiseplan steht. Ich liebe Huhn, in allen Varianten. Und Sie?«

Er schüttelte den Kopf und schnaubte durch die Nase. »Ich hasse Huhn.« Jetzt ließ ein weiteres Huhn seinen letzten Lebenslaut hören und verstummte für immer. Es war zum Schreien, selbst wenn man kein Federvieh war.

Wir erreichten eine kleine Holzbank unter einer Gruppe hoher alter Bäume, ziemlich in der Mitte des Parks, und setzten uns. Vielmehr, ich ließ mich nieder, mein Begleiter ließ sich fallen und brachte das zierliche Stück mächtig zum Zittern.

Ich bemerkte, wie er seinen Blick die Sandsteinfassade des Herrenhauses entlanggleiten ließ, bis er sich an einem der Fenster der unteren Etage festsaugte. Ich war sicher, dass es sich um das Zimmer der Baronesse handelte. Dann riss er sich förmlich los und schnaubte. Sein Atem roch immer noch scharf.

»Sagen Sie, Monsieur, ohne Ihnen zu nahe treten zu wollen, aber wie kommt ein gebildeter Mann wie Sie dazu, dauerhaft auf dem Land zu leben, so weit abseits des bürgerlichen Lebens?«, erkundigte ich mich.

»Aus purer Not, natürlich!«, fuhr er herum und blickte mich auf eine wilde Art an. »Ich war gezwungen, meine frühere Stelle zu verlassen. Als Erzieher, Lehrer in einer Elementarschule. In Brandenburg, einer stolzen alten Stadt an der Havel, müssen Sie wissen.« Offen gesagt, ich hatte nicht das Gefühl, dass ich dies wissen musste. Doch ich lauschte höflich seinen Worten, die wie dickflüssiger Brei aus dem breiten Mund quollen. »Ich lebte mit einer Frau«, fuhr er im gleichen bräsigen Tonfall fort, »einer guten Frau, einer sor … sorgenden Frau.« Mir kamen fast die Tränen. »Zusammen wohnten wir in einer kleinen Stadtwohnung, wissen Sie.« Jetzt wusste ich es. »Aber dann …«, er schluckte schwer, »wurde sie krank und sie verließ ihren ausgelaugten Körper. Der Tod kam und holte sie.«

»Das tut mir leid.«

»Nun, ich habe es getragen. Ich bin darüber hinweggekommen, indem ich mich rasch wieder verliebte. In eine Frau, eine sehr junge Frau, die mich bewunderte.«

»In der Tat?«

»Ja. Für eines meiner Gedichte, das ich veröffentlicht hatte. Zum Andenken meiner ersten Frau. Und das sie, die junge Verehrerin, so sehr schätzte, dass sie, also dieselbe …« Er fiel sich praktisch selbst ins Wort, drohte bereits wieder, den Faden zu verlieren, fand ihn dann jedoch wieder: »Sie nahm über die Herausgeberin der Zeitschrift, die mein Gedicht veröffentlicht hatte, Kontakt zu mir auf.«

Ich war unsicher, ob ich ihn richtig verstanden hatte: »Sie wollen sagen, die junge Dame hat sich zuerst in ein Poem von Ihnen verliebt?« Er nickte schweigend und ein wenig geziert. »Und daraufhin verliebten Sie sich in die junge Dame, die nun wieder Ihnen wie ein Gedicht vorkam? Und am Ende verliebte sich die Dame in Sie als Person?«

»So war es.« Er senkte den schweren Kopf. »Ich suchte sie auf, mit lauteren, ernsten Absichten«, fuhr er mit Grabesmiene fort. Er gehörte eindeutig zu jenen Menschen, die glauben, was auch immer man mit Ernst tue, sei auch vernünftig. »Wir lernten uns kennen. In gewisser Weise.« Was immer das bedeuten mochte. »Ich stellte ihr meine keineswegs üppigen Vermögensverhältnisse vor, sie akzeptierte, brachte selbst eine kleine Summe mit in die Verbindung.« Mein Gefühl sagte mir, dass Letzteres nicht ganz so unwichtig für ihn war, wie er es jetzt beiläufig erwähnte. »Ich bat die Mutter, eine Witwe, um die Hand ihrer Tochter. Sie zögerte angesichts … meines Alters. Dabei, ich war Anfang vierzig, stand auf dem Gipfel meines Lebens, ihre Tochter dagegen war sech… sechzehn.«

»Sie war *sechzehn*, Ihre zweite Frau?« Immerhin war er nicht August der Starke und Mademoiselle nicht seine Mätresse.

»Sechzehn, als wir uns kennenlernten, jawohl.« Er riss die Augenbrauen hoch und straffte sein Fett im weiten Rock. »Ich weiß, was Sie denken, Monsieur. Aber Sie täuschen sich. Unsere Ehe war sehr leidenschaftlich. Anfangs. Ich stellte sie zwei- bis dreimal pro Tag zufrieden.«

Er stellte sie also zufrieden. Aber glücklich machte sie ein anderer, wie er mir nun verriet.

»Stellen Sie sich vor, schon im ersten Monat unserer Ehe hatte sie ihren ersten Liebhaber. Und das, obwohl sie bereits schwanger war.«

»Verzeihen Sie, Monsieur, schwanger von Ihnen?«

»Ich nehme es doch an! Das Kind, ein Junge, ist tot. Die Geburt verlief zwar glücklich, doch sie setzte es sich in den Kopf, es selbst an die Brust zu legen. Tat dies aber nur zwei- bis dreimal am Tag. Der Kleine sah bereits nach zwei Monaten aus wie ein Greis. Und starb.«

»Und Sie?«

»Ich war blind. Ich liebte sie. Aber wollte nicht … nicht sehen. Hielt die zahlreichen männlichen Besucher aus der Stadt für eitle, aber harmlose Gockel.« Ich begriff allmählich seine Aversion gegen Hennen und Hähne. »Aber sie waren keineswegs ohne bestimmte Absichten. Die Magd klärte mich auf. Zuerst wollte ich es nicht glauben. Aber dann überzeugte ich mich selbst.«

»Wie das? Sagen Sie nicht …« Aber er sagte es:

»Ich bohrte ein kleines Loch in die Tür zu ihrem Zimmer«, schilderte er mit einer gewissen Lust am Erinnerungsschmerz. »Und ich sah mit eigenen Augen, was vor sich ging. Es war erniedrigend. Auch deswegen, weil die

Magd es später in ganz Brandenburg herumerzählte. Da ich meine Gattin aber in flagranti erwischt hatte, konnte ich sie wenigstens zwingen, den Ehebruch sogleich schriftlich zuzugeben. Und schickte sie zurück zu ihrer Mutter.«

Ein Paket, das offenbar ankam. »Sie nahm das Mensch«, er benutzte das deutsche Wort, »in Empfang. Ich ließ die Ehe auflösen.«

»Eine tragische Geschichte, Monsieur.« Für ihn. Aber noch weit mehr für die junge Dame, deren Ruf nunmehr ruiniert sein dürfte. Doch er bezog meine Äußerung allein auf sich.

»Sie sagen es, Monsieur«, sagte er mit erstickter Stimme. »Meine Position als pietistischer Erzieher der mir anvertrauten Bürgerkinder war unhaltbar geworden. Ich nahm meinen Abschied, bevor man ihn mir nahelegte.« Er holte tief Luft und fügte mit einem Grollen, das ganz tief aus seiner Wamme kam, hinzu: »Nota bene: Die Versuchung geht stets von der Unschuld aus, Monsieur. Stets von der Unschuld.« Wahrhaftig ein dunkles Wort. Und mir vollkommen unverständlich.

Er wendete sich halb um und ließ unwillkürlich den Blick über das Fenster seiner Schülerin gleiten. Gewiss, auch die Baronesse war sehr jung. Aber unschuldig wohl kaum noch. Dafür hatte er selbst gesorgt.

Ich erhob mich und schlug vor, dass wir die Ulmen am Ende des Parks Bäume sein ließen und stattdessen zurückgingen. Er nickte stumm und erhob sich schwerfällig und ächzend. Auf dem gewundenen Rückweg zwischen den Büschen und Sträuchern des Parks berichtete er mir auf meine Frage hin, dass er seine jetzige Stellung ausschließlich dem alten Baron von Ribbeck zu verdanken habe. Der Baron habe von seinem schweren Schicksal erfahren, ihn zu sich kommen lassen und ihm vorgeschlagen, Hauslehrer seiner jüngeren Tochter, der Baronesse Agnesa, zu werden.

»Der Baron hat eine unabhängige Meinung und vertraut mir. Er kennt meine Gedichte. Eine Dame der Gesellschaft, Gattin eines sehr reichen Kaufmanns aus Brandenburg, übrigens einer Stadt, die ...«

»Ja, ja, ich weiß, wir sprachen darüber.«

»Nun, die Dame hat ihm einige Verse von mir vorgetragen.«

»Der Baron hat eine lyrische Ader?«, wunderte ich mich.

Der Hofmeister lachte. »Nein, das nicht«, bekannte er freimütig. »Aber er schätzt es, dass ich die deutsche Sprache für meine Lyrik benutze.«

»Nun, damit dürfte er auf der Welt ziemlich allein stehen«, bemerkte ich und beendete das Thema, an dem ich plötzlich das Interesse verloren hatte. Ich habe keinen Sinn für das regional Begrenzte. In diesem Fall halte ich es mit dem preußischen König und seiner bekannten Einstellung: Warum sich mit einem deutschen Zimmerchen begnügen, wenn man en français das ganze europäische Haus bewohnen kann?

Im Salon trafen wir die Damen bei Gebäck und Schokolade um den Tisch versammelt. In dezentem Abstand warteten zwei Bedienstete, der notorische alte Hermann und eine junge, aber bleiche und ausgezehrt wirkende Küchenmagd, auf weitere Wünsche. Die Baronin, heute gekleidet in ein bequemes, hellblaues, häusliches Négligé, war bereits beim Port angelangt. Ihr rundes Gesicht war von einer glänzend-rötlichen Heiterkeit, die ihr auch aus den Augen sprach.

»Chevalier, setzen Sie sich zu uns. Nehmen Sie einen Port mit mir!«, rief sie mir krächzend zu, wobei ihre weichen Backen gleichsam mitsprachen.

Ich nahm dankend an und setzte mich auf den freien Platz neben Mademoiselle de Bernays.

Der Hofmeister, der keine direkte Einladung, den Damen Gesellschaft zu leisten, bekommen hatte, setzte eine finstere Miene auf. In seiner Verstocktheit machte er bereits Anstalten zu gehen, doch die Baronin warf ihre Angel aus, bevor er die Tür erreicht hatte.

»Paulus, wohin? Seien Sie nicht unhöflich und bleiben Sie«, echote ihre röhrende Stimme durch den Raum. Wie angeschossen blieb er stehen, machte umständlich kehrt und stellte sich mit trotziger Miene hinter den Stuhl der Baronesse.

Mademoiselle Agnesa, obwohl wie ihre Mutter en négligé gekleidet, wirkte (trotz der glücklich zum Höhepunkt gebrachten Liebesnacht, um die wir ja nun wissen) am heutigen Tag wieder so, wie ich sie in der Charlottenburger Oper wahrgenommen hatte: blass, mit hohlem, traurigem Blick und auf eine Weise falsch geschminkt, die ihre sehr große, harte, leicht gekrümmte Nase wie einen Keil über dem fliehenden Kinn aus dem Gesicht hervorstoßen ließ. Sie werden den Kopf schütteln, schöne Freundin, aber dieses Mädchen, wenngleich von Stand und in der Blüte ihrer jungen Jahre, löste geradezu väterliche Gefühle des Mitleids in mir aus. Beinahe fühlte ich mich an meine wirkliche Tochter erinnert (jene, von der ich weiß). Ich danke dem Schicksal, dass ich das Glück hatte, sie nach so vielen Jahren in London kennenzulernen, ich schrieb Ihnen davon.

Ich ließ eine anerkennende Bemerkung über die gelbliche Farbgebung (Pipi des Dauphin) des Hauskleides der

Baronesse fallen. Sein flockiger Schnitt, lobte ich, bringe ihre überaus schlanke Silhouette eben deshalb in Erinnerung, weil er sie verhülle. (Nun ja.)

Um der Gerechtigkeit willen lobte ich ebenso die wallende Erscheinung der vollblütigen Baronin und auch die bunte Stickerei auf dem weißen Brusttuch, das die schmallippige Gouvernante, Mademoiselle de Bernays, trug, um damit den ohnehin begrenzten Ausschnitt ihres Décolletés zu bedecken. Sie fing jedoch meinen Blick auf, der vielleicht etwas zu unverhohlen über die ausgeprägten Formen unter ihrem Fichu wanderte.

Ich hatte nicht mit der Wirkung gerechnet, die meine harmlos dahergesagten Komplimente und mein natürlicher Sinn für weibliche Formen bei den Damen hervorriefen.

Die Baronin lachte aus vollem Halse, während sie gleichzeitig ihr Glas Port zum Mund führen wollte und besprenkelte ihr himmelblaues Kleid dadurch mit rostroten Flecken, die sie mit ihrem Taschentuch ebenso nachlässig wie vergeblich wegzuwischen suchte. Sie trank den verbliebenen Rest im Glas wie einen Schluck Wasser und zeigte dann mit ihrem fleischigen Finger auf ihr Décolleté.

»Sie sollten einmal sehen, was sich *darunter* verbirgt, Chevalier!«, rief sie und wusste sich über ihre harmlose kleine Anzüglichkeit kaum zu lassen. Ich prostete ihr vergnügt zu. Die Vitalität dieser preußischen Landadeligen, Madame, könnte womöglich auch einen Mann im besten Alter überfordern. Wie ein Pferd, das durchgeht.

Nun aber die Tochter! Mein fadenscheiniges Kompliment hatte ausgereicht, das kleine bleiche Vogelgesicht der Baronesse aufflammen zu lassen, und ihre dunklen Augen weiteten sich wie der Horizont, nachdem der Berg erklommen ist. Ich warf einen Blick auf ihren korpulenten, heimlichen Galan, der noch immer meinte, ihren schmalen Rücken durch seine stumme Gegenwart stärken zu müssen. Von der inneren Aufwallung seiner Schülerin hatte er nichts mitbekommen, schien es.

Doch auch in die kantige Gouvernante kam zu meinem unaussprechlichen Vergnügen auf einmal Leben. Mir entging nicht, wie sich die starken Linien ihrer Brust unter dem soeben gelobten Tuch mit einem Mal aufgeregt zu heben und zu senken begannen. Wie eine Hügellandschaft unter einer heftigen Erschütterung. Ihre weiße, recht große Hand, die soeben noch ruhig auf der dunklen Tischplatte gelegen hatte, begann konvulsivisch das Schnupftuch zu drücken, das sie bis dahin mehr der Form halber gehalten hatte. Ihre Steifheit in der Körperhaltung, die wohl nicht auf ein zu eng geschnürtes Mieder zurückzuführen war, schien sie nun selbst zu spüren. Aber das war für mich kein Grund, sie nun weiter in Verlegenheit zu bringen.

Es reizte mich viel mehr, endlich einmal das Thema anzuschlagen, das wie in einer stillen Übereinkunft von allen Anwesenden unterschlagen wurde, nämlich die jüngsten Ereignisse vor Ort. Ich tat es auf Umwegen, lobte den hervorragenden Zustand des Parks, den gepflegten Rasen, die Pfade und Zierbüsche und zerstörte dann das idyllische Bild abrupt, indem ich anmerkte:

»Umso schrecklicher die Vorstellung, dass auf diesem wunderbaren Anwesen ein so grässliches Verbrechen an dem jungen Mädchen begangen wurde.«

Die Gouvernante erbleichte und kühlte sogleich um zehn Grad ab, die Baronesse ließ einen leichten Seufzer hören, den man mit Wohlwollen als die Andeutung von Trauer deuten konnte. Die Baronin dagegen starrte mich verwirrt an.

»Welches Mädchen? Von wem sprechen Sie, Monsieur?«

War das zu glauben? Eine ihrer Mägde war von einem der eigenen Burschen brutal erschlagen worden, sie aber, die Baronin, wusste nichts davon. Oder spielte sie nur die Ahnungslose? Warum sollte sie?

Ich war für einen Moment sprachlos, so kam mir der Hofmeister mit seiner spontanen Antwort zuvor:

»Aber Baronin«, sagte er mit Stolpern in der Stimme, »ich selbst habe Sie doch gestern von dem schrecklichen Vorfall unterrichtet.«

Die Baronin blickte ihn ärgerlich an. Dann wedelte sie mit der freien Hand (die andere hielt einen neues Glas Port) und fuhr ihn barsch an: »Was stehen Sie eigentlich die ganze Zeit dort hinter der Baronesse, steif wie ein Storch im Salat, Paulus? So setzen Sie sich doch endlich! Oder gehen Sie zu Bett. Ab ins Körbchen!«

Der Hofmeister öffnete den Mund und schloss ihn wieder wie ein Fisch im Wasser, ein kleiner glänzender Speicheltropfen bildete sich im Mundwinkel seiner dicken violetten Lippen. Er ging mit staksenden Schritten um den Tisch herum und setzte sich nun der Baronesse vis-à-vis.

Die gute Laune der Baronin war derweil wie weggeblasen. »Sicher, die arme Stine«, seufzte sie matt. Nein, schöne Freundin, der Tod ist auch nicht mehr das, was er einmal war. »Und Justin, der Unhold«, fügte sie hinzu. Die Baronin kannte nicht einmal den richtigen Namen ihres Burschen. Sie stellte missmutig ihren Port ab und verspritzte dabei wieder einige Tropfen auf ihrem Schoß, die sich wie ein hässliches Blumenmuster auf ihrem Kleid breitmachten. »Sehen Sie, Chevalier, was Sie mit der unbedachten Wahl Ihres Themas angerichtet haben«, schimpfte sie, nur noch zum Schein lachend, während sie wieder ungehalten über die Flecken hinwegwischte, als könnte sie sie damit zum Verschwinden bringen.

»Ich bitte um Verzeihung, Madame«, sagte ich scheinheilig genug, »wenn das Sujet, das ich ansprach, Sie beunruhigt haben sollte.« Ich blickte in die Runde, um auch die Reaktionen der anderen aufzufangen. Die Baronesse saß wie versteinert auf ihrem Stuhl, ihre Gouvernante fixierte die hübsche Schokoladenkanne, als habe sie erst in diesem Moment die Schönheit dieses kunstvoll geformten Fayence-Gefäßes entdeckt. Und der Hofmeister zeigte sich noch immer demonstrativ gekränkt, weil er zuerst nur geduldeter, jetzt aber Zwangsgast an der Tafel der Hausherrin war.

»Das Gesinde ist immer ein schlechtes Sujet, Monsieur Casanova«, beschied die Baronin in einer Weise, die keinen Widerspruch zuließ. Das aber gab mir erst den Impuls, in der begonnenen Weise weiterzumachen.

»Sie haben gewiss recht, Madame«, erwiderte ich. »Das tragische Schicksal des Mädchens taugt gewiss nicht als schmackhaftes Biskuit zur Schokolade. Doch wie steht es mit dem plötzlichen Verschwinden Ihres Herrn Schwiegersohns, Madame? Gibt es nicht ein Rätsel auf, das zu lösen reizt? Was für einen tollen Spaß erlaubt sich da der Graf mit seinen Freunden und Anverwandten!«

Die Baronin stierte mich verständnislos an. »Spaß? Wieso Spaß?«, grantelte sie nun beinahe so wie ihr Gatte.

Ich setzte eine Miene auf, die Betroffenheit und Überraschung ausdrücken sollte. »Pardon, Madame, handelt es sich denn nicht um einen Spaß, den er sich erlaubt, indem er spurlos von einem Tag auf den anderen verschwindet? Ihr Gatte versicherte mir, dass die Gräfin, Ihre Tochter, keineswegs darüber beunruhigt sei.« Ich setzte noch eins drauf: »Ja, sie sei sogar in höchstem Maße belustigt über sein Blindekuhspiel höherer Ordnung.«

Ich zwang mich zu einem breiten Grinsen und schaute arglos in die Runde, doch ich erntete nichts als einen Korb voll Desinteresse. Die Baronesse blickte unbeteiligt wie schon die ganze Zeit, wirkte steif wie ein gefrorenes Tau, während die Aufmerksamkeit des speichelnden Hofmeisters sich ausschließlich auf sie richtete. Erst als er bemerkte, dass ich ihn beobachtete, zog er seine Augen wieder von ihrem Kalkgesichtchen zurück wie zwei Späher, die sich zu weit vorgewagt hatten.

Ich betrachtete Mademoiselle de Bernays. Vermutlich intensiver, als mir bewusst war, denn offenbar missverstand sie meine direkte Aufmerksamkeit für ihre Person. Unter dem gewölbten Brusttuch der Gouvernante begann wieder sichtbar ein beängstigendes Beben. In ihrem grob geschnitzten Gesicht wuchsen münzgroße, scharlachrote Flecken, ihr Herz musste rasen, als hätte ich sie soeben aufgefordert, nackt vor uns zu tanzen. Eine Vorstellung, verzeihen Sie, von der ich mich plötzlich sogar ein wenig einnehmen ließ. Es war die Baronin, die mich mit ihrer portgetränkten Stimme zur Räson brachte.

»Wilmerstorff«, dröhnte sie mit der ganzen Fülle ihres massigen Körpers, »mein Schwiegersohn, hat schon immer getan, was er wollte. Daran haben sich längst alle gewöhnt.«

»Gewiss«, gab ich zurück. »Aber ich stelle mir die Frage, ob die Gräfin, Ihre Tochter, den eigenwilligen Humor Ihres Herrn Schwiegersohns nicht nur versteht und akzeptiert, sondern ob sie auch …« Ich legte eine kleine effektvolle Pause ein und vergewisserte mich, dass ich alle Anwesenden am Haken hatte.

»Oder ob sie auch was?«, setzte die Baronin in gereiztem Ton nach.

»Ob sie auch selbst darin eingeweiht ist, wie und vor allem von wo aus er die Welt zum Narren hält.« Ich lächelte diffus. Die Baronin schüttelte unwirsch den Kopf und hielt Hermann ihr leeres Portglas hin, um ein neues, gefülltes entgegenzunehmen. Vermutlich hatte sie bereits Mühe, den Sinn meiner Worte zu verstehen.

»Meine Tochter tut, was sie … was Ihr Gatte von ihr zu tun … im Übrigen …« Sie setzte das Glas mit der Rechten an ihre Lippen und machte mit der Linken eine wegwerfende Handbewegung, die mehr Verachtung für alle Crétins dieser Welt, inklusive meiner venezianischen Wenigkeit, beinhaltete als tausend Worte.

Die entspannte Schokoladenstimmung an der Tafel war vorerst verdorben. Jetzt, da ich die betretenen Gesichter der anderen, die noch mit mir am Tisch saßen, betrachtete, tat es mir leid. Ein wenig.

Zu meiner Überraschung meldete sich nun Mademoiselle de Bernays zu Wort. Die Gouvernante hatte sich jetzt wieder im Griff, kein Sturm mehr, nur noch frische Brisen in ihrer Brust, wie es aussah, auch die verräterischen Flecken im Gesicht waren verblasst (aber noch sichtbar wie die Reste der Morgenröte).

»Sie interpretieren das Verschwinden des Grafen als eine Art Gesellschaftsspiel?«, sagte sie skeptisch.

»Tun Sie es nicht, Mademoiselle?«

Sie wartete einige Sekunden, ehe sie mir antwortete. »Eine Meinung, Monsieur Casanova, über die Motive des Herrn Grafen steht mir in keiner Weise zu.«

Ich verstand vollkommen und nickte stumm. Sie erinnerte mich lediglich an ihre Stellung als eine Bedienstete im Haus. Eine Frau ohne Illusionen und mir inzwischen keineswegs mehr unsympathisch.

Eine Stille entstand im Raum, in der man draußen vom Gesindehaus her einen Hund bellen hörte, auf den bald zwei oder drei andere antworteten; jetzt nahm man kurz das Wiehern von Pferden und das Fluchen eines Stallburschen im Hof wahr. In das eingetretene Schweigen hinein drang nun aber ganz nah ein vertrautes Geräusch. Es war das rasselnde Schnarchen der Baronin, die auf ihrem Stuhl eingenickt war. Ihr schweißglänzendes Mondgesicht thronte auf dem weichen Kissen ihrer zwei Kinne, während sie bei geschlossenen Augen eine tadellos gerade Haltung auf dem Stuhl behielt.

Die übrige Tischgesellschaft erhob sich beinahe gleichzeitig wie auf einen stummen Befehl hin. Der Anstand gebot, die Baronin mit ihren portugiesischen Träumen allein zu lassen, nur Mademoiselle de Bernays sah sich in der Pflicht, sich um sie zu kümmern. In Wahrheit, liebe Freundin, ist sie wohl mehr die Gesellschafterin der Mutter als die der Tochter.

Vor der geflügelten Tür des Salons räusperte sich Johannes Paulus und warf seiner Schülerin einen unsicheren, fragenden Blick zu. Ich war bereits im Begriff, mich zu verabschieden, um auf mein Zimmer zu gehen. Doch dieser keineswegs mehr junge Mann erstaunte mich, und so blieb ich stehen. Nach der gewiss anstrengenden Nacht ging er auch bei Tage keiner Herausforderung aus dem Wege, wie es schien.

Doch die Umworbene wich ihm offensichtlich aus. So erinnerte er sie explizit, bereits ein wenig gereizt, an die ›Griechisch-Lektion‹, die sie mit ihm zu absolvieren habe.

Zu seiner maßlosen Enttäuschung schüttelte die Baronesse den Kopf, eine körperliche Anstrengung, die ich ihr heute gar nicht zugetraut hätte. Und zu meiner Überraschung antwortete sie ihrem Lehrer mit den festen Worten: »Monsieur Casanova wird mich auf einem Spaziergang begleiten. Nicht wahr, Chevalier?« Sie blickte mich herausfordernd an.

»Gewiss, Baronesse«, antwortete ich. »Ihr Wunsch ehrt und freut mich.« Allerdings ehrte er mich nicht in den flackernden Augen des Hofmeisters, dem ich vorhin noch die Fortsetzung unseres Spaziergangs ausgeredet hatte.

Die Baronesse sagte, sie erwarte mich in etwa einer Stunde auf der Veranda. Dann zog sie sich auf ihr Zimmer zurück, um sich für den Spaziergang zu präparieren.

Ich ging ebenfalls auf mein Zimmer und traf dort Lambert. Der doch tatsächlich in voller Montur in meinem Bett schlief! Ich beförderte ihn mit einem Tritt hinaus und befahl ihm, es frisch beziehen zu lassen.

»Glaubst du, ich könnte einer Dame ein Bett anbieten, in dem du stinkender Eber dich vorher gesuhlt hast?«

Er griente, und mit den Worten: »Welcher Dame, Monsieur? Ich sehe keine«, flüchtete er hinaus. Es ist ein Kreuz mit ihm. Aber er hatte recht. Wo war die Dame? Jedenfalls nicht in Sicht. Es war noch ein Stück Wegs bis zu Johanna von Preußen.

Lambert kehrte zurück mit einem Mädchen, das ein wenig umständlich, wie mir schien, das Bett neu bezog. Dass er ihrer straffen Gestalt dabei ungeniert von hinten zuschaute, war der Preis, den sie dafür zahlen musste.

Unterdessen erledigte ich einen Teil meiner geschäftlichen Korrespondenz, ließ mir, nachdem das Mädchen endlich fertig geworden war, von Lambert beim Umkleiden helfen und verließ das Zimmer in vollem Ornat und frisch wie der Frühling zur verabredeten Zeit.

In der Nacht, gegen halb elf

Die Baronesse liess nicht lange auf sich warten. Sie trug jetzt eine Robe aus einem sommerhellen, rot und blau bedruckten Baumwollstoff, der knapp oberhalb der Linie aufhörte, wo ihre Brustwarzen begannen. Ein hübscher Fächer mit Chinoiserien und ein blütenweißer, goldgelb umrandeter Sonnenschirm schienen mit einem Mal die lebensfrohe Frau aus ihr zu machen, die sie auch die übrige Zeit hätte sein können.

Ich bot ihr meinen Arm, so verließen wir den Salon. Wir spazierten quer über den weichen, federnden Rasen auf den Weg zu, der am Kirchhof vorbei zum See hinunterführte. Aus einem unguten Gefühl heraus drehte ich mich noch einmal kurz zum Herrenhaus um. Im ersten Stock sah ich den Hofmeister am geöffneten Fenster stehen und uns nachblicken. Ich wandte mich rasch wieder nach vorn und fühlte seinen vor Eifersucht glühenden Blick in meinem Rücken brennen wie eine Kerze unterm Hemd.

Doch sobald wir die hohe Hecke, sorgfältig geschoren wie ein französischer Pudel, und dahinter die Reihe Ulmen erreichten, die als hohe grüne Sichtblenden den Kirchhof vom Gutshof trennten, dachte ich nicht mehr an diesen gefährlich eifersüchtigen Hauslehrer.

Neben dem Kirchengebäude, das mit seinem hölzernen Turmaufsatz eher nur einer größeren Kapelle glich, befand sich ein weiteres kleines, spitz überdachtes weißes Steingebäude auf dem Kirchhof, unmittelbar an der Grundstücksgrenze zum Gutshof. Über seinem schmalen Eingang schwebte ein in den Stein gemeißelter Bibel-Spruch, den mir die Baronesse übersetzte: »Der Tod ist verschlungen in den Sieg.« Sein Sinn blieb mir dennoch verborgen.

Ich erfuhr, dass es sich um eine Patronatskirche der Familie von Ribbeck handelte und das kleinere Gebäude die frühere Familiengruft darstellte.

»Bis vor einer Generation wurden hier die Toten beigesetzt«, erklärte die Baronesse ganz ungezwungen.

»Heute nicht mehr?«, wollte ich wissen.

»Nein, nicht mehr. Gut Ribbeck hat eine eigene Gruft. Größer. Schöner.«

»Bequemer?«

Sie lachte. Lachte ganz frei. Sagte, falls mir dennoch der Sinn danach stehe, mir »die alte unbequeme Gruft hier« anzuschauen, solle ich ihren Bruder darum bitten, mich einmal hineinzuführen, um die dort befindlichen Mumien ihrer Urahnen zu bewundern. Sie lachte wieder (war das zu glauben?) und fügte hinzu: »Mir selbst reichen schon die schauerlichen Berichte, mit denen Karl uns gelegentlich zusetzt, wenn er uns recht ärgern will.« Das Innere der Kirche aber wolle sie sich gern einmal mit mir anschauen, es sei reich bebildert.

»Aber dazu ist das Wetter heute zu schön. Wir wollen zum See hinuntergehen!«, sagte sie.

Ich musterte sie erstaunt von der Seite. Je weiter wir den Gutshof hinter uns ließen, desto lebhafter und vertraulicher wurde sie. Die kleine blasse Baronesse wirkte auf einmal wie ausgetauscht, wie ein Versprechen – auf ihre ältere Schwester.

Der frühe Nachmittag bescherte uns ein beinahe windstilles Wetter, die Sonne war aus der Wolkendecke gestiegen und lag brütend über dem Land. Glücklicherweise war der Weg zum See, den die Baronesse zu gehen wünschte, von hohen, Schatten spendenden Eichen gesäumt.

Am See wurde es kühler, junge, schlanke, hohe Birkenstämme umstanden ihn vollkommen unbewegt, Weiden schienen mitten in der Absicht, sich ins Wasser zu stürzen, erstarrt. Die Oberfläche des Sees war glatt wie ein Spiegel und strahlte ein gleißendes Licht ab, in dem ein paar Schwäne zu verschwinden schienen wie in einem geheimnisvollen weißen Nebel.

Wir erreichten eine Lichtung, durch die ein schmaler sandiger Weg zu einer verwitterten Bank am Ufer unter einem Dach eng stehender Föhren führte.

Die Baronesse sog die würzige Luft tief und genussvoll ein und sagte im Ausatmen: »Wie ein Stück Arkadien, finden Sie nicht, Chevalier?«

Ich nickte halbherzig, denn mit einem Mal beherrschte mich die Vorstellung, dass *es* womöglich hier geschehen war. ›An dieser Stelle hat der Knecht die Magd erschlagen‹, dachte ich und mich fröstelte.

»Rasten wir, Chevalier«, sagte die Baronesse in einem gurrenden Ton, der mir nicht entgehen konnte. Nicht entgehen *sollte*.

Wir setzten uns. Und von nun an legte sie auch den letzten Rest an Gezwungenheit ab. So, als hätte ich sie darum gebeten, zog sie kommentarlos ihre kirschroten Schuhe aus, raffte ihren Rock und rollte ihre seidenen Strümpfe über die stabdünnen, mehlweißen Waden und die winzig anmutenden Füße hinunter und zog sie aus. Sie sprang auf, hob ihren Rock an, machte ein paar Schritte durch den weichen, feinkörnigen hellen Sand und tauchte die Füße bis über die Knöchel in das klare, funkelnde Wasser.

»Sie sollten es ebenfalls versuchen, Monsieur!«, gluckste sie. »Es ist so erfrischend!«

»Ein andermal«, sagte ich. Denn etwas Bestimmtes fesselte meine Aufmerksamkeit. An der äußeren Seite der Bank, auf der wir saßen, an einer Stelle, die vorher durch die Baronesse verdeckt gewesen war, entdeckte ich einen auffälligen dunklen Flecken, den ich mir nicht anders erklären konnte, als dass es sich um Blut handelte. Blut, das bereits getrocknet und in das poröse Holz eingezogen war.

Ich mochte mich täuschen, ich hoffte es sogar. Aber allein die Fantasie, dass er sie wahrscheinlich genau hier, neben oder auf dieser Bank, auf der wir nun arglos saßen, erschlagen hatte, raubte mir jeden Genuss des sonnigen Augenblicks. Womöglich fiel mir auch noch der blutverschmierte Stein, das Mordwerkzeug, ins Auge. Ich stand auf.

»Lassen Sie uns weitergehen, Mademoiselle!«, forderte ich vielleicht ein wenig zu scharf. »Kleiden Sie sich wieder an. Das kühle Wasser könnte Ihrer Gesundheit schaden.«

Ich konnte sehen, wie sie erstarrte, und als sie sich langsam umwandte und mir ihr eingefrorenes Gesicht zeigte, glaubte ich mit einem Mal die Nähnarben einer geschundenen Seele unmittelbar vor Augen zu haben. Wer mochte ihr die zugefügt haben?

Schweigend kam sie aus dem Wasser und ließ sich plumpsend auf der Bank nieder. Sie verdeckte nun wieder den Flecken, der in meiner Vorstellung endgültig zu Blut geronnen war.

»Ja, so seid ihr«, sagte sie leise, mehr zu sich selbst. »So seid ihr Männer.«

Ich überwand mich und setzte mich wieder neben das blasse Mädchen. Ich nahm ihre Hand, die sich kalt wie Eis anfühlte, in der unschuldigsten Absicht und fragte: »Wie, Mademoiselle? Wie sind wir Männer?«

»Entweder ihr überseht uns ganz und gar. Oder ihr befehlt und wollt jeden unserer Schritte bestimmen.«

»Ich versichere Ihnen, Mademoiselle, wenn ich Sie bat, sich wieder anzukleiden, dann …«

Doch sie schüttelte nur heftig den Kopf (ein wenig Puder rieselte auf ihre Schultern). »Neulich hatte Karl Besuch von zwei Freunden aus Berlin. Junge, schöne Herren. Wir soupierten zusammen, sie machten mir Komplimente, wir spielten Karten und … und Blindekuh, sie rezitierten sogar Verse. Dann reisten sie ab. Keiner der beiden hielt es für nötig, sich von mir zu verabschieden. Als Karl meine Enttäuschung darüber bemerkte, ließ er nachträglich Grüße der Herren ausrichten. Aber ich spürte, er log. Sie hatten mich schon vergessen, noch ehe sie abgereist waren.«

Ich drückte ihre Hand ein wenig kräftiger und versicherte ihr, dass der junge Baron gewiss die Wahrheit gesagt habe, wenn er sie von den beiden Freunden habe grüßen lassen. Ich betrachtete dabei ihr Profil, die eingefallenen Augen, das wie nicht vorhandene Kinn, die Nase, unglaublich viel Nase … Plötzlich drehte sie mir ihr Gesicht zu, die Augen weiteten sich, ihre Lippen glänzten feucht und öffneten sich, ich roch ihren Atem, säuerlich wie vergorene Milch. Es war mit einem Mal nicht mehr meine Hand, die ihre hielt, sondern umgekehrt, sie führte sie blitzschnell an ihr Décolleté und presste sie gegen ihren mageren Körper. Ich musste einiges an Kraft aufwenden, um sie ihr zu entziehen.

Jetzt schaute sie mich entgeistert und wie endgültig vernichtet an.

Natürlich, Madame, war das mein Fehler. Sie hatte meinen Versuch, ihr Trost zu spenden, als einen Wechsel auf eine Stunde der Leidenschaft missverstanden. Was für ein Esel war ich doch! Nun saß sie da, die Lippen zusammengepresst, die Augen feucht, da ich sie gedemütigt hatte.

»Ich bin … Mademoiselle, ich bitte um Verzeihung, dass Sie mich in der Weise missverstehen konnten, von mir ein Glück zu erwarten, das ich Ihnen in Anbetracht vieler Umstände keinesfalls gewähren kann.«

Doch denken Sie, Madame, welche Veränderung nun eintrat, welche Wendung ihre Stimmung wiederum nahm. Sie wischte sich kurzerhand die Tränen aus den Augenwinkeln (mehr als zwei, drei sauber abgezählte davon werden sich nicht darin befunden haben) und lachte mich an. Auf der Klaviatur der Koketterie schlug sie kurzerhand den nächsten Ton an. Sie sah auf ihre Füße hinunter und sagte keck: »Wenn Sie es also wieder gutmachen wollen, Chevalier, streifen Sie mir jetzt meine Strümpfe über und helfen mir in die Schuhe! Spielen wir ein Spiel, Monsieur, seien Sie mein Diener, und ich bin Ihre Herrin!« Sie blinzelte mit den immer noch feuchten, aber wieder glänzenden Augen. »Ich bitte Sie, Chevalier, nur ein Spiel!«, wiederholte sie gurrend.

Sie kennen mich, Madame. Es braucht sonst weit weniger Reize, um in mir jenes Feuer zu entfachen, das sich die Baronesse wünschte, um damit ihre eigenen Flammen zu löschen. Doch, nein, Madame, hier war alles falsch: die gewaltträchtige Assoziation des Orts, das extreme, widersprüchliche Wechselspiel im Verhalten der Baronesse, ihr ›Spiel‹, das keines war. Nein, ich hatte nicht das geringste

Interesse an ihr. Sie war für mich in beinahe jeder Hinsicht vollkommen reizlos.

Doch nachdem sie das begriffen hatte, zog sie ohne Umstände wieder ihre Strümpfe und Schuhe an, stand auf, hängte sich scheinbar gut gelaunt an meinen Arm und schlug vor, weiter am See entlang und durch die Dorfstraße in einer Schleife zurück zum Herrenhaus zu wandern. Sie benahm sich wieder auf die natürlichste Weise mir gegenüber und hielt munter Schritt. Selbst als wir den grasbewachsenen Uferweg verließen und in die leicht höher gelegene, sandige und äußerst unebene Dorfstraße einschwenkten, verhielt sie sich, als hätte es den Vorfall am See gar nicht gegeben.

Entweder ist sie unglaublich raffiniert. Oder unvorstellbar naiv. Doch gleich, aus welchem Grund, das Ergebnis war mir allemal recht. Es vereinfachte die Dinge.

Das Dorf Glienicke verdiente übrigens kaum den Namen und ist nur der bäuerliche Appendix des Gutshofs. Es besteht aus zwei Reihen wenig ansehnlicher niedriger Häuser, zum großen Teil Behausungen, die wie Perlen an der Schnur aufgereiht sind, jedoch Scheiterhaufen mit Türen und Fenstern gleichen.

Eine Gänseherde kam uns ohne rechten Schwung entgegen, die Tiere waren ebenso abgemagert wie die wenigen Menschen, die wir am Weg oder in den schnupftuchschmalen Gärten, die sie bewirtschaften, erspähten. Eine alte Frau mit einem weiten, dunklen Umhang schlich langsam die Straße entlang, sie hatte einen Hüftschaden, pendelte beim Gehen hin und her, verbeugte sich beschämend tief in unsere Richtung und beobachtete uns später noch eine Weile aus sicherer Entfernung, wie ich bemerkte. Neben ihr lief barfuß ein junges Mädchen mit großen, schwarzen, hungrigen Augen. – Es ist schon so, die Bauernmädchen gehen auf nackten Füßen, die vornehmen Damen mit nackten Brüsten. Aber ich versichere Ihnen, Madame, es gibt Körperstellen, wo auch Bauernmädchen aussehen wie Königinnen.

Es war ein eigentümliches Gefühl, angesichts der zerlumpten Gestalten der Dörfler, denen wir begegneten, mit der Baronesse über den dernier cri de Paris in der Mode zu plaudern. Sie selbst tat es jedoch wieder ganz ungezwungen, und ich suchte ihre Fragen, so gut ich es vermochte, zu beantworten und den Teil ihrer Garderobe, den ich bislang von ihr kannte, weit über Gebühr zu loben.

Doch je näher wir dem Gutshaus kamen, desto schweigsamer wurde sie, und als wir endlich den Kirchhof, diesmal von der anderen, seeabgewandten Seite, passierten und wieder den großzügigen Park des Herrenhauses betraten, verstummte sie ganz. So, als führte ich sie zum Schafott und nicht zurück zum Sommersitz ihrer Familie.

Welche sonderbare Mischung aus Weichheit und Strenge, Eigensinn und Nachgiebigkeit, Koketterie und Trauer, schöne Freundin, haben wir da in einer Person! Die Baronesse zählt sicher zu den rätselhaftesten Vertreterinnen ihres Geschlechts, denen ich in meinem Leben begegnet bin. Agnesa von Ribbeck ist trotz (oder wegen?) ihrer Jugend ein einziges Vexierbild. Dies zeigte sich, falls es noch eines weiteren Belegs bedurfte, im vollen Ausmaß auch am Abend, als wir uns zum Souper wieder trafen.

Der Speiseraum war sehr festlich mit Dutzenden zusätzlicher Kerzen erleuchtet, Hermann beaufsichtigte und gebot über eine Schar hilfreicher Geister, die auftrugen und bedienten. Nebenbei war auch bereits Ersatz gefunden für August, den entlaufenen Lakaien, in Person eines etwas triefäugigen jungen Mannes, der sich an seine Livree erst noch gewöhnen musste. Oder die Krätze hatte.

Die Tafel beeindruckte leider weniger durch die Speisen selbst (wässerige Rindssuppe, schwarzer statt Schwarzwild-Braten, teuflische Ragouts, mit saurem Wein aus der Region, Zwiebeln und dicken Rosinen zubereitet) als vielmehr durch die Gefäße, in denen sie aufgetragen wurden: ausgesucht schöne, teilweise raffinierte Straßburger Fayence-Terrinen in Form von Schildkröten, Salat- oder Wildschweinköpfen.

Die Baronin schien wieder vollkommen erholt. Sie hatte sich sehr herausgeputzt, trug ihr silbern gepudertes Haar in dicken Locken, besetzt von bunten Steinen und durchzogen mit bunten Bändern, die Regenbögen vor einem silbrigen Abendhimmel glichen. Ihr Décolleté war schluchtentief ausgeschnitten, und wie um dies zu unterstreichen, massierte sie unentwegt ihre Brüste mit den Händen. Sie ließ mir scherzhaft unter anderem einen Teller mit Salatherzen reichen, ein Trompe-l'oeil, das in der Tat das Porzellan-Gemüse für das Auge täuschend echt und schmackhaft darbot.

Mademoiselle de Bernays dagegen wirkte müde und grau und zog sich recht bald mit Kopfschmerzen zurück. Auch möglich, dass es mit dem Benehmen der Baronesse zusammenhing, die mir nun wieder unverhohlen schöne Augen machte und scheinbar jede meiner unbedeutenden Bemerkungen über ihre äußere Erscheinung aufnahm wie einen Liebesbeweis. Den ganzen Abend schien sie mit der Absicht zu verbringen, vor aller Augen ihre Verliebtheit in mich zu demonstrieren.

Es ist mir längst klar geworden, liebe Freundin, dass das Verhalten der Baronesse nicht eigentlich mir galt, sondern vielmehr darauf abzielte, ›einen anderen‹ eifersüchtig zu machen. Ich war Teil eines Spiels geworden, das vermutlich so alt ist wie die Menschheit. Eines höchst kindischen Spiels. Aber nachdem die Gouvernante aus dem Felde geschlagen war, interessierte sich außer dem Hofmeister niemand mehr für die Avancen, die Agnesa mir machte, am wenigsten ihre Mutter. Die Baronin war vollauf mit den Speisen und Getränken befasst und schien das Treiben der Tochter mit einem gleichförmigen Wohlwollen zu betrachten, das man auch als Ignoranz bezeichnen könnte.

Es liegt mir jedoch fern, eine Dame zu brüskieren, so spielte ich der Baronesse zuliebe tapfer den Kavalier, ohne jedoch weiterzugehen, als ich glaubte, dass es die preußische Schicklichkeit in einem solchen Fall erlaubte. Doch das offensichtliche Desinteresse, das Mademoiselle Agnesa dem Hofmeister gegenüber an diesem Abend zeigte, – ein Desinteresse, das er wohl seinem gesellschaftlichen Stand entsprechend, nicht aber seiner nächtlichen Standhaftigkeit nach erwarten durfte, – verwandelte das mondrunde, feiste Gesicht des großen dicken Mannes in eine aus reinem Hass geschnitzte Maske. Hass gegen mich.

Mir wurde äußerst unbehaglich dabei. So hielt ich mich denn zunehmend an Karl, den jungen von Ribbeck, der den Nachmittag über in einem Vorwerk verbracht hatte, wie er mir mitteilte. Mit ihm plauderte ich über das neueste Bauvorhaben des Königs, ein neues Palais in Potsdam. Karl bewunderte die Pläne des Königs an dem riesenhaften Bauwerk, das dieser vor etwa einem Jahr begonnen hatte, schon aus Gründen der Staatsräson.

»Niemand soll glauben, Preußen habe Schlesien gewonnen, aber sein Staatsvermögen verloren. Das Neue Palais wird Europa eines Besseren belehren!«, verkündete der junge Mann etwas steif an dem Zweizack seiner Nase entlang.

Die Baronin hielt sich nach dem Essen an den Rheinwein und schlief wie schon am Mittag auf ihrem Thron am Kopfende des Tisches ein. Beim anschließenden Kartenspiel wollte keine rechte Stimmung aufkommen. Außer bei der Baronesse. Der Hofmeister beobachtete feindselig jede noch so kleine Geste, die die Baronesse mir gegenüber machte. Er wirkte angespannt wie eine geballte Faust und verdarb den Übrigen den Spaß mit seiner Unkonzentriertheit beim Spiel.

Es war daher noch nicht spät, vielleicht eine Stunde nach Mitternacht, als wir uns allesamt auf unsere Zimmer zurückzogen. Ich hatte Lambert schon früher erlaubt, sich schlafen zu legen, so kleidete ich mich allein aus und stellte mich, bevor ich mich ins Bett legte, in Hemd und Nachtmütze ans geöffnete Fenster. Die Luft schmeckte würzig, fast streng. Bereits am frühen Abend hatte ein milder Regen, der sich jetzt übers Land ergoss, eingesetzt. Nur sein sanftes, beruhigendes Rauschen drang von draußen herein. Sonst war es still.

So stand ich eine Weile, andächtig Nacht und Natur genießend, als ich sie wieder vernahm. Die unverkennbaren Geräusche der Leidenschaft, die Stimme der kleinen Baronesse. Doch nein! Wie hatte ich mich getäuscht. Ich musste über mich selbst lachen wegen meines Irrtums: In diesem Fall waren die mal lang gezogenen, hohen, mal tieferen, schnurrenden Töne nichts anderes als das wollüstige Maunzen einer jungen Katze, die um Liebhaber bettelte. Ich sah jetzt ihre schlanke, helle Gestalt wie einen weißen Schatten über den Rasen huschen.

Dennoch kreisten meine Gedanken um die heimliche Liebe in diesem Haus. Soviel war sicher, mit dem Hofmeister würde es ein schlimmes Ende nehmen, wenn sein verbotenes Verhältnis mit seinem adeligen Schützling dem Baron, seinem Förderer, bekannt würde. Das Schicksal der Baronesse aber schien mir keineswegs ausgemacht. Sollte sie schwanger werden, drohte ihr das Kloster. Oder ein Stift. Oder die Heirat mit einem Landjunker, den die Höhe ihrer Mitgift den schon vorhandenen Kegel vergessen ließe.

Madame, aus dem unschuldigen weißen Blatt von heute Morgen ist ein wahres Konvolut an Briefseiten geworden, die Sie, kluge Freundin (und Sie, unbekannte Schöne, die Sie mitlesen!), nun unverzüglich erhalten sollen. Die gute Nachricht zum Schluss: Morgen, Mesdames, wird es so weit sein! Ich werde zusammen mit Karl von Ribbeck das Gut seines (nicht von vielen) vermissten Schwagers besuchen und somit *ihr* vorgestellt werden, Johanna, Gräfin von Wilmerstorff. Lambert wird uns mit dem Pferd begleiten und auf dem Weg über Potsdam den Brief an Sie der ordinären Post übergeben.

Das Scharwenzeln meines Bedienten um die Wirtstochter in Puhlmanns Gasthof erfordert übrigens auch in Zukunft noch seine verstärkte Anstrengung, um der Rehäugigen mit Erfolg den Hof zu machen. Einstweilen hat Lambert sich noch in anderer Hinsicht verdient gemacht, da er sich, ganz aus eigenem Antrieb, wie er sagt, im Gasthof nach dem Schicksal des Glienicker Mordburschen erkundigte. Wahrscheinlich aber ist sein Verdienst geringer, als ich ihn veranschlage, und er musste nur verdauen, was die Gerüchteküche in und um Potsdam jedem auftischt, gefragt oder ungefragt. In jedem Fall ist es Nahrung für meine Neugier, wie ich zugeben muss.

Lambert hat von einem Polizeidiener, mit dem er sich eine Bouteille lang fraternisiert hat, erfahren, dass die Potsdamer Gerichtsbarkeit den Justus, unseren eifersüchtigen Pferdeknecht, bereits kräftig in der Mangel hatte. Doch trotz buchstäblich einschlägiger Techniken der Wahrheitsfindung, die keineswegs rein preußischer, sondern universeller Natur zu sein scheinen, leugnet der Knecht. Leugnet rundweg, seine Stine gemordet, sie mit einem Stein erschlagen zu haben wie der Kain den Abel. Er will sie gesucht haben, ja. Im Morgengrauen, wie schon öfter in letzter Zeit, da sie nachts unterwegs gewesen sei. Um den August, den betressten Lumpen, zu treffen. Er will die Magd auch gefunden haben, jawohl. Aber bereits tot. Am See. Neben der Sitzbank nahe am Wasser, den blutigen Kopf gegen eine der Streben gelehnt, die Augen fest geschlossen, als schliefe das Mädchen. Aber doch nicht für immer! Die Stine tot, das habe er sich niemals vorstellen können, auf diesen schrecklichen Gedanken wäre er niemals verfallen. Sagte er. Behauptet der Polizeidiener. Berichtet Lambert. Und wirklich habe der Justus die Stine auch angesprochen: »Stine, was ist mit dir? Bist du gestürzt? Hat dich der August, dieser …« Er habe einfach nicht glauben wollen, der Justus, dass das Mädchen tot war, habe sie daher aufgehoben, sie sei ja so leicht gewesen, schon immer, und zum Gutshof getragen. In der Nähe vom Waschhaus sei er aber dann gestolpert, sei mit ihr im Arm gestürzt und habe sich nicht wieder aufrichten können. Sondern habe sich über sie gebeugt, um zu sehen, ob sie tatsächlich wieder atmete; denn so war es ihm nach dem Sturz plötzlich erschienen. Doch sie atmete nicht, würde es niemals mehr tun, ihn nie wieder ansehen, ihn nie mehr … Und erst in diesem Moment, sagt der Justus, habe ihn der eiskalte Schrecken über die unwiderrufliche Erkenntnis: ›Meine Stine ist tot‹, gepackt. Doch genau in dieser fatalen Lage sei die Katharina vom Gesindehaus her gekommen, auf dem Weg ins Waschhaus.

Und da habe ihn die Alte, die ihn noch nie habe leiden können, entdeckt, mit blutverschmierten Händen, blutigem Hemd, neben der Stine, über sie gebeugt. Und als die Katharina, die sofort sah (wo sie doch sonst nie etwas begriff), dass die Stine tot war, anfing zu schreien – »Stine! Stiine! Mord! Moord! Mörder, du!«, – habe ihn die nackte Angst gepackt. Und wie vor dem Leibhaftigen sei er davongerannt, ohne nachzudenken. Nur fort. Fort.

Armer Teufel, dieser Justus. Ein Mörder seiner Liebe. Wer soll ihm denn glauben? Sein Schicksal ist besiegelt.

Nun aber Schluss, Madame. Mit der Bitte um Vergebung für die letzten düsteren Zeilen. Adieu, schöne Freundin.

Mit Herz und Seele ganz und stets der Ihre, Casanova

Gut Dahlem, Dienstag, 19. Juni, im Morgengrauen

Es ist wahr, Madame, schon wieder ist es Nacht, und wiederum taucht Ihr armer, dummer Casanova seinen Federkiel in sein Tintenzeug, um Ihnen auf einem milchweißen Blatt einen Blick in seine gramgeschwärzte Seele zu gewähren. Wer sonst tröstet mich? Die gegenwärtige Hausherrin, meine (ach was, meine!) Johanna von Preußen etwa? Sie gewiss nicht.

Das erwähnte Schreibzeug ist ziemlich das einzig Filigrane in dem von mir bewohnten Zimmer in einem Seitenflügel des Dahlemer Guts. Außer einem groben Holzschrank mit dilettantisch ausgeführten Ornamenten und einem bäuerlichen Bett mit einer flachen muffigen Matratze befinden sich darin nur noch Lavoir und Nachttopf, nicht mal Holzständer für Perücke und Kleider. Die gekalkten Wände sind feucht und wirken grau, und das nicht wegen der funzeligen Beleuchtung durch eine Rübölleuchte, sondern weil sie schimmeln.

Der Dame des Hauses beliebt es, mich zu demütigen. Eben jene Frau, deretwegen ich den Unrat, die Unbequemlichkeit und die geistige Diaspora des Landlebens überhaupt auf mich genommen habe. Doch warum tut sie das?

Meine Hand zittert vor Wut. Ich bin unfähig weiterzuschreiben. Der Gestank und der Rauch der Funzel, die frühe Morgenstunde, die Demütigung als Mann von Geist und Standfestigkeit gleichermaßen …

Ich werde in wenigen Stunden wieder abreisen. Und Ihnen, treue Freundin, berichten, sobald mein Gemüt sich beruhigt hat.

Sie sind und bleiben die Königin meines Herzens.

Ihr untröstlicher Casanova

Gut Glienicke,
Donnerstag, 21. Juni 1764, gegen neun Uhr früh

Madame, nach einem Tag der körperlichen, aber keineswegs geistigen Ruhe schulde ich Ihnen die Fortführung meines Berichts, den ich wie Scheherezade mitten in der

Erzählung unterbrach, da die Hand zu schwach war und die Worte schon in der Feder starben.

Bevor ich daher auf die jüngsten Ereignisse nach meiner niederschmetternden Rückkehr von Dahlem zu sprechen komme, lassen Sie mich Ihnen das ganze Kapitel ›Johanna von Preußen‹ in aller Schonungslosigkeit schildern. In der Hoffnung auf Ihren Rat. Und vielleicht auf Linderung meiner Leiden, indem ich mir die Ereignisse buchstäblich von der Seele schreibe.

Je mehr ich darüber nachdenke, desto stärker drängt sich mir die Frage auf, ob es vielleicht am Ort liegt, am Topos, wie die Griechen sagen, wenn sie eigentlich den Geist meinen, mit dem der Ort aufgrund einer besonderen, schicksalhaften Geschichte verbunden ist.

Ich frage mich, ist es die spürbare Seelenlosigkeit Dahlems, eine Art von Zynismus, der dem Gut unterschwellig anhaftet? Der einen Mann wie den Grafen zum Verschwinden, junge Burschen zum Davonlaufen und einen wie mich zum raschen Rückzug bringt? Was weiß ich denn über diesen ominösen Ort?

Immerhin so viel: Gut Dahlem war vor Zeiten ein reines Zweckgebäude, das der Verwaltung der landwirtschaftlichen Güter der Familie von Wilmerstorff diente. Heute ist es ein stattlicher, sandfarbener Herrschaftssitz, über dessen Mitteleingang stolz das Allianzwappen der von Wilmerstorff und der von Ribbeck prangt. Das frühere Fachwerk wurde durch Steinmauern ersetzt und das Herrenhaus um einen Westflügel mit Räumen für Gäste und (ganz außen) für Domestiken erweitert. Sowie um einen Südflügel mit einem großen Küchenanbau. Im Herrenhaus befinden sich einige repräsentative Räume mit ornamentierten Stuckdecken, die dennoch ihren, mit Verlaub, recht bäuerlichen

Charakter nicht verbergen können. Auf dem weitläufigen Gelände der Nordseite befinden sich diverse Stallungen für die Tiere und Schober für Vorräte und Ernten. In ihnen wird der Sommer für den Winter konserviert.

Das zum Gut gehörende Dorf hat kaum hundert Seelen. Entsprechend klein ist die Kirche. Es gibt eine Windmühle und einen Postwechsel, und das ganze Dorf bringt dem König gute zweihundert Taler und ein paar Groschen Korngeld. Und wenn ich Ihnen, teure Freundin, in diesem Stile weiter Profanes über Dahlem berichte, zerreißen Sie meinen Brief, noch bevor Sie ihn ganz gelesen haben, nicht wahr?

Mit Recht. Bloß, woher weiß ich all dieses unnütze Zeug? Selbstverständlich vom jungen Baron Karl von Ribbeck. Es scheint, dass er ein kundiger Sachverwalter des von ihm geführten Guts Glienicke und ein ebenso intimer Kenner der Verhältnisse umliegender Herrengüter ist. Ein ökonomisches Wissen, das an einem Mann von Stand erstaunt. Gleichwohl stellte er es auf unserer gemeinsamen Kutschfahrt durchs Havelland von Glienicke nach Dahlem mit großem Ehrgeiz unter Beweis.

Sein Mund ging wie ein Uhrwerk, die Worte flossen unablässig zwischen seinen heute etwas bläulichen Lippen heraus. So wie es während unserer feuchten Fahrt unter den aufbrechenden havelländischen Himmeln unablässig aus allen Wolken Wasser schüttete.

Ein Detail seiner bemerkenswerten Kenntnisse über den Status umliegender Güter und ihrer Vorwerke erschien mir dennoch nicht ganz uninteressant. Gut Dahlem, wusste er zu berichten, brachte früher so wenig ein, dass sein Besitzer, der verschollene Graf von Wilmerstorff, sich eines Tages vor der Notwendigkeit sah, es zu verkaufen, falls er nicht ein neues Geschäftsfeld ausfindig machte. Dafür fehlten ihm jedoch die Mittel.

Sie flossen ihm aber glücklicherweise in Gestalt seiner heutigen Gattin zu. Mit dem Geld, das durch die Mitgift der vormaligen Baronesse Johanna von Ribbeck reichlich (»überreichlich«) in die Verbindung einschoss, war er plötzlich in der Lage, eine große Maulbeerbaum-Pflanzung anzulegen. Die daraus gewonnene Seide macht sich seither selbst nach Abzug aller Kosten bezahlt.

Der keineswegs mehr junge Graf von Wilmerstorff zog folglich aus der Heirat mit der Tochter seines Ritterfreundes nicht nur das sinnliche Vergnügen an einer preußischen Schönheit, sondern auch einen lukrativen finanziellen Vorteil, der sein Gut vor dem Niedergang bewahrte.

Alte Freundschaften zahlen sich eben doch aus, Madame, und in diesem Fall hat sie auch noch den gewiss nicht unbeabsichtigten Nebeneffekt, dass die gute Gesellschaft unter sich bleibt und preußisch-blaues Adelsblut nicht verwässert wird.

Das Wetter blieb während der ganzen Fahrt regnerisch. Es ging durch Laub- und Nadelwälder, vorbei an gewundenen Flussläufen und sich krümmenden Seen, an eher dürren Weiden und Kornfeldern, schmutzigen Siedlungen voller Dunghaufen am Wege und manchem schmucken Landhaus anonymer Herrschaft. Mehrfach mussten Lambert und ein weiterer Begleitknecht zu Pferde die Wagenräder aus dem Morast oder aus dem tiefen Sand ziehen helfen, unter mächtigem Gerumpel der Achsen und Wagenschwengel und heftigem Schlenkern der Karosse.

So blieb mir von der vor Nässe triefenden Welt der Preußen, in der wir, wie für die Ewigkeit, tiefe Fahr- und Hufspuren hinterließen, vor allem das majestätische Bild der

Schwäne in Erinnerung: Wie große weiße Blüten schienen sie aus den grauen Wasserflächen der Havelseen herauszuwachsen.

Nach einem plötzlichen Bedürfnis, das auf der Stelle sein Recht forderte

Vor Potsdam, liebe Freundin, schlug der junge Baron ein neues, zugleich naheliegendes Thema an. Nunmehr klärte er mich über den Hof des Königs in dieser Stadt auf. Das Ergebnis: »Es gibt keinen, Monsieur.«

»Wie das, Baron?«

»Ganz einfach«, lachte er ungeachtet dessen, dass die Kutsche kurz zuvor brachial über einen groben Stein gefahren war und die Federung dadurch offenbar Schaden genommen hatte. »Der Landadel lebt, wie ja auch unsere Familie, auf seinen Gütern. Allenfalls in den Wintermonaten nimmt man Quartier in der Stadt. In Berlin, versteht sich. Wo man im Dezember und Januar am Karneval teilnimmt.«

Jedoch kein Vergleich mit Venedig, Madame! Es handelt sich bei dem erwähnten Karneval um einige unbedeutende Maskenbälle und Festessen, die der König oder diverse Höflinge, die die Herrschaft über dergleichen Vorgänge wie überall auf der Welt gern an sich ziehen, für wichtig halten.

»In Potsdam gibt es nicht mal hohe königliche Beamte, Monsieur!«, fuhr er fort. »Das gesamte Generaldirektorium befindet sich in Berlin. Nur gelegentlich, wenn der König zur Ministerrevue pfeift, tanzen die Sekretärs und Minister an. Aber doch nur für wenige Tage.«

»Woraus besteht denn dann aber der Potsdamer Hof,

von dem so häufig und nicht ohne Stolz in Preußen die Rede ist?«, wollte ich nun ernstlich wissen.

Wieder sein etwas kindisches Lachen. »Nun, Monsieur, abgesehen von einigen mittleren Verwaltungschargen im Zollamt, bei der Post, im Hofbauamt, der Gartendirektion oder von mir aus auch im königlichen Kabinett besteht der Hof aus Hunderten Kutschern, Reitknechten, Vorreitern, Kammerlakaien, Köchen, Jägern, Gärtnern und so weiter. Da haben Sie Ihren Hofstaat zu Potsdam! Doch immerhin einen mit Zukunft. Ich schätze, allein ein Drittel dieser Gesellschaft sind Kinder. Sie wissen, Monsieur«, schloss er, jedes Wort genüsslich betonend und indem er sich gegen das dunkle Leder des Sitzes zurückfallen ließ, »der König liebt die Jugend ganz besonders.«

Ich wusste, worauf er anspielte. Voltaire fiel mir ein, mit einigen Andeutungen über Friedrichs Vorlieben, die er mir gegenüber machte, als ich ihn vor einigen Jahren besuchte. Ein im Ganzen unerquicklicher Besuch auf seinem Landgut in Ferney, in beruhigender Nähe zur rettenden Schweizer Grenze. Das Schandmaul schrieb damals an seinen Memoiren und ließ mich, bevor wir uns wegen seiner lächerlichen Irrtümer über literarische Versmaße zerstritten, einen Blick in seine *Denkwürdigkeiten* werfen. Die Blätter sind bis heute nicht erschienen, kursieren jedoch in den Pariser Salons und tragen dort sehr zur Heiterkeit bei. Und zu der sicheren Annahme, dass der preußische Hof mehr noch als der französische aus Päderasten besteht.

Voltaire wusste aufgrund seines langen Aufenthalts in Sanssouci recht intim vom Tagesablauf des Monarchen zu berichten. ›Wenn Majestät angekleidet sind‹, schrieb er zum Beispiel meiner Erinnerung nach, ›das heißt, sobald der

König die Stiefel angezogen hat, bekennt sich der Stoiker auf dem Thron einige Zeit zum lustvollen Epikur. Er lässt zwei oder drei Favoriten kommen, hübsche Pagen, schöne Heiducken, junge Kadetten, und nimmt mit ihnen den Kaffee. Dann zieht er sein erotisches Zaubertuch hervor und wirft es demjenigen zu, den er dazu ausersehen hat, ein Viertel-Schäferstündchen mit ihm allein zu bleiben.‹

Der alte Spötter konnte nicht umhin, auch zu verraten, dass Friedrich in den Verhältnissen mit seinen blutjungen Auserwählten nicht imstande sei, ›die erste Geige‹ zu spielen und sich daher mit der zweiten begnügen müsse. ›Erst nach den Schuljungen‹, wusste Voltaire, ›kommen die Staatsgeschäfte an die Reihe.‹

Was also den alten Griechen recht war, ist dem Preußen-König billig. Der junge von Ribbeck schien durchaus sein Vergnügen an dieser Vorstellung zu finden, als er mir davon erzählte.

Nach einem frugalen Mahl (auf meinem Zimmer)

Am frühen Nachmittag erreichten wir Gut Dahlem. Es regnete nicht mehr, der Himmel klarte stellenweise bereits auf. Man konnte auf Sonne hoffen, aber der Wind blies noch immer feucht aus Nordwesten. Die Kutsche rumpelte über grobes Pflaster in einen lang gestreckten Hof, der von zwei Seiten durch Stallungen begrenzt war. Die Kopfseiten wurden im Süden vom Herrenhaus, im Norden vom Gesindehaus gebildet. Ein kleiner, aber hoch aufgebockter Taubenschlag bildete das Aufsichtszentrum des Hofs, in dem überhaupt reges Treiben herrschte: Eine Herde Gänse schnatterte aufgeregt und schlug mit den Flügeln, ein zotteliger, schwarzweiß gescheckter Hund kam gelaufen und gab pflichtgemäß seinen Kommentar zum Eintreffen des Besuchs. Ein Kuhknecht trieb zwei junge Stärken aus einem Stall heraus, und ein weiterer Knecht sortierte in einer Ecke neben den hinteren Stallungen Wagenräder und andere traurige Reste einer Kutsche, die möglicherweise einen Unfall gehabt hatte. Unwillkürlich fiel mir bei dem Anblick der verschollene Herr des Anwesens, Graf von Wilmerstorff, ein. Konnte es nicht sein, dass er verunglückt war? Hätte man ihn dann aber nicht längst finden müssen?

Die Kutsche des jungen Barons war dem Gesinde wohlbekannt. Kaum dass sie unter dem weit überstehenden Dach des Kutschstalls zum Stehen kam, eilten auch schon zwei Pferdeknechte, ein jüngerer und ein älterer Mann, ledernes Zaumzeug wie Galgenstricke um den Hals, in schweren klappernden Stiefeln herbei, um die erschöpften Kutschpferde aus den Geschirren zu lösen und zu versorgen.

Der ältere Knecht, bereits weißhaarig und um die sechzig, ein großer, sehniger Mann, warnte den Jüngeren vor einer der Stuten. Doch zu spät, sie hatte bereits nach dem Burschen geschnappt. Der Alte lachte und führte sie zusammen mit einem zweiten Pferd fort zum Reitstall. Der Jüngere folgte ihm mit den beiden anderen Pferden, indem er fortwährend über den Gaul, der sich seiner Hand angenommen hatte, fluchte.

Lambert hatte sein Vergnügen an der Szene, er ging den beiden lachend hinterher, die Stute, die er geritten hatte, gemächlich am Zügel führend.

Zwei livrierte Lakaien empfingen den jungen von Ribbeck und mich im Eingangsbereich des Herrenhauses, zwei weitere Hausdiener versorgten unsere Reisenecessaires. Wir betraten einen zwar weitläufigen, aber wegen der niedrigen Decken doch düster anmutenden Raum, der mit seinem groben, wenig kunstvollen Mobiliar kaum als repräsentativ bezeichnet werden konnte.

Aber dann betrat *sie* den Raum und brachte Licht ins Dunkel. Johanna von Wilmerstorff hatte ihr rotbraunes Haar in natürlichen (oder doch natürlich wirkenden) Wellen hoch aufgesteckt und sich mit Perlenkette, Brosche und feinem Schleiertuch geschmückt. Sie trug ein hellblutrotes Samtkleid mit zartestem Spitzenkragen. Die mit Goldtroddeln und einem Edelstein verzierte Schleife aus weißer Seide wirkte auf mich wie eine Aufforderung, in ihr weit ausgeschnittenes Décolleté einzutauchen. Es erschien mir unerträglich, ihre körperlichen Vorzüge nur zu sehen, ohne zugleich das Privileg zu genießen, sich an den verborgenen Schätzen zu laben. – Ah, Madame! Diese Frau erschien mir wie eine Inkarnation ihres Geschlechts (eine weitere sind Sie!). Ich war überwältigt. Umso mehr, als die Gräfin hier, in ihren privaten Räumen, keineswegs im häuslichen Négligé, wie man hätte annehmen können, sondern in einem festlichen Ornat erschien, der ihren schlichten, dennoch wirkungsvollen Putz in der Charlottenburger Opernaufführung bei Weitem übertraf.

Ich konnte nicht anders, als ihre glanzvolle Erscheinung des heutigen Tages auf mich zu beziehen und verbeugte mich tief. Denn, so legte ich mir zurecht, selbstverständlich hatte sie mich zusammen mit ihrem Bruder *erwartet*; wir waren angekündigt, nicht wahr! Demnach hatte sie mich bereits in der Oper aus den Augenwinkeln heraus mit ihrem

Vater zusammenstehen sehen und meine bewundernden Blicke aufgefangen. Ihren ersten Bemerkungen bei unserer Begrüßung konnte ich zudem entnehmen, dass sie mich als einen guten Bekannten des Lordmarschalls ansah. Die Autorität, die mir unverhofft dadurch am preußischen Hof verliehen war, konnte meiner galanten Mission nur nützlich sein.

Dennoch ließ die Gräfin sich zunächst nicht mit mehr als einem höflichen Interesse für meine Person ertappen. Sie machte ein paar ironische Bemerkungen über den »feuchten Ausdruck« unserer Mienen, womit sie natürlich auf das miserable Wetter anspielte, und führte uns in einen weiteren, kleineren, aber deutlich helleren Raum, der durch einen riesigen Tisch in der Mitte dominiert wurde, um den sich recht anspruchslose Stühle gruppierten. Ein großer, rechteckiger, silbern gefasster Spiegel an der Wand verstärkte noch das Licht, das in matten Bahnen durch die hohen, viergeteilten Fenster fiel. Eine große, altmodisch, vielleicht auch altdeutsch bemalte Standuhr mit einem von honiggelbem Licht übergossenen Abraham als Mittelmotiv vermittelte den Eindruck, dass hier die Zeit seit Langem stehen geblieben war.

Das schönste Stück in dem Raum war sicherlich in der Ecke ein kombinierter Schreib- und Lesetisch mit Mahagonifurnier, der eine recht filigrane Arbeit war. Jedenfalls besaß er unvergleichlich mehr Eleganz als ein vertrockneter alter Habicht, der am hinteren Ende des Tisches thronte. Ich spreche von einer mindestens dreihundert Jahre alten Tyrannin mit zerrupfter Silberhaarperücke, die ihren Raubvogelkopf wie eine dünne Schleierwolke überformte. Als sie mich erblickte, musterte sie meinen betressten, altrosa Samtrock und meine steinbesetzten Schnallenschuhe und rollte mit den Augen wie ein Rindvieh.

Die Dame wurde mir als die Mutter des Grafen vorgestellt. Als man ihr meinen Namen nannte, kramte sie ein Hörrohr aus den Untiefen ihrer dunklen Gewandung hervor. Das schützte mich jedoch nicht davor, ihn ihr dreimal zurufen zu müssen wie einen verzweifelten Befehl mitten im Kanonendonner einer Schlacht.

Die unangenehme Überraschung war jedoch nicht die alte Gräfin (sie auch), sondern ein blasierter junger Herr mit einer zugegeben hübschen Fratze, der ebenfalls bereits am Tisch saß. Sein blauer Rock, die hellgelbe Weste, gleichfarbige Hosen und die schwarzen Schaftstiefel wiesen ihn auf den ersten Blick als einen (vermutlich niederen) Offizier der preußischen Armee aus. Seine dichten, weiß gepuderten Haare hatte er zu einem langen Zopf gebunden, der mit einem unsichtbaren Gewicht ausgestattet zu sein schien, das sein spitzes Kinn unweigerlich in die Höhe zog und ihm ein impertinent arrogantes Aussehen verlieh.

Meine Verbeugung nahm er ungerührt zur Kenntnis, und solange er anwesend war, richtete er kein Wort an mich, er wartete wohl nur darauf, dass ich aufhörte zu atmen. Ich hatte nicht übel Lust, diese Militär-Canaille mit seinem eigenen Degen der Längsachse nach aufzuschlitzen. Ich fragte mich, in welchem Verhältnis er zur Familie stand. Wichtiger: zur Dame des Hauses! Er wurde mir lediglich als Leutnant von Paxleben – so wirklich sein Name! – im Dienste der Kavallerie seiner Majestät vorgestellt.

Zu meiner Beruhigung stellte sich aber bald heraus, dass er lediglich des jungen von Ribbecks wegen anwesend war. Und Karl von Ribbeck vor allem wegen dieses blasierten Offiziers. Die beiden schienen gut miteinander bekannt, und nachdem sie den (faden) Tee mit uns genommen und ihn gelobt hatten wie der Pfarrer die Keuschheit, machten sie sich auf zu einer Jagd in den umliegenden Wäldern. Freilich ging es ihnen nicht ums Wildbret oder ums Hegen des Reviers, sondern lediglich um eine Schießübung auf alles, was sich bewegt. Das schloss ich aus ihren belanglosen Reden. Ich wünschte ihnen viele gebrechliche Hasen und dem Leutnant insgeheim einen hübschen Genickbruch.

Auch der alte Habicht zog sich nun zurück. Meine Gegenwart war der Gräfin-Mutter wohl nicht geheuer ohne den militärischen Schutz, den sie bis dahin genossen hatte. Für ihren hochnäsigen Abgang standen ihr zwei Bediente zur Seite, die sie mit dem Fächer schlug, weil sie Dinge falsch machten, die ich so wenig verstand wie offenbar die beiden selbst.

Der Habicht war fort, eine Taube kam herein. Denn gleich darauf erschien eine junge brünette Gouvernante in einem schlichten grasgrünen Kleid. An der Hand führte sie einen hübschen kleinen Jungen, der vier oder fünf Jahre alt sein mochte und ein für sein Alter sehr seltsames, süffisant anmutendes Lächeln zeigte. Der Knabe hielt ein Spielzeug in der Hand, ein hübsches Holzpferd auf Rädern, und wurde mir von seiner Mutter als Johann Georg von Wilmerstorff vorgestellt. Als »Sohn und Erbe von Dahlem«.

Stolz, Zärtlichkeit, aber auch eine gewisse Sorge spiegelten sich in den braunen Augen der Gräfin, als sie den Jungen über ihre Teetasse hinweg betrachtete. Das Kind drückte sein Pferdchen gegen die schmale Brust, setzte sich an den Tisch und wünschte Schokolade, die ihm von einem Bedienten umgehend gebracht und eingegossen wurde.

Ich verstand den Blick der Gräfin, der ihre gemischten Gefühle verriet. Sie betrafen das Lächeln, das dem Knaben wie ein Klischee in seinem ovalen Gesichtchen stand. Dieser gleichförmige, süffisante Ausdruck glich einer gemeinen Allegorie auf geistige Beschränktheit. Seine Miene änderte sich nie. Selbst nachdem er die Schokolade getrunken hatte und mit seinem Spielzeugpferd mehrere Runden um den Tisch herumrannte und Reiten spielte, was ihm Mutter und Gouvernante ohne Weiteres erlaubten, – immer trug er das gleichförmige Grinsen wie eine Larve im Gesicht, statt sich kindlich zu freuen.

Seine Gouvernante hieß übrigens Marie-Anne de Rapin-Thoyras und wäre gerade wegen ihrer Schüchternheit ein durchaus reizvolles Ziel gefühlvoller Attacken gewesen. Wenn es die Gräfin nicht gegeben hätte. Das Sprichwort sagt: Wer zwei Hasen jagt, fängt keinen. Daran hielt ich mich jetzt.

Mademoiselle de Rapin-Thoyras ist die Enkeltochter eines berühmten Hugenotten. Das verriet mir die Gräfin, nachdem die Gouvernante mit dem lächelnden Erben das Zimmer wieder verlassen hatte.

»Marie-Annes Großvater war der Verfasser einer Geschichte Englands, die Sie gewiss kennen!«, sagte die Gräfin lebhaft. Doch leider musste ich passen. Ich hatte weder von einem de Rapin-Thoyras noch von seiner *Histoire d'Angleterre* gehört. Ich spürte die leise Enttäuschung der Gräfin über meine partielle Unkenntnis, die mir bis dahin nicht mal bewusst war. Ich fühlte zugleich während ihres kleinen Unterrichts, mit dem sie beiläufig meine Wissenslücke füllte, wie mein Verlangen nach dieser geistvollen Frau beständig wuchs.

Je älter ich werde, Madame, umso mehr gewinnen Frauen mit Geist meine Zuneigung. Frauen wie Sie, liebe Freundin. Frauen wie die Gräfin. In ihrer Gegenwart spürte ich jetzt das unerträglich wachsende Bedürfnis, die ungewöhnlich selbstbewusste Festung einer so klugen Frau zu überwinden.

Der Reiz wuchs noch mit den Schwierigkeiten der Aufgabe. Während unserer weiteren Unterhaltung lenkte sie zu meiner großen Überraschung nicht ein einziges Mal das Gespräch auf die Pariser Mode, auf Versailler Amouren und Intrigen oder auf Schmuck, Parfums et cetera. Sie interessierte sich stattdessen für Bienenzucht! Und für die Erzeugung von Apfelwein. Oder die fachgerechte Unterbringung von Orangen und anderen exotischen Gewächsen in den Wintermonaten. Ich schwitzte Blut und Wasser, es konnte kaum Themen geben, mit denen ich mich weniger befasst hatte. Die Verblüffung der Gräfin über solche Lücken in meiner Bildung stand ihr ins geistvolle Gesicht geschrieben.

Endlich aber fand sich unvermittelt ein Sujet, für das sie sich interessierte und bei dem ich mich nicht blamierte, weil ich nicht mehr zu leisten hatte, als ihr mein Ohr zu leihen. Die Gräfin kam zurück auf die Bienenzucht und ihre eigenen Erfahrungen in der Imkerei. Gefesselt von ihrem Vortrag (vielmehr dem lebhaften Mienenspiel in ihrem Gesicht), spielte ich mit der Schokoladentasse ihres Sohnes, die noch auf dem Tisch stand. Plötzlich stockte sie, brach ab und starrte auf meine Finger an der zierlichen Tasse. Ich zog verwirrt meine Hand zurück und blickte sie, mir keiner allzu großen Schuld bewusst, fragend an.

»Verzeihen Sie, Monsieur«, sagte sie lächelnd, aber mit hörbar belegter Stimme. »Mir ist soeben eine schlimme Erinnerung aufgestiegen, die ich glaubte, schon vergessen zu haben.«

»Es ist mir peinlich, Madame, dass ausgerechnet ich es bin, der dafür verantwortlich ist«, erwiderte ich.

Sie lächelte schwach und schüttelte den Kopf. Das Licht wechselte in ihrem Haar, die Perlen darin glitzerten. Ihre Stimme schwankte ein wenig, doch sie begann zu erzählen. Eines Tages im letzten Sommer hatte der kleine Johann Georg in der Nähe der Bienenstöcke am Ende des Gutshofs gespielt und war gleich dreimal gestochen worden. »Marie-Anne, die das Unglück nicht verhindern konnte, rief einen Burschen herbei, der den Jungen ins Haus trug, in den Küchentrakt. Ich wurde hinzugerufen und war Zeugin, wie mein Sohn mit einer Essigtinktur behandelt wurde. Seine kleine Hand war durch die Stiche angeschwollen wie ein Schwamm und krebsrot verfärbt. Ich nahm ihn in die Arme und … aber …« Sie brach ab, streifte mich mit einem raschen, flackernden Blick und starrte auf die Tischplatte.

»Ich verstehe«, sagte ich. Sie schaute überrascht, eher noch ungläubig auf. »Ja, ich denke, ich weiß, was geschehen ist«, bekräftigte ich. »Wer je in seinem Leben von einer Biene oder Wespe gestochen wurde, weiß, wie schmerzhaft dies ist. Besonders für ein Kind. Ihr Sohn aber, ich denke, statt zu weinen, zu schreien, hat er … gelächelt. Scheinbar. Und vermutlich hat er nicht den geringsten Ansatz von Schmerzempfinden gezeigt.«

»Ja«, sagte sie tief nachdenklich. »Er lächelte. Wie er immer lächelt. Und er sagte, er spüre keinen Schmerz. Glauben Sie – Monsieur Casanova, denken Sie, er sagt die

Wahrheit?« Sie fragte mich wie einen Arzt. In ihrem Blick lag, wenn nicht Verzweiflung, so doch eine Sorge, die sie schon lange in sich trug.

Ich antwortete ihr, dass der Junge offenbar wirklich keinen Schmerz verspürte. Vermutlich auch bei anderen, vergleichbaren Gelegenheiten nicht. Dass ich dafür jedoch keinerlei Erklärung hätte. Für diese schlichte und keineswegs gelehrte Antwort, wie Sie zugeben werden, Madame, bedankte sie sich. Und überraschte mich dann mit einem Bekenntnis, das offener nicht hätte sein können:

»Wenn Sie es nicht schon wissen, Monsieur«, sagte sie, »werden Sie es bald ohnehin erfahren. Die Gesellschaft in Preußen ist so geschwätzig wie überall auf der Welt. Und es ist ja ein offenes Geheimnis: Johann Georg ist nicht der natürliche Sohn meines Gatten. Es gab ihn schon vor unserer Verbindung. Ein Fehltritt. Aber Wilmerstorff ...«

»War der Freund Ihres Vaters.«

»Ja, er gab ihm seinen Namen. Das war, was auch ich von ihm wollte.«

Und ihr Vater nicht minder, ergänzte ich im Geiste. Ein hübsches Geschäft zwischen zwei alten Freunden, das sich fast auf natürliche Weise ergab. Das Geld aus der Mitgift, von der Karl von Ribbeck gesprochen hatte, war also nur ein Aspekt der Verbindung.

Aber jetzt war eine neue Situation eingetreten. Ob nur zeitweise oder für den Rest der Tage, war eben die Frage.

»Nun, Madame«, sagte ich leichthin, »jetzt, wo Ihr Gatte unter obskuren Umständen verschwunden ist, stellt sich die Lage für Sie allerdings ...«

»Obskur?«, unterbrach sie mich barsch, blitzartig ganz die Tochter ihres Vaters. »Von welchen Umständen sprechen Sie?« Sie starrte mich empört und mit einem Mal tief misstrauisch an.

Ich hatte einen Fehler gemacht. Jetzt war es zu spät.

»Ah, aber natürlich!«, rief sie aus, stand auf und verschränkte die Arme vor der quellenden Brust: »Zwischenzeitlich hatte ich es glatt vergessen. *Deshalb* sind Sie ja hier: Mein Vater schickt Sie. Hat Sie beauftragt.« Sie spuckte mir jede einzelne Silbe ins Gesicht. »Ich bin längst im Bilde, Monsieur. Aber nehmen Sie zur Kenntnis, dass *meine* Familienangelegenheiten Sie, einen Fremden, einen Abenteurer zweifelhafter Herkunft, nicht das Geringste angehen. Punctum.«

Für sich genommen wäre Ihre Empörung durchaus beeindruckend gewesen. Aber andererseits hatte sie mir bereits einen sehr intimen Einblick in ihre Familienverhältnisse gewährt. Auf ihre besondere Art verhielt sie sich ebenso widersprüchlich mir gegenüber wie ihre jüngere Schwester, die Baronesse. Schade, dass sie ihre Rollen nicht tauschten.

Umso mehr war ich jetzt darum bemüht, sie zu beschwichtigen, um wenigstens selbst wieder einen klaren Kopf zu bekommen. »Madame, ich kann Ihre Erregung verstehen«, sagte ich. »Aber Sie missverstehen vollkommen meine Absichten.« Das tat sie wirklich. Ich interessierte mich für sie, nicht für ihren Gatten. »Die Tatsache«, versuchte ich ihr zu erklären, »dass mich der Baron für würdig befand, ihm in einer Situation behilflich zu sein, die sich besser diskret als unter den Augen der Öffentlichkeit aufklären lassen sollte, war für mich eine Ehrensache.« Nun ja. »Sie ist es noch. Insbesondere jetzt, da ich das Vergnügen habe, Sie zu kennen, Gräfin.«

Sie sah mich weiter skeptisch an, atmete aber durch und setzte sich wieder.

»Über Ihre guten Absichten, Chevalier, kann ich nicht urteilen«, sagte sie geradeheraus. »Wenn Sie, wie ich vermute, gewisse Vorteile von Seiten meines Vaters für Ihre Gefälligkeit erwarten, so finde ich dies keineswegs ehrenrührig. Alle Welt verhält sich so. Aber bedenken Sie, was Sie tun, Monsieur, Sie wildern in einem Terrain, das Sie nicht kennen: Auch wer diskret pfuscht, bleibt ein Pfuscher. Und richtet Schaden an.«

Ich verbeugte mich leicht und ließ sie gewähren. Ihre klare, feste Stimme faszinierte mich einfach, ich hätte ihr Stunden zuhören können. Überdies beruhigte sie sich zusehends wieder, und sie war nun in der Lage, mir ihre Sicht der Dinge genauer zu schildern, deren Aufklärung ihr Vater von mir erhoffte.

»Ich sage Ihnen, damit das Sujet rasch erledigt ist, Chevalier, wie ich über die Kapriolen meines Gatten denke. Denn um nichts anderes handelt es sich.«

»Kapriolen? Sie glauben, er macht sich einen Spaß? Mit Ihnen, Madame? Mit allen?« Nebenbei bemerkt, liebe Freundin, kam mir diese Erklärung doch ziemlich unwahrscheinlich vor.

Aber die Gräfin war gar nicht dieser Auffassung: »Einen Spaß? Nein. Das gewiss nicht«, erwiderte sie todernst. »Wilmerstorff versteht keinen Spaß.« Sie wischte sich eine Strähne aus der Stirn, die sich aus dem Perlengefängnis ihrer Frisur gelöst hatte, und fuhr fort: »In der Zeit, unmittelbar bevor er selbst vermisst wurde – spurlos, wie mein Vater sich dramatisch auszudrücken beliebt –, verschwanden von unserem Gut nacheinander zwei Burschen. Der eine ist Ludwig, er ist der Enkelsohn unseres alten Bernward und wie sein Großvater Pferdeknecht. Ludwigs Eltern sind tot, die Mutter starb im Kindbett, der Vater schon vor Jahren an der Schwindsucht, aber sein Großvater kümmert sich um den Enkel. Nun, und kurz darauf verschwand dann auch Gregor, einer unserer Hausburschen, der kleine Bruder unserer Küchenmagd Else.«

»Ludwig und Gregor also.«

»Richtig. Beide sind etwa vierzehn Jahre alt. Ludwig sieht allerdings aus wie sechzehn. Und auch Gregor geht mindestens als Fünfzehnjähriger durch. Verglichen mit anderen Knaben ihres Alters, die weniger von Krankheiten verschont geblieben sind als diese beiden …« Sie ließ zwei Sekunden verstreichen und setzte hinzu: »Hübschen.«

Ich hatte schon von den beiden Burschen gehört. Aber worauf wollte sie hinaus? Sie mochte recht haben, dass ich in (beinahe) jeder Hinsicht ein Dilettant war. Aber das hinderte mich nun nicht daran, neugierig zu sein.

»Ich fürchte, Gräfin, ich verstehe nicht ganz den Zusammenhang mit dem Verschwinden Ihres Gatten«, formulierte ich vorsichtig, um sie nicht wieder in Rage zu bringen. Doch sie nickte nur knapp, als hätte sie auf meine Frage nur gewartet.

»Ich teilte Ihnen bereits mit, dass Wilmerstorff nicht der natürliche Vater meines Sohnes ist. Er ist …«, sie spießte mich gleichsam auf mit ihren dunklen Augen, die sie wie Speere auf mich gerichtet hielt, »Wilmerstorff ist ganz sicher *niemandes* natürlicher Vater. Sein Interesse …«, einige Sekunden vergingen, ehe sie weitersprach, ohne dass sie Anlass fand, ihre Spieße zurückzunehmen, »am weiblichen Geschlecht ist, sagen wir, rein theoretischer Natur. Wenn es nach Wilmerstorff ginge, würde er die Welt ebenso einteilen wie unser König.«

»Das heißt?«

»In einen sittsamen Damenhof, weit weg, wie jener unserer armen Königin. Und in eine Männergesellschaft, zu der nur Gleichgestimmte Zutritt haben.«

»Gleichgestimmte, Madame?«

Wieder nickte sie. »In dieser Stunde, da wir miteinander reden, Chevalier, dürfte sich Wilmerstorff auf einem der umliegenden Lustschlösser eines seiner alten Freunde befinden. In Britz oder in Paretz, in Fredersdorf oder Krossen oder was weiß ich. Und wo mein Gatte ist, dessen bin ich sicher, finden Sie unweigerlich auch die beiden schönen Burschen, Gregor und Ludwig. Die zwei sind so ganz nach seinem Geschmack. Und dem seiner Gleichgestimmten.« Sie richtete sich auf und fügte, indem sie die Handflächen zu beiden Seiten nach oben kehrte, hinzu: »Des einen Freud', der anderen Leid.« Und beinahe schon mit Flüsterstimme schob sie nach: »Womöglich steckt sogar der König selbst hinter der Sache. Wie Wilmerstorff liebt Friedrich die Griechen ganz besonders, sollten Sie wissen, Monsieur.« Sie hob lebhaft ihre geschwungenen Brauen und funkelte mich an.

Ihre Botschaft war nicht schwer zu entschlüsseln. Und was den König betraf, so hatte sie niemand Geringeren zum Kronzeugen als den ›Göttlichen‹, den notorischen Rechthaber Voltaire.

»Gräfin«, sagte ich, indem ich erneut eine Verbeugung andeutete, »ich bin überzeugt, – ach was, ich bin geschlagen! Ich sehe nun klar, dass die guten Absichten Ihres Herrn Vaters und mein Versuch, ihm zu Diensten zu sein, erst recht die Aufmerksamkeit auf lichtscheue Vorgänge lenken würden, die Sie im Verborgenen zu halten wünschen. Ich bin, Madame, Ihr Diener, und werde mich selbstverständlich nach Ihren Wünschen richten.«

Jedenfalls schien es mir opportun für meine Absichten, diesen Eindruck zu erwecken. Und im Grunde traf er auch zu, denn die Bekenntnisse der Gräfin, die Intimität ihrer Ausführungen und die Natürlichkeit, mit der sie sich mir gegenüber geöffnet hatte, hatten mich betroffen gemacht. In diesem Moment hätte sie alles mit mir anstellen können. (Hätte sie nur!)

Noch etwas anderes ging mir durch den Kopf. Wenn ihre Vermutungen über das Verhalten ihres Gatten zutrafen, was für ein Schicksal widerfuhr dann den beiden geraubten Knaben, Ludwig und Gregor? Gewiss, es gibt dergleichen Schicksale an den Höfen in ganz Europa. Und im Allgemeinen, Madame, lassen uns diese und ähnliche Geschichten unberührt, nicht wahr? In diesem Fall aber, da ich nun den Ort kannte, wo die beiden Jungen noch bis vor kurzer Zeit gelebt hatten – gearbeitet, gegessen, geschlafen –, konnte ich mich der üblen Vision von zwei Knaben in der Gewalt geifernder alter Böcke nicht entziehen, wenn sie auf einem der besagten Lustschlösser im Grunde wie Käfigtiere gehalten wurden, bis sie reizlos geworden waren. Aber was ließ sich dagegen tun? Die Burschen waren beinahe ebenso Besitz des Grafen wie seine Pferde, sein Vieh, seine Hunde. Er konnte über sie verfügen, wie und wo es ihm beliebte, wenn er seine Absichten nur halbwegs kaschierte.

Wenigstens schien mir die Nähe, die sich vorhin so rasch zwischen mir und der Gräfin entwickelt hatte, jetzt einigermaßen wiederhergestellt. So war ich guter Dinge, dass auch die körperliche Nähe, die das Glück doch erst vollendet, nicht allzu lange auf sich warten lassen würde. Bedenken Sie nur, Madame: Eine Frau, von der Natur ausgestattet mit dem Körper der Venus, mit dem Verstand eines Voltaire, dem Herzen eines Ariost – jedoch mit einem Gatten, unfähig und un*willig*, sie glücklich zu machen oder auch nur zufriedenzustellen. Dazu offensichtlich ohne einen Liebhaber. Welch eine Chance, Madame, tat sich hier für einen Mann wie mich auf, der die natürlichen Reize einer Frau nur würdigen kann, indem er sich ihnen ergibt. Gewiss, sie war nicht die Königin von Preußen. Aber doch die über ungezählte Bienenvölker.

Johanna erhob sich jetzt und ging hinüber zum Fenster, um einen Blick durch die schlierigen Scheiben zu werfen. Von draußen fiel weich schimmerndes, gelbliches Licht in den Raum.

»Wir wollen hinausgehen, Monsieur«, sagte sie mit sehr viel Samt in der Stimme, jedoch ohne eine Antwort von mir abzuwarten. Sie bat sich nur Zeit aus, sich umzuziehen, und erschien keine halbe Stunde später in bequemer heller Hauskleidung, um sich beschwingt meinem starken Arm und meinem stumpfen Degen anzuvertrauen. In gewisser Weise war der offizielle Teil unserer Begegnung, der dennoch so überraschend bekenntnisreich und fast intim verlaufen war, damit beendet.

Meine neue Regentin führte mich denn auch zunächst zu ihren Bienenstöcken, und ich kann Ihnen versichern, Schönste, ihre summenden Untertanen gehorchten ihr aufs Wort. Ebenso wie Fidelio, der lebhafte Hofhund, dessen schwarzweiß geflecktes Fell mich an ein Domino-Kostüm erinnerte. Er folgte uns während des gesamten Rundgangs stets in einem gleichbleibenden Abstand von zwei bis drei Schritten.

Das Treiben auf dem Hof war nach wie vor geschäftig, zwar hatte der Regen die klobigen Pflastersteine weitgehend blank gewaschen, doch das Federvieh, Pferde und andere

Nutztiere hatten bereits wieder für Nachschub an Schmutz und Kot gesorgt. Der Hof musste in ganzer Länge durchschritten werden, damit man zu ausgedehnten Blumen- und Gemüsefeldern gelangte. Sie befanden sich hinter der äußersten Stallung, einem Gebäude, das weit niedriger und vor allem älter war als die übrigen Ställe. Es bot sichtlich seine letzten Kräfte auf, um nicht auf der Stelle einzustürzen.

»Ein verfallener Teil der früheren Remisen«, erklärte die Gräfin, »übersehen Sie ihn ganz einfach. Er ist unser Schandfleck, unzugänglich, und soll bald abgerissen werden. Nur die Gräfin, meine Schwiegermutter, sträubt sich noch dagegen, es hängen persönliche Erinnerungen für sie daran.«

»Kaum vorstellbar, dass sie pikanter Natur sind«, lästerte ich sanft. Die Bienenkönigin lachte dennoch laut darüber.

Das Blumenfeld war beeindruckend, ein in der späten, vom Regen gewaschenen Nachmittagssonne weit leuchtendes Meer aus Farben, wie man es sonst wohl nur in Holland bewundern kann. Das sich anschließende Gemüsefeld gefiel zwar weniger durch satte Farben, glich diesen Nachteil aber durch doppelte Größe aus.

Ein breiter Weg führte in einer großzügigen Schleife um das gesamte Farbenmeer herum, doch die noch feuchte sandige Erde erlaubte es nicht, ihn jetzt zu gehen. Das Außergewöhnliche bestand schon darin, dass eine Dame den Weg überhaupt bis zu dieser Stelle beschritt, und das offenbar täglich!

So gingen wir denn zurück zum Herrenhaus. Unterwegs teilte die Gräfin mir mit, dass sie am Abend Karl, ihren Bruder, und seinen Freund, den Offizier Paxleben, zurückerwarte. Außerdem weitere Gäste der Gesellschaft aus der näheren Umgebung. Sie richte einen nicht ganz gewöhnlichen Tanzabend aus und habe der Küche zu diesem Zweck noch einige Aufträge zu erteilen, um sich danach ihrer Toilette zu widmen.

Sie erkundigte sich, ob ich zu bleiben geneigt sei oder andere Pläne hätte. Im ersten Fall stehe es mir selbstverständlich frei, in ihrem Haus zu übernachten. Im zweiten lasse sie für meine Abreise eine Kutsche anspannen, die mich zum gewünschten Ort fahre.

Welche Wahl ich traf, versteht sich von selbst. Ich führte Madame zum Herrenhaus zurück und kümmerte mich dann um Lambert.

Gegen sieben, nach einem kleinen Spaziergang durch Garten und Park des Herrenhauses

Ich fand meinen Diener in den Pferdestallungen. Seine Branntweinfahne glich einer Schlagwaffe, als er mich damit anhauchte. Er befand sich dort in Gesellschaft des weißhaarigen Pferdeknechts, der uns anfangs schon begegnet war. Ich betrachtete ihn jetzt genauer. Er mochte sechzig, eher noch älter sein und war ein sehniger, hoch gewachsener Mann. Sein Gesicht war schmal und knochig, das Kinn hing ihm schief unter der Nase, weiße Bartborsten sprossen wie winzige Eisnadeln aus seinem Gesicht, die weißen Haare standen wie ein gefrorener Springbrunnen auf seinem Schädel. Im Gegensatz zu Lambert wirkte der Alte durchaus noch nüchtern und war damit beschäftigt, mittels eines Reisigbesens die groben Holzplanken im vorderen Teil des Stalls zu säubern. Er lebte hier gleichsam

Rücken an Rücken mit den Pferden, die sich zur Stunde jedoch sämtlich draußen auf den Koppeln befanden.

Die Behausung war das Übliche für einen Knecht, der kaum mehr besaß als seine vierbeinigen Mitbewohner. Zwei Schemel, eine Bank (auf der Lambert fläzte), ein primitiver Tisch, ein hölzerner Zuber und ein grobes Bett mit Strohsack am verschmutzten, fast blinden Fenster bildeten sein Heim. An der Wand hing einiges Koch- und Essgeschirr.

Außer Lambert hatte der Knecht derzeit noch eine Handvoll Tauben zu Gast, die sich um die überall am Boden verstreuten Körner bemühten. Mit einem ärgerlichen Schwung des Besens verscheuchte er sie in den hinteren Trakt des Stalls.

Mit meinem Dreispitz unterm Arm stand ich auf der Schwelle und fühlte den Ärger über Lambert in mir aufsteigen. Er lag mehr auf der Bank, als dass er saß, und grinste blöde.

»Was zum Teufel hast du in diesem Pferch zu suchen, Lambert? Und bezahle ich dich fürs Saufen?«, fuhr ich ihn an.

Lambert stellte die Flasche mit dem Fusel ab und versuchte, in eine aufrechte Haltung zurückzukehren. Der alte Pferdeknecht unterbrach seine Tätigkeit kaum und beobachtete ihn nur aus den Augenwinkeln mit müdem Interesse.

»Haben Monsieur denn Instuk… Instrukssion'n?«

»Ich bleibe zum Souper und damit über Nacht. Lass dir mein Zimmer zeigen, bring mein Necessaire und die übrigen Sachen hin. Ordne sie! Und lass dir auch zeigen, wo du schlafen wirst.«

Er nickte. Und rülpste. »Pardon, Monsieur. Ich weiß schon, wo Sie –«, er grinste frech, »wo *ich* schlafen werde.«

Er deutete mit dem Finger auf den Bettkasten des Pferdeknechts. »Dort. Es schlafen … schlafen sonst zwei Personen darin.« Er deutete mit dem Daumen zum Knecht hinüber, der unserem Gespräch jetzt aufmerksamer folgte und sich vielleicht trotz des Französischen einiges zusammenreimen konnte. »Der alte Bernward hier hat einen So… einen Enkelsohn, Louis. Ludwig.«

Der Pferdeknecht stutzte merklich. Wir sahen uns in die Augen. »Ludwig«, wiederholte er nickend und zerrte dabei die Lippen wie unter einem großen physischen Schmerz weit auseinander, sodass die wenigen, ihm verbliebenen schwarzbraunen Zähne sichtbar wurden.

Der Mann hier war natürlich der Großvater eines der vermissten Jungen. Von Ludwig, mit dem er den Strohsack teilte. Dem Alten zuckte schon bei der Nennung des Namens seines Enkels der Schmerz durchs Gesicht. Und mit einem Mal stand alles, was die Gräfin mir vor nicht einmal zwei Stunden über das wahrscheinliche Schicksal des Jungen gesagt hatte, wieder lebhaft vor meinem inneren Auge.

Ich wich dem Blick des Alten aus und wandte mich an Lambert.

»Frag ihn einmal, ob er inzwischen irgendein Lebenszeichen von seinem Louis bekommen hat, Lambert! Und frag ihn, was er denkt, welches Schicksal seinen Enkelsohn getroffen hat.«

Der Knecht verstand natürlich auch ohne Übersetzung, dass ich nach seinem Enkel gefragt hatte, und er nickte zuerst mir, dann Lambert lebhaft zu. Er schien mein Interesse für Ludwig also durchaus zu begrüßen.

»Er hat mir bereits alles erzählt«, klärte Lambert mich auf, der bei diesem ernsten Thema wieder nüchterner zu werden schien. »Ich brauchte ihn nicht ... nicht mal zu fragen, Monsieur.« Und nun berichtete mir mein Bedienter etwas umständlich, was er von dem alten Pferdeknecht erfahren hatte. Bernward, Sie erinnern sich, Madame, so war sein Name, ging demnach fest davon aus, dass Graf von Wilmerstorff seinem Enkel die preußischen Militärwerber auf den Leib gehetzt hatte.

Das hörte sich nun ganz und gar nicht nach einer speziellen Vorliebe des Grafen für den jungen Burschen an und widersprach damit vollständig der Annahme der Gräfin. Es klang auch in anderer Hinsicht nicht glaubwürdig.

»Aber Lambert, ich weiß, Louis war erst vierzehn Jahre alt. Wie soll er da tauglich zum Militär gewesen sein?«

Lambert wandte sich an den betrübten Großvater. Dieser stand, seitdem er begriff, dass es wirklich um seinen Enkel ging, wie gelähmt inmitten des Schmutzes, den er mit seinem Besen zusammengefegt, aber noch nicht beseitigt hatte. Die Tauben hatten sich längst wieder genähert und pickten die Körner aus dem Kehrichthaufen heraus.

Durch Lamberts Frage kam nun aber Leben in den Alten, gestenreich und mit sich steigernder Wut redete er auf meinen Bedienten ein. Lambert übersetzte schließlich, was er zu sagen hatte. Dem Alten zufolge hatte sich der Verwalter gegenüber dem Grafen mehrmals über die angebliche Faulheit und Ungeschicklichkeit des Jungen beklagt, der aufgrund seiner starken Konstitution schnellere und bessere Arbeit zu leisten imstande sei. Der Graf ließ dem Großvater daraufhin androhen, wenn Ludwig sich nicht bessere, werde sein Enkelsohn schneller den Werbern angezeigt und überstellt werden, als man eine Wassersuppe löffeln könne.

Die preußischen Soldateneintreiber, glaubt der Alte, scherten sich nicht um das Alter des Jungen. Es sei schon vorgekommen, dass weit schwächlichere Burschen unter sechzehn Jahren, die als Querulanten oder als faul galten, von ihrer Herrschaft, von Nachbarn oder Verwandten den Werbern gemeldet oder sogar gewaltsam überbracht wurden. Erschienen sie nur kräftig genug zum Soldaten, frage kein Werber mehr nach dem Geburtsdatum. Außerdem ließen sich Papiere, sofern sie nötig seien, leicht fälschen. Stellten die Jungen sich in der Folge jedoch als untauglich heraus, so würde versucht, sie mit dem Stock oder der Peitsche auf Vordermann zu bringen – und würden dabei nicht selten zu Krüppeln oder sogar totgeschlagen.

Und nun, da sein Ludwig verschwunden sei, wo könne der Junge anders sein als in einer von Friedrichs Kasernenstädten. Bernward war der festen Überzeugung, dass er sich in Potsdam befinde, es wäre das Einfachste für die Werber gewesen, ihn dorthin zu verschleppen. Aber was könne er, der Großvater, tun? Er habe nicht die Erlaubnis, den Hof zu verlassen, gar bis nach Potsdam zu reisen, er werde täglich und stündlich zur Arbeit gebraucht. Es gebe kein Entkommen für den Jungen. Jeder wisse doch, dass die Rekruten, die man im In- und Ausland gefangen habe, in eine der großen Kasernen oder in ein Bürgerhaus gesperrt würden, zu fünft in eine Stube, zu zweit auf einen Strohsack.

An dieser Stelle erlaubte sich Lambert den unpassenden Kommentar mir gegenüber, dass im Punkt der geteilten Matratze der Enkelsohn des Pferdeknechts ja schon geschult sei. Die Bemerkung war mit Sicherheit herzlos, schieben wir es auf den Schnaps, den Lambert genossen hat, Madame. Wäre der Pferdeknecht in der Lage, Französisch zu verstehen, er hätte ihn sicherlich mit einem der Hufeisen erschlagen, die neben Lederriemen und anderen Utensilien für die Pferde zuhauf an der Wand hingen. Man hätte es ihm nicht mal verdenken können.

Bei der Rede des Alten musste ich an meine Zeit der Gefangenschaft unter den Bleidächern von Venedig denken. Und an meine Flucht, die damals für unmöglich gegolten hatte.

»Ist es wirklich nicht möglich zu fliehen?«, ließ ich den Pferdeknecht eindringlich fragen. Doch der Alte schüttelte nur traurig den Kopf. Jeder preußische Rekrut sei verpflichtet, den anderen zu überwachen. Jede Potsdamer Familie sei verantwortlich dafür, dass die Soldaten nicht entkämen. Und desertierten diese dennoch, so seien die Bürger dafür mitverantwortlich, sie zurückzuholen. Andernfalls drohten strenge Strafen. Nein, selbst wenn dem Jungen die Flucht gelänge, gebe es keinen sicheren Ort für Ludwig in Preußen, meinte der Großvater. Am wenigsten in der Gegend um Potsdam.

Der Alte sprach zuletzt mit tränenerstickter Stimme und sah mich danach lange mit blutunterlaufenen Augen an. Dann erst wandte er sich wieder an Lambert, der mir den Dank dieses stolzen, am Ende aber gebrochenen Großvaters dafür, dass ich mich für das Schicksal seines Enkels interessierte, übersetzte.

Ich war beschämt und verabschiedete mich mit einer etwas hilflosen Geste. Zu meiner Überraschung folgte mir Lambert unmittelbar nach und begleitete mich über den Hof in Richtung Herrenhaus. Unterdessen dachte ich darüber nach, welches Schicksal eines vierzehnjährigen Burschen wohl als schlimmer anzusehen sei, das eines Zwangsrekrutierten im preußischen Militär, das aus einem Jungen schneller einen Krüppel machte, als er bis zehn zählen konnte. Oder das Schicksal eines vom eigenen Herrn Entführten, der sich für wer weiß wie lange Zeit, vielleicht Wochen oder gar Monate, der gewalttätigen Geilheit der guten Gesellschaft ausgeliefert sah.

Wir erreichten das Haus, und ich war innerlich noch immer aufgewühlt und fühlte einen großen Zwiespalt durch das, was ich soeben vom Pferdeknecht einerseits und andererseits vorher von der Gräfin erfahren hatte.

»Geh in die Küche, Lambert«, wies ich meinen Diener an. »Lass dir etwas zu essen geben. Oder suche irgendeinen anderen Vorwand, um mit einer Magd namens Else zu sprechen. Sie hat einen Bruder, der … lass mich nachdenken, ich glaube, George heißt, oder nein, er heißt Gregor. Der Bursche ist gleichfalls verschwunden. Wie der unselige Louis. Frag die Magd, wie es dazu kam. Und wo sie ihren Bruder jetzt vermutet.«

»Oui, Monsieur.«

»Und später hilfst du mir beim Umkleiden für das Souper heute Abend.«

»Selbstverständlich, Monsieur«, antwortete er beflissen und trabte plötzlich auffällig schnell davon. Aber nicht auf den Küchentrakt zu, sondern auf einen ungewöhnlich hoch und exakt geschichteten Stapel Holz neben dem lang gestreckten Gesindehaus. Ich war mehr als verblüfft zu sehen, dass auch dies ein Augentäuscher war, denn der Stapel war nur angedeutet, an seiner Seite befand sich offenbar ein Eingang, durch den Lambert nun wie durch Zauberei verschwand. Es handelte sich um die Commodité des Gesindes. Ein origineller Einfall. Die Ratten, die schattenhaft um das Häuschen huschten, verdarben allerdings die hübsche Illusion.

Lambert hatte, wie er mir später berichtete, anschließend wirklich die Küchenmagd Else aufspüren und sie in eine Unterhaltung verwickeln können, die er problemlos auf ihren Bruder Gregor lenken konnte. Das Ergebnis ähnelte auffallend dem des Gesprächs mit dem alten Pferdeknecht. Else war wie Bernward der Überzeugung, dass ihr Bruder wie kurz zuvor schon der junge Knecht Ludwig Preußens Militärwerbern in die Hände gefallen war. Allerdings ging sie nicht wie der Alte davon aus, dass der Graf oder ein Verwalter hinter der Anzeige steckten. Ihrer Meinung nach hatte »irgendwelches Lumpsgesinde«, vielleicht Tagelöhner, die zeitweise auf dem Gut gearbeitet hatten, mit der Lüge, der Gregor sei bereits im militärfähigen Alter, sich eine Prämie für die Denunziation gesichert.

Die Version der Magd widersprach natürlich ebenso wie die des alten Pferdeknechts der Auffassung der Gräfin, dass sich beide Knaben in der Hand ihres Gatten befänden. Allen drei Versionen gemeinsam freilich war, dass sie pure Spekulation waren. Seltsam mutete allerdings an, dass die Gräfin keine Kenntnis von Elses und Bernwards Befürchtungen haben sollte. Sie bemühte sich doch nach eigener Aussage, über die Geschehnisse auf dem Gut unterrichtet zu sein. Wieso also wusste sie von den Vermutungen des Pferdeknechts und der Magd nichts und fand mir gegenüber zu einer so gegensätzlichen Deutung der dubiosen Geschehnisse auf Dahlem?

Wenn sie mich belog, so verletzte es freilich weniger mein Bedürfnis nach Wahrheit als meine Eitelkeit. Sie hielt mich offenbar für einen ziemlich leichtgläubigen, vielleicht sogar einfältigen Zeitgenossen. Das kränkte mich. Aber warum, fragte ich mich, sollte sie es überhaupt nötig haben, mir einen solchen Bären aufzubinden? Erlaubte sie sich einen

Spaß mit mir? Den sie womöglich noch mit anderen teilte? Am Ende sogar mit ihrem Gatten, der sich darin gefiel, die halbe Welt zum Narren zu halten? Konnte ein Mensch derart kindisch sein? Diese Frau war es gewiss nicht.

Aus der weiteren Entwicklung der Ereignisse lässt sich jedoch schließen, dass die Gräfin ihrerseits in dieser Angelegenheit keinen Spaß verstand. Lamberts Unterredung mit der Schwester des verschwundenen Gregor hat sie, wie er mir (leider zu spät) mitteilte, beobachtet und sofort unterbunden, als sie Anweisungen in der Küche gab. Lambert fand dies vor allem deshalb bedauerlich, weil er das Mädchen sympathisch (und gut gewachsen) fand. Über ihren Bruder hatte ihm die Else jedoch bereits alles Wissenswerte gesagt, als laut Lambert »ihre Herrin wie Donner und Blitz dazwischenfuhr«.

Die Gräfin musste den Eindruck gewonnen haben, dass ich entgegen meinen Beteuerungen meine Nachforschungen im Auftrag des Vaters auf ihrem Gut weiter durchführte. Dass ich sogar meinen Bedienten dazu abstellte, ihr Personal über die Vorgänge auf Dahlem zu befragen. Sie sind meine (nachträgliche) Zeugin, Madame, dass Lamberts Engagement mehr zufällig als geradlinig, mehr wegen meiner Betroffenheit denn aus dem Willen zur Denunziation irgendeiner Person geschah. Doch was half es? Die Folgen sollte ich noch zu spüren bekommen.

Um zehn am Abend

ICH HATTE ZUNÄCHST im Mittelteil des Herrenhauses – und damit in erregender Nähe zur Gräfin – ein Zimmer zugewiesen bekommen, das mir sehr zusagte. Es war großzügig geschnitten, hatte einige recht hübsche Möbel, insbesondere einen Sekretär, dessen Korpus mit Palisander und Ahorn-Intarsien versehen war. Ich verliebte mich auf der Stelle in dieses Stück, denn es war ein Möbel voller Geheimnisse: Zwei Reihen von Schubladen lagen übereinander, an der unteren, durchgehenden Schublade täuschten die Marqueterie und die Beschläge eine Aufteilung in drei Schübe lediglich vor! Die obere mittlere Schublade ließ sich durch verborgene Riegel doppelt verschließen. Selbst die Würfelmuster um ein Blumenkorbmotiv in der Mitte der Klappe, die nach hinten wegzukippen war, damit die Schreibplatte darunter sich nach vorn schieben konnte, dienten der Täuschung. Ein wahrhaftiges Kunstwerk.

Lambert hatte bereits meinen Koffer gebracht und half mir beim Umkleiden, als ein Bedienter erschien. Er teilte mir (durch Lambert, der übersetzte) mit, die Gräfin sei untröstlich, mir ein anderes Zimmer zuweisen zu müssen. Grund dafür sei die heutige Soirée, zu der überraschend zusätzliche Gäste erwartet würden, die es als ihr legitimes Anrecht betrachteten, die privilegierten Räume im Zentrum des Herrenhauses zu beziehen.

Ein Affront, zweifellos. Ich war so erbost, dass ich beschloss, auf der Stelle abzureisen. Lambert machte mir jedoch rasch klar, wie unmöglich dies war.

»Ihre Kutsche befindet sich in Glienicke, Monsieur. Die des jungen Barons steht nicht zur Verfügung, da sie überholt werden muss, wie ich von Bernward weiß. Und selbst mit dem Pferd ist eine solche Strecke nicht vor der Dunkelheit, die hernach einsetzen wird, zu bewältigen. Erst recht nicht angesichts der Gefahr von Straßenräubern.«

»Schon gut, Lambert. Wir bleiben.«

Ich konnte zu diesem Zeitpunkt noch keinen Zusammenhang zu der Blitz- und Donner-Szene in der Küche herstellen, die der denkfaule Lambert mir erst viel später im Detail berichtete. Ich beschloss daher jetzt lediglich, Haltung zu bewahren und die Sache als ein Missverständnis zu betrachten, das hinzunehmen war wie das Wetter. Deshalb einen Bitt- und Beschwerdegang zur Gräfin zu unternehmen, war unter meiner Würde. Ich zog um.

Das Souper fand übrigens in keinem der bisherigen Räume statt, sondern in einem in der ersten Etage gelegenen Saal von beträchtlichen Ausmaßen und einer Ausstattung voller Gemälde (meist Kopien von Pesne), Spiegel und sogar einem Clavicembalo an der Wand.

Meine Verwirrung steigerte sich jedoch beträchtlich, als ich die Gesellschaft dieses Abends sah. Es waren lauter Bauern und Handwerker. Jedenfalls auf den ersten Blick. Der zweite machte mir schnell klar, dass es sich nur um die Darstellung von Bauern, Knechten und Mägden handelte. Etwa zwei Dutzend Damen und Herren der Gesellschaft der umliegenden Güter waren gekommen, um dem Motto des heutigen Abends, ›ein Bauernfest‹, durch ihre Verkleidung als einfaches Landvolk gerecht zu werden.

Manche von ihnen hatten bereits auf dem Weg hierher damit angefangen, sich einzustimmen. Eine korpulente Dame mit einem Bauch, der ihr prall wie ein Fass im Hemd lag, schilderte lachend ihr Erlebnis: »Unsere Wagen fuhren hintereinander. Unterwegs begegneten uns unsere Landsleute, die von den Feldern kamen.« Bravo-Rufe des Publikums. »Wir ließen halten, um den Unterschied klarzustellen: Unsere Dienerschaft sprang herunter und prügelte die echten Bauern tüchtig durch.« Weitere, lautere Bravo-

Rufe. »Sie waren ganz entzückt, für jeden geschlagenen Bauerntölpel zehn Groschen zu bekommen.«

Die Begeisterung war allgemein. Mit am lautesten klatschte Karl von Ribbeck. Er war inzwischen ebenso erschienen wie Leutnant von Paxleben, der sich gleichfalls vor Wiehern kaum noch zu lassen wusste. Beide traten sie in blitzsauberem moosgrünem Jagdhabit auf, der natürlich zuallerletzt im Wald zum Einsatz gekommen wäre, sondern allein der Kostümierung diente.

Still blieben lediglich Marie-Anne de Rapin-Thoyras, die Erzieherin des gräflichen Nachwuchses (der zu der Szene nur gelächelt hätte), und der alte Habicht, der unbeteiligt aus kalten hellen Augen die Szenerie beobachtete. Wahrscheinlich ohne ein Wort zu verstehen, da das Hörrohr nicht im Dienst war.

Johanna von Wilmerstorff machte einen widersprüchlichen Eindruck auf mich. Sie war wie die anderen in ein Bäuerinnenkostüm von grobem Stoff gekleidet, das jedoch ihre natürlich-aufrechte Haltung nur noch hervorhob. Sie spendete der geschilderten, abgeschmackten Bauernjagd allerdings nur müden Beifall, mehr dem äußeren Anschein und ihrer Gastgeberrolle verpflichtet. Es gelang mir, mich zu ihr zu gesellen und ich fragte sie wie nebenbei, ob die heutige Bauernsoirée ihre eigene extraordinäre Idee gewesen sei. Sie schaute mich mit einem kalten Lächeln an, von dem ich nicht wusste, ob es meiner Person, meiner Frage oder dem Gegenstand meines Sarkasmus', also den Gästen, galt.

Dennoch ahnte ich bereits, dass ich bei ihr wiederum in Ungnade gefallen war. Ich war sichtlich der Einzige, dem das Motto des Abends vorher nicht mitgeteilt worden war. Dies war nach dem Zimmerwechsel die nächste Lektion, die mir erteilt wurde.

Bedenken Sie, Madame, ich trat auf in meinem besten Staat (den ich mir nur dank Ihrer Großzügigkeit, liebe Freundin, wieder leisten kann), blitzte von den Zehen bis zu den gepuderten Haaren in allen Farben des Regenbogens. Und nach dem derben Essen, das bald serviert wurde, von dem wir aber gütig schweigen wollen, Madame, fühlte ich mich wie ein Pfau im Schweinestall.

Nachdem die Tafel mitsamt dem Tisch hinausgetragen und sämtliche Stühle zur Seite geräumt waren, wurde Mademoiselle Marie-Anne zum Spielen ans Clavicembalo genötigt. Alsdann führten einige der Damen und Herren Parodien grober Tänze auf, die sie entweder lang und vergeblich oder nie geprobt hatten. Ein anderer Teil sang oder sagen wir: brüllte infernalisch falsch dazu. Nachdem man sich lange genug an dieser Plattheit ergötzt hatte, bat mich die Gräfin überraschend um die Deklamation eines typischen italienischen Dichters.

Was ich zunächst für eine Ehre und den Beweis ihrer noch vorhandenen Sympathie für mich hielt, wurde eine Blamage, eine Demütigung. Nicht etwa, weil ich in meinem Vortrag versagt hätte. Im Gegenteil. Ich rezitierte den *Orlando furioso* meines geliebten Ariost mit so viel Gefühl, dass mir am Schluss selbst die Tränen kamen. Allerdings *nur* mir. Die übrige edel-bäuerliche Gesellschaft applaudierte höhnisch und bog sich vor Lachen. Diese preußischen Rüben fanden mich *komisch*, während ich tragische, verwirrende, magische und tiefsinnige Verse vortrug! Sie hatten keinen Schimmer davon, Madame, dass ein Tag, an dem wahre Kunst einen nicht zum Weinen bringt, ein verlorener Tag ist.

Nur der Stolz verbot mir den Rückzug. Und gegen Borniertheit hilft nur Ignorieren. Doch bestand für mich kein

Zweifel mehr, dass die Gräfin mich mit voller Absicht diesem Pöbel ausgeliefert hatte.

Aber es kam noch schlimmer für mich. Durch meinen noch tränenverschleierten Blick musste ich mit ansehen, wie Paxleben sich mit seinem breiten Militärrücken den Weg zu ihr bahnte. Er verwickelte sie im Schutz des allgemeinen Lärms in einen Wortwechsel, der mir so vertraulich erschien, wie ich ihn mir zwischen der Gräfin und *mir* gewünscht hätte. Gleich darauf ließ sie sich von ihm fortziehen und verließ den Saal.

Vergeblich wartete ich auf die Rückkehr der beiden. So blieb mir nur die Unterhaltung mit ihrem Bruder, der sich nun zu mir gesellte. Ihm war mein erstaunter Blick, den beiden hinterher, offenbar nicht verborgen geblieben.

»Als Ausländer können Sie es nicht wissen, Casanova, aber der gute Paxleben tut im Augenblick nur seine Pflicht«, lachte er.

»Seine Pflicht?«

»Ja. Er steht sozusagen aktiv im Liebesdienst. Für den meine Schwester ihn schließlich großzügiger entlohnt, als der König ihm fürs Exerzieren und Totschießen bezahlt.«

»Pardon, Monsieur, mir war, als sagten Sie, die Gräfin entlohne den Leutnant für seinen Liebesdienst.«

Er lachte wieder amüsiert. »Sie müssen das verstehen, Casanova. Solange ein niederer Offizier wie Paxleben nicht Capitän ist und im Regiment quasi auf eigene Rechnung arbeiten darf, ist der Militärstand für ihn ein Verlustgeschäft. Oder könnten Sie von, sagen wir einhundertfünfzig Talern ein würdiges Leben führen?«

»Machen Sie Witze, Baron? Von einer so lächerlichen Summe könnte ich im Jahr nicht einmal meine Strümpfe bezahlen.«

»Sehen Sie, Chevalier. Deshalb freut es einen gut gebauten Leutnant – und das ist Paxleben ohne Zweifel –, wenn eine Dame der Gesellschaft ihn an eine weit angenehmere Front bittet, um sich sein Salär aufzubessern. Und ich bin sicher, er macht seine Sache gut!«

Diese Auskunft war angesichts meiner früheren Ambitionen, denen ich mich noch vor wenigen Stunden näher denn je gefühlt hatte, wahrhaftig niederschmetternd.

Nachdem sich die bäuerliche Tarngesellschaft inzwischen ermüdet hatte, suchte ich Trost im Spiel, das jetzt begann. Ich verlor zwanzig Taler beim Trente-et-Quarante. Dies war nicht mein Abend. In keiner Hinsicht.

Der abschließende nächtliche Weg zu meinem neuen Zimmer war weit. Sehr weit. Es lag am hintersten Ende des Bedientenflügels.

Am nächsten Morgen reiste ich ab, ohne die Gräfin noch einmal gesehen zu haben. Sie sei unpässlich, hieß es, das erleichterte es mir. Glücklicherweise blieb mir auch der Anblick ihrer männlichen Mätresse, des Leutnants von Paxleben, erspart. Vermutlich war er gemeinsam mit der Gräfin unpässlich.

Ich frühstückte mit dem jungen von Ribbeck und fuhr, nachdem seine Kutsche wieder hergestellt war, am frühen Vormittag mit ihm zurück nach Glienicke.

Mehr aus Höflichkeit denn aus Interesse, aber doch gewürzt mit einer kleinen, aber deutlichen Prise Verachtung, erkundigte er sich nach dem Erfolg meiner Nachforschungen als Commissaire seines Vaters. Ich war jedoch nicht in der Stimmung für Details und teilte ihm nur nachlässig mit, dass ich keinerlei Anhaltspunkte für das Verschwinden seines Schwagers entdeckt hätte.

»Ich hatte Sie vorgewarnt, mein Bester!«, rief er amüsiert aus. Als sei es ein Hauptspaß, seinen Schwager zu suchen. »Wilmerstorff ist wahrscheinlich putzmunter und spielt nicht nur mit uns, mit seiner Frau, seiner Familie, Blindekuh. Sondern nun auch mit Ihnen, Chevalier!«

An einen Scherz des Grafen glaubte ich, wie erwähnt, liebe Freundin, zwar ganz und gar nicht. Aber Karls Überheblichkeit gab meiner Selbstachtung einen weiteren Stich. So viel stand fest: Ich musste mir darüber klar werden, ob meine Niederlage bei der Gräfin nur als vorläufig oder als endgültig zu betrachten sei. Ich musste mir ferner Rechenschaft darüber ablegen, ob ich den Auftrag des Barons eigentlich ernsthaft oder weiter nur als Spiel und Vorwand für ländliche Lustbarkeiten und in der Hoffnung auf preußische Affären betreiben wollte. Oder gar nicht mehr.

Ich würde, beschloss ich, mir auf Glienicke noch eine gewisse Atempause vergönnen und dann darüber entscheiden.

Immer noch Donnerstag, 21. Juni.
Eine halbe Bouteille (roter Muscateller) später

MEINE HOFFNUNG auf eine kurze Zeit der Ruhe und des Nachdenkens hat sich nicht erfüllt. Seitdem ich zurück auf Glienicke bin, bringt mich nunmehr die jüngere Ribbeck-Tochter, Agnesa, schier um den Verstand. Statt der bedrückten zeigt sie mir zur Abwechslung mal wieder die vermeintlich galante Seite ihrer Persönlichkeit. Mitunter habe ich den Eindruck, es nicht mit einer, sondern mit zwei Agnesas von Ribbeck zu tun zu haben.

Die kleine Baronesse versucht, mich zu verführen! Sie betreibt ihr Werben beschämend plump und vor aller Augen. Schnurrt um mich herum wie eine Katze, macht mir Augen wie Untertassen, lässt ihren Fächer flattern wie sterbende Fliegen. Sobald sie mich erblickt, ob drinnen oder draußen, quietscht sie herbei mit einem Gesichtchen wie Zuckerguss. Aber es steht ihr nicht besonders.

Ihre Mutter, die Baronin, kümmert es scheint's nicht. Entweder ist sie zu müde oder zu betrunken. Vielleicht ist sie fehlsichtig, jedenfalls nimmt sie keinen Anstoß am Verhalten der Tochter. Ebenso wenig der Bruder, Karl, der uns im Übrigen kaum Gesellschaft leistet. Es geht bereits hart auf Johanni zu, die Sommerernten erfordern seine Aufsicht in verschiedenen Vorwerken. Behauptet er wenigstens. Ist er jedoch anwesend, so lacht er immerhin herzlich über die törichten Versuche seiner kleinen Schwester, mir zu imponieren und sich in Szene zu setzen. Gelegentlich applaudiert er sogar einer galanten Bemerkung oder einem Kompliment meinerseits, und sei es so falsch wie ein Henkerslächeln.

Ganz anders die Gouvernante und der Hofmeister. Mademoiselle de Bernays sieht dem Treiben des Lämmchens mit sichtlich wachsender Resignation zu. Ein weiterer Ausdruck mischt sich freilich darin, ein still glimmender Blick, der mir mehr persönliches Leiden als pflichtgemäßes Interesse einer Erzieherin auf verlorenem Posten auszudrücken scheint. Ein Blick, der nicht einmal dem Zögling gilt. Denn manchmal, wenn ich ihn plötzlich erwidere, erschrickt Mademoiselle sichtlich in ihrem abgehärmten Gesicht, und ohne, dass sie es merkt, glättet sie ihr leicht gepudertes Haar wie ein Vogel, der sich putzt. Und während sie sonst die Ausstrahlung einer vertrockneten preußischen Tabakspflanze besitzt, wirkt sie in solchen Momenten der intimen Augenblicke zwischen uns geradezu schön in ihrer Verwirrung. Ihre Erregung zeigt sich wohl auch in dem unbedachten Scharren ihrer Füße bei Tisch und ganz leichten, wellenartigen Bewegungen ihrer Hüften (abzulesen an den sich unterm Kleid abzeichnenden Poschen).

Dagegen ist der Hofmeister, Monsieur Paulus, ein ganz eigener Fall, versteht sich. Er sieht sich wohl schon als gehörnten Liebhaber und missversteht die erotischen Avancen seiner kleinen Bettonesse offenbar nur als ein unschuldiges Spiel von ihr. Mein fades Gegenspiel wertet er dagegen als schamlosen Anlauf, ihre Unerfahrenheit (die sich natürlich darin zeigt, dass sie *mir*, nicht ich *ihr* den Hof mache) auszunutzen und sie ihm abspenstig zu machen.

Davon kann jedoch keine Rede sein. Ich gebe zu, dass ich mich einmal von ihr habe küssen lassen. Ein wenig. Mitten auf dem Rasen im Park des Herrenhauses. Er war bloß nass (der Kuss) und roch sauer. Ich erduldete es, um die junge Dame nicht zu kränken. Das war alles. Vermutlich jedoch haben das halbe Herrenhaus und das gesamte Gesinde zugeschaut. In jedem Fall aber die Enten, die über den Rasen watschelten. Und sicher auch der Hofmeister. Denn seitdem blickt er mich mit flachen harten Augen an. Demnächst wird er einen Baum ausspähen, an dessen dickstem Ast er meinen Hals in die größtmögliche Länge ziehen kann. Der Mann ist Rotweintrinker und er verträgt ihn nicht. Er wird mir ungeheuer und vielleicht noch gefährlich, wenn sich Vorfälle (was sage ich: Überfälle) der Baronesse wiederholen wie der im Park. Oder jener in der letzten Nacht auf Glienicke.

Da nämlich erschien die Baronesse plötzlich in meinem Zimmer. In ihrem Nacht-Habit, wie eine Schlafwandlerin, die sich verlaufen hat. Sie trug nur eine Chemise, die wie weißer Rauch um ihren dünnen Körper schwebte. Sie trug nichts an den Füßen, dafür – es war zu lächerlich – an den Händen zarte Nachthandschuhe ohne Fingerspitzen. Da stand sie nun, wie fertig zum Auskleiden.

Ich gebe zu, doch, ja, Madame, ich bekenne, die Baronesse macht mir Appetit. Aber nur auf *andere* Frauen. Ich stellte mich schlafend, und nach einer Weile verschwand sie wieder wie ein Nachtgespenst.

Weit nach Mitternacht

Ich habe einen Entschluss gefasst, Madame! Morgen – noch heute! – werde ich abreisen. Zurück nach Berlin. In die Zivilisation. Zwar hat mich noch keine Nachricht vom König bezüglich meiner Audienz bei ihm erreicht. Aber ich bin sicher, sie wird bald für mich eintreffen. Und ich gedenke, sie in Friedrichs Hauptstadt entgegenzunehmen.

Was scheren mich der alte Baron und sein obskurer Schwager, der Graf? Mag er verschwunden sein, verstorben oder bloß verdorben. Was kümmert mich eine allzu stolze Johanna von Preußen, die bei Lichte besehen nichts als eine piesackende deutsche Landpomeranze ist?

Auf nach Berlin. Stadt der Frauen. Die mit allen Sinnen geliebt werden wollen. Statt bloß sinnlos begattet.

Die kleine Hamburgerin ist fort, nun gut. Aber Sophie-Anne, die arme, aufrichtig um ihre Existenz lügende

›Madame Calzabigi‹, wartet auf mich. Vielleicht. Und Giovanna Denis, die ewige Tänzerin, meine jung gebliebene Freundin aus Venedig, deren Besuch längst ansteht? Weiß noch gar nicht, dass sie auf mich wartet.

Aber Sie, Madame! Werden Sie an mich denken, während Sie sich über die Durststrecke bis zu unserem Wiedersehen mit anderen Verehrern trösten? Das Gefühl geteilten Glücks, meine Liebe, ist so flüchtig wie der Rauch überm Feuer. Aber die Flammen lassen sich doch stets neu entfachen, solange wir leben. Solange wir lieben.

Ich beschließe diesen Brief, der beinahe ein Roman geworden ist, mit den Händen, die Sie in Gedanken zärtlich liebkosen. Da. Und dort. Und besonders dort.

Ganz der Ihre, Casanova

Die Pantaloncina

Berlin, Hôtel de Paris, Johanni 1764,
Samstag, gegen Mittag

LIEBE FREUNDIN. Und Philosophin! Was für einen Brief erhalte ich da von Ihnen, kaum dass ich wieder in Berlin bin? Zeilen voller Anteilnahme für die verwirrenden menschlichen Verhältnisse, in die ich mich derzeit gestellt sehe.

Darüber hinaus aber, Madame, verblüffen Sie mich mit Ihren außergewöhnlichen Gedanken zur »Physik menschlicher Beziehungen«. Ich sehe, Sie haben Ihren *Newton für Damen* genauestens studiert. Und in die menschliche Sphäre übertragen.

Wir alle sind also im Grunde nichts als »Kräfte in einem andauernden Spannungsfeld«, sagen Sie. Starke Kräfte, schwache Kräfte, in jedem Fall menschliche Kräfte. Doch nun kommt das Revolutionäre, Neue Ihres »Gesellschafts-Newtons«. Wenn ich Sie richtig verstehe, teilen Sie die menschlichen Sphären, in denen wir uns aufhalten, »unsere jeweiligen Lebens-Felder«, in Zentrum und Peripherie ein.

»Im Zentrum wohnt immer die Macht«, lautet Ihr erster Satz. Ihre Beispiele sind Könige, Familienoberhäupter, fast immer sind es die Männer.

Ihr zweiter Satz lautet: »An der äußersten Peripherie haftet die Ohnmacht.« Ihre Beispiele: Athens Besitzlose, Roms Sklaven, Frauen, Tiere. Dritter Satz: »Wenn die zentrale Kraft schwächelt, gelingt es einer peripheren Kraft, aus dem Schatten am Rand ins Licht des mächtigen Zentrums vorzudringen.« Beispiele: Priester, Ärzte, Narren, Mätressen.

Schon bis zu dieser Stelle macht mich Ihre Theorie sprachlos, Madame. Ich schäme mich meiner Dummheit, wo ich

Sie nicht verstehe. Und bin daher unsäglich dankbar, dass Sie mir anhand meiner eigenen Lage ein Licht aufstecken. Zunächst am Beispiel der mittlerweile ihres Amtes enthobenen Regentin meiner Sinne, ›Johanna von Preußen‹.

Die Gräfin von Wilmerstorff, sagen Sie, sei ganz klar die zentrale Person (pardon: Kraft) in der sie umgebenden Dahlemer Gesellschaft. Und wenn ich mich fragen sollte (was ich zurzeit jedoch tunlichst lasse), wo ihr Gatte abgeblieben ist, so sei die Antwort: »Sie weiß es. Sie ist oder kennt zumindest die Ursache seines Verschwindens. Denn sie besetzt das Zentrum ihrer gewiss primitiven ländlichen Umgebung ganz nach Belieben.«

Einverstanden, kluge Freundin, die Gräfin ist zweifelsohne die Sonne ihres Bauernkreises. Doch wissen wir nicht, ob ihr Gatte bis zu seinem Verschwinden nicht der Sonnen*könig* war. Und insgeheim vielleicht immer noch ist.

Sie legen nun auch die zweite Dame aufs Reißbrett Ihrer Theorie, liebe Freundin: Baronesse Agnesa von Ribbeck. Sie schreiben, dass Sie sich gerade über Agnesas Rolle nicht klar werden können. Wie tröstlich, mir geht es ebenso. Wörtlich schreiben Sie: »Mit Agnesa ist es seltsam. Sie steht zweifellos am äußersten Rand der sie umgebenden Gesellschaft in Glienicke. Sie ist ohne eigenständigen Zugriff auf ein Vermögen, abhängig vom Willen des Vaters, von den Launen (und Portwein-Bouteillen) der Mutter sowie den Stimmungen und Einflüssen ihrer Erzieher ausgesetzt. Und dennoch scheint sie auf ihre Umgebung eine starke Macht auszuüben. Wie ein Tal, in das alle Wasser strömen. Wie ein naives, kleines Kind, zu dessen Schutz sich jedermann berufen fühlt. Wenn ich recht habe, Monsieur – und ich bin sicher, dass ich recht habe! –, dann müssen alle Personen im Wirkungskreis der mal stillen, mal schrillen

Baronesse auf dunkle Weise mit ihr in Verbindung stehen. Mögen sie hinsichtlich ihrer gesellschaftlichen Stellung noch so weit von ihr entfernt sein.«

Ich muss zugeben, Madame, nicht sicher zu sein, Sie vollends verstanden zu haben. Ihr Intellekt ist wohl selbst dem Rousseaus überlegen, in jedem Fall aber dem meinen. Ich verstehe nicht, wie ausgerechnet die schutz- oder doch lenkungsbedürftige Agnesa einen solchen Einfluss auf die Dinge und Personen um sie herum haben könnte. Sollten denn wirklich auch die Eifersuchtstat des Pferdeknechts an der armen Magd oder das sinnlose Fortlaufen des zweiten Galans letztlich mit Agnesa in Verbindung stehen? Aus welchem Grund?

Und wie würden in diesem Fall die anderen unerfreulichen Ereignisse dort draußen in der vermeintlichen Idylle des Havellands dazu passen: Zufall? Oder spielen hier – so verstehe ich Sie, Madame – zwei Schwestern gemeinsam ein böses Spiel, bei dem sie sich hinter den Hecken den Ball zuwerfen?

Aber, ohne Ihnen widersprechen zu wollen, kluge Freundin, wäre es nicht auch denkbar, dass es sich bei allen diesen obskuren Ereignissen um nichts als voneinander unabhängige Geschehnisse handelt, auf die die beiden Schwestern nicht den geringsten Einfluss haben?

Oder, Untervariante der zuletzt genannten Möglichkeit: Die Ereignisse stehen nur *teilweise* in Bezug zueinander, teilweise aber auch nicht.

Die Idee fasziniert mich. Und ich werde darauf zurückkommen, sobald ich mich ein wenig von meinem ländlichen Abenteuer erholt haben werde. Sie werden lachen, Madame, auch meinen Bedienten Lambert hat die Wissenschaft wieder im Griff. Wen wundert's, wir sind in Berlin, die Stadt atmet den Geist der hiesigen Académie Royale, vermutlich will Lambert Friedrich eines Tages beerben und wie der König ihr selbsternannter Präsident werden. Wie Sie wissen, treibt Lambert nichts Geringeres um als die Unendlichkeit. Darunter tut er es nicht mehr. Allerdings nur auf wissenschaftlichem Gebiet. Jenseits dieses unübersehbaren Felds ist sein Arbeitseifer dagegen deutlich begrenzt. Zugleich ist er ein gottesgläubiger Mensch. Beide Fäden, Wissenschaft und Religion, klumpen sich in seinem Kopf zu einem schwer entwirrbaren Knäuel zusammen. Beim Auskleiden gestern Nacht unterhielt er mich wieder mit seinen Spekulationen.

»Das Weltall, Monsieur, denken Sie, es ist unendlich?«, begann er.

»Sicher. Doch nur Gott weiß es, schließlich hat er es erschaffen, als ihm eines Tages danach war«, erwiderte ich. »Herrgott, sei um des Himmels willen vorsichtig mit den Strümpfen, Lambert! Falte sie ordentlich. So, ja. Brav«, musste ich ihn unterdessen ermahnen.

»Schon richtig, Monsieur. Aber ich frage mich doch – und jetzt frage ich Sie: Was tat Gott, bevor er unsere Welt erschuf?« Er machte eine hämisch-schlaue Miene wie Ricdin-Ricdon im Märchen, stemmte die schmierigen Fäuste in die Seiten, in den Bartstoppeln noch Reste von Brei und Brot. Und fremde rötliche Haare von einem Pferd (oder einer Magd).

Ich sah mich aber in meiner gegenwärtigen Verfassung weder willens noch in der Lage, ihm die Frage zu beantworten. Ich gähnte. »Ich bin sicher, Lambert, du wirst es herausfinden, womit sich Gott früher die Zeit vertrieben hat. Bis dahin bin ich für praktische Lösungen: Es ist Sommer, der Tag war lang, die Nacht wird kurz sein. Ich will endlich schlafen. Also, lösch das Licht, verkriech dich in deine Kammer, und falls dir heute Nacht die Lösung für dein allumfassendes Problem aufgehen sollte – lass mich dennoch schlafen und berichte mir morgen davon. Wenn ich es dir erlaube.«

Ich erlaubte es ihm heute nicht, das Thema wieder aufzunehmen, er machte allerdings auch nicht den Eindruck, die universelle Lösung gefunden zu haben. Die Zeit war auch knapp.

Später, gegen zwei Uhr am Nachmittag

Ich schulde Ihnen noch, liebe Freundin, eine Skizze meines neuerlichen Logis im Hôtel de Paris. Es befindet sich im zweiten Stock, auf der Hofseite des Gasthofs, denn meine frühere Wohnung ist zu meiner großen Enttäuschung bereits vermietet. Und zwar an jenen etwas unappetitlichen jungen Mann namens James Boswell. Den Schotten, der von seiner ewig feuchten Insel in Keiths Windschatten nach Berlin gereist ist. Madame Rufin teilte mir dies mit dem allergrößten Bedauern mit. Und rechnete mir vor, wie groß ihr finanzieller Verlust durch den traurigen Umstand sei, dass sie nicht über weitere Zimmer zur Straßenseite hin verfüge.

Die Aussicht aus meinem Fenster ist daher nicht berückend und wenig unterhaltsam. Das Wetter ist heute trüb, der Himmel, soweit auszumachen, hängt tief und farblos zwischen den Dächern. Der Gestank von Pferdemist und anderen natürlichen Düften würzt die schwere Luft. Im gepflasterten Hof unten das übliche Treiben eines Gasthofs, Pferde, die ausgeruht aus den Ställen geführt oder verschwitzt von ihren Geschirren befreit werden, Kutschen und Karren, die kommen und abfahren, Burschen und Knechte, die sich zurufen und anschreien, als wären sie Meilen voneinander entfernt, es klingt wie Hundebellen.

Apropos, vorhin hatte ich das zweifelhafte Vergnügen, zwei Kötern beim Spiel zuzuschauen. Das größere, graubraun gefleckte Tier besprang das kleinere schwarze. Der Rüde fieberhaft und wie wahnsinnig, das Weibchen leer und duldsam.

Sie sehen, liebe Freundin, ich bin gezwungen, mir die Zeit zu vertreiben, so gut es geht. Denn erst morgen werde ich sie wieder sehen: ›Madame Calzabigi‹, Sophie-Anne Bélanger, wie Sie wollen.

Offiziell werde ich natürlich nur den hässlichen Zwerg Calzabigi besuchen. Ich schickte heute Lambert als Boten hin, um mich für den morgigen Sonntag anzukündigen. Sophie-Anne steckte ihm eine Notiz zu, mit der sie ihre Freude über diese Aussicht ausdrückte. Zugleich deutete sie aber an, dass die ›häusliche Situation‹ für ein intimes Rendezvous momentan schwierig sei. Sie können sich denken, Madame, dass mich der Besuch jetzt umso stärker reizt. Nächstens mehr davon, liebe Freundin.

Dieser kurze Brief, Madame, erreicht Sie auf dem üblichen Weg als Ausdruck der Dankbarkeit für Ihre Anteilnahme. Und als ein Lebenszeichen nach überstandenem Landaufenthalt Ihres sehr ergebenen, Sie aufs Äußerste bewundernden

Casanova!

Hôtel de Paris,
Freitag, 29. Juni, Peter und Paul, um acht am Abend

NICHTS IST, WIE ES SCHEINT, Madame, überall lauern Lug und Betrug, und mitunter will es mir scheinen, als hätten es gerade Vertreterinnen Ihres Geschlechts in diesen zweifelhaften Künsten zu höchster Meisterschaft gebracht. – Kann ich anders denken und fühlen, nachdem mir in den vergangenen Tagen, da ich mich mehr denn je nach Ihrer Gegenwart sehnte, die Augen und Ohren übergegangen sind angesichts der bestürzenden Erkenntnisse, die ich machen musste? Und sie haben allesamt direkt oder indirekt mit unserem preußischen Criminalabenteuer zu tun. Doch ich verwirre Sie, indem ich den letzten Satz vor den ersten stelle. Pardon, Madame. Der Reihe nach.

Ich schrieb Ihnen vor knapp einer Woche, an Johanni, Madame, dass ich mich für den nächsten Tag im Hause Calzabigi eingeladen hatte. Es war ein Sonntag mit einem grauen, ziemlich müden Himmel über der Stadt, als ich am frühen Nachmittag vorfuhr und eingelassen wurde.

Calzabigi empfing mich zusammen mit seiner ›Gattin‹ im Salon. Sophie-Anne trug ein helles, mit zartblauen Streublumen delikat besticktes Déshabillé, dessen Oberteil mit Edelsteinschließen versehen war. Kein Zweifel, Calzabigi lässt sich die Darstellerin seiner Gattin nach wie vor einiges kosten.

›Madame Calzabigi‹ sah wie immer betrübt aus, wirkte mit ihrem tapferen, gesammelten Ausdruck im schmalen, feinen Gesicht jedoch wie eine stolze schöne Patrizierin, verglichen mit dem sich windenden Calzabigi.

Der Hausherr war in einen vergleichsweise schmucklosen, graublauen Hausmantel gekleidet und wirkte sichtlich unpässlich. Sein Gesicht war weißer als Papier und seine rechte Wange auf groteske Weise angeschwollen.

Der Ärmste litt an Zahnschmerzen und war zuvor einem Zahnbrecher in die Hände gefallen, der ihm nicht nur eine saubere Lücke, sondern für später auch einen perfekten Ersatz versprochen hatte. Doch es war anders gekommen, der Halsabschneider hatte den Backenzahn zertrümmert, um ihn in Einzelteilen zu entfernen; doch das scheint ihm nur unvollkommen gelungen zu sein. Die Folgen trägt Calzabigi nun im Gesicht spazieren.

Ich warnte vor dem weiteren gefährlichen Anschwellen der Wange und empfahl ihm, sie mit Oleum Talci einzureiben. Er sah mich ungläubig an. »Ich dachte, Signore, das Öl sei mehr …« Er warf einen unsicheren Blick auf Sophie-Anne, die ungerührt von seinem Leiden neben ihm stand und ihn kalt von der Seite musterte. »Ich dachte«, wiederholte er, »das Oleum sei ein Schönheitsmittelchen. Für die Haut.« Er sprach Italienisch mit mir, doch Sophie-Anne verstand genug, um zu wissen, worum es ging.

Ich schüttelte den Kopf. »Das Oleum ist ein Mittel, das gegen alle nur denkbaren Plagen hilft, Signore. Es macht die Haut weiß, das ist richtig. Aber es ist auch gegen Sommerflecken, Hitzblattern, Finnen und Runzeln. Es vertreibt die Pockennarben, sofern sie noch jung sind …« Mit einem Wort, Madame, ich log das Blaue vom Himmel herunter, um ihm das Mittelchen anzuempfehlen wie ein Apotheker.

Er eilte davon, um sogleich einen Boten loszuschicken, das Wundermittel zu besorgen, koste es, was es wolle.

»Achten Sie darauf, dass die Flasche mit einem Petschaft versiegelt ist, das drei übereinander stehende Fische zeigt!«, rief ich ihm hinterher und lachte. Sophie-Anne immerhin schmunzelte.

»Sie sehen, wir werden heute nicht allein im Haus sein können, mein Lieber. Er wird sich bald wieder zu Bett legen«, flüsterte sie mir zu.

»Es wird sich ein Weg finden«, antwortete ich ihr in normalem Ton. »Was halten Sie von einem kleinen Ausflug mit der Kutsche, Madame? Ich habe meinen Bedienten bereits angewiesen, auf weitere Anordnungen zu warten.« Ich schlug ihr vor, ein lohnendes Ziel zu wählen. Sie lachte befreit, heute zum ersten Mal.

»In den Tiergarten natürlich, zu den Zelten. Allerdings, Calzabigi wird ...«

»Calzabigi wird einverstanden sein. Er hat zurzeit andere Sorgen, als Miete für seine Gattin zu verlangen.«

Die hatte er in der Tat, liebe Freundin, als er in den Salon zurückkehrte. Ich spreche jedoch nicht von seinen Zahnschmerzen. Ihn interessierte, ob ich mittlerweile Nachricht vom König erhalten hätte. Keith hatte während meiner Abwesenheit von Berlin keinen Kontakt zu Calzabigi aufgenommen. Doch nachdem ich dem Lordmarschall gleich nach meiner Rückkehr brieflich einen Gruß hatte zukommen lassen, meldete er sich umgehend bei mir.

»Keith hat mir eine Notiz zustellen lassen, dass Friedrich mich schon sehr bald in Potsdam empfangen will«, klärte ich ihn wahrheitsgemäß auf.

»Ah, in seinem Lustschlösschen!«, rief er aus und versuchte unachtsamerweise mit der Zunge zu schnalzen. Er bezahlte es umgehend mit einer Schmerzattacke, die ihn italienisch fluchend aus dem Zimmer trieb.

Wie Sophie-Anne vermutet hatte, zog sich Calzabigi in sein Schlafzimmer zurück, und obwohl es mich kolossal reizte, das Gleiche mit seiner ›Gattin‹ zu tun, unterließ ich den Versuch, nachdem ich in ihr gespanntes Gesicht geschaut hatte. Ihr war klar, dass ich Calzabigi für die Lustbarkeiten mit ihr heute so wenig zahlen würde wie damals – und sie verlangte es auch nicht, im Gegenteil. Doch ohne eine solche Geschäftsgrundlage war ein Liebesabenteuer im Hause ihres Eigentümers ein riskantes Unternehmen für sie. Selbst wenn er nebenan seinen Krähenkopf vor Schmerzen in die Seidenkissen bohrte und keine Ahnung davon hatte, dass wir zur gleichen Zeit in *ihrem* Bett vor Lustschmerz stöhnten, wollte ich sie nicht in Unruhe versetzen.

So fuhren wir denn auf Sophie-Annes Wunsch hinaus aus der Stadt, in den Tiergarten, zu den sogenannten Zelten. Diese luftigen Schankzelte aus grobem, auf Holzstäbe gespanntem Leinenstoff befinden sich an einem seeartig erweiterten Arm auf der Südseite der Spree. An einem runden Platz, den die Berliner Zirkel nennen, wie Sophie-Anne mir erklärte. Sieben Wege führen von dort in den Tiergarten, der für das Publikum der Hauptstadt das ist, was die Tuilerien den Parisern bedeuten.

Das ist keineswegs übertrieben. Die Vielfalt der Bäume, Alleen und Büsche, der bedeckten Gänge und kleinen Irrgärten übertraf bei Weitem meine Erwartungen. Das Publikum ist sehr gemischt, der Park wird vom Volk wie von der feinen Gesellschaft gleichermaßen stark besucht. Eine Tatsache, die die jeweilige Partei mit Blick auf die andere bedauern wird. Für alle aber gilt, dass man hier ohne jede Einschränkung fährt und geht und reitet und zum Beispiel auch die Freiheit besitzt, die am Zirkel umherwandelnden oder auf Ruhebänken sitzenden Damen zu bewundern und zu umgarnen. Man spielt, neckt sich und verirrt sich vielleicht gar in einsame Gebüsche, doch anders als etwa in Wien folgt den galanten (und weniger galanten) Paaren und Gruppen kein Polizeispitzel. Es hätte mich nicht gewundert, wenn wir dutzendweise auf das berühmte, aber scheue Tier mit dem doppelten Rücken gestoßen wären. Aber es kam dann doch nur zweimal während unseres Ausflugs vor.

In der Stadt noch fühlte sich die Luft unter dem hellen, flirrenden Sommergrau des Nachmittagshimmels schwül und schwer an. Im Park aber, unter den Schatten spendenden hohen Kronen mächtiger Bäume, war es angenehm kühl. Erst am Zirkel angekommen, sah Sophie-Anne sich genötigt, den Sonnenschirm gegen das flimmernde silbergraue Licht einzusetzen, das wegen der Spreenähe von allen Seiten zu kommen schien. Der Zirkel ist zwar mit doppelreihig gepflanzten Ulmen und Eichen umgeben; doch in seiner Mitte ist selbst die blendend weiße Steinhaut einer Diana dem unbarmherzigen Licht der Sonne ausgesetzt.

Zum Glück gab es Erfrischungen. Ein Schankwirt hatte nicht nur sein Zelt, sondern auch ein Holzgerüst aufgebaut, das mit abgeschlagenen Zweigen gedeckt war und so den Gästen als Laube diente. Der Platz war gut gewählt, die Aussicht prächtig. Zum einen wegen der Spree, die ein erfrischendes, ständig wechselndes Lichtspiel aufführte und mir wie jeder rasch dahinströmende Fluss als ein Sinnbild des Lebens selbst erschien. Zum anderen sah man zwischen den hohen Eichen einige große Gebäude hindurchschimmern, wenn man über den Unterbaum hinwegblickte, der quer über den Fluss gezogen worden war und offenbar die Stadt- und Accisegrenze zu Wasser markierte. Merkwürdigerweise hat man noch vor die alten

Bäume Sträucher gepflanzt und gestutzt. Vermutlich, um dem Park seine wilde Vergangenheit als Jagdrevier der Preußenkönige gründlich auszutreiben.

Im Wesentlichen ist dies gelungen, denn das Publikum interessiert sich weniger für die Natur als vielmehr für sich selbst und sein Vergnügen. Man sieht Langpfeifen rauchende Männer, die ihre Blicke auf Wanderschaft schicken, Frauen mit verklärten Gesichtern, als träumten sie von anderen Männern, von einem ganz anderen Leben. Offiziere staksen mit durchgedrücktem Rücken umher, Soldaten umnebeln sich mit Knasterdampf und Franzbranntweindunst. Kavaliere präsentieren sich in allen Farben des Regenbogens, umwölkt von starken (zu starken) Düften wie Eau de Levante, Eau de la Sultane, Eau sans pareil ... Monsieur Zierenberg aus Hamburg hätte seine helle Freude daran.

Die buntesten Farbtupfer aber gaben, egal ob jung, alt, beleibt oder schlank, natürlich die Garderoben der Damen ab; mit ungeheurer Würde zogen sie die Säume ihrer Kleider über den sandigen Boden.

Wir ließen es uns gut gehen. Sophie-Anne mit mir ohne ihren Calzabigi. Ich mit Sophie-Anne. Kein Gedanke an Mord, Entführung oder andere Gewaltsamkeiten auf Preußens Gütern zuckte mehr durch meinen Kopf. Sophie-Anne aß mit Appetit den bestellten, sehr einfachen Imbiss aus Rettich, Butter, Schafskäse und Brot und trank einen Gubenschen Landwein dazu. Über die geschmackliche Qualität dieses hellen Tropfens kann ich keine Aussage machen, wohl aber über seine Fähigkeit, selbst weiß gepuderte Haut mit einer zarten Rosenröte zu untermalen. Ich für meinen Teil verlangte lediglich Brot und Käse und ließ mir einen guten Burgunder bringen.

Der belebende Wein, der kräftige Imbiss, die wollüstige Stimmung in den Zelten, die knisternde schwüle Luft – das alles trug dazu bei, dass mich bald nur noch nach Sophie-Anne verlangte. Ich gestand ihr mein Verlangen in recht saftigen Worten, fürchte ich. Doch sie verfehlten keineswegs ihren Zweck. Sophie-Annes wasserblaue Augen wurden weit und tief wie das Meer, ihr Atem ging schneller.

Wir brachen abrupt auf, ich wies Lambert an, die breiten, schönen Alleen des großen Tiergartens längs und quer zu befahren und ja keine auszulassen, ehe er den Weg zur Stadt hin suche. Und fände er ihn auch eine Stunde lang nicht, so werde ihm dafür nicht nur Pardon, sondern ein Extra-Taler gegeben. Sofort in der Kutsche begann das Spiel und währte die ganze schaukelnde Fahrt durch den wahrhaftigsten Garten der Lüste. Und es dauerte noch an, ja strebte erst langsam seinem Höhepunkt zu, als wir schließlich die Stadt erreichten, die sich in der schwülen Spätnachmittagssonne immer mehr aufheizte und ein befreiendes Gewitter verdiente. Es kam denn auch unvermeidlich noch, kurz bevor wir die Calzabigische Wohnung erreichten.

Satt, erschöpft und glücklich verabschiedeten wir uns im Schutz der Kutsche voneinander, als sollten wir uns nie wieder sehen. Dann erst führte ich sie am Arm die wenigen Schritte durch den einsetzenden Regen bis zur Haustür ihres Sklavenhalters.

Es war, trotz des schmerzlichen Abschieds für heute, was ich einen perfekten Sonntag nenne, Madame.

Der Montag darauf wartete dann jedoch mit unangenehmen Überraschungen auf.

Samstag, 30. Juni, halb elf

Ich hatte der Tänzerin Denis gleich nach meiner Rückkehr in die Stadt ein Briefchen »von Ihrem geheimen Bruder« geschickt, um sie neugierig auf meine Person zu machen und mich zu sich einzuladen. Sie ist in Berlin derart berühmt, wusste mir Madame Rufin zu berichten, dass sie bei Theaterfreunden bereits unter dem Beinamen La Pantaloncina bekannt ist. Sie hat es also nicht nötig, die Aufwartung jedes Fremden zu beantworten. Meine Hoffnung wurde nicht enttäuscht, sie lud mich gleich für den Montagabend zu sich ein.

Ich, ein heimlicher Bruder der Signora Denis? Liebe Freundin, ich schulde Ihnen eine Erklärung für gewisse Hintergründe meiner angeblichen Verwandtschaft mit der Tänzerin, die über meine frühere Andeutung hinausgehen, ich hätte sie schon als Kind für die Grazie ihres Tanzes im Theater bewundert.

Giovanna Denis ist die Tochter des Schauspielers Andrea Corrini. Kenner wissen, dass ihr Vater in der Commedia dell'arte stets den venezianischen Kaufherrn, den Pantalone, gab. Dass seine Tochter heute in Berlin als Pantaloncina, Tochter des Pantalone, bekannt ist, beweist nur ihr Schauspielerblut.

Warum könnte ich nun ihr Bruder sein? Es war damals kein Geheimnis, wie sehr Andrea Corrini, der ewige Pantalone, die Zanetta, meine Mutter, als Schauspielerin verehrte. Weniger bekannt war, dass er sie auch als Frau begehrte. Meine Mutter hat es mir später selbst berichtet. Und da Corrini, der Vater der Pantaloncina, meine Mutter häufig besuchte, gehört nur etwas Fantasie dazu, sich meine Winzigkeit damals als mögliches Ergebnis einer passageren Verbindung zwischen dem Pantalone und der Zanetta vorzustellen. Die Pantaloncina und ich – wir *könnten* Geschwister sein. Nur ein Gedankenspiel. Doch immerhin.

Ich sah sie zuletzt in der Charlottenburger Opernaufführung und davor siebenundzwanzig Jahre nicht. Da sie damals in Venedig acht Jahre alt war, musste sie heute fünfunddreißig sein. Als Ballerina wirkte sie in Charlottenburg jung, grazil und temperamentvoll. Aber wie ungewöhnlich ist doch ihr Alter für eine Tänzerin.

Sie hat den Ballettmeister Jean-Baptiste Denis geheiratet. Doch Madame Rufin wusste zu gerüchten, dass Denis seiner Gattin zwar den Namen geschenkt habe, aber wohl schon lange keine sinnlichen Freuden mehr. Das Paar lebt demnach getrennt, nur für das Theater verbindet sie noch das Engagement durch den König. Im Leben, scheint es, gehen sie getrennte Wege, doch auf der Bühne stehen und fallen sie miteinander.

Von der Poststraße, in der mein Hotel liegt, bis zur Breiten Straße, wo die Denis ein Haus bewohnt, ist es, wie ich Lambert herausfinden ließ, nur ein kurzer Weg über die Spree, an dem prächtigen Schloss entlang. Linkerhand klemmt das Haus sich so eng an den Marstall an, als könnte es nicht für sich allein stehen. Gewiss, es ist ein altes Haus, hat beinahe anderthalb Jahrhunderte auf dem breiten Buckel, aber mit zwei Stockwerken auf ruhiger langer Front unter vier Giebeln ist es ein würdiges, ja imposantes Bauwerk.

Und hier sollte die Pantaloncina wohnen? Das war allerdings bemerkenswert. Ich ließ meinen Blick über die Fassade schweifen und bemerkte an der Gliederung der Vorderfront, an der Art, wie die Mittelachse durch Quaderstreifen hervorgehoben wurde (das Erdgeschoss war ebenfalls gequadert), dass hier ehemals zwei Wohnhäuser hinter einer Fassade zusammengefasst worden waren. Ich betrachtete danach das reich verzierte Eingangsportal – und stutzte. Über dem Baujahr 1624 waren Wappen und Namen des Erbauers und seiner Gemahlin angebracht. Der Geburtsname der Gattin war Katharina von Brösicke. Der des Erbauers – Hans Georg von Ribbeck.

Sie können sich mein Gefühl von Überraschung, ja Bestürzung vorstellen, Madame. Merkwürdiger Zufall, dass dieses Haus von einem gleichnamigen Vorfahren des heutigen Familienoberhaupts der von Ribbeck erbaut worden war. Es befand sich, überlegte ich, vielleicht noch immer im Besitz der Familie. Dass die Denis also ein Ribbeck-Haus bewohnte, berührte mich seltsam.

Ich wies Lambert an, mich zu melden und sich anschließend zum Gesinde zu gesellen. Kurz darauf erschien ein kirschrot livrierter Hausdiener, dürr und klein und alt. Die vertrocknete Wurzel führte mich ein schönes Treppenhaus mit kunstvollem schmiedeeisernem Geländer hinauf in das obere Stockwerk. Die kreisförmig geführte Treppe krönte ein Deckengemälde mit einer himmlischen, schneeweißen, recht kräftig gebauten Diana als zentralem Blickfang. Sie segelte auf einer kartoffelfarbenen Wolke. Ihr Zuckergussgesicht wendete sie einem eleganten weißen Jagdhund neben sich zu, während die markanten dunklen Spitzen ihrer alabasterweißen Brüste dem staunenden Betrachter wie reife Kirschen direkt in den Mund zu fallen schienen. Die damit korrespondierenden Wandgemälde waren Bilder römischer Architekturreste, sauber aufgeräumte Ruinen, symmetrisch gestapelte Säulenreste und hübsch drapierte Mauerstücke.

Die Denis empfing mich in der Flügeltür zu einem festlich geschmückten und von Dutzenden Kerzen illuminierten Speisesaal, in dem um einen langen Tisch einige Gäste versammelt waren. Die Tänzerin trug eine elfenbeinfarbene Française aus Seidentaft mit broschierten, farbigen Blütenzweigen, die wie darauf gehaucht aussahen. Das versteifte Oberteil ihres Manteaus legte sich hauteng um ihren schmalen Brustkorb, und der seitlich ausladende Reifrock ließ ihre geschnürte Taille zierlich wie ein Spatzenhälschen erscheinen. Sie lächelte. Ihr mädchenhaftes, rundes Gesicht wurde von wirbelnden, ungepuderten, dunkelblonden Haaren wie von Wasserstrudeln eingerahmt. Die geschwungenen, dunklen, starken Brauen, der lebhafte, freundliche Blick aus kohlschwarzen Augen – ich erkannte in der Sekunde die kleine achtjährige Ballerina aus Venedig in der erwachsenen Frau wieder, was mich unmittelbar zärtlich für sie einnahm.

Ich verbeugte mich und stellte mich ihr in unserer Landessprache vor. Lachend entschuldigte ich mich für den »brüderlichen Scherz«, mit dem ich mich ihr, wie ich sogleich offen bekannte, lediglich interessant zu machen wünschte.

Sie legte ihr Vogelköpfchen ein wenig quer und sagte: »Heimlich oder nicht. Ich kann mich leider des Vergnügens nicht entsinnen, Ihnen als Ihre wie auch immer geartete Schwester bekannt zu sein. – Woher kennen Sie mich, Signore?«

Ich schilderte ihr meine kindliche Bewunderung für ihre Tanzkunst im Venedig ihrer Mädchenjahre. »Und nach so langer Zeit, beinahe drei Jahrzehnten, sehe ich Sie plötzlich wieder tanzen, Signora! Kürzlich, in der Charlottenburger Opernaufführung. Mit unverminderter Grazie, aber noch größerer Eleganz als damals. Gewiss geformt durch die vielen Jahre der Erfahrung in der Tanzkunst.«

Eine Sorgenfalte trat mit einem Mal auf die milchweiße Fläche ihrer rundlichen Stirn. Und statt in den Raum hinein führte sie mich hinaus, unter dem Vorwand, mir zunächst ihr Haus zu zeigen. Tatsächlich bekam ich auch einige Nebenräume zu sehen, sie waren nicht ohne Reiz. Die Situation erschien mir jedoch sehr eigenartig, ganz als wollte ich mich um Logis in dem großen Haus bemühen. Ihre anfängliche Unbefangenheit war verschwunden.

»Fünfzehn schöne Zimmer«, sagte sie, »eine große Küche mit Speisekammer, zwei gewölbte Keller, ein großer Hof, gepflastert, Remisen und Stallungen für neun Pferde, dazu die Nebengelasse und ein Waschhaus.« Sie sprach abwesend und wie eine Zimmerwirtin, die bereits weiß, dass die Zeit an diesen Herrn verschwendet ist. Sie fuhr nervös mit der kleinen weißen Hand über ihre Stirn und sagte dann unvermittelt: »Hören Sie, Signor Casanova – Bruder Hochstapler«, sie zog die Winkel ihres kleinen Munds zu dem Hauch eines Lächelns hoch. »Bevor wir zum Saal zurückkehren, lassen Sie mich Ihnen sagen, dass Sie mich vor so langer Zeit, wie Sie behaupten …«

»Siebenundzwanzig Jahre, Signora!«

»… nicht gesehen haben *können*!«

»Aber, Signora, wenn ich Ihnen doch versichere …«

Sie schüttelte nachdrücklich den Kopf und schaute mich eindringlich an. »Vor siebenundzwanzig Jahren, Chevalier de Seingalt – wenn Sie denn mit Recht so heißen – war ich noch nicht auf dieser schönen Welt.«

»Sie waren – nicht?«

»Nein.« Sie drehte sich auf dem Absatz um und führte mich denselben Weg zurück.

Wir hatten den Saal fast wieder erreicht, die lebhaften Gespräche und die Geräusche vom Auftragen der Speisen drangen an meine Ohren, da blieb sie wieder stehen und stellte sich jetzt sogar auf ihre Schuhspitzen. Für eine Tänzerin kein Kunststück, für jede Normalsterbliche in französischen Schuhen aber der sichere Fußbruch.

»Signore, Sie müssen wissen und unbedingt beachten, wenn wir jetzt den Saal betreten und auch, wenn Sie bei anderer Gelegenheit über unsere frühere Bekanntschaft sprechen: Ich bin *sechsundzwanzig* Jahre alt! Sechsundzwanzig. Und kein Jahr älter. Es gibt aber leider böse Zungen, die behaupten, ich sei glatte zehn Jahre älter. Intrigante Personen, die sehr wohl wissen, dass auch der kunstvollste Tanz einer Ballerina keine Chance gegen die Vorstellung des Publikums hat, die Tänzerin sei längst zu alt für die Bühne.«

Ich senkte meinen Blick in die schimmernden Schächte ihrer brunnentiefen Augen. »Ich verstehe Sie vollkommen und bitte um Verzeihung für die Kapriolen meines Gedächtnisses«, flüsterte ich. »Seien Sie unbesorgt, Signora, ich weiß es jetzt wieder, ich bin ganz sicher – es war vor höchstens zwei Jahrzehnten, da ich Sie als Achtjährige –«

»Als Sechsjährige!«

»Als Sechsjährige, gewiss, im Theater bewunderte. Und wenn ich recht überlege, komme ich Sie heute in Wahrheit nicht als Bruder, sondern mehr als ein Onkel besuchen!«

An dieser Stelle brach sie in helles Lachen aus, das die schneeweißen, aber leicht unregelmäßigen Reihen ihrer kleinen Raubtierzähne offenbarte. »Wunderbar! Onkel Casanova. Das gefällt mir vorzüglich. Und nun kommen Sie, Onkel, ich möchte, dass Sie mit uns speisen und meine anderen Gäste kennenlernen. Die meisten kommen heute aus Russland. Es sind Heimkehrer, Durchreisende, interessante Menschen. Kommen Sie, kommen Sie!«

Ich kam, saß und aß: von auf dem Rost erhitzten Austern, köstlich duftenden, gebackenen Fröschen und gebratenen Schnecken. Ich versuchte vom zarten Zander mit der herzhaften Butterbrühe, aß dazu süßen Senf, knabberte an in Butter gebratenen westfälischen Waldschnepfen, überaus groß und fett, goutierte das Mus von Krebsen und spießte schmackhafte Käsestücke von Schaf und Kuh. Als Dessert wurden Obst und Kuchen gereicht, ich aß sie nur noch mit den Augen.

Ebenso erlesen wie die Speisen waren die Gäste. Pierre Aubry, ein schöner Tänzer, fiel mir gleich um den Hals und küsste mich, weil er mich wiedererkannte. Ich brauchte eine Weile, bis sich mir die Erinnerung an ihn wieder einstellte. Richtig, ich hatte ihn in Paris zuerst als Figuranten kennengelernt, später war er in Venedig aufgetreten, die letzten vier Jahre war er Erster Tänzer in St. Petersburg gewesen. Ich gratulierte ihm aufrichtig zu dieser schönen Laufbahn, die noch das Größte für die Zukunft erhoffen lasse. Er revanchierte sich für die guten Wünsche mit einer kleinen Anekdote, über die ich herzlich lachte.

»In meiner Zeit in Venedig«, erzählte er, »tat ich mich nicht nur auf der Bühne, sondern auch in der Liebe auf besondere Weise hervor. Ich war der Geliebte einer der ersten Damen der Gesellschaft. Doch zur gleichen Zeit war ich der Liebhaber ihres Mannes, der sie nur leider als Nebenbuhlerin um meine Gunst betrachtete. Die Situation spitzte sich bedrohlich zu, und so entschloss ich mich zu dem Schritt, zwischen ihnen zu schlafen und sie beide gleichzeitig zu befriedigen. Von Stund an waren wir ein unzertrennliches, einander aufs Herzlichste zugetanes Trio.« Mit am lautesten über diese schöne Geschichte, die sie gewiss nicht zum ersten Mal hörte, lachte Aubrys Frau, eine Tänzerin wie die meisten der Anwesenden. Sie hieß Santina Zanuzzi mit Mädchennamen, stammte aus Padua und nannte sich schlicht La Santina. Aubry und sie hatten sich in St. Petersburg kennengelernt. Sie befanden sich auf dem Weg nach Paris und machten Zwischenstation in Berlin.

Ein weiterer Gast der Denis, der behauptete, mich von Padua her zu kennen, war ein dicker Musiker namens Guiseppe dall'Oglio. Wenn er beleidigt war, dass ich mich auch nach intensivstem Nachdenken an ihn nicht erinnern konnte, so ließ er es sich zumindest nicht anmerken.

Er hatte, erzählte er, als Geigenspieler bereits im Dienst der Zarin Anna Iwanowna gestanden, war auch unter der Zarin Elisabeth und Peter dem Dritten in St. Petersburg geblieben. Jetzt aber, zwei Jahre nach Regierungsantritt Katharinas, kehre er endgültig in seine Heimat zurück. Er stellte mir seine Frau vor, die in St. Petersburg geborene Tochter Luigi Mandonis, des (jedenfalls in Venedig seinerzeit) berühmten Geigenspielers. Sie haben vielleicht einmal von ihm gehört, liebe Freundin, oder das Vergnügen gehabt, ihn spielen zu sehen?

Dall'Oglio ließ mich wissen, dass er in acht Tagen mit seiner Frau auf dem Weg nach Padua zunächst in Dresden Station machen werde. Ich werde ihm daher meinen Brief an Sie anvertrauen, liebe Freundin. Er wird ihn Ihnen persönlich überbringen. So werden Sie ebenso wie ich an diesem heiteren Abend bei der Pantaloncina das Vergnügen seiner Bekanntschaft und die seiner klugen, schönen, großen und äußerst umfangreichen Frau machen können.

Lassen auch Sie sich von ihm seine nicht unbedeutende Rolle, die er bei Katharinas Liebesintrigen am Hof spielte, schildern.

Die Geschichte animierte unsere reizende Gastgeberin dazu, vom tragischen Schicksal eines anderen Russland-Flüchtigen zu erzählen. Es handelte sich um den Chevalier d'Odart, einen Abenteurer aus dem Piemont.

»Ein weiß Gott großer, breit gebauter Mann mit scharf geschnittenem Gesicht«, schwärmte die Pantaloncina. »Er war bereits vor zwei Jahren an den russischen Hof gekommen. Zeitweise war er Verwalter der Güter Katharinas gewesen. Ich nehme an, dass diese Güter höchst intimer, femininer Natur waren«, lachte sie spitz auf. »Jedenfalls pflegte er sie derart gut, dass die Zarin ihm dafür den Titel eines Hofrats verlieh.« Der Chevalier, berichtete sie weiter, habe der Zarin schließlich auch geholfen, ihren ungeliebten Gatten loszuwerden.

»Dann aber schickte sie d'Odart, wie alle Ausländer, die sie bei der Verschwörung unterstützt hatten, mit reichlichem Lohn nach Hause.«

»Aber was ist daran tragisch?«, wollte dall'Oglio wissen. Er selbst sei, wie er jetzt bekannte, ebenfalls mit einer stattlichen Summe von der Zarin entlassen worden, die ihm hoffentlich ein angenehmes Leben mit seiner Frau bis an ihrer beider Lebensende gewährleisten werde.

»Falls nicht der Blitz in Ihr Haus einschlägt, Signore«, lachte die Pantaloncina – sie lacht überhaupt sehr viel und auf herzhafte Weise ansteckend. »Wie bei dem bedauernswerten d'Odart. Er kaufte sich ein Landgut von dem russischen Geld. Jedoch am falschen Platz. Der Blitz schlug in sein Bett und tötete ihn. Ob in flagranti mit einer Dame oder nicht, ist nicht überliefert.« Ihr Kichern war wie das

Perlen des Champagners, es kam von ganz unten aus ihrer Kehle. Ich stand unmittelbar neben ihr und atmete den warmen sommerfrischen Duft, den ihr zarter Körper verströmte. Ich beherrschte mich.

Irgendwann wurde dall'Oglio seine Geige gebracht, und er begleitete darauf eine junge Sängerin mit einer gewaltigen Stimme, die meinen Körper buchstäblich in Schwingung versetzte. Später wurden die Spieltische hereingetragen, ich spielte L'Hombre mit Aubry und Gattin und verlor (ein wenig). Der Abend nahm in der beschriebenen, äußerst angeregten Weise seinen weiteren Verlauf und der Moment kam, mich zu verabschieden.

»Fänden Sie es kompromittierend, Signora«, fragte ich die Pantaloncina, »wenn ich Sie in den nächsten Tagen erneut besuchen würde?«

»Wenn Sie wieder als mein Onkel Casanova auftreten und nicht mehr darauf bestehen, mein Bruder zu sein – was sollte daran kompromittierend sein, Signore?«

Ich dankte ihr mit einem Handkuss. »Wann, Signora? Morgen?«

Sie hob die dunklen Brauen. »Um fünf. Zum Kaffee.« Ich stand in Flammen; verliebt in sie wie damals als Junge, verließ ich ihr Haus.

Erst später im Gasthof, als ich bereits in meinem Bett lag, in der Sekunde vorm Einschlafen, stieg in mir auf einmal wieder das Bild von Wappen und Namen der von Ribbeck am Eingangsportal des Hauses auf, in dem die Pantaloncina lebte. Morgen würde ich sie wieder besuchen. Und sie danach fragen.

Sonntag, 1. Juli, vier Uhr am Nachmittag

Der folgende Tag überraschte freundlich durch einen tiefblauen Himmel mit wenigen hohen Wolkenschlingen, die aussahen wie weiße Perückenteile. Ich trug (der Jahreszeit ein wenig vorgreifend) Pflaumenblau über der quittengelben Weste, bewaffnete mich am Nachmittag mit Hut und Degen und ging zu Fuß.

Ein wenig zu früh erreichte ich das ›Ribbeck-Haus‹, aber diesmal führte mich die livrierte rote Wurzel nicht wie am Vortag in den linken Flügel des Hauses, sondern rechter Hand hinauf in den ersten Stock. Die Pantaloncina erwartete mich in einem freundlichen, hellen Raum, der offensichtlich als Musikzimmer diente. An der einen Längswand stand zwischen zwei Sesseln ein rotes Klavichord, gegenüber befand sich ein aufrechtes Hammerklavier. Der Deckenstuck war mit Musikinstrumenten verziert. An der Schmalseite des Zimmers, durch zwei Fenster gegenüber ins rechte Licht gerückt, war eine veritable Sammlung kleinformatiger, symmetrisch gehängter Gemälde zu bewundern, alle in schwarzen, mit goldenen Stäbchen verzierten Rahmen. Die Werke zeigten überwiegend ländliche Szenen. Mit einer Ausnahme. In der Mitte des Ensembles befand sich ein großes Bild, das eine Familie im Schäferkostüm vor einer pittoresken Ruinenlandschaft zeigte. Im Vordergrund grasten Schafe, im Hintergrund tummelte sich eine Handvoll Genien.

Die Konterfeis des stämmigen Familienoberhaupts und seiner voluminösen, schlaff auf einen breiten Stumpf gesetzten Gattin, waren unschwer als die des Barons, des gegenwärtigen Familienoberhaupts der von Ribbeck, und der Baronin zu erkennen.

Ich richtete meinen Blick wieder auf die Pantaloncina. Sie war heute in ein schimmerndes, moosgrünes Casaquin und einen Rock von gleicher Farbe gekleidet; die üppigen Falten des Schößchens betonten ihre zierliche Taille, das großzügige runde Décolleté ließ die zarten Wölbungen ihrer Brüste erahnen.

Lächelnd empfing sie meinen Handkuss und ich nahm ihr gegenüber an einem kleinen Nussholztisch Platz. Madame Denis hatte zum Kaffee für uns ein entzückendes Tête-à-tête-Geschirr mit fröhlichem Blumenmotiv servieren lassen. Von Beginn an herrschte heute eine private und heimelige Atmosphäre zwischen uns, in der ich mich ausgesprochen behaglich fühlte.

Die Pantaloncina verhielt sich mir gegenüber vollkommen unprätentiös, ohne dabei die Autorität der Dame von Welt oder die spielerische Eleganz der Künstlerin vermissen zu lassen. Es schien mir, liebe Freundin, dass ich ihr Vertrauen bereits dadurch erworben hatte, dass ich sie gestern in der Frage ihres Alters so jung sein ließ, wie sie sich fühlte oder wenigstens, wie es ihr nützte.

Wir unterhielten uns nun eine Zeitlang über alte, nein: über vergangene Zeiten in Venedig, über das Schicksal von Tänzern, Ballerinen, Reisenden, Malern und Musikern, die uns beiden bekannt waren. Wir sprachen über unsere Familien, deren Mitglieder jeweils über halb Europa verstreut sind, wir plauderten über Berlin und den König, über Österreich und die Kaiserin, über Russland und seine Zarin. Wir sprachen über die Kunst und den Tanz und die Musik. Aber eigentlich sprachen wir nur mit den Augen. Wir sprachen nicht von ihrem Gatten.

Die Pantaloncina schlug beiläufig nach einer Weile ein ganz naheliegendes Thema an, indem sie, wie es offenbar ihre Art ist, ihren Mädchenkopf ein wenig quer legte wie ein Vogel, der dem Ruf eines anderen lauscht: »Sie wundern sich vielleicht, Signore«, sagte sie, »dass ich Sie heute in einem ganz anderen Teil des Hauses empfange. Bitte glauben Sie nicht, dass mir sämtliche Räume des Gebäudes zur Verfügung stünden. Ich teile sie mit der Familie eines Hofrats und eines Capitäns der preußischen Armee, die weit ältere Rechte haben als ich. Meine Zimmer«, erklärte sie, »und auch die meines Gesindes befinden sich überwiegend im linken Flügel. Das Musikzimmer ist jedoch eine Ausnahme.«

Da sie sich mir gegenüber so ungezwungen verhielt, wie ich es mir nur wünschen konnte und sie das Thema von sich aus angesprochen hatte, antwortete ich mit meiner Beobachtung, dass das Haus ursprünglich offensichtlich Eigentum der Familie von Ribbeck gewesen sei.

»Daran hat sich bis heute nichts geändert«, antwortete sie etwas zögerlich. »Es gehört in der Tat dem … Baron von Ribbeck.« Sie setzte ihre Tasse ab und fächelte sich mit ihrem hübschen, mit Pailletten besetzten Fächer vermehrt Luft zu.

Mir wurde mit einem Schlag klar, worüber wir eigentlich sprachen. »Der Baron ist Ihr …?«

»Von Ribbeck ist mein Gönner, ja«, ergänzte sie rasch mit leicht sich überschlagender Stimme. »Er ist es seiner Reputation schuldig, eine Mätresse zu unterhalten. Aber eigentlich …«, sie blickte mir jetzt mit ihren wie Quarzsteine glitzernden Augen direkt ins Gesicht. »Wissen Sie, im Grunde interessiert er sich für mich so wenig wie für seine Gattin.«

»Er begehrt Sie nicht?«, rief ich erstaunt aus. »Das allerdings geht über meinen Verstand, Signora. Sie haben das natürliche Anrecht auf einen Liebhaber.« Ich ergriff ihre Hand und wollte sie zum Mund führen, doch sie entzog sie mir sanft. Ihre Augen schienen mir jedoch keineswegs nein zu sagen, sondern: später, vielleicht später.

Sie sagte: »Sie müssen verstehen, der Baron ist alt und an den Freuden des Lebens vielleicht noch nie recht interessiert gewesen.« Sie legte ihren Kopf wieder ein wenig schief, doch diesmal, ohne im Geringsten kokett zu wirken: »Da Sie so gezielt nach dem Baron fragen, Signor Casanova, stehen Sie etwa in einer näheren persönlichen Beziehung zu ihm?«

»Nein, Signora, ich kann Sie in diesem Punkt beruhigen. Aber ich unterhalte geschäftliche Beziehungen zu ihm.«

Nun, liebe Freundin (liebe Freund*innen*!), ich blickte in das offene, scheinbar ewig jung wirkende Gesicht der Tänzerin und entschloss mich mit einem Mal, ihr rundheraus zu erzählen, wie ich den Baron kennengelernt und mit welcher Mission er mich später betraute hatte.

Die Pantaloncina schaute mich staunend und zugleich amüsiert an. Ich schien in einem ganz neuen Licht vor ihr zu sitzen.

»Sie haben sich also tatsächlich in der Provinz dort draußen«, sie ruckte wie eine Taube mit dem Kopf zur Seite, »auf die obskure Suche nach dem Verwandten eines Herrn gemacht, den Sie kaum kannten?«

Ich lächelte. Dümmlich vermutlich. Aber das weibliche Herz versteht ja aus eigener leidvoller Erfahrung, dass der Narr nur eine ihm aufgezwungene Rolle zu spielen hat. So musterte mich auch die Pantaloncina weiter aufmerksam und durchaus amüsiert.

»Ja, kennen Sie denn wenigstens den Grafen von Wilmerstorff, nach dem Sie suchen, Signore?« Sie hatte längst begriffen, dass in Wahrheit noch irgendein Spiel oder Vergnügen an der Sache für mich dahinterstecken musste. In diesem Punkt ließ ich sie vorerst im Dunkeln.

»Ich kenne ihn nicht im Geringsten, Signora. Aber ich erfuhr über den Grafen nach und nach allerlei Interessantes. Wenngleich sehr Widersprüchliches.« Sie machte süße neugierige Pralinen-Augen. Und so erzählte ich ihr zunächst von dem alten Bernward auf Gut Dahlem, der den Grafen dafür verantwortlich machte, dass sein Enkelsohn im unreifen Alter verschleppt und zum Dienst im preußischen Militär gezwungen worden sei.

»Das sähe Wilmerstorff allerdings ähnlich.« Die Bemerkung entfuhr der Pantaloncina wie ein versehentlich abgeschossener Pfeil, der schon allzu lange aufgelegen hatte.

»Sie kennen ihn also, Signora? Dann gewiss auch seine Gattin, die Gräfin von Wilmerstorff, die ältere Tochter von Ribbecks?«

»Ich kenne die Familienverhältnisse zur Genüge«, antwortete sie und schloss kurz ihre Augendeckel. Ihre Wimpern bildeten dabei zwei faszinierende schwarze Halbmonde.

»Die Gräfin ihrerseits«, fuhr ich fort, »geht davon aus, dass der Graf lediglich seinem bevorzugten Vergnügen mit dem Jungen nachgeht. Sie ist überzeugt, dass er sich den Burschen und einen weiteren im gleichen Alter als Lustknaben hält. Zusammen mit anderen Herren gleicher Präferenz. Auf irgendeinem der umliegenden Herrensitze.«

Ich schilderte Ihnen bereits, liebe Freundin, dass die Tänzerin oft laut und herzhaft zu lachen pflegt. An dieser Stelle aber platzte es aus ihr heraus.

»Unmöglich!«, rief sie. »Mein Bester, was ich mir beim Grafen Wilmerstorff am allerwenigsten vorstellen kann, ist eine sinnliche Neigung zum gleichen Geschlecht! Er bevorzugt die jungen Damen, besser Mädchen. Und ich kenne keinen Mann«, sagte sie nun wieder in vollem Ernst, »der seine Begierden derart rücksichtslos durchsetzt wie er. Er bedient sich dabei aller – ich sage: aller! – ihm zur Verfügung stehenden Mittel. Entweder bekommt er seine Opfer mittels Geld und Geschenken, eine Variante, die ihn freilich nicht von anderen Herren unterscheidet. Oder er kommt mit Gewalt ans Ziel. Ein Mittel, das er auch dann bevorzugt, wenn er bezahlt. Wenn Sie verstehen?«

»Ich verstehe Sie vollkommen, Signora. Doch wenn ich fragen darf: Woher besitzen Sie derlei intime Kenntnisse über den Grafen?«

Sie zog ihre dunklen Brauen hoch. »Das ist im Grunde nicht schwer zu verstehen. Ich bin dem Baron als meinem … meinem Gönner selbstverständlich gesellschaftlich verpflichtet. Das Theatersalär des Königs ist keineswegs mehr so üppig, wie es vor dem Großen Kriege war und hat nie die Höhe erreicht, die er damals der Barberina, seiner Favoritin, zugestanden hat. Der Baron ermöglicht mir das Leben in seinem Haus und in relativem Luxus, wie Sie sehen können, Chevalier.« Sie kicherte plötzlich und rief: »Sie sind mir übrigens ein feiner Chevalier! Wann haben Sie sich den Titel eigentlich zugelegt, Sie Schwindler?«

Ich gab vor, es vergessen zu haben. »Entschuldigen Sie, Signora, Sie waren dabei, mir Wilmerstorffs Charakter, oder besser: seine Charakterlosigkeit zu schildern.«

»Gewiss. Mea culpa.« Sie legte ihre unschuldsweiße Hand auf ihre Brust. Es gelang mir, ihr weiter zuzuhören.

»Sie verstehen, Signor Casanova, ich bin es dem Baron schuldig, in regelmäßigen Abständen Gesellschaften, Soupers, Tanzvergnügungen, kleine Maskenbälle und private Schauspiele zu geben, die seiner gesellschaftlichen Stellung gerecht werden. Dabei fehlt selten, was in Berlin Rang und Namen hat«, sagte sie nicht ohne Stolz und mit einem Blitzen in den Augen. »Die Kunst, der Adel, Minister, Geld- und Pfeffersäcke der Stadt, keiner von Stand, der dabei fehlte. Mit und ohne Mätressen oder Gattinnen. Häufiger Gast war übrigens auch die Baronin, eine äußerst interessante Vertreterin ihres Stands, wie ich finde.«

»Die Baronin von Ribbeck?«, rief ich verwundert.

»Gewiss doch«, versicherte die Pantaloncina. »Wenigstens körperlich war sie mehrfach anwesend. Ihren Geist schickte sie gewöhnlich mithilfe von Champagner, Rheinwein oder Port auf Reisen, von denen er am selben Abend selten zurückkehrte. Wenn sie aber durchhielt, griff sie meist nach irgendeinem Offizier der unteren Ränge, den ihr Gatte vorsichtshalber einbestellt hatte, und ließ sich von ihm – dem Offizier – in einem Nebenzimmer hoffentlich zufriedenstellen. Sie soll sehr ausdauernd sein und schon in ihrer Jugend so manchen Galanteriedegen unter sich begraben haben.« Sie brach wieder in ein herzhaftes Lachen aus, während ich versuchte, die in jeder Hinsicht ausufernde Erscheinung der Baronin von Ribbeck in meiner Erinnerung mit der feurigen Reiterin in Verbindung zu bringen, die mir die Pantaloncina soeben vor Augen stellte. Es gelang mir durchaus.

»Ich komme vom Thema ab«, rief sich die Tänzerin nun selbst zur Räson. »Zurück zu unserem Grafen. Wilmerstorff, müssen Sie wissen, fiel mir bei solchen Lustbarkeiten leider oftmals dadurch auf, dass er als Erstes versuchte, sich an irgendeinem meiner Mädchen zu vergehen. Wo immer sie waren, in der Küche, im Saal, in den Nebenzimmern, sie waren niemals vor ihm sicher. Manche ließen es sich gefallen, sobald er mit dem Geldbeutel winkte, anderen machte er erst gar nicht dieses Angebot. Sondern ging gleich zu einem Angriff über, der es an Gefühllosigkeit und Brutalität mit jedem Barbaren aufnehmen könnte. Er drangsalierte gelegentlich auch die anwesenden jungen Damen der Gesellschaft, besonders die Künstlerinnen, die sich aber in vielen Fällen seiner zu erwehren wussten. Manchmal aber auch nicht. Er nahm sie sich. Mit Geld, mit Gewalt, sobald sich die Gelegenheit dazu bot, oder mit beiden Mitteln. Wie ich schon sagte.«

»Und seine Gattin, die Gräfin?«

»Johanna von Wilmerstorff, das wissen alle, verabscheut ihren Gatten. Weil er sie auf jede nur denkbare Weise demütigt. Einmal ging er sogar kaltblütig auf die plumpen Avancen ein, die ihm bei einem Maskenspiel unerklärlicherweise seine junge Schwägerin Agnesa machte. Es war nicht die Tatsache als solche, dass er darauf einging. Sondern *wie* er es tat. Er sah nicht die geringste Notwendigkeit, die äußere Form zu wahren.«

»Was ist mit dem Baron, der doch sein Schwiegervater ist? Und der Vater Agnesas?«

»Der Baron war an jenem Abend nicht anwesend. Vielleicht deshalb das offene Angebot der jüngeren Tochter und Wilmerstorffs brutale Art, sie sich fast schon öffentlich zu nehmen. Im Übrigen sind die beiden Herren alte Freunde. Ribbeck hält das Verhalten seines ehemaligen Gefechtsgenossen nur für die unvermeidliche Raubeinigkeit eines Mannes mit ›Erfahrungen im Feld‹. So drückte er sich einmal wörtlich mir gegenüber aus. Ribbeck lacht über solche Grobheiten. Außerdem war er selbst es, der seiner Tochter, der Gräfin, zum Ausgleich den schönen

Leutnant, wie er allenthalben genannt wird, diesen Paxleben, zugeführt hat. Damit sie trotz des Barbaren, der sie geehelicht hat, zufrieden ist.«

Siehe da, der alte Baron! Der sittenstrenge Richter, der über die verderbte Welt nur den knorrigen Schädel schüttelt. Die Pantaloncina verfügte über ein wahres Schatzkästlein interessanter Nachrichten über die gute Gesellschaft.

»In einem Fall aber«, lachte sie, »hat auch Wilmerstorff seine Meisterin gefunden.«

»Sie machen mich mehr als neugierig, Signora.«

Die Tänzerin zuckte die Achseln. »Im Grunde genommen verdienten sich die beiden. Ich kenne die Dame gut genug, und damit ihre Masche. Wilmerstorff ist ja nur einer von vielen Herren, die immer wieder auf sie hereinfallen.«

»Eine weibliche Masche, Signora?« Nichts konnte mich mehr fesseln. »Bitte erzählen Sie.«

»Nun, die Dame ist jung, schön und die Gattin eines vermögenden oder doch dafür geltenden Herrn, als dessen ruchloses Opfer sie zunächst erscheint. In Wahrheit trägt sie aber nur zum Schein den Namen ihres vorgeblichen Gatten. Dieser geschäftstüchtige Herr, übrigens ein Landsmann von uns, Italiener, bietet wiederum seine Gattin interessierten Freiern gegen einen lächerlichen Preis wie auf einem goldenen Tablett an. Madame oder Mademoiselle, wie Sie wollen, hat mir selbst berichtet, wie die Herren jedes Mal ein diebisches Vergnügen dabei empfänden, ihrem angeblichen Gatten vermeintlich Hörner aufzusetzen. Sie vergnügen sich mit ihr, streiten es ihm gegenüber jedoch ab oder erwähnen es gar nicht erst. In jedem Fall bleiben sie ihm den für die Liebesdienste von ihm geforderten Betrag schuldig, denn auch sie selbst bestreitet oder verschweigt dem Gatten gegenüber ein Verhältnis. Das behauptet sie zumindest vor ihren Verehrern. Doch in diesem Punkt befinden sich die Galane in einem gewaltigen Irrtum. In Wahrheit macht sie von Anfang an gemeinsame Sache mit ihrem Gatten, nennen wir ihn einstweilen so. Er ist über alles informiert, und beide spekulieren nur darauf, dass die Herren die Dame bald ganz freiwillig mit Geld und Geschenken überschütten. Und immer, verriet sie mir, zahlten ihr die Kavaliere, im Glauben, sie betrögen mit ihr zusammen ihren Mann, am Ende sehr viel mehr, als Signor Calzabigi, so sein Name, anfangs von ihnen verlangt hatte. Oftmals erhält sie sogar weit wertvollere Geschenke, als gesellschaftlich für den Unterhalt selbst einer Mätresse üblich wäre. Den vermehrten Gewinn teilen sich Calzabigi und Madame dann einträchtig. Doch Wilmerstorff war, wie gesagt, nur eines ihrer bevorzugten Opfer. – Aber was ist mit Ihnen Signore, fühlen Sie sich nicht gut?«, unterbrach sie sich plötzlich und beugte sich zu mir vor.

Ich war in der Tat wie vor den Kopf geschlagen, es dröhnte in ihm, als wäre neben mir eine Kanonenkugel abgeschossen worden.

»Cal…? Sagten Sie …?«

»Calzabigi, ja.« Sie sah mich mit großen Augen an. »Sie kennen den Herrn?« Ich nickte und muss ein wahres Bild des Jammers abgegeben haben.

Meine arme, blasse, ausgenutzte Sophie-Anne Bélanger. Machte also in Wahrheit ›gemeinsame Sache‹ mit Calzabigi. Und nicht nur der ruchlose Graf von Wilmerstorff, dem man aufgrund seines Charakters noch manch andere Schmach an den Hals wünschte, war den beiden zum Opfer gefallen. Sondern auch ich.

Denn was ich, liebe Freundin, bisher zu erwähnen vergaß, ist die Tatsache, dass ich die vermeintlich darbende Sophie-Anne gleich nach meiner Rückkehr in die Hauptstadt mit einer achtstrahligen, silbernen Brosche beschenkt hatte, deren Größe und Wert einer Prinzessin alle Ehre gemacht hätten. Abgesehen von kleineren Geschenken, die ich ihr vorher schon regelmäßig hatte zukommen lassen. Ihrer vermeintlich traurigen Lebenslage entsprechend.

Das Schlimmste für mich aber war: der Betrug, ihr Verrat.

Die Pantaloncina musterte mich unverwandt, und allmählich verwandelte sich ihr fragender Gesichtsausdruck in einen wissenden Blick. Sie legte mir ihre Hand auf den Arm und sagte: »Ich verstehe. Das tut mir leid für Sie, mein lieber Chevalier.«

In diesem Moment wurde mir klar, dass man einer so verständigen, klugen Frau auch sein letztes Geheimnis anvertrauen würde, nur um von ihr Trost und (was mehr ist) Verständnis zu erlangen.

»Vielleicht«, sagte sie ernst, »tröstet es Sie, dass Sie sich die kleine Bélanger nicht zur gleichen Zeit mit Wilmerstorff geteilt haben. Ich weiß aus sicherer Quelle, dass er nach einem allzu groben Manöver ihr gegenüber – obwohl er es hinterher mit Geld wieder vergessen machen wollte – den Laufpass von ihr bekommen hat. Und Calzabigi selbst hat dem Grafen gedroht, ihn zu erschießen, sollte er es wagen, sich seiner Gattin noch einmal zu nähern. Nachdem nun Wilmerstorff, wie Sie sagen, seit Wochen wie vom Erdboden verschluckt ist, kann man wohl davon ausgehen, dass …«

»Dass Calzabigi ihn auf dem Gewissen hat, meinen Sie?«

Sie lachte spitz auf. »Nein, beruhigen Sie sich. Niemals! Calzabigi würde sich vor lauter Hasenfüßigkeit lieber selbst ins Hemd schießen, als sich einem alten Haudegen wie Wilmerstorff in den Weg zu stellen! Wilmerstorff begriff wohl einfach, dass Madame Calzabigi ein falsches Spiel mit ihm getrieben hatte, da ihr Gatte plötzlich doch über ihr Verhältnis im Bilde war, und zog sich anscheinend unspektakulär zurück. – Nein, nicht Calzabigi.« Sie schüttelte energisch den Kopf. »Eher stellte ich mir schon die ganze Zeit vor, dass ihm eines Tages ein hitziger junger Ausländer den Garaus machen würde. Übrigens logiert er, ein Engländer, soviel ich weiß, in demselben Gasthof wie Sie. Möglicherweise kennen Sie ihn. Leider will mir sein Name im Augenblick nicht einfallen.«

»Sie … Sie meinen nicht etwa einen gewissen Boswell? James Boswell?«

Sie spitzte den kleinen Mund, während sie den Kopf hin und her bewegte. »Möglich, dass dies der Name ist. Sie kennen ihn also, Signore?«

»Flüchtig«, antwortete ich wahrheitsgemäß. »Er ist ein Bekannter von Keith.«

»Sieh an, vom Lordmarschall also. Mit einem solchen Fürsprecher in Preußen könnte der junge Mann es sich leisten, drei von der Sorte Wilmerstorffs umzubringen. Und, nebenbei, um keinen von ihnen wäre es schade.«

Nach allem, was die Pantaloncina mir über den Grafen bereits gesagt hatte, mochte sie recht haben. Und doch begriff ich den Zusammenhang zwischen Boswell und dem Grafen nicht.

»Wilmerstorff«, erklärte sie mir auf meine entsprechende Frage, »stritt sich mit dem Engländer.«

»Boswell ist Schotte, Signora.«

»Von mir aus.« Sie zuckte die Achseln. »Jedenfalls geriet der Graf mit ihm in Streit wegen eines Mädchens in dem Gasthof. Wilmerstorff steigt häufig, wenn er in Berlin ist, zunächst im Hôtel de Paris ab. Hauptsächlich wegen der Kupplerdienste seiner Betreiberin.«

»Madame Rufin?«, rief ich aus. »Ich weiß, dass sie Geschäftssinn besitzt. Aber dass sie sich zugleich als Kupplerin betätigt? Nein, das glaube ich nicht!«

»Es ist ein offenes Geheimnis, Signore. Und wird geduldet. Wegen der Prominenz ihrer Kundschaft. Was nun Boswell und Wilmerstorff betrifft: Die Rufin vermietet außer ihren Zimmern und diversen externen Nymphen auch ihre eigene Tochter.«

»Ber… Bernice? Die kleine Rufin? Wissen Sie, dass die Ärmste schwanger ist?«, rief ich wieder aus. Inzwischen in höchstem Maße aufgewühlt.

Sie nickte. »Ich weiß sogar, wer sie geschwängert hat.«

Gab es irgendetwas in Berlin, das diese Frau *nicht* wusste? »Etwa … der Graf?«

»Gewiss doch«, bekräftigte sie. »Daran zweifelt nicht einmal er selbst. Der Graf hat es anlässlich eines Soupers, das ich vor einiger Zeit auf Veranlassung des Barons gab, selbst zugegeben. Er hat sich sehr damit gebrüstet, dass er in seinem Alter immer noch in der Lage sei, Nachwuchs zu zeugen, und erbot sich, es allen bedürftigen Damen zu demonstrieren. Eine in jeder Hinsicht widerliche Vorstellung. Lassen wir das. Was die kleine Rufin angeht, die arme Hotelierstochter soll, soviel ich von Ribbeck weiß, bald in aller Heimlichkeit entbinden. Unter dem Vorwand einer Kur in Gesundbrunnen, wenn ich nicht irre. Aber denken Sie nicht, dass es Wilmerstorff selbst ist, der sich dafür verantwortlich fühlt. Es ist wiederum der Baron, der das an seiner Stelle in die Wege geleitet hat. Ich hoffe nur, man bringt das Kind dabei nicht um. Berlin ist eine Stadt voller Kurpfuscher und Engelmacher, müssen Sie wissen.«

Sie können sich denken, liebe Freundin, wie ich mich mittlerweile fühlte. Da war ich vor den unangenehmen Begleiterscheinungen meines preußischen Criminalfalls zurück nach Berlin geflüchtet und sah mich nun unvermittelt mit einem verwirrenden Knäuel neuer Nachrichten konfrontiert, die um nichts weniger mit dem verschwundenen Grafen, dem alten Baron und ihren Familien zu tun hatten. Und ich musste erkennen, dass ich bereits tiefer in die Affäre verwickelt war, als mir bis zu diesem Zeitpunkt bewusst gewesen war.

Und das betraf nun auch Sophie-Anne, das vermeintlich Schutz suchende Fohlen, und ihren angeblichen Blutsauger Calzabigi. Beide sehen in mir also nur den Geldbeutel, den es aufzuschneiden gilt.

Calzabigi! Ich werde mich an ihm rächen, Madame. Wenn der König mir nur die gewünschte Audienz gewährt!

Der Besuch bei der Pantaloncina war beinahe aufschlussreicher gewesen, als ich verkraften konnte. Dennoch hatte sich zwischen uns eine wohltuende Vertrautheit eingestellt, die ich in Zukunft noch sehr zu intensivieren hoffe. Der Abschied von ihr für heute wurde mir daher durch ihre Erlaubnis erleichtert, sie an den kommenden Tagen wieder besuchen zu dürfen.

»Als mein Onkel, Chevalier!«

Später, gegen sechs Uhr

Zurück in meinem Hotel ließ ich mir das Essen aufs Zimmer kommen. Doch ich rührte es kaum an. Es war mir von einem schweigsamen jungen Hausdiener in einer etwas abgewetzten roten Livree serviert worden, dem ich bislang keine besondere Beachtung geschenkt hatte. Doch jetzt fiel mir auf, dass ich seine Vorgängerin, Bernice, seit meiner Rückkehr nach Berlin noch nicht gesehen hatte. Diese plötzliche Erkenntnis, sicherlich angestoßen durch die Erzählung der Pantaloncina, berührte mich nun doch sonderbar.

»Sag mir, wie heißt du, Bursche?«, sprach ich den Hausdiener an. Er zuckte die Schultern. Offenbar verstand er kein Französisch. Ich forderte Lambert auf, ihn auf Deutsch nach dem Verbleib von Bernice Rufin, der Tochter des Hauses, zu fragen. Wieder zuckte der Bursche die Schultern. Er zog es vor, keine Sprache auf der Welt zu verstehen. Da half nur eines:

»Madame Rufin! Her mit ihr! Sofort!«, brüllte ich ihn an. Das war zugegeben wenig elegant, Madame. Aber wirkungsvoll. Der Idiot floh aus dem Zimmer. Und nach wenigen Minuten erschien Madame Rufin persönlich, in dunkler Hauskleidung, die wie immer etwas zu große schwanweiße Haube auf dem kleinen Kopf. Ihr Ausdruck war besorgt, als sie eintrat.

»Sie ließen mich rufen, Monsieur. Sind Sie unzufrieden?« Sie warf einen kurzen Blick auf die Speisen auf dem Tisch, die ich kaum angerührt hatte. »Möchten Sie sich über den Koch beschweren, Monsieur? Ich kann Ihnen aber versichern, dass ich monatlich eine hohe Summe für ihn …«

Ich winkte ab.

»Der Lakai? Aha. Ein ungehobelter Bursche, das ist wahr. Es ist nur so, Monsieur, dass Bernice, meine Tochter, wenn Sie sich zu erinnern belieben …«

»Ich erinnere mich sehr gut an Bernice«, antwortete ich ungehalten. »Was ist mit ihr? Ich wünsche, wie früher von ihr bedient zu werden.«

Madame Rufin lächelte, aber nur mit den Mundwinkeln, ihre Augen blieben kühl. »Ich verstehe, Monsieur. Bernice … sie ist ein süßes Ding, nicht wahr?« Sie zwinkerte mir auf eine Weise zu, als verstünde sie als Frau nur zu gut meine zur Entladung drängenden, männlichen Bedürfnisse. Doch dann zwang sie ihre Gesichtszüge in das Korsett eines unendlich betrübten Ausdrucks. »Nur leider ist Bernice derzeit nicht im Hause, Monsieur. Sie schwächelt, wie Sie sich wohl …«

»Ich sagte bereits, dass ich mich sehr gut an sie erinnere, Madame.«

»Gewiss, gewiss. Nun, um Ihre Frage zu beantworten, meine arme Bernice befindet sich derzeit zur Rekonvaleszenz. Ein vermögender, großherziger Herr hat die Güte, ihre Kur zu bezahlen, denn sehen Sie, ich selbst mit meinen geringen Mitteln …«

»Hören Sie auf, Madame, mich zum Besten halten zu wollen«, unterbrach ich sie barsch. »Bernice hatte ein Verhältnis mit dem Grafen von Wilmerstorff, das Sie selbst vermittelt haben. Und für das Sie sicher gut bezahlt worden sind.«

Die spitze, grobporige Kinnlade fiel ihr steil herunter, ihr offen stehender Mund sah aus wie ein schwarzes Loch. »Ich, eine Kupplerin meiner Tochter? Wer behauptet das? Wer verleumdet mich in dieser Weise?«, echauffierte sie sich.

»Das tut nichts zur Sache, Madame.«

»Tut es nicht, Monsieur? Es handelt sich um eine bösartige Lüge. Die gewiss von meinem Konkurrenten in die Welt gesetzt wurde, dem Wirt des ›Hôtel de France‹ Unter den Linden!«

Ich hatte es satt, liebe Freundin, von aller Welt in Preußen zum Narren gehalten zu werden. »Hatte Bernice etwa kein Verhältnis mit Wilmerstorff?«, fuhr ich sie wiederum heftig an. »Wollen Sie das wirklich behaupten?«

Sie drückte ihr schmales Rückgrat durch und bewahrte alles in allem eine erstaunliche Haltung. »Sie wissen, Monsieur«, entgegnete sie in einem überraschend bestimmten Ton, »dass es für ein junges Mädchen keineswegs unehrenhaft wäre, zur Favoritin eines Grafen erwählt zu werden. Und wenn der Herr ihr dann Geschenke macht, so unterscheidet sich das in nichts von dem, was alle Welt von ihm erwartet.«

In dieser Darstellung musste ich ihr selbstverständlich recht geben. Aber die ganze Wahrheit war das nicht.

»Der Graf«, entgegnete ich, »gilt als überaus grob gegen Frauen. Und er hat Ihre Tochter geschwängert, nicht wahr? Ist sie in Wahrheit auch jetzt wieder in seiner Gewalt?« Dies erschien mir allem Gerede von Kur und Rekonvaleszenz zum Trotz durchaus als eine weitere mögliche Variante des Geschehens.

Sie sah mich starr, maskenhaft, an. »Ich halte es für meine Pflicht, Monsieur, als Mutter *und* als Patronin dieses Hauses, eine solche Behauptung als übelwollende Lüge zurückzuweisen. Ich fasse Ihre Mutmaßungen jedoch als Besorgnis um das Wohlwollen meiner Tochter auf und lasse Bernice bei nächster Gelegenheit von Ihnen grüßen, Monsieur. Au revoir.«

Mit diesen Worten wollte sie sich aus dem Zimmer stehlen. Doch ich hatte noch einen Pfeil im Köcher.

»Entschuldigen Sie, Madame Rufin, eine letzte Frage. Aus reiner Sorge um Bernice, wie Sie richtig sagen: Ist es wahr, dass auch Monsieur Boswell Sympathien für Bernice bekundet, die sich in klingenden Münzen ausdrücken lassen? Und hatten die beiden, Boswell und der Graf, vielleicht Streit um die Stunden mit Ihrer Tochter?«

Sie blieb verblüfft stehen. Das war mir Antwort genug. Mit versteinertem Gesicht verließ sie dann wortlos das Zimmer.

Ich war neugierig, ob wenigstens Boswell bereit war, Licht in die Angelegenheit zu bringen. Ich traf ihn auf seinem Zimmer an, eine Flasche Rheinwein, die er mit sich selbst geteilt hatte, rollte über den Boden. Er schwankte mächtig im Wind, als ich eintrat.

»Monsieur Casanova!«, schäumte er mir entgegen. »Sie kommen gerade recht. Ich befinne … befinde mich im Aufbruch. Komm' Sie, komm' Sie mit, begleiten Sie mich, es wird ein luftiger …ein lustiger Abend werden.« Er kicherte albern, stand aber – freilich mithilfe seines Bedienten – vollständig für einen Ausflug gekleidet vor mir. Er war eben im Begriff, das Hotel zu verlassen.

»Wohin soll es gehen, junger Freund?«, wollte ich wissen, unschlüssig, ob ich ihn tatsächlich begleiten sollte.

»Innie … in die Oper.« Er lachte sehr laut und sehr feucht. »Oder sagen wir beinahe in die Oper. Komm' Sie, die Kutsche wartet schon auf uns.«

Er zog mich mit sich hinaus, ließ sich dann aber mehr von mir die Treppe hinunter und bis zum Ausgang tragen, als selbst zu gehen. Vor der Tür wartete bereits eine offene (und wie sich herausstellen sollte, schlecht gefederte) Mietkutsche, und er gab dem Kutscher Weisung, uns »zum Etablissement der Präsidentin« zu fahren. »Nahe der Oper!«, rief er ihm noch zu. Doch der Kutscher nickte wissend, das Haus dieser Präsidentin war ihm durchaus bekannt.

»Wissen Sie, Chevalier«, trällerte Boswell munter, während wir unter einem tintenfarbenen Nachthimmel über das Berliner Straßenpflaster ratterten, »gestern wurde ich von einem Diplomaten Friedrichs zum Abendessen eingeladen!« Er schob die feuchte Unterlippe vor und schüttelte den Kopf. »Schlecht. Gefiel mir nicht.«

»Wie interessant, Monsieur, aber was ich Sie …«

Er überhörte mich einfach. »Danach war ich mit Hübner, er ist Sekretär am Kanzleigericht in Berlin oder so etwas, also mit ihm war ich …« Er verlor den Faden, fand ihn aber leider wieder. »Ich war mit Hübner im ›Scharfen Eck‹. Ein kümmerliches Haus.« Er machte eine wegwerfende Geste mit der Hand, kratzte sich, pardon, Madame, zwischen den Beinen und kehrte wieder wie ein Knabe von fünf Jahren die nasse Innenseite seiner Unterlippe nach außen. »Eine alte Puffmutter und eine einzige Hure. Mir reichte, was ich sah.« Mir reichte, was ich gehört hatte.

»Sie scheinen einen großen Appetit zu haben, Monsieur. Wie steht es denn mit Ihrer kleinen Liebschaft, Mademoiselle Rufin?«

Zuerst starrte er mich an, als wisse er nicht mal, von wem die Rede sei. Dann fiel es ihm wieder ein.

»Ach die! Bernice. Ja, ja.« Er schüttelte seltsamerweise den Kopf dazu. »Sie ist fft, perdue, gone.« Er machte eine flatterhafte Bewegung mit der Hand durch die Luft. Sein Gesicht glänzte vor Schweiß und schimmerte grünlich im trüben Licht der Wagenlaterne.

Wir befanden uns inzwischen auf dem Boulevard Unter den Linden, der noch immer belebt war, der Kutscher legte dennoch ein Tempo vor, als trüge er mit den zahlreichen anderen Kutschen und Reitern ein Wettrennen aus. Ich rief ihn scharf zur Mäßigung, was er damit beantwortete, dass er nun aufreizend langsam fuhr. Der gemeine Berliner scheint mir ein recht eigenwilliger Charakter zu sein, Madame, seine Schroffheit bedarf einiger Gewöhnung, daran haben auch die vielen Franzosen in der Stadt bisher nichts ausrichten können.

»Sie wissen also nichts davon, dass Bernice sich zur Kur befindet, Monsieur?«, wandte ich mich wieder an Boswell. Er prustete los wie ein Knabe, der glaubt, eine frivole Bemerkung verstanden zu haben.

»Zur Kur? Soll das ein Scherz sein, Monsieur? Man hat sie zu einer Engelsmacherin geschickt. Sie hat«, er rülpste, »hat mir selbst erzählt, dass ihr das bevorsteht. Und nun ist es wohl so weit.« Für einen kurzen Moment wirkte er fast nüchtern, als er anfügte: »Sie hatte große Angst.« Mit Recht. Das Engelmachen – wenn es denn hier wirklich darum geht – ist nicht minder gefährlich als das Gebären, wie wir wissen, Madame.

»Sagen Sie, Boswell«, stieß ich ihn an, »Sie kennen den Grafen von Wilmerstorff?«

Er rülpste wieder. Und erbrach sich beinahe. Ich wich zurück. »Wilmers… Wilmerstorff? Ja, den Herrn kenne ich«, gab er dann ohne Umschweife zu. »Wir hatten Streit.« Er schüttelte den Kopf, als müsse er sich selbst noch im Nachhinein bestätigen, dass er im Recht war.

»Worum ging es bei dem Streit mit dem Grafen, Monsieur? Um Bernice?«

»Ja, Bernice. Ja.«

»Was genau war der Streitpunkt?«

»Er sagte, er würde für sie ... bezahlen. Bei ihrer Mu ... Madame Rufin. Das tat ich aber auch.« Er zeigte mit nach innen gebogenem Finger gegen seinen polierten Westenknopf.

»Sagten Sie mir neulich nicht, Bernice würde Sie lieben?«

Er zog die Brauen zu einer tiefen Falte auf der Stirn zusammen und überlegte angestrengt. Ohne Ergebnis.

»Wie ging Ihr Streit aus?«

Boswell zuckte die Achseln. »Wilmerstorff sagte, seine Rechte seien ... älter. Und falls ich ihm Bernice nicht überlassen würde, wenn er sie benu ... benutzen wolle, würde ich bei nächster Gelegenheit seinen Degen zwischen den Rippen spüren.« Er lachte kurz auf, ein dünner Speichelfaden rann ihm anschließend den Mundwinkel hinunter, der gut gebaute junge Mann bot im Moment keinen schönen Anblick.

»Und?«, bohrte ich weiter, denn nach verschiedenen Straßenkreuzungen, die die Kutsche genommen hatte, mussten wir bald am Ziel sein, doch dann wäre es schwierig, weiter mit ihm zu reden, vermutete ich. »Was unternahmen Sie gegen den Grafen? Er hat Sie schließlich beleidigt!«

Boswell blickte mich stumpf an. Dann zuckte er die Achseln und sagte: »Wir fanden eine Lösung, die uns beiden gerecht wurde. Ich ließ dem Gaf... dem Grafen den Vortritt. Und bekam Bernice immer dann, wenn er sie nicht gebrauchte. Und das«, er lachte wieder kurz auf, »war in den letzten Wochen ja andauernd der Fall. Nachdem er so viel Wind um sie gemacht hat, taucht er plötzlich nicht mehr auf. Ffft, perdu, gone.« Er ließ wieder seine Hand flattern und blickte ihr hinterher wie ein Idiot. »Seitdem habe ich den Grafen nicht mehr gesehen.«

Ich ließ mich in den Sitz zurückfallen und atmete die schwere Luft, in der ein Vorgefühl von Regen hing. Dies war alles andere als ein erheiterndes Gespräch gewesen. Aber was Boswell gestammelt hatte, klang durchaus glaubhaft. Es fügte sich nahtlos in das ein, was ich von der Pantaloncina erfahren hatte.

Mitternacht

Ich will Ihnen, treue Freundin, zuletzt auch das Haus nicht vorenthalten, in das Boswell mich verschleppte. Umso mehr, als mir bekannt wurde, dass es in Berlin (vielleicht auch andernorts) einige Damen der Gesellschaft für nötig halten, zum galanten Studium die Nymphen am Ort ihres Wirkens original zu beobachten. Sollte dies mehr als nur ein Gerücht sein, so halte ich es für blanke Zeitverschwendung, und wenn Sie die folgenden Ausführungen lesen werden, so begreifen Sie warum. Die Skizze, liebe Freundin, wird meinen Brief an Sie beschließen, damit ihn dall'Oglio, der morgen nach Dresden abreist, wie geplant (an Ihrem Gatten vorbei) an Sie aushändigen kann.

Das zweistöckige Gebäude, vor dem wir ausstiegen, war äußerlich unscheinbar und unterschied sich insofern wohl kaum von den anderen Etablissements dieser Art in Berlin. Hiervon soll es in der Stadt mindestens hundert geben, will Boswell erfahren haben. Der junge Schotte besitzt wahrhaftig überraschende, wenngleich recht einseitige Kenntnisse.

Über dem Eingang des Hauses hing ein Schild mit einem gemalten Walfisch, der mehr einer Braunschweiger Wurst glich, aber den Namen des Etablissements bebildern sollte. Wir gingen hinein und betraten einen großen Schank- und Speiseraum, in dem uns hinter einem Extratisch eine voluminöse alte Frau begrüßte, natürlich die Präsidentin, wie Boswell wusste. Von hier gingen verschiedene Räume ab, in denen an großen Tischen gespielt und getrunken wurde. Kein Gast, der dabei nicht von mindestens einem Täubchen umflattert wurde. Es sind recht hübsche, aber auch abstoßend hässliche darunter, doch fast immer wirken ihre geputzten Kleidchen und ihre grotesk bemalten Gesichter lächerlich und aufdringlich. Zwei Dutzend abgemagerte Vögelchen müssen sich den Gästen, Herren von Stand oder mindestens von Geld, um jeden Preis hingeben. Was, Madame, will eine Dame der Gesellschaft hier lernen?

Im oberen Stockwerk befanden sich weitere Räumlichkeiten. Es dauerte keine Minute, bis Boswell sich von zwei drallen jungen Nymphen becircen ließ, mit ihnen auf eines der oberen Zimmer zu gehen. Noch auf dem Weg die Treppe hoch angelte die eine von ihnen geschickt in seiner Rocktasche nach herrenlosen Talern, während die andere ihn in ein fröhliches, törichtes Gespräch verwickelte.

Das war mir Warnung genug. Ich setzte mich zu einigen Quinze-Spielern in einen der unteren Räume. Es gelang mir jedoch kaum, mich auf die Karten zu konzentrieren, da ich ständig von zwei todkrank aussehenden Hühnern bedrängt wurde, mich mit ihnen ebenfalls zu separieren. Sie waren bleich und eingefallen und trugen die untrüglichen Zeichen dafür, dass sie den Kampf mit den Franzosen längst verloren hatten.

Selbst als ich aufstand, ließen sie kaum von mir ab, so dass mir nur der direkte Weg zur ›Präsidentin‹ blieb, um mir eine Kutsche kommen zu lassen, die mich rasch wieder von hier fortbringen sollte. Die Präsidentin entsprach lachend meinem Wunsch und entschuldigte sich in einem radebrechenden Französisch sowie mit ihrem gesamten Walfisch-Leib für das Verhalten ihrer beiden »Kurtisanen«, ohne mir gleich zwei andere aufzudrängen. Sie war eine gut erhaltene, bestens gelaunte Sechzigerin, deren Umfang offensichtlich namensgebend für ihr Haus gewesen war. Als Tochter eines Marketenders, wie sie mir verriet, während ich an ihrem Extratisch auf den Wagen wartete, sei sie in ihrer Jugend als »die flinke Hosenflickerin« bekannt und beliebt gewesen. »Besonders die eiligen Herren frequentierten mich gern«, platzte sie lachend heraus.

Ihr verstorbener Gatte war fürstlicher Lakai gewesen und hatte nach seiner Entlassung die Finanzierung für das Etablissement geleistet. Auch ihn hatten die Franzosen hinweggerafft.

»Zuerst war die Nase weg, dann folgte bald alles andere«, schilderte mir seine Witwe jetzt. Sie lud mich, während ich weiter ungeduldig wartete, dazu ein, den Rest ihrer Portflasche mit ihr zu leeren. Ich lehnte dankend ab. Unterdessen drangen aus den Räumen in der oberen Etage die für den Kenner eindeutigen Geräusche gespielter Ekstase an unsere Ohren. Es klang wie Verzweiflung.

Die Präsidentin trank und wurde vertraulicher. Sie zog eine Tischschublade heraus und zeigte mir ein leicht fleckiges, stark gedunkeltes und knittriges Notizbuch, das weit über die Hälfte beschrieben war. Es handelte sich, wie sie mir stolz erklärte, um ihr Verzeichnis aller lebenden und verstorbenen Kunden und Besucher des ›Walfisch‹.

»Schauen Sie, Monsieur«, zeigte sie mir stolz einige Doppelseiten. »Auf diesen Seiten ist angemerkt, was ein jeder und wie oft an einem Abend in meinem Hause getrieben hat. Und hier«, sie patschte mit der für ihren Walfischkörper überraschend schlanken und sogar schönen Hand auf eine andere Rubrik derselben Seite, »hier steht der Name des Mädchens, das ihm dabei hilfreiche Hand geleistet hat. Und hier!«, sie schlug lachend die Seiten um, »hier sind diejenigen, die oft gewollt, aber nie gekonnt haben. Deren Anzahl übrigens nicht gering ist.« Sie machte schlaue, kleine Schweinsäuglein und blinzelte mir zu. Ich wich ihrem Blick aus und betrachtete die Stelle im Buch genauer. Sie hatte alle Herren, die nicht imstande waren, rot untermalt und mit einem Semikolon hinter dem Namen gekennzeichnet. Offenbar zur Warnung für alle heiratslustigen Mädchen in Berlin. Denn sie spielt mit dem Gedanken, ihre Denkwürdigkeiten zu veröffentlichen, sobald sie sich zur Ruhe gesetzt hat. Ihr Hirn funktioniert anscheinend wie ein Blasebalg, was es aufgenommen hat, muss es auch wieder von sich geben. Berlin hat demnächst also Grund zu erzittern, wenigstens der männliche Teil der Stadt.

Endlich wurde die Kutsche gemeldet, und im vollen Bewusstsein der Gefahr, welcher ich entronnen war, verließ ich erleichtert wie Jonas den Bauch des Walfischs. Vor dem Haus atmete ich durch und blickte in den Himmel. Der Mond hing über den Dächern wie ein bleicher Schädel. Eine lang gestreckte Wolke war im Begriff, ihren riesigen Arm auszufahren und ihn zu verdunkeln.

Schade, dass es keinen Arm gab, der dasselbe mit dem Walfisch tat. Denn als ich später den Kutscher entlohnen wollte, war mein Geldbeutel verschwunden. Wie sagte Boswell: fft, perdu, gone! So hatte die Präsidentin also doch an mir verdient, und wahrscheinlich steht mein Name jetzt in der Rubrik für die besonders lukrativen Kunden, die zahlen, ohne eine Gegenleistung zu verlangen.

Andererseits, Madame, wenn plötzlich alle Menschen tugendhaft würden, müssten Tausende verhungern. Wer will das?

Stets Ihr Casanova, vollends ermattet.

Postscriptum, Montag, 2. Juli, um zehn Uhr

LIEBE FREUNDIN, glücklicherweise verzögert sich die Abreise dall'Oglios und seiner zauberhaften Gattin ein wenig, wie er mir per Boten ausrichten ließ. Glücklicherweise? Nun, so kann ich ihm noch die Nachricht für Sie mit auf den Weg geben, dass Friedrich geantwortet hat! Durch seinen Sekretär de Catt bestellt er mich nach Potsdam ein. Am kommenden Donnerstag erwartet er mich. »Um vier Uhr im Garten von Sanssouci. Frédéric.« (Die Zeichnung war original, von Königshand!) Ich hoffe, Ihnen damit noch mehr Appetit auf meinen nächsten Brief zu machen, in dem ich Ihnen alles von meiner Begegnung mit dem König berichten werde.

Casanova, wieder munter.

Berlin, Haus der Pantaloncina,
Samstag, 7. Juli, um sechs Uhr

SIE SEHEN, LIEBE FREUNDIN, ich bin umgezogen. Die Pantaloncina bot mir ein Zimmer in ihrem Haus (vielmehr dem ›Ribbeck-Haus‹, Sie erinnern sich) an, nachdem ich geäußert hatte, dass ich mich nach verschiedenen Vorkommnissen im Hôtel de Paris nicht mehr wohlfühlte und ein neues Quartier suchte. Mein Entschluss, den Gasthof zu verlassen, wurde durch die Nachricht beschleunigt, dass Bernice Rufin, die man also wirklich zur Engelmacherin geschickt hatte, nun selbst ein Engel geworden ist, ebenso wie ihr Kind.

Ich erfuhr es nicht von ihrer Mutter, bewahre. Madame Rufin befindet sich offiziell in Trauer und will sich für einige Zeit vom Alltagsbetrieb des Gasthofs zurückziehen. Ich wollte, sie zöge sich gerechterweise vom Betrieb des Lebens selbst zurück. Nein, ich hörte es von Lambert, dem es eine der Küchenmägde verriet. Er fragte sie, sonst eine Frohnatur, erstaunt, warum sie schier nicht aufhören konnte, zu weinen, da erzählte sie ihm von Bernice.

Die Nachricht vom Tod des Mädchens stimmt mich noch immer traurig. Ich kannte Bernice Rufin nur kurze Zeit, doch so viel ist sicher, dass sie ein solches Schicksal nicht verdiente. Um wie viel mehr jedoch der Verursacher ihres Unglücks, der geisterhafte Graf von Wilmerstorff. Zum ersten Mal, seit ich seinen Namen kenne, habe ich das starke Bedürfnis, ihn auch zu sehen, ihn zu finden, möglichst lebendig. Um die Möglichkeit zu haben, ihn eigenhändig totzuprügeln wie eine Ratte in der Speisekammer.

Ich hatte mich mit der Pantaloncina für einen Ausflug in den Tiergarten verabredet und erzählte ihr von dem unglücklichen toten Mädchen und meinem Widerwillen, weiter dort zu wohnen, wo ihre kupplerische Mutter eine Zeitlang Theatertränen vergießt, um danach zum Alltag überzugehen.

»Ziehen Sie einstweilen zu mir, in eines der Gästezimmer. Sie sind allesamt frei, nachdem meine letzten Gäste, dall'Oglio und die anderen Durchreisenden aus St. Petersburg, weitergereist sind.« Ich zierte mich nicht und nahm ihr großherziges Angebot an. Es ist kein Hintergedanke dabei, Madame. Wenigstens nicht von ihrer Seite.

Nachdem es am Sonntag wie erwartet geregnet hatte, strahlte in den folgenden Tagen wieder die Sonne an einem Himmel wie aus hellblauer Fayence. Ein willkommener Anlass, den Sonnenschirm auszuführen und im Freien zu picknicken, fand die Pantaloncina. Sie schlug das Taronesche Etablissement im Tiergarten vor, dort gab es ein deftiges Déjeuner, bestehend aus Butterbrot mit Schinken, Käse und kaltem Rindfleisch.

Mir spukte jedoch noch die tote kleine Bernice im Kopf herum, ich stellte mir ihr qualvolles und erniedrigendes Sterben bei der Engelmacherin vor und betäubte mich ein wenig mit Danziger Likör. Keineswegs passend zu meiner gedrückten Stimmung spielte, deftig wie das Essen, ein Musikcorps auf, und das Berliner Publikum tanzte beherzt. Die Damen, sommerleicht und bonbonbunt gekleidet, waren immerhin ein Augentrost.

Am folgenden Tag war unser Ziel der Reußische Garten. Er liegt in der Dammstraße und hat sehr hübsche Anlagen, unter anderem ein japanisches Lusthaus mit schöner Aussicht auf einen sich vorüberschlängelnden Flussarm. Das Haus verschafft seinen Gästen neben leiblichen auch verschiedene künstlerische Genüsse, wir hörten ein kurzweiliges Violinkonzert und ertrugen eine langatmige Theatervorstellung. Jedoch die gute Absicht zählte.

Die Pantaloncina machte es mir leicht, die Zeit mit ihr zu genießen. Wann immer wir Bekannte oder Freunde von ihr trafen, stellte sie mich als ihren venezianischen Onkel vor. Das amüsierte mich und sie selbst noch viel mehr. Einmal trafen wir auch ihren Gatten, den Ballettmeister Denis, anlässlich eines privaten Tanzvergnügens, das eine Gräfin von Hohenstein gab. Auch ihm, Monsieur Denis, stellte sie mich als ihren Onkel vor. Er wusste es natürlich besser, ließ es sich aber nicht anmerken, ein Theatermann durch und durch. Wir parlierten und tranken eine Weile zusammen, bevor er recht früh ging, ein stiller, angenehmer, etwas zu früh gealterter Mann.

Als ewig jung dagegen präsentierte sich die Gastgeberin. Gräfin von Hohenstein brüstete sich damit, mehr Liebhaber gehabt zu haben, als es Muscheln am Strand von Scheveningen gebe. Sie liebte die großen Mengen in jeder Hinsicht. Von der Pantaloncina erfuhr ich, dass sie einem blutjungen polnischen Liebhaber, der sich nachweislich die Franzosen bei ihr geholt hatte, eine Unsumme als Entschädigung für sein Missgeschick gezahlt habe. Das war einmal gut gehandelt. Er wird es ihr vergelten im nächsten Leben, denn er ist inzwischen tot.

Die Gräfin Hohenstein tröstet sich unterdessen mit einem Schoßhündchen. Das kleine, flinke Tier wird seinem Namen insofern nicht ganz gerecht, als es die ganze Zeit von seiner Herrin am Busen getragen wird. Als Gegenleistung schleckt es diesen unentwegt ab und verschwindet zum wiehernden Entzücken der Dame zuweilen bis zur Hälfte im Décolleté. Später, nach einem Menuett, sah ich sie in einem der Nebenzimmer auf dem Sofa. Zusammen mit zwei Herren, mit denen sie sich zeitgleich ins Gefecht stürzte. Assistiert vom Brusthündchen, das das konkurrierende Duo heftig attackierte. Bis es schließlich von einer der vielen Hände entnervt und mit großem Schwung vom Schlachtfeld gewischt wurde.

Woher ich das so genau weiß, Madame? Nachdem die Pantaloncina und ich uns mehr zufällig in das Zimmer verirrt hatten, merkten wir, dass es die Gräfin außerordentlich befeuerte, bei ihrer kleinen Orgie beobachtet zu werden. So ließen wir uns amüsiert vis-à-vis auf dem Canapé nieder und benahmen uns wie ein Greisenpaar, das nachsichtig über die Lustbarkeiten der Jugend lächelt, weil es sich erinnert, vor langer Zeit selbst einmal so stürmisch gewesen zu sein.

Abgesehen von diesem bewegten Abend verlief die Zeit bis zu meinem Besuch beim König in Sanssouci durchaus friedlich. Für allgemeine Aufregung sorgte allerdings ein Vorfall, der sich in der Breiten Straße, in unmittelbarer Nähe des Ribbeck-Hauses abspielte. Marianne, eine Magd der Pantaloncina, Witwe in ihren Zwanzigern, verließ am Morgen das Haus, ihren zweijährigen Sohn auf dem Arm, um zum Markt zu gehen.

Kaum tritt sie auf die Straße, da entdeckt sie keine dreißig Schritte entfernt einen Soldaten mit einem langen Messer in der Hand, sein Gesicht verzerrt in äußerster Aufregung. Der Mann hat sie ebenfalls bemerkt, starrt sie an, dann das Kind. Sie begreift mit der Klarheit, zu der eine unmittelbare Gefahr oftmals unmittelbar befähigt, sofort die Situation: Der Soldat hat es auf ihren kleinen Sohn abgesehen. Aber was tun? Weiter zu gehen, wäre der sichere Tod. Die Flucht ergreifen, würde ihn reizen, sie zu verfolgen.

Später stellte sich heraus, dass er schon seit einer Viertelstunde auf der Straße entsetzlich geflucht, getobt und sein Messer auf den Steinstufen blank gewetzt hatte. Unter lauten Verwünschungen, so berichteten Passanten, die schon zuvor vor ihm geflohen waren, habe er geschworen, den Erstbesten zu ermorden, der ihm nahe genug komme. Denn er wolle nicht mehr leben.

Natürlich fragen Sie, liebe Freundin, warum dieser Soldat einen anderen töten will, wenn er selbst lebensmüde ist. Nun, es ist kein Geheimnis, wie das preußische Militär seine Soldaten misshandelt. In Berlin ist das so offensichtlich wie nur irgendwo im Staate Preußen. Das permanente Drillen, Schlagen, Demütigen verfehlt seine Wirkung nicht. Viele Soldaten können angesichts der täglichen unwürdigen Behandlung das Leben nicht mehr ertragen und ergreifen den wahnwitzigen Ausweg, ein Kind zu töten, um als Mörder hingerichtet zu werden. Oftmals haben sie vorher versucht, sich selbst das Leben zu nehmen, und schnitten sich durch den Hals. Aber kaum einer tat es tief genug. So wurden sie wieder gesund gepflegt, nur um zur Strafe zwölfmal Spießruten zu laufen. Auf Kinder haben es diese geprügelten Hunde nun deshalb besonders abgesehen, weil in Berlin der Aberglaube verbreitet ist, es sei eine lässlichere Sünde, ein Kind zu töten als einen Erwachsenen. Das unschuldige Kind fahre sofort in den Himmel auf und werde ein Engel. Ein Erwachsener aber, dem mitten im sündigen Leben die Kehle durchgeschnitten wird, stürzt mit all seinen schwarzen Flecken auf der Seele geradewegs in die Hölle hinab. So verstehen sich denn diese in den Wahnsinn geprügelten Soldaten in Friedrichs Armee am Ende noch als Seligmacher, wenn sie ein Kind töten.

Ich musste an den Enkelsohn des alten Pferdeknechts auf Gut Dahlem denken, Ludwig, von dem sein Großvater annimmt, er sei von seinem Herrn an die Soldaten verkauft worden. Ich wusste ja nun, dass Bernwards Befürchtung mehr Wahrhaftigkeit für sich beanspruchen konnte als jedes einzelne Wort seiner Herrin, der Gräfin von Wilmerstorff. Falls Ludwig wirklich als Soldat in Potsdam gefangen und kaserniert war, stand ihm dann nicht ein ganz ähnliches Schicksal bevor wie dem Soldaten, der in seiner Verzweiflung und seinem fortgeschrittenen Irrsinn gegen eine ihm vollkommen fremde Magd und ihr Söhnchen wütete?

Marianne, die Magd, konnte sich retten. Wider Erwarten ließ der Soldat seinen schrecklichen Drohungen gegen ihr Kind keine Taten folgen. Stattdessen sah er mit irrem Blick zu, wie sie sich vorsichtig und äußerlich ruhig, mit dem Kind im Arm langsam zurückzog und schließlich ins Haus flüchtete. Hinter der Küchentür brach sie zusammen und weinte eine Stunde lang. Sie klagte aber keineswegs gegen den Soldaten, der um ein Haar ihr Kind vor ihren Augen ermordet hätte. Sondern sie weinte um ihren Mann, der im vergangenen Großen Krieg desertiert war, aber wieder eingefangen wurde. Sechsmal ließ man ihn durch die lange Gasse von zweihundert Mann Spießruten laufen, bevor er endgültig zusammenbrach und kurz darauf an den Folgen seiner Verletzungen starb.

Gegen acht Uhr

Meine Audienz bei Friedrich stand indessen bevor und drängte vorübergehend alles andere in den Hintergrund. Sie warf einige knifflige Fragen der Organisation auf. Es war undenkbar, dem König nach einer Stunden währenden Reise, verschwitzt und mit preußischem Sand bestäubt gegenüberzutreten. Schließlich wollte ich ihn von meiner

Person in einer Weise überzeugen, dass er mir eine interessante Stellung oder Aufgabe anbot. Eine Beteiligung an Calzabigis Lotterie-Unternehmen stellte nach den jüngsten Erfahrungen für mich natürlich keine Option mehr dar. Da der König unser Treffen auf den Nachmittag festgelegt hatte, schien es opportun, bereits am Vortag nach Potsdam abzufahren, um Zeit für die Garderobe und äußere Erscheinung zu haben.

Ich war mehr als überrascht, als sich die Pantaloncina erbot, mich zu begleiten. Allerdings wünschte sie, mit ihrer vierspännigen Berline zu fahren, die meinen Wagen an Bequemlichkeit um einiges übertraf.

»Ich nutze wenigstens einmal im Jahr die Gelegenheit, Potsdam zu besuchen. Es ist so italienisch«, erklärte sie mir und fügte lachend hinzu: »Jedenfalls auf den ersten Blick.« Ich verstand erst später, was ihre Spitze zu bedeuten hatte. Im Moment hing noch eine andere Frage in der Luft und wartete auf Antwort: Wo sollten wir übernachten? Die Pantaloncina versprach, sich auch darum zu kümmern.

Wir fuhren gegen zwölf Uhr am Mittwoch ab. Meine Laune war prächtig angesichts der Erwartung, den berühmtesten und zugleich berüchtigtsten Potentaten Europas kennenzulernen. Und da die Pantaloncina sich so selbstverständlich als meine Begleiterin anbot, nahm ich an, sie befinde sich in vergleichbar gehobener Champagnerlaune wie ich.

Sie sah wunderschön aus, gekleidet à la Bolognaise, mit pflaumenfarbenen Seidenstulpen und hauchdünnem, schwarzem Schleier, den sie locker um den Kopf drapierte. Doch dann bemerkte ich, dass mit ihr eine seltsame Veränderung vorging, die ich zunächst auf die quälende Mittagshitze zurückführte. Es begann damit, dass sie meiner kleinen unverfänglichen Plauderei über ein Abenteuer, das ich vor vielen Jahren mit einem schönen jungen Mann hatte, nur mehr mit versteinertem Gesicht zu folgen schien.

»Seine Gesten und Blicke«, schwärmte ich, »glichen in jeder Hinsicht einer eleganten Dame. Ich war davon so sehr verzaubert, dass ich mir seine blanke, weiße Brust und sogar seine Männlichkeit zeigen lassen musste, um sicher zu sein, dass er keine Frau war. Wir bedachten uns danach mit den zärtlichsten Beweisen aufrichtiger Freundschaft«, lachte ich noch. Dann fiel mir auf, dass sich ihr stoischer Blick zwar löste. Doch ihre Gesichtsmuskeln begannen zu zucken, als zöge ein böser Geist mit unsichtbaren Fäden daran wie an einer Marionette.

Sie können sich leicht mein Erschrecken vorstellen, liebe Freundin.

»Was ist mit Ihnen, Signora?«, rief ich aus. »Nehmen Sie mein Balsam-Fläschchen!« Ich reichte ihr meinen Flacon in Form eines Mopses, den ich gewöhnlich mit mir führe. »Ein äußerst belebendes, aromatisches Potpourri aus feinsten Blumen und Kräutern, Signora«, versuchte ich sie zu ermuntern, es auszuprobieren. Doch sie winkte ab.

»Ich lasse sogleich halten«, bot ich eilig an. Ich war schon im Begriff, Lambert Zeichen zu geben, der vorn beim Kutscher saß. Doch sie schüttelte nur ganz leicht den Kopf und bat mich mit Flüsterstimme um meine Hand, nach der sie dann auch griff wie nach einem Seil, das einer Ertrinkenden zugeworfen wird. Die Zuckungen erfassten jetzt ihren Körper, der sich zweimal sogar aufbäumte wie unter furchtbaren Schlägen. Ich schlang in aller Unschuld meine Arme um die zarte Frau und hielt sie. Ihr Gesicht war nicht wegen des leichten Puders totenbleich, der Schweiß stand ihr nicht wegen der Mittagshitze auf der

Stirn, denn ihre Hände, ihr Körper fühlten sich kalt wie Eis an. Doch irgendwann kehrte, ganz allmählich, die Wärme in ihren Körper zurück. Und kurze Zeit später sank sie in einen tiefen Schlaf, aus dem sie erst erwachte, als wir die primitive Potsdamer Stadtmauer am Berliner Tor erreichten. Meinen Vorschlag, umgehend einen Arzt zu Rate zu ziehen, lehnte sie ab. Und in der Tat wirkte sie nicht wie eine Kranke, sondern eher benommen wie nach einigen Gläsern schweren Weins.

So wandte ich mich denn den Torwachen zu. Das vom König persönlich unterzeichnete Schreiben wirkte auf den Wachhabenden, dem ich es zeigte, wie ein Befehl zum Durchwinken, es entstand kaum eine Verzögerung.

»Der Ärmste zuckt beinahe so wie ich«, lachte die Pantaloncina bereits wieder, wenn auch noch vorsichtig, wie zur Probe, ob die Zuckungen nicht zur Strafe für diesen kleinen Übermut sogleich zurückkehrten. Sie wies, mit noch belegter Stimme, ihren Kutscher an, uns zum ›Roten Adler‹ zu fahren, der sich am Alten Markt in Sichtweite des Stadtschlosses befinde. »Es ist ein grüner Baum vor der Tür«, erklärte sie ihm.

Schon auf der kurzen Fahrt in die Stadt hinein fiel mir auf, dass es auf Potsdams Straßen und erst recht am erwähnten Platz von Passanten und Fuhrwerken nur so wimmelte.

»Vielleicht ist Markttag«, erklärte sich dies die Pantaloncina. Doch das schien mir als Erklärung nicht auszureichen. Insbesondere die vielen mit Baumaterialien beladenen Wagen der Handwerker, die mit unglaublichem Lärm über das Pflaster ratterten, deuteten darauf hin, dass hier eine enorme Bautätigkeit im Gange sein musste. Ich erinnerte mich wieder an die Bemerkung Karls von Ribbeck, dass der König seit dem Ende des Krieges ein neues Palais in beträchtlicher Größe und Pracht bauen lasse, um der Welt seine Magnifizenz zu demonstrieren. Diese und vielleicht noch weitere Arbeiten beschäftigten anscheinend die halbe Stadt.

Die andere Hälfte dient auch im wiedererlangten Frieden dem Krieg. Die massenhafte Anwesenheit von Soldaten ist in Potsdam jederzeit sichtbar, auf dem Paradeplatz hinterm Schloss sieht oder hört der Besucher der Stadt sie als Erstes. Überall in den Bürgerhäusern haben sie Quartier bezogen. Ihre Zimmer liegen mit den Fenstern zur Straße hin, und an den Türen der Häuser baumeln ihre Patronentaschen und Wehrgehänge, in den Fenstern schaukeln ihre Hosen und Westen zum Trocknen im Wind.

An der Südseite des Alten Markts, der den gesamten Platz rund um die Stadtkirche beschreibt, entstiegen wir der Kutsche. Ich begriff schon beim ersten Rundblick die frühere Bemerkung der Pantaloncina über die italienische Anmutung der Stadt.

»Ein Schmuckstück, nicht wahr«, sagte sie schmunzelnd, den Sonnenschirm in der einen, meinen Arm in der anderen Hand.

»In der Tat erstaunlich«, musste ich zugeben, »ein beinahe römisch anmutender Platz, mitten in Preußen. Und das nicht nur wegen des Basilisken an prominenter Stelle, möchte ich meinen.« Ich deutete mit dem Hut auf das steil aufragende marmorne Bauwerk, das mit vier preußischen Granden einschließlich Friedrichs des Großen geschmückt war, wie mir meine kluge Begleiterin zu berichten wusste.

Die Pantaloncina wies sodann mit dem Schirm auf die imposante Schaufassade der Stadtkirche. »Woran erinnert Sie die Front der Nikolaikirche, Signore?«

Ich lachte und ging auf ihr kleines Ratespiel ein. »Wenn ich es nicht besser wüsste, Signora, würde ich denken, man hat Santa Maria Maggiore vom Tiber an die Havel verlegt.«

Sie lachte, drehte sich auf den zierlichen Absätzen ihrer französischen Schuhe herum und wies auf ein Gebäude, das einem oberitalienischen Palazzo glich. Es besaß eine Fassade aus (wenn ich richtig gezählt habe) acht korinthischen Säulen und eine Kuppel mit einem in der Nachmittagssonne strahlenden goldenen Atlas auf seiner Spitze.

»In diesem Fall«, sagte ich, »würde ich umgekehrt vorschlagen, das Gebäude abzutragen, und es als, sagen wir, Palladio-Bauwerk beispielsweise in Vicenza wiederaufzubauen.«

»Das dürfte den Potsdamern außerhalb des Gebäudes kaum gefallen, denn es handelt sich um das Rathaus der Stadt«, entgegnete die Pantaloncina amüsiert. »Denen, die drinnen unter der Puppe sitzen, dürfte es allerdings gleich sein.«

»Signora, ich fürchte, ich verstehe nicht ganz.«

Sie erklärte mir nun, nur noch halb scherzhaft, dass ein Teil des Gebäudes als Stadtgefängnis diene. »Der Goldatlas auf der Spitze ist im Volksmund besser als ›die Puppe‹ bekannt.«

Ich verstand und blickte jetzt mit einem sehr klammen Gefühl zu dem Gebäude hinüber, in dem seit Kurzem wohl auch Justus, der allzu verliebte Pferdeknecht von Gut Glienicke, unter der goldenen Puppe saß. Bis zu dem sicher nicht fernen Tag, da man ihn für seinen Mord richten würde.

Die inzwischen immer munterer werdende Pantaloncina machte Anstalten, ihr kleines Ratespiel fortzusetzen, indem sie auf ein weiteres Gebäude am Platz wies, das mich fatal an den Palazzo des Kardinals Quirini in Rom erinnerte. Doch die Vorstellung, dass hinter den dicken Mauern des Rathauses Gefangene eingekerkert waren, unter ihnen ein armer Teufel, der mir namentlich bekannt war, bedrückte mich. Ich erinnerte mich wieder an die Hölle meiner eigenen Gefangenschaft unter den Bleidächern Venedigs; sie lag bereits ein knappes Jahrzehnt hinter mir, aber in diesem Moment fühlte ich sie qualvoll in allen Gliedern, als wäre ich ihr erst gestern entkommen.

Mir war jetzt nicht mehr nach der Fortsetzung unseres Ratespiels. Ich äußerte stattdessen den Wunsch, eine kräftige Mahlzeit zu mir zu nehmen. Wir kehrten daher ins Gasthaus ein, nachdem Lambert und der Kutscher Anweisungen erhalten hatten, die Pferde zu versorgen und die Kutsche in der Remise unterzubringen.

Wir stellten uns der Wirtin, einer schwergewichtigen, kurzatmigen Frau mit einem großen, gelben, leeren Gesicht, als Onkel und Nichte vor und mieteten die letzte noch freie Unterkunft im ›Roten Adler‹.

Das Zimmer unserer Wohnung war sehr einfach, fast ganz ohne Schmuck gehalten, bot aber einen interessanten Blick längs der Fassade des Schlosses mit seiner kraftvollen Palastarchitektur. Die Schlafkammer nebenan bot dagegen eine unangenehme Überraschung. Sie war stockdunkel. Die Läden der Fenster waren geschlossen. Und mussten es bleiben.

Die Wirtin erklärte uns mit Händen und Füßen und einigen Brocken Französisch, die sie beherrschte, den Grund. In dem gleichen Zimmer hatte vor Jahren die Tänzerin Santina Olivieri gewohnt.

»La Reggiana! Natürlich, ich kannte sie«, rief die Pantaloncina überrascht aus. »Aber das muss lange her sein, dass sie in Berlin getanzt hat. Sicher zehn bis zwölf Jahre.«

Da Santina Olivieri aus Reggio stammte, wurde sie La Reggiana genannt. Sie muss außerordentlich schön gewesen sein, danach zu urteilen, wie sowohl die Wirtin als auch die Pantaloncina sie beschrieben.

Die Fenster unseres Schlafzimmers, erfuhren wir nun, lagen vis-à-vis einer Strecke, die der König häufig benutzte. Eines Tages, erklärte die Wirtin weiter mit dem ganzen Körper, erblickte der König beim Vorüberreiten im Schritttempo die Reggiana in einem der Fenster. Die junge Tänzerin bot sich ihm in ihrer ganzen natürlichen Schönheit dar. Vollkommen nackt. Majestät waren schockiert. Empört. Sogleich wurde der Befehl erlassen, die sündhaften Fenster zu verschließen und sicherzustellen, dass dem König ein so schrecklich schöner Anblick weiblicher Vollkommenheit (oder vollkommener Weiblichkeit) in Zukunft erspart bleibe.

Die Wirtin äußerte dies mit dem tiefsten Bedauern. Einerseits wegen des Schlafzimmers, in dem nun selbst bei strahlendem Sonnenschein Nacht herrschte. Andererseits wegen Seiner Majestät Abneigung gegen alles Weibliche.

»Über die Barberina«, seufzte sie, »kommt er wohl niemals hinweg. Obwohl das alles schon so lange her ist.«

Sechzehn Jahre, um genau zu sein, Madame. Die Spatzen hätten es damals von den Dächern gepfiffen, wusste die Wirtin zu berichten, dass Barberina Campanini, Tänzerin und Favoritin des Königs, bei ihm in Ungnade gefallen war, nachdem er ihre Liebschaft mit ihrem späteren Ehegatten entdeckt hatte. Mit der Barberina sei das gesamte weibliche Geschlecht bei Seiner Majestät in Misskredit geraten.

»Bis heute.« Sie schüttelte verständnislos den Kopf. Nun, das jahrzehntelange Vernageln von Schlafzimmern zum Schutz gegen sinnliche weibliche Reize erscheint auch mir etwas über das Ziel hinausgeschossen.

Sonntag, 8. Juli, halb zwölf

Madame, ich sehe Sie im Geiste interessiert die Brauen heben, wenn Sie meine letzten Zeilen lesen: ›Die Pantaloncina und Casanova werden also die Nacht zusammen in einem Zimmer verbringen, dessen erzwungene Dunkelheit die sinnliche Vorstellung taghelle weiblicher Schönheit heraufbeschwört, die einen König aus der Fassung zu bringen vermag.‹

Ich war mir der Pikanterie unserer Situation selbstverständlich bewusst, und der Pantaloncina ging es zweifellos ebenso. Sie erschien mir erregt, und wie als Vorspeise zum nächtlichen Hauptgericht wünschte sie sich einen Spaziergang rund um das Schloss und vielleicht noch durch einige der vornehmeren Straßen der Stadt, bevor wir uns zur Nacht zurückzogen.

Es war noch immer sehr warm, der Himmel über Potsdam blank wie ein unbeschriebenes Blatt, nur sehr fern im Westen erschienen einige Wolkenschiffe mit hohen weißen Masten am Horizont. Die kleine Tänzerin hängte sich auf eine so vertrauensvolle Art in meinen Arm, als wäre ich wirklich ihr Onkel und sie meine Schutz suchende Nichte. Zu unser beider Schutz folgte im gemessenen Abstand von ein paar Schritten Lambert. Eine Stadt voller Soldaten war mir nicht geheuer, und ich hatte keineswegs vergessen, dass am Morgen in Berlin nicht viel am Mord eines Soldaten an einem kleinen Kind gefehlt hätte.

Der Rundgang war durchaus lehrreich. Wie zur Vorbereitung auf meine Begegnung mit dem König am folgenden Tag, las ich daraus einiges über seinen Charakter ab.

Vom Stadtschloss sprach ich bereits, es bildet den Kopf der Stadt, von ihm gehen alle großen Straßen aus. Friedrichs Architekt schien eine Vorliebe für Kolonnaden zu haben, die das Schloss auf der einen Seite mit der Havelbalustrade, auf der anderen Seite mit dem Marstall verbinden, über den sinnigerweise eine wild schäumende Pferdegruppe hinwegwiehert. An der Rückfront des Schlosses befindet sich ein Bassin, das mit der Havel verbunden ist. In seiner Mitte steht eine in Bronze gegossene Gruppe, die Poseidon und Amphitrite auf einem von Seepferden gezogenen und mit Tritonen umgebenen Wagen darstellt. Auf der linken Seite des Bassins liegt der Lustgarten, der mit Alleen, Rondellen und zahlreichen Statuen aus Bronze und Marmor geschmückt ist. Noch vor dem Lustgarten befindet sich der Paradeplatz und die vom Schloss abgeleitete Kolonnade.

Der König, lernte ich, schätzt die unverbrämte Sprache des Herrschers: An der Hauptfront des Schlosses ließ er neben dem brandenburgischen und dem preußischen Wappen auch das des soeben eroberten Herzogtums Schlesien anbringen. Die Pantaloncina wusste von einem früheren Besuch im Schloss her zu berichten, dass man von der Hofseite kommend gleich in den ersten großen Räumlichkeiten, dem Treppenhaus, der Galerie und dem Marmorsaal, ebenfalls reichlich auf schlesischen Marmor stößt; Wände und Fußböden sind damit belegt.

Ausgehend vom Stadtschloss kann man noch auf eine weitere Leidenschaft des Königs schließen, nämlich die des Sammelns. Friedrich sammelt Bilder, wie man weiß, aber auch Skulpturen, die man auf beinahe jedem Dach in Potsdam sehen konnte.

Die italienische Architektur hat es ihm besonders angetan. Aber nicht allein diese. Es sieht aus, als habe er seine Baumeister wie Spione in alle wichtigen Städte Europas geschickt, um für Potsdam die Adelsbauten aller vergangenen Epochen zu kopieren. Als Prunkfassaden für die Häuser einer Stadt voller Soldaten und einfacher Bürger, dem äußeren Erscheinungsbild nach zu urteilen. Ich wüsste nicht zu sagen, liebe Freundin, wie originale preußische Bauten aussehen. Dagegen fand ich allein auf unserem kurzen Weg an diesem Abend zuerst ein Haus nach den Motiven des Palazzo Pompeji in Verona, dann eine Kopie des Hauses des Bramante in Rom und, ganz in der Nähe des ›Roten Adler‹, ein Gebäude nach dem Vorbild des Palazzo Montano Barbarano.

Die Krönung aber, Madame, war nur wenig nördlich des Alten Markts ein ganzes Stadtviertel, das aussah, als habe man es im Ganzen von Holland aus wie auch immer nach Potsdam verschifft. Es sind gewiss über hundert Wohnhäuser aus unverputzten roten Ziegeln, Schulter an Schulter stehen sie da wie zum Appell angetretene Soldaten.

Hier aber nahm die Pantaloncina den König in Schutz, denn nicht er selbst habe den Bau des Holländerviertels begonnen, sondern sein Vater, der sattsam bekannte Soldatenkönig, um holländische Bauleute und Handwerker anzulocken. Friedrich habe das Vorhaben lediglich vollendet. Außerdem lebten heute, da die Niederländer lieber bei ihren bunten Tulpen blieben, zahlreiche Künstler – Bildhauer, Maler, Architekten – hinter den warmroten Ziegeln der Häuser. Die Pantaloncina konnte sogar etliche aufzählen und rechnete sie zu ihren Bewunderern: Degen, Bock, Meyer, Glume, Gontard und andere, der übrigen Welt vollkommen unbekannte Künstler.

»Lauter Menschen mit Bildung, Geschmack und Kunstverstand in diesem Viertel! Also kann es nicht minderwertig sein, Signore!«, insistierte sie heftig.

Ich ließ ihr gern den Sieg. Allerdings war ich davon überzeugt, dass der König seinen Künstlern schlicht vorschrieb, wo sie zu wohnen hatten, solange sie für ihn arbeiteten. Wenn sie könnten, würden sie anderswo, großzügiger, wohnen. Eine Frage, Madame, die zu klären mich aber nicht reizt.

Mich beschäftigte in diesem Moment mehr meine anmutige kleine Begleiterin. Ich fragte mich besorgt, ob die Heftigkeit, mit der die Pantaloncina sich für ein paar Reihen deplacierter Häuser engagierte, nicht auch mit der Gemütsverfassung in Verbindung stehen konnte, die ihre schlimmen Krämpfe und Zuckungen in der Kutsche verursacht hatte.

Meine Befürchtung sollte sich rasch bewahrheiten. Auf unserem Rückweg wurde meine Begleiterin immer wortkarger, und als wir den Gasthof erreichten, trug sie bereits wieder den gleichen versteinerten Gesichtsausdruck, der in der Kutsche das Unheil angekündigt hatte.

In unserem nachtschwarzen Schlafzimmer zündete ich eine Kerze an und sie legte sich aufs französische Doppelbett, um sich auszuruhen. Doch davon konnte keine Rede sein, die Krämpfe begannen unvermittelt wieder am ganzen Körper und waren noch heftiger als am Nachmittag. Sie bäumte sich auf und begann zu zittern, zur gleichen Zeit lief ihr das Wasser aus allen Poren. Ich wollte einen Arzt holen, doch sie hielt mich wieder nur krampfhaft fest und meinte, kein Arzt könne ihr helfen, sie glaube, der Anfall werde bald vorübergehen. Doch das tat er keineswegs. Ich half ihr, sich bis aufs Hemd zu entkleiden, kühlte ihr die Stirn mit einem feuchten Tuch und wachte die nächsten Stunden am Bett, da sie nichts anderes verlangte, als dass ich bei ihr bliebe und ihre Hand hielte.

Es musste schon tiefe Nacht sein, ich war unterdessen am Bettrand eingeschlafen, da zog mich ihre endlich wieder warm gewordene Hand zu sich ins Bett. Wir schliefen keusch wie Geschwisterkinder, erschöpft wie nach einer Bergbesteigung, eng aneinandergepresst ein.

Erst die Geräusche in Flur und Treppenhaus, hin und her schießende Gesprächsfetzen des erwachenden Gasthofbetriebs, Pferdegetrappel und Rufe von draußen ließen uns am frühen Morgen wieder das Bewusstsein erlangen. Denn es war wohl für uns beide eher eine bleierne Ohnmacht als ein natürlicher Schlaf gewesen, woraus wir jetzt wieder auftauchten.

In dem Zimmer, aus dem Friedrich das Licht hatte aussperren lassen, war es natürlich noch immer tiefe Nacht. Ich spürte die kleine heiße Hand der Pantaloncina mein Gesicht erkunden, sie streichelte mich sehr zärtlich, aber ich wusste, dass sie es nicht aus Liebe, sondern aus Dankbarkeit tat. Ich ließ es mir dennoch gefallen, und irgendwann erwiderte ich ihre Liebkosungen. In der tiefen Schwärze des Zimmers ertastete ich ihren zarten Körper, in den nach der Wärme jetzt spürbar die Erregung einzuströmen begann. Sie atmete schneller, ihr Herz schlug heftiger gegen ihren Brustkorb, ihre Brüste, fühlte ich, lagen feucht auf den Rippen, sie begann wieder zu schwitzen, an ganz ungewöhnlichen Stellen: am Bauchnabel, hinter den Ohren, zwischen den Fingern. Wir schenkten uns Zärtlichkeiten bis zu einem Punkt, der sich wie Leidenschaft anfühlte, aber in Wahrheit einem tiefen Gefühl von Freundschaft entsprach. Der Höhepunkt, flockenweich, wie fein versprühter Regen über einer Sommerwiese, wirbelnde Federn im Wind.

Gegen zehn frühstückten wir in dem Zimmer, das wir uns schnell angewöhnten, ›das helle‹ zu nennen. Danach ließ ich den Friseur kommen. Für den Auftritt beim König wählte ich den schwarzen Taftrock, der mir im Kontrast mit einer silbergrauen Weste gut zu Gesicht stand, wie mir die Pantaloncina bestätigte. Ich legte zudem sämtliche Ringe an, die ich mir (dank Ihrer großzügigen Gönnerschaft, liebe Freundin) inzwischen wieder zugelegt hatte.

Gegen Mittag waren wir bereit zum Aufbruch. Ich wies Lambert an, einen Stadtwagen zu mieten. »Einen Vis-à-vis, wenn möglich!« Doch statt die Aufgabe umgehend zu erledigen, blieb er mit angespanntem Gesicht stehen.

»Was gibt es, du Faulpelz? Worauf wartest du, Lambert?«

»Monsieur, es ist … Nun, Sie wissen doch, dieser Junge, der Pferdeknecht …«

Ich war nicht in der Stimmung, mich mit meinem Bediensteten über seine Saufkumpane zu unterhalten und wurde recht ungehalten. Er hatte die Stirn, sich davon nicht beeindrucken zu lassen, und ich brachte seine Renitenz zuerst mit seiner Schnapsfahne in Verbindung. Aber dann ließ er den Namen des Burschen fallen, von dem er faselte: »Ich meine Justus. Den Knecht von Glienicke.«

Ich stutzte. »Justus? Du meinst den Mörder der Magd, die das Unglück hatte, seine Braut zu sein? Ich weiß, er sitzt …«

»Unter der Puppe. Oui, Monsieur. Das heißt, nein, Monsieur. Im Gefängnis drüben ist er nicht mehr.«

»Was zum Teufel redest du da, Lambert? Willst du sagen, er ist entkommen?«

Er kratzte sich an den zahlreichen Pusteln zwischen seinen schwarzen Kinnborsten. »So könnte man es bezeichnen, Monsieur.«

»Rede endlich klar, Lambert, oder ich verkauf' dich an die Preußen!«

Er besaß die Unverschämtheit, laut zu lachen, verstummte jedoch gleich wieder und sagte: »Der Justus ist in die Hölle hinabgefahren, schätze ich. Indem er sich aufgehängt hat. Letzte Nacht. Mit einem Kälberstrick, den er bei sich trug. Oder den ihm ein Wachhabender gnädig zugesteckt hat, was weiß ich.«

Ich war betroffen. »Armer Junge. Von wem hast du die Nachricht?«

»Gehen Sie mal runter in den Schankraum. Alle wissen es, Monsieur. Ganz Potsdam dürfte schon darüber reden.«

»Verstehe. Ich danke dir, Lambert«, sagte ich, nach meiner anfänglichen Verärgerung über sein scheinbares Gefasel nun milde gestimmt. Das Schicksal der Menschen, die das Pech hatten, mit den Familien von Ribbeck oder von Wilmerstorff in Verbindung zu stehen, schien mich zu verfolgen, wo immer ich mich in Preußen aufhielt, in der Stadt oder auf dem Land, in Berlin oder in Potsdam. Ich fasste einen Entschluss.

»Hör zu, Lambert«, sagte ich. »Während ich mit Madame Denis Sanssouci besuche, wirst du dich im Puhlmann'schen Gasthof einmal vorsichtig unter den Soldaten umhören. Von mir aus lass auch deinen Pferdehaar-Charme bei der Mademoiselle dort spielen.«

Er machte große, begeisterte Augen. »Jawohl, Monsieur. Sehr gern, Monsieur. Worum geht es?« Ich erinnerte mich daran, wie gut ihm die Puhlmann'sche Bedienung gefallen hatte. Bevor er ihr das letzte Mal unter die Augen getreten war, hatte er mächtig Putz gemacht, zum Beispiel zwei Kartoffeln zugeschnitten, in die Hosentaschen gesteckt und grob gearbeitete Uhrketten an ihnen befestigt.

»Versuche herauszubekommen, Lambert«, erklärte ich ihm, »ob die Kleine oder jemand, der dort verkehrt, davon Kenntnis hat, dass vor einigen Wochen zwei junge Burschen, du weißt schon: Ludwig und Gregor von Gut Dahlem, von den Werbern gefasst und in Potsdam kaserniert wurden. Und wenn ja, finde heraus, wo und bei wem. Hast du verstanden?« Er nickte. »Gut. Und jetzt ab mit dir. Den Wagen! Wie ich dir schon befohlen hatte!«

Gegen zwei Uhr fuhren wir wie gewünscht im Vis-à-vis über das mangelhafte Pflaster durch die wie schon am Vortag belebte Stadt in nordwestliche Richtung. Es waren vor allem wieder zahlreiche Fuhrwerke, Handwerker und Soldaten unterwegs. Einmal, als ich einen zerstreuten Blick hinauswarf, zuckte ich kurz zusammen, denn mir war, als hätte ich einen Soldaten vorbeireiten sehen, einen Offizier, dessen athletische Gestalt und blasiertes Gesicht mich an Paxleben erinnerten, den bezahlten Favoriten der Gräfin von Wilmerstorff.

Wie gestern brannte die Sonne jetzt um die Mittagszeit von einem fast wolkenlosen Himmel, die Hitze war schier unerträglich, aber die Pantaloncina focht das nicht an. Sie erschien mir besonders anziehend an diesem Morgen, und sie wusste es. Sie trug eine leichte, hellgraue Robe mit Spitzen und blauen Bändern. Ihr ungepudertes, lose hochgestecktes dunkelblondes Haar hatte sich bereits etwas gelöst und fiel auf ihre Schultern, ohne dass sie es zu bemerken schien. Ich freute mich an ihrem stillen, freundlichen, etwas selbstvergessenen Ausdruck im weichen Gesicht. Wir hatten beim Frühstück kein Wort über die vergangene Nacht, dafür aber über ihre Zukunft als Tänzerin gesprochen. Sie sah das Ende ihrer Karriere in Berlin gekommen. »Der Charlottenburger Auftritt war mein letzter, lieber Freund. Ich werde nicht mehr tanzen. Die Krankheit macht es unmöglich. Und dann natürlich … mein Alter. Sie wissen es ja.« Ich hatte sie nur ernst und aufmerksam angeschaut. Ihre Offenheit und Ehrlichkeit sich selbst gegenüber berührten mich tief. Jetzt, in der Kutsche, betrachtete ich mit zärtlichen Gefühlen die zahlreichen Schweißtropfen, die wie winzige Perlen auf ihren weißen Nasenflügeln glänzten.

»Die Bildergalerie von Sanssouci«, scherzte die Pantaloncina, »ist natürlich der eigentliche Grund, warum ich Sie nach Potsdam begleite, Signore. Sie wissen vielleicht, es handelt sich hier nicht einfach um eine private königliche Gemäldesammlung, von denen es viele in Europa gibt, sondern um eine Galerie, die öffentlich zugänglich ist.«

»Eine erstaunliche Tatsache«, bemerkte ich. »Sofern man davon absieht, dass den in ihrer Stadt eingeschlossenen Potsdamern Galerie und Schloss dort draußen wie eine unerreichbare Oase in der Wüste vorkommen müssen.«

Schon der kurze Weg vom Brandenburger Tor, wo wir dem Wagen entstiegen und Lambert im Puhlmann'schen zurückließen, bis zur Bildergalerie hat etwas Königliches an sich. Dafür sorgt linkerhand der baumhohe Obelisk aus Sandstein, der dem königlichen Weinberg gegenüberliegt. Auf ihm befinden sich große fantasievolle Ornamente, die wie Hieroglyphen aussehen, aber gewiss keine sind. Der Obelisk erinnert mich an seinen älteren Bruder auf der Piazza Santa Maria Maggiore in Rom, vielleicht kannte Friedrich den Stich des Platzes von Piranesi.

Die Galerie selbst ist ein sehenswertes einstöckiges Gebäude, das in der Mitte einen runden Vorsprung, eine Kuppel und darauf einen kleinen Turm hat. Sie empfiehlt sich von außen durch ihre feine Bauart und von innen durch ihre Schönheit, Pracht und wahre Kostbarkeit. Den Zugang zu der Höhe, auf der sie steht, bildet eine Marmortreppe. Eine ebenfalls marmorne Terrassenwand ist mit Feldern aus Perlmuttschalen und Bergkristall nach Grottenart ausgelegt. Die Galerie hat Fenster aus Spiegelglas und im Innern beinahe schon zu viel Licht zum Betrachten der Bilder. Besonders an einem sonnendurchglühten Tag wie diesem.

Selbstverständlich begleitete ich meine kunstsinnige Freundin durch alle Bildersäle und Räume, die sie zu sehen wünschte. Doch ich musste feststellen, dass ich wegen des bald bevorstehenden Gesprächs mit dem König, dem alle diese kostbaren Kunstwerke hier *gehörten*, in immer größere Unruhe geriet, sodass ich Ihnen davon nur oberflächlich berichten kann, Madame. Im Wesentlichen handelt es sich um holländische und italienische Malerei, die hier ausgestellt ist. Leider in einer so dichten Hängung, dass einem schwindelt, selbst wenn man gerade keine Audienz beim König vor Augen hat.

Aus dem Vorsaal der Bildergalerie führt jedoch eine Treppe, über die man unvermittelt das Schloss Sanssouci erreicht. Es ist, man staune, ebenfalls gegen ein Entgelt für die profane Öffentlichkeit (nicht jedoch für den Adel) zu besichtigen. Sofern der König nicht anwesend ist. Er war es zu dieser Stunde noch nicht, erfuhren wir von dem zuständigen Kustos, einem schlecht gelaunten, aber ein gutes Französisch näselnden Mann in seinen Vierzigern. Seine Majestät würden erst gegen vier Uhr zurück sein, um »eine Art gehobenen Bittsteller« unter die Lupe zu nehmen, wenn er (der Kustos) das Gerücht richtig verstanden habe.

Sie werden darüber hoffentlich ebenso herzlich lachen wie ich inzwischen, Madame. Den gehobenen Bittsteller kannte ich zufällig persönlich. Die spöttische Bemerkung dieses Lakaien half mir so kurz vor der Audienz beim Großen König allerdings wenig, mein Nervenflattern zu zügeln. Es schwand aber jäh, als wir sahen, wie Friedrich wohnte, indem wir seine Privat- und Arbeitsräume besuchten und genauer in Augenschein nahmen.

Der erste Eindruck ist durchaus imposant. Die Wände des zweifenstrigen Arbeitszimmers sind mit meergrünem Atlas bespannt. Darauf liegt ein Gitter aus vergoldeter Holzschnitzarbeit, dessen Öffnungen von Gehängen mit Blumen und Vögeln belebt sind. Die Decke ist mit vergoldetem Stuck verziert. Der einfenstrige Nebenraum dient als Schlafzimmer. Er ist vom Hauptraum durch eine bronzene Balustrade abgetrennt, die von stehenden Putten gekrönt und von einem großen Bogen überspannt wird. Zu beiden Seiten der geschwungenen Alkovenöffnung befinden sich Spiegeltüren.

»Hinter dem rechten Spiegel ist ein Wandschrank, die linke Tür führt zur Bibliothek«, näselte der Kustos.

Alles sehr königlich, bis dahin. Wenn man nur nicht so genau hinsah. Tat man es aber, fiel einem in einer Ecke des Schlafzimmers hinter einem Wandschirm ein schmales, primitives Bett auf, das sicher noch aus dem Schlesischen Krieg überwintert hat. Hausrock und Pantoffel waren nicht zu sehen. Der Kustos zeigte uns jedoch (gegen einen entsprechenden Zuschlag) die Nachtmütze, die der König aufsetzt, wenn er erkältet ist.

»Anstatt des Schlafrocks tragen Seine Majestät ein Casaquin«, erklärte der Lakai weiter. »Wenn der König zu Bett geht, zieht er sich vor dem Kamin die Kleidung selbst aus und das Nachtcamisole an. Majestät legen auch selbst die Haartour ab, binden sich ein Tuch um den Kopf und ein anderes um den Hals. Die Strümpfe behält der König meist an.«

Die Pantaloncina schenkte dem Kustos ein zauberhaftes Lächeln, das selbst einem hartgesottenen Soldaten den Haarzopf gelöst hätte. »Und schläft denn der König immer ... allein?«, fragte sie ihn leise, wie unter alten Freunden.

»Nein«, gab der Kustos entsprechend vertraulich zurück. »Sein Favorithund teilt das Bett mit ihm. Doch das Tier ist nicht der Grund, warum Majestät so stark schwitzen.« Er senkte seine Stimme noch mehr. »Morgens werden die Strümpfe, das Camisole, das Tuch und die Bettstücke zum Trocknen vor den Kamin gehängt.«

»Sehr aufschlussreich«, bemerkte ich trocken. »Der König schläft mit seinem Hund, schwitzt des Nachts Ströme von Schweiß und trägt im Bett die Strümpfe, die schon den Tag über in seinen Stiefeln steckten.«

Außerdem, liebe Freundin, spielt der König nicht nur militärisch, sondern auch literarisch mit dem Feuer. Im Arbeitszimmer befand sich vor dem Sofa ein kostbarer, reichlich verzierter französischer Schreibtisch, auf dem alles Nötige zum Schreiben lag. Auch ein Stapel Manuskripte befand sich darauf. Die Blätter waren halb verbrannt und beinhalteten nach Auskunft von Friedrichs Lakaien die Geschichte des Großen Kriegs. Durch ein Missgeschick hätten die Hefte Feuer gefangen, und seitdem habe der König die Lust daran verloren.

»Gut so«, zischelte die Pantaloncina mir zu. »Ich zweifle, dass die Schrift außer zur Beschönigung des Elends, das jedenfalls *ich* in Berlin während des Krieges gesehen habe, etwas taugen würde.«

»Ich für meinen Teil hätte gern gewusst, was der große Friedrich *gestrichen* hat, statt was er hat stehen lassen«, entgegnete ich.

Gegen drei Uhr verließen wir Schloss und Park wieder, und die Pantaloncina ließ sich zum ›Roten Adler‹ zurückfahren. Ich begab mich zum Puhlmann'schen Gasthof. Zwei Gäste, würdige ältere Herren, verließen soeben das Wirtshaus, als ich dort ankam. Handwerker waren auf dem Dach mit Ausbesserungsarbeiten beschäftigt. Von der Allee, die nach Westen in eine Heidelandschaft führte, kam ein offener Zweispänner gefahren. Zur Linken sah man das jenseitige, leicht hügelige Ufer der Havel und in einiger Entfernung zur Rechten anscheinend die Anfänge des im Bau befindlichen Neuen Palais. Alles schien friedlich, rundherum schimmerte ein weiches, verführerisches Licht.

In dem Moment, als ich mich bereits wieder auf den kurzen Weg nach Sanssouci machen wollte, trat Lambert an mich heran.

»Nun, hast du etwas Wichtiges erfahren, Lambert?«, fragte ich ihn.

Er wiegte den Kopf leicht hin und her. »Vielleicht, Monsieur. Kann sein, kann nicht sein.«

»Lambert, bitte! Drück dich deutlich aus.«

»Na ja, die Trude, ich meine die Bedienung im Gasthof, sagt, sie hat so etwas läuten hören.« Er schwieg und sah mich erwartungsvoll an, so als hätte *ich* die Neuigkeit für ihn.

»Lambert, *was* hat deine Trude läuten hören?«

»Sie hat gehört, dass wirklich ein junger Rekrut vor ein

paar Wochen nach Potsdam gebracht worden ist. Sie hat's von irgendeinem redseligen Soldaten, der vor ihr prahlen wollte. Dieser Idiot hat kürzlich geholfen, dem Jungen die Peitsche zu geben. Weil er aufmüpfig war, sagt dieser Bastard.«

»Weiß deine Trude auch den Namen des Burschen und wo er untergebracht ist?«

»Ja, das weiß sie noch.« Seine Augen blitzten. »Er heißt Ludwig. Und kaserniert ist er bei einem Hutmacher mit Familie. Am Kanal, in einem stattlichen Gebäude, heißt es.«

»Ein Hutmacher in einem stattlichen Gebäude?« Ich zweifelte, dass dieses Gerücht der Wahrheit entsprach. »Gut, Lambert, darum kümmere ich mich später. Da!« Ich drückte ihm eine kleine Münze in die Hand. »Trink. Aber saufe nicht.« Er lief gleich los. »Trabe nicht, Lambert!«, rief ich ihm nach. »Du bist mein Diener. Contenance, zum Donner!« Doch er war schon hinter der Tür des Gasthofs verschwunden.

Früher Abend

Es war kurz vor vier Uhr, als ich durch ein kleines Tor in den Schlosshof von Sanssouci gelangte. Ich sah mich um, erblickte aber keine Menschenseele, keinen Lakaien, keinen Pförtner, keinen wachhabenden Soldaten. Auch an der Front des lang gezogenen Lustschlosses, dessen Zimmer alle zu ebener Erde liegen, tat sich nichts. Sanssouci lag in tiefem Schweigen. Der König, dachte ich, nimmt wie alle Mächtigen das Privileg für sich in Anspruch, zu spät zu kommen und Subalterne grundsätzlich warten zu lassen.

Ich stand etwa in der Mitte der Schloss-Terrasse vor der hinunterführenden Treppe, wandte dem auf wundersame Weise wie in sich selbst ruhenden Gebäude mit den Dutzenden Lastenträgerinnen, die das Gesimse schultern, den Rücken zu und warf einen Blick nach Süden.

Das Panorama, liebe Freundin, das sich so dem Betrachter öffnet, ist atemberaubend. Die sechsfache steinerne Treppe führt über ebenso viele Terrassen des schönen Weinbergs hinunter zu einem Lustgarten, geradewegs auf ein großes marmornes Wasserbecken, umgeben von vier Marmorgruppen und doppelt so vielen Marmorfiguren. Mein Blick schweifte bis zu der Brücke, über die man den Weg erreicht, der von Sanssouci nach Potsdam führt, und glitt über die vielen Bruststücke und Figuren im Königlichen Garten hinweg bis zur bläulich in der Ferne glitzernden Havel. Linker Hand schaute ich über die Stadt hinweg auf weitere Ansiedlungen und eine Hügellandschaft, die sich bis nach Klein-Glienicke hinziehen mochte.

Es war ein heiteres, lichtes Panorama, eines musisch veranlagten Königs allemal würdig. Ich seufzte ein wenig (weil ich dieser König nicht war) und zog eine meiner beiden Taschenuhren hervor. Es war jetzt genau vier Uhr. Und exactement in diesem Moment, Madame, hörte ich Schritte in meinem Rücken und das Bellen eines Hundes.

Ich drehte mich erschrocken um und sah den König auf mich zustaksen, am Stock, an seiner Seite ein unauffällig gekleideter Mann mit einem unbewegten, länglichen, krebsroten Gesicht, der in etwa mein Alter hatte, vermutlich Friedrichs Vorleser de Catt. Um beide herum, mal vorn, mal hinten, lief ein hübscher Spaniel, dem bei der Hitze unentwegt die Zunge aus dem Maul hing.

Der König lüftete den Hut und grüßte mich etwas spöttisch, wie mir schien, indem er meinen Anzug und meine Ringe betrachtete. Ich verkniff mir umgekehrt eine solche überhebliche Miene, obwohl ich mir kaum vorstellen kann, dass es, abgesehen vielleicht von Karl dem Zwölften von Schweden, jemals einen König gegeben hat, der so schlecht gekleidet war wie dieser Friedrich der Zweite von Preußen. Er trug die einfache Uniform seines Garderegiments, die nur mit einem Achselband und einem Stern verziert war. Die ehemals vielleicht weiße Feder an seinem riesigen Dreispitz sah aus wie vom kranken Federvieh verloren und soeben erst aus dem Kot gezogen. Der blaue Rock, bis oben zugeknöpft, war abgetragen und geflickt und voller Tabakkrümel und Flecken wie von Essensresten. Die Kniehose war aus schäbigem Samt und sogar löcherig. Er trug einen kleinen Messingdegen mit einem Porte-épée, von dessen Quaste nur noch der nackte Holzknopf übrig geblieben war. Die vergilbten, ehemals schwarzen Stiefel waren hoch am Oberschenkel mit einer simplen Schnur befestigt. Mit einer gewissen Genugtuung stellte ich fest, dass ich erheblich größer war als der kleine König, ich gebe ihm höchstens fünf Fuß vier Zoll.

Überhaupt ist sein Äußeres aus der Nähe betrachtet mittelmäßig. Sein Kopf hängt ein wenig zur rechten Seite hinüber (vielleicht spielt er zu viel Flöte). Seine Augen sind wasserblau und stark hervortretend, die Farbe seines eingefallenen Gesichts ist braunrot, ich fand darin nichts Angenehmes, Freundliches, sondern nur Strenge und Ernst oder Ironie und Spott. Seine Körperhaltung war leicht gebückt, sein Gang hatte etwas zugleich Nachlässiges und Stolzes, Gleiches gilt für seine Art, sich auf den in Gold gefassten Kopf seines Stocks zu stützen.

»Monsieur Casanova, Sie wollen mich sprechen. Was wünschen Sie von mir?«, fragte er laut und ohne Umschweife. Indessen fand sein Spaniel Vergnügen daran, sich an mein Bein zu heften, um mit ihm junge Hundbeine oder Beinhunde zu zeugen. Der König kümmerte sich nicht darum, sondern starrte mir ins Gesicht, weil er auf Antwort wartete. Ich war derart verwirrt über das Treiben des Spaniels – ich stellte ihn mir plötzlich bei gleicher Tätigkeit nachts im Bett am königlichen Bein vor –, dass ich gegen einen Lachreiz kämpfte und nicht umhin konnte, mit dem Gesicht zu zucken.

Der König reagierte irritiert, und auch sein Vorleser, der die ganze Zeit schweigend dabei stand wie der Schatten seines Herrn, ließ eine tiefe Furche auf der Stirn erkennen, die ihm sehr schlecht zu Gesicht stand. Endlich ließ der Hund von mir ab, hob nur noch kurz das Bein und versprühte achtlos wie gegen einen toten Ast ein paar kostbare Tropfen gegen meine weißen Seidenstrümpfe. Der König beliebte, den Streich seines Bettgenossen zu bemerken und lachte – das hätte ich auch getan, an seiner Stelle – und versetzte dem Tier einen sanften Tritt, mehr einen kleinen, liebevollen Verweis mit der schiefen Spitze eines seiner verdreckten Stiefel. An ihnen haftet sicher noch der Staub aus dem Krieg, den er sich nicht abwischt, wie es frisch Verliebte zuweilen mit der von einem Kuss geadelten Wange machen.

»Lassen Sie uns in den Garten gehen, Monsieur«, schlug der König vor und wies seinen Hund an, mit dem Vorleser zurückzubleiben. Vielleicht auch den Vorleser, bei dem Hund zu bleiben, ich weiß es nicht mehr. Jedenfalls gehorchten beide.

Mit einem eigentümlichen Gefühl an meiner benetzten Wade begleitete ich den König die Treppe hinunter und weiter bis zu einem Ensemble aus roten und weißen Marmorsäulen mit vergoldeten Skulpturen aus Sandstein und Bronze. Ich stellte mein Bein möglichst gegen die Sonne und fühlte mit Genugtuung, dass der vom königlichen Spaniel geadelte Strumpf rasch trocknete.

Der König zog eine glatte, runde Tabatiere aus Maserholz aus seiner Tasche und fragte mich, was ich von seinem Garten hielte. Ich lobte ihn über die Maßen. So sehr, dass er mich bereits für einen Gartenbauexperten hielt.

»Würden Sie ihn mit Versailles vergleichen?«

Ich erkannte natürlich die Falle, die er mir stellte, und verneinte.

»Aber nur wegen der fehlenden Wasserspiele, Majestät.«

Jetzt hielt er mich sogleich für einen Fachmann in Sachen Wasserbau. Ich widersprach ihm nicht, war jedoch glücklich, dass ich das Gespräch auf die Kosten lenken konnte, die doch gewiss zusammen mit den Fontänen in die Höhe schießen würden.

»Sie sind also auch Finanzfachmann, Monsieur. Was halten Sie von der Lotterie nach Genueser Art?«, fragte er wieder wie aus der Pistole geschossen. Es war überhaupt seine Art, die Themen blitzartig zu wechseln und so den Gesprächspartner wie einen Hasen vor sich herzutreiben.

Er wusste natürlich durch den Lordmarschall um meine Verbindung zu Calzabigi und blickte mich gespannt an. Nun, was die Lotterie betraf, war ich wirklich Fachmann. Ich wusste, wenn man die Einsätze richtig berechnete, war der Gewinn für den Lotterie-Unternehmer eine sichere Sache. Deshalb versuchte ich es von einer anderen Seite.

»Geschäftlich gesehen«, sagte ich, »kann man dabei kaum etwas verlieren. Allerdings kommt es auf den Unternehmer an, ob er die Gewinne auszahlt oder damit über alle Berge zieht.«

Der König lachte. »Nur zu, nur zu, Monsieur«, ermunterte er mich weiterzureden.

»Rundheraus gesprochen, Majestät, Calzabigi ist hoch verschuldet ...«

»Ich weiß, ich weiß. Weiter.«

»Nun, dann brauche ich Ihnen das Risiko nicht weiter vor Augen zu führen, das nicht den Namen Lotterie, sondern Calzabigi trägt. Aber ausschlaggebend für einen König, der sich als Glücksspiel-Unternehmer betätigen will, ist natürlich, ob er es seinem vertrauensseligen Volk zumuten möchte, für eine beinahe sichere Niete bei bis zu fünf Richtigen aus neunzig Nummern die sauer verdienten Groschen zu zahlen.«

»Sie halten es also für eine Gaunerei, Monsieur, eine Staatslotterie zu betreiben?«, fragte er mich in scharfem Ton. Ich zog es vor, mit einer indifferenten leichten Verbeugung darauf zu antworten.

Damit war das Thema erledigt. Und ich hoffte, der elende Calzabigi würde es auch sein. Es wird sicher nicht lange dauern, Madame, bis ich davon erfahre, wie der König sich hinsichtlich der Lotterie entschieden hat. Europa kennt ihn als einen Mann rascher Entschlüsse.

Friedrich fragte mich abschließend noch einiges über meine Heimat, insbesondere über den Umfang der venezianischen Kriegsflotte und der Landtruppen. Ich servierte ihm Zahlen, die ich mir rasch zusammenfantasierte.

Der König lachte lauthals. »Zwanzig hochbordige Schiffe, ebenso viele Galeeren und siebzigtausend Mann Landkräfte? Sie erzählen mir Märchen, Monsieur.« Womit er natürlich recht hatte.

Dennoch fühlte er sich offenbar amüsiert wie von einem geistreichen Narren. Zum Schluss musterte er mich wieder von den Schnallenschuhen bis zum Kopfputz, aber diesmal ohne ironischen Ausdruck im Gesicht.

»Sie sind ein sehr schöner Mann, Monsieur«, sagte er dann etwas gedehnt. »Ich werde mit Lordmarschall Keith über Sie sprechen. Sie hören von ihm.« Er verabschiedete sich, indem er seinen schäbigen Hut lüftete, sich lächelnd umwandte und mich zwischen all seinen Putten und Statuen und Figurinen stehen ließ. Ich fühlte mich wie eine von ihnen.

Montag, 9. Juli, neun Uhr am Abend

Die Audienz beim König hatte am Ende keine halbe Stunde gedauert. Gegen fünf Uhr am Nachmittag befand ich mich wieder im Puhlmann'schen Gasthof, wo ich Lambert im innigen Zwiegespräch mit einer Bouteille Rotwein fand. Seine Trude aber war ganz damit beschäftigt, eine Handvoll Offiziere zu bedienen, die sich beim Kartenspiel lautstark unterhielten und ihr ein ums andere Mal um die straffe Taille griffen. Lambert wirkte dennoch verhältnismäßig nüchtern. Was daran lag, dass er zuvor deftig gespeist hatte, sogenanntes Blitzgulasch – hoffen wir, dass es sich nicht um das Fleisch eines vom Blitz getroffenen Schweins handelte.

Ich verspürte ebenfalls Hunger, verzichtete jetzt aber auf eine Mahlzeit, um lieber später mit der Pantaloncina in unserem Gasthof zu soupieren. Stattdessen ließ ich Lambert einen Wagen ordern und mich zu dem Haus des Hutmachers fahren.

Lambert hatte sich im Wirtshaus eine genauere Beschreibung des Hauses geben lassen und fand es jetzt auf Anhieb. Ein erstaunliches Gebäude, Madame! Die durchlaufende Pilastergliederung, die zahlreichen Skulpturen auf dem klassisch-römischen Dach, dann die mit reichlich Ornamenten verzierten Fenster – das Haus erinnerte eher an ein Lustschloss, aber nicht an ein einfaches Wohnhaus für eine Handwerkerfamilie.

Es entpuppte sich denn auch als ein Gebäude, hinter dessen Fassade sich gleich zwei Parzellen befanden, die auf diese Weise für den äußeren Betrachter zu einer imposanten Front zusammengefasst waren. Die Prunkfassade vermittelte den Eindruck, das Haus werde von wohlhabenden Aristokraten bewohnt, nicht von Handwerkern und niederen Soldaten.

Die Familie des Hutmachers wohnte im Erdgeschoss, die Wohnung war über den Hausflur erreichbar. Der Hausherr, der die Tür öffnete, wunderte sich über mein Erscheinen nicht weniger als ich mich über seine Wohnung, in die er uns nun einließ. Sie war klein, niedrig, verwinkelt, stickig und vor allem dunkel. Das lag daran, dass die Stockwerkhöhe der italienischen Fassade nicht mit den dahinter liegenden Wohnungen übereinstimmte. Dadurch schnitt die Decke zum ersten Stock den oberen Teil des hoch angesetzten Fassadenfensters und sperrte damit einen großen Teil des Lichts aus. Ich schloss daraus, dass sich die Bewohner der darüber liegenden Etage auf den Fußboden legen mussten, um zu lesen, zu schreiben oder auch nur einen Blick hinauszuwerfen. Es war grotesk!

Auf eine entsprechende Bemerkung von mir erklärte der Hutmacher, ein kleiner, magerer Mann mit aschgrauem Gesicht, meinem Übersetzer Lambert mit ziemlicher Bitterkeit, die hochherrschaftliche Fassade sei ein ›Geschenk‹ des Königs an seine Untertanen. Ein Danaer-Geschenk, Madame, das die Beschenkten teuer zu stehen kommt, denn für die hohen Unterhaltskosten müssen die unfrohen Eigentümer ohne die Unterstützung des Königs aufkommen.

Lambert erklärte dem Hutmacher unser Anliegen. Als der Name Ludwig fiel, weiteten sich seine Augen zunächst vor Schreck. Denn als Wohnungswirt war er für die Soldaten, die man ihm ins Nest setzte, mitverantwortlich, wie ich, liebe Freundin, zuvor schon allgemein erwähnte. Er musste ihnen nicht nur unentgeltlich Wohnraum und Küche zur Verfügung stellen, sondern auch für Licht und Holz aufkommen. Selbst für eventuelle Vergehen ›ihrer‹ Soldaten werden die unfreiwilligen Wirtsleute zur Rechenschaft gezogen.

Doch zum einen winkte ich dem Hausherrn mit klingender Münze, zum anderen begriff er schnell, dass es sich bei einem italienischen ›Edelmann‹ wohl kaum um einen königlichen Spion handeln konnte. Das Eis war gebrochen.

Der Hutmacher lebte mit seiner Frau, die ebenso abgewirtschaftet aussah wie ihr Mann, und drei noch kleinen Töchtern im vorderen Teil der Wohnung, die aus Stube und Küche bestand. Gleich nebenan befand sich die Soldatenstube. Und nun erfuhren wir endlich, dass der von ihnen beherbergte Ludwig noch immer derart krank sei, dass man ihn nicht mit den anderen drei Soldaten zum Exerzieren habe schicken können.

»Der Ludwig hat Fieber bekommen. Ist einfach auf seiner Matratzenhälfte liegen geblieben«, erklärte die Frau mit einem Gesicht, in dem das Leiden am Leben dauerhaft Wohnung gefunden hatte.

Ich bat den Mann, den Burschen sehen zu dürfen, und betrat, da er nichts dagegen einzuwenden hatte, den angrenzenden Raum.

Das Soldatenzimmer fühlte sich trotz der Hitze des Tages feuchtwarm an, es roch nach Schimmel und war erfüllt von dem schmutzigen grauen Licht, das durch das verdreckte Fenster hereinfiel. In dem winzigen Raum befanden sich zwei Matratzen, auf einer lag unter einer dünnen erdbraunen Decke ein schwitzender, totenblasser Junge mit kurz geschorenem Haar, eingefallenen Wangen und hellen Augen, die aus riesigen dunklen Höhlen auf ein diffuses Ziel gerichtet waren. Dieser Knabe von vielleicht vierzehn, fünfzehn Jahren war bereits auf halbem Weg in eine andere Welt.

Ich beugte mich zu ihm hinab und berührte vorsichtig seine von Blutkrusten, schwarzen Flecken und tiefen Rissen entstellten Hände. Kein Zweifel, dass sein ganzer Körper so aussehen musste. Der Junge zuckte zusammen und zog die Hände von mir zurück, als hätte ich sie mit einem brennenden Kienspan angezündet.

Ich stand auf und rief Lambert. »Frage den Jungen, wie er heißt. Aber leg ihm den Namen nicht in den Mund, hörst du! Frag ihn gleichfalls, wie sein Großvater heißt.«

Lambert näherte sich dem Burschen mit einigem Widerwillen, da er sich vor der Krankheit des Jungen fürchtete. Doch dann sah auch er die Verletzungen und sprach leise mit ihm, wie ich ihm gesagt hatte. Der Junge antwortete jeweils nach einer längeren Zeit, als müsse er sich erst besinnen und aufs Äußerste konzentrieren. Zwei Namen presste er zwischen den kaum geöffneten, aufgeworfenen Lippen heraus: Ludwig. Und Bernward.

Wir verließen das Zimmer, Lambert ebenso betroffen wie ich. Es gab für mich keinen Zweifel, dass es sich um den Enkelsohn des Pferdeknechts von Gut Dahlem handelte. Der misshandelte Junge musste sterben, wenn er nicht umgehend behandelt wurde. Ich gab dem Hauswirt erneut Geld und sagte, er solle davon einen Apotheker kommen lassen. Der solle sich den Kranken ansehen und ihm die richtige Medizin geben und Verbände anlegen.

Der Hutmacher versprach es und verabschiedete uns unter mehrfachen Verbeugungen. Ich vertraute ihm.

Draußen, mit dem Rücken zur Fassade des Königs, den Blick auf den Stadtgraben gerichtet, fühlte ich mich mit einem Mal selbst sterbenskrank.

Ein Viertel nach elf

Gleich nach meiner Rückkehr in den ›Roten Adler‹ musste ich der Pantaloncina, die in ihrer bemerkenswerten preußischen Karriere dem König häufig begegnet war, alles haarklein von meiner Audienz bei Friedrich schildern. Sie hat sich sehr amüsiert. Am meisten lachte sie über die äußere Erscheinung des Königs, kommentierte sie dann aber recht bitter:

»Die Schlamperei sieht ihm ähnlich. Ich kenne ihn, ich versichere Ihnen, Signore, es ist der pure Hochmut, dass er sich so nachlässig kleidet. Er verachtet im Grunde die ganze Menschheit und findet es nicht nötig, dem Gast dadurch Ehre zu erweisen, dass er sich angemessen kleidet.«

Ein vernichtendes Urteil. Sie ließ nicht einmal mein Gegenargument gelten, dass Friedrich sich mir gegenüber alles in allem doch recht anständig verhalten habe.

»Der König ist nichts als Hochmut, ich bleibe dabei. Hochmut und Geiz. Ich will gar nicht von all den entwürdigenden Kämpfen um die Gagen anfangen, die Denis in meinem Namen mit ihm geführt hat. Um ein anderes, nicht mich betreffendes Beispiel zu geben, Signore: Als Friedrich, der Musikfreund, eines Tages davon erfuhr, dass in Italien zwei Kastraten mit wunderbaren Stimmen bereit waren, nach Berlin zu kommen, ließ er nur einen von ihnen kaufen und schimpfte: ›Was wollen wir mit all den Wallachen!‹ Ich habe es aus sicherer Quelle. Da haben Sie beides in einem: Geiz und Verachtung. – Übrigens riechen Sie das auch?«, unterbrach sie sich plötzlich und blickte mit zusammengezogenen Brauen und witternder Nase im Zimmer umher.

»Was meinen Sie, Schönste?«

»Ich meine diesen, wie soll ich sagen, *Geruch*. Wie von Katzen. Sie verstehen.«

Ich verstand. Doch es war nicht Katze, was sie roch, sondern die königlich-hündische Duftmarke, die Friedrichs Spaniel an meinem Bein hinterlassen hatte. Ich hatte schon nicht mehr daran gedacht und wechselte schnellstmöglich die Strümpfe (nebenbei bemerkt, von *Gérard & Michelet* in Paris), ohne Lambert zu bemühen. Anschließend erfrischte ich meinen ganzen Körper mit Orangenduft (ein Wasser übrigens, direkt von der Insel Malta bezogen), besonders aber die rechte Wade.

Wir speisten wie am Vortag auf unserem Zimmer und besichtigten, da das Wetter noch immer schön, jetzt am Abend aber nicht mehr so heiß war, erneut die nähere Umgebung rund um das Schloss und die Kirche der Lutheraner, denen der König ein Aussehen verliehen hat, wie es römisch-katholischer nicht sein könnte. Die Pantaloncina wusste auch dazu eine Anekdote zu erzählen, mag sie nun stimmen oder nicht. Als die Priester der Nikolaikirche sich beim König beschwerten, durch die italienische Fassade werde der Innenraum der Kirche verdunkelt, soll er nur gelacht und geantwortet haben: »Steht nicht in der Bibel: ›Selig sind die, die nicht sehen und doch glauben‹ et cetera?«

Vielleicht hat die Pantaloncina doch recht, und Friedrich ist am Ende nichts als ein Zyniker, der als Einziger über seine bösen Späße lachen kann.

Der Tag der bemerkenswerten Begegnungen war jedoch noch nicht vorbei, Madame. Wir hatten kaum das Pflaster des Alten Markts betreten, da ritt Paxleben direkt an uns vorbei. Ein Zweifel war diesmal ausgeschlossen. In Begleitung zweier anderer Offiziere strebte er dem Exerzierplatz hinter dem Schloss zu. Er beliebte sogar, mich zu kennen und, kaum zu glauben, deutete, als er die Pantaloncina an meiner Seite erkannte, eine dezente Begrüßung vom hohen Ross herab an. Dass er mich in so vertrautem Umgang mit der berühmten Tänzerin sah, stimmte ihn offensichtlich milde.

Trotzdem hatte ich keinen Spaß daran, ihm zu begegnen, und der Spaziergang wurde mir endgültig verdorben, als gleich mehrfach auf unserer Runde das entsetzliche Donnern der Lärmkanone durch Potsdams Straßen hallte. Jedes Mal das Zeichen dafür, dass ein Soldat desertiert war. Die Verfolgungsjagd nach den Fahnenflüchtigen wurde damit eröffnet. Gott sei ihrer armen Körper gnädig, wenn sie gefunden und eingefangen werden.

Die Pantaloncina war zwar ebenfalls tödlich erschrocken über den Lärm, sie beruhigte mich aber, dass auf diese Weise kein neuer Krampfanfall bei ihr ausgelöst werde. Ich schlug dennoch vor, auf kürzestem Weg zum Gasthof zurückzukehren. Eine Garnisonsstadt ist nun mal kein Lustort und die Seele kein Hammerwerk.

»Es ist schön«, sagte sie und strahlte mich an, »dass Sie sich so um mich sorgen, Casanova.«

»Nein, Signora«, erwiderte ich. »*Sie* sind es. Sie sind schön, wenn man sich um sie sorgt.«

Auch in dieser Nacht, liebe Freundin, war ich der zärtliche Freund der kleinen Tänzerin, die nach ihren Zitteranfällen diesmal in der Liebe eine Ausdauer und Zähigkeit bewies, die ich nicht für möglich gehalten hätte und mir mein nicht mehr ganz so junges Alter bewusst machte. Für meinen Zustand am anderen Morgen würde ich so weit gehen, ihn mit einer bis auf den letzten Tropfen ausgepressten Orange zu vergleichen. Ich war glücklich, denn ich hatte Glück gespendet in dieser Nacht. Es gibt, liebe Freundin, kein schöneres Gefühl, als wirklich gebraucht zu werden.

Dienstag, 10. Juli, um sechs Uhr am Abend

Es war noch recht früh, gegen neun Uhr am Morgen, als wir die Kutsche der Pantaloncina bestiegen und Potsdam auf dem bekannten Weg verließen, um nach Berlin zurückzufahren. Es hatte über Nacht geregnet, die Hitze der Vortage war verdampft, unter einem luftigen, hell gestimmten Himmelssaal atmete die Natur wieder auf. Allerdings bot der noch nasse märkische Sand den Rädern der Kutsche wenig Halt. Zeitweise mutete die Fahrt durch das Hin- und Herschlenkern des ganzen Wagenkörpers wie eine Reise mit dem Schiff durch unruhige See an.

Während die Kutsche ächzte und knarzte, musste ich wieder an den Burschen Ludwig denken. Der junge Zwangssoldat tat mir leid. Ich hatte Lambert noch vor unserer

Abreise ein weiteres Mal zum Hutmacher geschickt, um sich nach dem Gesundheitszustand des Jungen zu erkundigen. Lambert fand ihn trotz der Arznei eines Apothekers nicht kräftiger als am Tag zuvor. Ludwigs Zustand war ohne Zweifel lebensbedrohlich.

Ich war an dieser Stelle meiner Gedanken, als plötzlich von der rechten Seite her ein Knall die Luft zerfetzte. Ohne Zweifel ein Schuss. Die Strecke, die wir soeben zurücklegten, befand sich ein Stück des Wegs hinter der Glienicker Brücke und war im Unterschied zu vorher weniger sandig, der Untergrund fester und vergleichsweise gut befahrbar. Die Straße war von hohen Buchen und Eichen gesäumt, Vorboten der Wälder, die sich nun sattgrün zu beiden Seiten vor uns erstreckten.

Die Pferde scheuten bereits nach dem ersten Schuss, doch unmittelbar nach dem zweiten, der jetzt explodierte und dessen Geschoss direkt über uns durch die Luft schwirrte, wieherten sie laut vor Entsetzen und gingen durch. Es gab ein fürchterliches, Magen hebendes Schlingern, ein Poltern und Rattern in allen Gelenken und Rädern des Wagens. Plötzlich sprang die Tür auf und meine kleine Tänzerin wurde um ein Haar aus dem Wagen geschleudert. Es gelang mir nur mit einer reflexhaften Bewegung, sie an ihrer Kleidung festzuhalten und sie wieder zu mir in den Wagen zu zerren. Unterdessen begann eine wahre Höllenfahrt. Die Pferde wieherten panisch und galoppierten, was das Zeug hielt. Wir hörten im Innern des Fahrzeugs die verzweifelten Rufe des Kutschers und Lamberts, um die Gäule zu bändigen, doch es gelang ihnen nicht. Der Wagen wurde in chaotischer Weise hin und her geschleudert, wir donnerten über Steine und Äste, es krachte auf eine so infernalische Weise, dass es sich anhörte, als sei der Jüngste Tag gekommen. Bäume und Landschaft zogen in einem wilden Tempo, das alle Konturen auflöste, an uns vorbei. Die Pantaloncina klammerte sich wie ein Affe an mir fest, dabei hatte ich selbst Halt nötig, und noch immer hing die Tür lose in den Angeln und krachte bei jedem Schlenker gegen den Rahmen.

Ich kann nicht sagen, wie lange das alles dauerte, aber die Fahrt ging schließlich ein wenig hügelan und die Pferde waren am Ende ihrer Kräfte. Plötzlich rutschte die Kutsche hart nach rechts ab, und wir hörten den Kutscher entsetzt aufschreien. Eine endlose Sekunde lang sah es so aus, als würden wir uns überschlagen, doch schließlich kam der Wagen unter einem seltsam knarzenden Geräusch zum Stehen.

In einem Anfall von Panik presste ich die Pantaloncina noch fester an mich. Und plötzlich tauchten der todbleiche Lambert und der Kutscher – er blutete stark am Kopf und bot einen grausigen Anblick – auf, um uns hinauszuhelfen. Ich fiel mit der Pantaloncina in das feuchtwarme Gras neben dem Graben, und wir zitterten beide vor Schrecken am ganzen Körper wie zwei in klirrender Winterkälte ausgesetzte Hunde.

Der Kutscher, der zum Schluss vom Sitz gestürzt war und sich jetzt die blutende Stirn mit der Hand hielt, war außer sich und machte Lärm, dass wir in den Wald flüchten sollten, da es sich ohne Zweifel um einen Angriff von Straßenräubern handele. Doch zum einen befanden sich zu unserer Verteidigung die Pistolen hinten in einem Kasten der Kutsche. Zum anderen waren die Pferde eine so lange Strecke in wildestem Tempo davongerast, dass kein Reiter der Welt uns hätte folgen können. Jedenfalls nicht im Schutz des Waldes. Denn auf der freien Strecke, die hinter uns lag, war weit und breit niemand zu sehen. Es gelang

Lambert, der bis auf ein paar Schrammen unverletzt geblieben war, den Kutscher schließlich zu beruhigen.

Wie durch ein Wunder war die Pantaloncina unverletzt geblieben. Ich vermute, dass sie als Tänzerin über eine unwillkürliche Körperbeherrschung verfügt, die ihr auch in einem solchen Fall zugute kam. Ich selbst hatte mir anscheinend den Oberarm und die Schulter verrenkt, noch verhinderte der Schock, dass ich Schmerzen spürte.

Dennoch waren wir alles in allem mit dem Schrecken davongekommen. Selbst die Kopfverletzung des Kutschers stellte sich bei näherer Untersuchung durch Lambert als Platzwunde, die nur sehr stark blutete, heraus.

Allmählich waren wir in der Lage, den Schaden zu begutachten. Die Kutsche steckte mit den Rädern der rechten Seite im Graben, der aber zum Glück nicht allzu tief war. Die Pferde dampften und schwitzten und wieherten nervös, der Schrecken und die Erschöpfung steckten ihnen gleichermaßen in den Gliedern. Doch sie waren im Geschirr und standen sogar noch auf der Straße, und das Leitpferd begann sich offensichtlich schon wieder zu beruhigen. Nach einer Weile waren sie dazu fähig, den leeren Wagen herauszuziehen, und so setzten wir die Fahrt in langsamstem Tempo bis zur nächsten Poststation fort, wo wir die Pferde versorgen ließen und neue mieteten, um unsere Fahrt nach Berlin fortzusetzen.

Ich befinde mich nun, liebe Freundin, mit einer schmerzenden Schulter, aber sonst wohlbehalten wieder in der Wohnung der Pantaloncina. Sie hat den Unfall an Leib und Seele scheint's gut verwunden. Wir lachten, als wir versuchten, uns gegenseitig darin zu überbieten, wer von uns beiden wohl mehr Kutschenunfälle in seinem Leben überlebt hat. Ich trug den Sieg davon, gestattete ihr aber die Entschuldigung, dass dies an meinem fortgeschrittenen Alter liegen müsse.

Lambert verliert über den Vorfall kein Wort mehr. Es scheint, dass er vielmehr seiner Trude im Puhlmann'schen Gasthof nachtrauert, bei der er keinen Erfolg hatte. Der Kutscher dagegen scheint doch ernsthafter, als anfangs gedacht, am Kopf verletzt zu sein. Ein Arzt hat ihn bereits mehrfach zur Ader gelassen, dennoch (oder infolgedessen?) verschlechtert sich sein Zustand zusehends. Der arme Teufel wird uns doch nicht unter den Händen des Arztes sterben?

Gegen zehn am Abend

Sobald meine Schulter wiederhergestellt sein wird, Madame, statte ich Gut Dahlem einen unerwarteten Besuch ab. Hauptsächlich des alten Pferdeknechts wegen, das schulde ich ihm. Lambert wird dem Alten mitteilen, wo sein Enkel zu finden ist. Nebenbei werde ich die Gräfin darüber aufklären, dass ich mittlerweile ihren Gatten besser kenne als sie ihn, da ich im Unterschied zu ihr um seine wahren sinnlichen Vorlieben weiß. Das wird mir eine gewisse Genugtuung verschaffen, wenngleich keine Befriedigung. Offen gestanden, es kränkt meine Eitelkeit nicht wenig, statt der erhofften Eroberung der stolzen ›Johanna von Preußen‹ nur das Opfer ihres Vexierspiels aus irreführenden Andeutungen und offensichtlichen Lügen geworden zu sein. Dabei ist mir das Schicksal des Grafen herzlich gleichgültig. Mich hätte aber die *Wahrheit* interessiert, die *dahinter* liegende Geschichte. Ich frage mich, auf welche Art von Affäre bin ich hier eigentlich gestoßen? Eine Bagatelle? Oder ein kapitales Verbrechen?

Darauf werde ich nun keine Antwort mehr finden, denn von Dahlem aus werde ich mich zum Herrensitz des Barons begeben. Der Anstand gebietet es, ihm seinen Auftrag in aller Form zurückzugeben und damit die ganze törichte, unerquickliche Angelegenheit abzuschließen. Ich will wieder meinen Frieden vor den Ribbecks und Wilmerstorffs dieser Welt haben.

Ich werde Ihnen, liebe Freundin, daher wohl kaum noch Interessantes von meiner preußischen Criminalaffaire berichten können und warte stattdessen auf eine Nachricht von Keith darüber, welche Pläne der König mit mir nun hat. *Falls* er welche hat.

Ein Platz für mich an der Akademie der Wissenschaften wäre sicherlich wünschenswert, und ich erwäge in Erwartung einer solchen Aufgabe, die Arbeit an einem klassischen Problem der antiken Mathematik wieder aufzunehmen: der Verdoppelung des Würfels. Es geht darum, zu einem gegebenen Würfel die Kantenlänge eines zweiten zu bestimmen, dessen Volumen das Doppelte des ursprünglichen Würfels beträgt. Die Aufgabe hat keine praktische Bedeutung, ist jedoch mehrfachen mythischen Ursprungs: Die Delier erhielten vom Orakel in Delphi die Aufgabe, zur Abwendung einer tödlichen Seuche den würfelförmigen Apollo-Altar zu verdoppeln. Und auch König Minos von Mykene gab einen Grabstein für seinen Sohn Glaukos in Auftrag, der doppelt so groß sein sollte wie der bisherige, zu klein ausgefallene Stein in Würfelform.

Lambert brachte mich auf das Thema, er befasst sich nebenher schon lange damit, wenngleich auf seine übliche verquere Weise. Eine gelehrte Diskussion mit ihm ist natürlich nur in Ansätzen möglich, aber immerhin! Unser Streit geht hauptsächlich dahin, dass Lambert, wie ich Ihnen bereits berichtete, davon ausgeht, jeder Körper sei teilbar bis ins Unendliche. Ich bin jedoch davon überzeugt, dass die Teilbarkeit eines jeden Körpers irgendwann ein Ende haben muss, wie die Griechen dies mit ihrem Begriff des unteilbaren Atoms sehr zutreffend bestimmt haben.

Lambert besitzt die Frechheit, mir zu widersprechen und behauptet, er habe sein halbes Leben darauf verwendet, das Würfelproblem zu lösen und sei zu der Überzeugung gelangt, das Ergebnis sei »nicht von dieser Welt« der uns bekannten Zahlen, sondern liege »irgendwo dazwischen im Unendlichen«. Mit Lineal und Zirkel könnten wir uns der Lösung daher nur unvollkommen annähern, sie niemals vollständig erreichen. Ich lasse ihn reden. Als Advokat des Teufels schärft er die Klinge meiner eigenen Beweisführung. Die ich Ihnen, verehrte Freundin, alsbald näherzubringen hoffe. Dann womöglich bereits als Mitglied der Königlichen Preußischen Akademie der Wissenschaften zu Berlin.

Ihr untertänigster, stets nach Ihnen dürstender
Casanova.

Postscriptum: Es ist bestürzend: Der Kutscher ist tot. Für alle im Haus der Pantaloncina ist es unfassbar, dass die harmlòs scheinende Kopfverletzung infolge unseres Kutschenunfalls eine so furchtbare Wirkung gehabt haben soll. Mein Vertrauen in das Können der Ärzte ist jedenfalls ernstlich erschüttert. C.

Das Lamm

Freitag, 20. Juli 1764,
Haus der Pantaloncina, um neun am Abend

LIEBE FREUNDIN, ich bin beglückt zu sehen, in welchem Maße Sie an meinem Schicksal in Preußen Anteil nehmen. Insbesondere Ihre Freude über meine Ambitionen, Mitglied der Akademie der Wissenschaften zu werden, ehrt mich. Ich danke Ihnen daher als Erstes dafür, dass Sie die geplante Veröffentlichung meiner Arbeit über die Verdoppelung des Würfels mit dem gewohnten liebevollkritischen Blick begleiten. Sie erstaunen und beschämen mich, Madame, mit Ihrer Gelehrsamkeit. Und mit dem Hinweis, dass mein Bedienter trotz seiner wirren mathematischen Argumentation am Ende Recht gegen mich behalten könnte!

Ich gestehe, liebe Freundin, im ersten Moment war ich ein wenig irritiert deswegen. Aber ich bin stets bereit, die Objektivität einer Beweisführung anzuerkennen. Sie verweisen auf ein ähnliches Problem beim Goldenen Schnitt. Auch dort, so klären Sie mich auf, konnte das mathematische Problem nur mit angenäherten Zahlwerten gelöst werden, ganz so, wie Lambert es annimmt. Nun gut, ich werde die von Ihnen genannten Quellen aufzuarbeiten wissen.

Ich bin Ihnen außerdem zu Dank verpflichtet, kluge Freundin, dass Sie sich um meinetwillen die Mühe machten, das Thema auch mit den Herren Jan Tesánek und Stanislav Vydra aus Prag zu diskutieren. Ich hatte keine Ahnung, dass Sie mit den beiden Mathematikern in brieflicher (auch in sonstiger?) Verbindung stehen. Offen gesagt kannte ich nicht einmal ihre Namen.

Ihr zusätzlicher Hinweis auf le Rond d'Alembert aber hätte mich vermutlich vor einer entsetzlichen Peinlichkeit bewahrt. Natürlich kenne ich seinen Namen, noch besser sein Spielsystem für das Roulette. Seine Spiel-Theorie entbehrt zwar noch des praktischen Beweises ihrer Richtigkeit, aber nützlich ist sie allemal. Beim Roulette kommt es meiner Erfahrung nach letztlich nicht darauf an, welches, sondern *ob* man ein System hat; nur mit einem System, an das man glaubt, sammelt man den nötigen Mut zum Einsatz und gewinnt die innere Ruhe auch in der Krise. Mir war jedoch gänzlich unbekannt, dass d'Alembert bereits Mitglied in Friedrichs Akademie ist und zudem seit Jahren zum Würfelproblem arbeitet. Sie sind also wirklich der Ansicht, er stehe inhaltlich Lambert näher als mir?

Ich sagte, Madame, Ihr dankenswerter Hinweis auf le Rond d'Alembert *hätte* mich vor der schlimmsten Peinlichkeit bewahrt, wenn ich mit meiner Arbeit vor der preußischen Akademie aufgetreten wäre. Aber es wird nicht dazu kommen. Man nimmt mich nicht auf. Friedrich sieht meine Fähigkeiten offensichtlich nicht (oder nicht in erster Linie) auf dem Gebiet der exakten Wissenschaften. Sondern – in der Erziehung. Wer hätte das gedacht!

Er bietet mir eine Anstellung als Ausbilder an einer Adels-Akademie an, die kommendes Jahr in Potsdam eröffnet werden soll. Ein gutes Dutzend der begabtesten preußischen Kadetten soll dort von bekannten Gelehrten unterrichtet werden. Ich erfuhr all dies vom Lordmarschall anlässlich eines Soupers, das die Pantaloncina vor ein paar Tagen gab. Was die Honorierung dieser Stellung angeht, hielt Keith sich bedeckt.

»Schauen Sie sich das Ganze einmal an, Casanova«, riet er mir freundlich, wenngleich mir auch eine gewisse Skepsis in seiner Miene auffiel. »Die Anstalt ist provisorisch im Königlichen Marstall untergebracht …«

»Pardon, Mylord, ich verstand fälschlicherweise: im Marstall.«

Er lachte herzhaft auf. »Sie haben richtig gehört, Monsieur. Doch keine Bange, ich spreche vom oberen Stockwerk, nicht von den eigentlichen Ställen. Ich rate Ihnen, lassen Sie sich nicht zu lange Zeit damit, sich zu entscheiden. Ein König wartet nicht gern.«

»Mit Verlaub, Mylord, niemand wartet gern. Ich werde den König nicht enttäuschen«, versprach ich.

Ich plane den Besuch meiner vielleicht künftigen Wirkungsstätte, liebe Freundin, für den kommenden Montag. In den vergangenen Tagen war dieser Termin, wenngleich avisiert, schlechterdings unmöglich. Schuld daran war erneut mein preußisches Land-Abenteuer, das sich erneut ganz anders entwickelte, als ich dies hätte vorausahnen können. Ich gedachte, wie ich Ihnen schrieb, die Angelegenheit ein für allemal zu beenden. Stattdessen ist zum bösen Schluss nun *wirklich* eine Criminalaffaire daraus geworden. Ein Abenteuer, das mich beinahe das Leben gekostet hätte.

Am vergangenen Donnerstag fuhr ich wie geplant nach Dahlem, um also ›reinen Tisch zu machen‹, wie der Preuße sagt. Mein Erscheinen dort am späten Nachmittag hätte nicht wirkungsvoller, der Zeitpunkt nicht besser gewählt sein können. Beinahe die ganze Familie von Ribbeck war anwesend, als ich mich melden ließ und den hellen, soliden, aber anspruchslosen Salon mit dem ausladenden ovalen Tisch in der Mitte betrat, um den herum sich alle Anwesenden gruppiert hatten. Der korpulente, rosagesichtige Georg von Ribbeck, der gegen seinen älteren Bruder fast schon zart wirkende Karl, seine Schwester, die Baronesse Agnesa, mit ihrem wie immer bleichen, von der mächtigen Nase überschatteten Gesicht – das Erstaunen der drei Geschwister hätte nicht größer sein können, als ich wie Deus ex machina auf der Bühne erschien.

Doch auf die Gräfin traf das keineswegs zu. Sie blickte mich nur mit gespannter Ruhe an, fast so, als hätte sie mich erwartet wie einen Sekretär oder Lakaien. Sie überraschte mich schon wieder. Ich fand sie anziehend wie beim ersten Mal. Ein kaltschöner Schimmer lag auf ihrem Gesicht mit dem seidigen Teint. Sie war in ein marineblaues Déshabillé gekleidet, dem die zarten Rundungen der Brustpartie und die weichen, schimmernden Schultern entstiegen wie eine helle, sanft geschwungene Insellandschaft aus dem blau glitzernden Meer. Einige wenige Kristallsteine funkelten in ihrem wie immer rötlich gepuderten Haar und schmückten auch die Ohren.

»Chevalier!«, sagte sie in dem natürlichsten Ton. »Welche Überraschung, Sie so plötzlich zu sehen! Sie waren wohl zufällig in der Nähe! Paxleben berichtete mir kürzlich, er habe Sie in Potsdam gesehen!« Sie forderte mich ungezwungen, nur ein ganz klein wenig von oben herab, auf, Platz zu nehmen.

Ich verneigte mich nach allen Seiten und setzte mich auf den freien Stuhl neben dem alten Habicht, der Schwiegermutter der Gräfin. Sie brachte das Kunststück fertig, mich vollkommen zu ignorieren, indem sie das Blumenmuster des Kaffeeservices auf dem Tisch studierte, als müsse sie entscheiden, ob man es für ihren Grabstein wählen solle.

Johanna von Wilmerstorff blieb dagegen ganz die Liebenswürdigkeit selbst. Sie bedauerte, mir kürzlich bei meinem Abschied von Dahlem nicht mehr begegnet zu sein und entschuldigte sich nonchalant für meinen durch alte Standesrechte erzwungenen Umzug (Sie erinnern sich,

Madame: in den Gesindetrakt des Gebäudes). Sie wies sodann einen Diener an, ein weiteres Kaffeegedeck für mich zu bringen, kurz, sie verhielt sich und sprach mit mir, als wären wir wieder ganz freundschaftlich miteinander und allein im Salon. Nur ein Hauch von Ironie lag unter ihren Worten, den man aber leicht überhören konnte.

Als Nächster fand auch Karl von Ribbeck ein paar verbindliche Worte, indem er höflich sein Bedauern darüber ausdrückte, dass ich Glienicke offenbar endgültig verlassen hätte.

»Es ist aber doch ganz erklärlich, dass der Chevalier der Provinz den Rücken gekehrt hat«, sagte die Gräfin leichthin und mehr an mich, als an den jüngeren Bruder gewandt. »Erstens erscheint sie ihm nicht attraktiv genug. Und zweitens …«, sie blinzelte mir verschwörerisch zu, »macht er einer ebenso berühmten wie schönen Dame aus Berlin den Hof. Nicht wahr, Monsieur?«

Die Bemerkung war nicht so harmlos, wie sie daherkam, bekanntlich galt die Pantaloncina, auf die sie anspielte, als Mätresse ihres Vaters. Ich lächelte ein wenig, und selbst das verging mir, als ich die vernichtende Wirkung bemerkte, die die süffisante Bemerkung der Gräfin auf ihre junge Schwester, die kleine Baronesse, hatte. Agnesa, die bisher noch keinen Ton geäußert hatte, starrte mich jetzt an wie einen Verräter. Sie tat gerade so, als hätte ich den Inhalt ihres Pot de chambre öffentlich ausgestellt.

Eine Stille trat ein, es war warm im Raum, in der gedrückten Atmosphäre des Zimmers lauschte ich auf das Ticken der Standuhr wie auf eine geheime Botschaft, die beständig ›Vorsicht‹ flüsterte: ›Vor-Sicht, Vor-Sicht‹.

Die Gräfin wandte sich mir wieder zu und sagte: »Monsieur, ich sehe jedenfalls, dass Sie Ihre ländlichen Ambitionen endlich aufgegeben haben.« Sie senkte ihre Stimme und knurrte leise: »Ich spreche natürlich von der unsinnigen Verpflichtung, die Sie gegenüber meinem Vater fühlten.« Und in normaler Lautstärke fügte sie aufgeräumt hinzu: »Sie befinden sich bereits auf dem Weg zu einem neuen … Abenteuer?«

Sie sprach mit einer solchen Selbstverständlichkeit von mir und meinen vermeintlichen Absichten, als würde sie jeden Tag in meinem Kopf spazieren gehen und sich bereits bestens mit meinen Plänen auskennen. Die Überheblichkeit darin reizte mich einfach, gegen den Stachel zu löcken (besser: gegen die Locken zu sticheln).

»Ihre Vermutung überrascht mich, Gräfin«, rief ich künstlich amüsiert aus. »Warum sollte meine Mission auf Bitten des Barons, meine Verpflichtung, wie Sie sie zu nennen belieben, beendet sein?«, gab ich mich erstaunt. »Ist denn Ihr Gatte glücklich wieder aufgetaucht?«, blickte ich gespielt suchend im Raum umher.

»Wenn es so wäre, Monsieur«, meldete sich nun Georg von Ribbeck, der mich bis dahin nur unbeteiligt gemustert hatte, gereizt zu Wort, »wenn mein Schwager wirklich wieder anwesend wäre, wüsste ich nicht zu sagen, inwiefern dies für familienfremde Personen von Belang sein sollte. Und stünden sie auch im Dienst des Teufels selbst.« Mit diesen mehr als deutlichen Worten, die mir ein bezeichnendes Licht auf sein eigenes Verhältnis zu seinem Vater, dem alten ›Teufel‹, zu werfen schienen, stand er schwerfällig auf, ging wie ein Plumpsack zum Habicht hinüber, reichte der alten Gräfin seinen voluminösen, samtbezogenen Arm, half ihr vom Stuhl aufzustehen und führte sie hinaus, als würde er Auszeichnungen für theatralische Abgänge sammeln. Jeder Schritt ein Ereignis.

Die Gräfin schien das eher zu amüsieren, auch wenn inzwischen eine leichte Unruhe in ihr Gesicht getreten war. »Sie *wissen* ja«, raunte sie mir verschwörerisch zu, »womit ich den Grafen beschäftigt sehe, Monsieur.« Sie lächelte gequält und falsch wie Friedrichs Kriegstaler.

Ich warf einen Blick auf Karl und Agnesa. Der junge Baron wirkte eher unbeteiligt, in Gedanken war er anscheinend mit ganz anderen Dingen beschäftigt – der Sommerernte, Maulbeerpflanzungen, Vorwerken? Agnesa dagegen ärgerte sich nach meiner »Treulosigkeit« ihr gegenüber nun offenbar auch über den vermeintlich vertraulichen Ton zwischen mir und der Gräfin, der sie vom Gespräch ausschloss. Sie hob streitlustig ihr fliehendes Kinn, sodass ihre lange Nase jetzt wie ein Bajonett auf mich gerichtet war, und erwartete wohl, dass ich meine ganze Aufmerksamkeit nun ihr schenken würde.

Ich war jedoch nicht in der Stimmung, auf sie Rücksicht zu nehmen und sagte mit einem Lächeln, das mir klebrig an den Lippen hing, zur Gräfin: »Offen gesagt, Madame, was ich in Potsdam in Erfahrung gebracht habe, widerspricht Ihrer Annahme fundamental, der Graf verlustiere sich in der von Ihnen angenommenen Weise. Ich konnte Ludwig, den Sohn Ihres Pferdeknechts, den Sie, Gräfin, in Gesellschaft Ihres Gatten vermuteten, in Potsdam ausfindig machen. Er ist bei den Soldaten. Aber vielleicht nicht mehr für lange. Denn es geht ihm sehr schlecht, seine Tage scheinen gezählt. Für den Fall, dass es Sie interessiert.«

Die stolze Haltung der Gräfin war schlagartig dahin, sie war so verblüfft, dass die Augäpfel förmlich aus ihren Höhlen herauswuchsen. In den Gesichtern von Karl und Agnesa von Ribbeck spiegelte sich dagegen nur blanke Ratlosigkeit. Johanna von Wilmerstorff aber spießte mich mit ihren Augen förmlich auf, ein feuchter Streifen Schweiß bebte zornig auf ihrer Oberlippe. Doch sie beherrschte sich. Welch eine faszinierende Fähigkeit zur Selbstkontrolle, Madame! Sie warf nur den Kopf zurück, stand kerzengerade von ihrem Stuhl auf und schritt ohne ein weiteres Wort durch den Raum wie eine Königin, die einen schönen Kopf für den Henker weiß.

Hatte ich den Bogen überspannt, Madame? Nein. Es war die entnervende Wechselhaftigkeit dieser preußischen Landadeligen, ihre Art, mich mal wie einen Lakaien, mal wie einen vertrauten Freund, dann wieder wie einen Hochverräter, der an den Galgen gehört, zu behandeln, warum ich trotz ihrer anfänglichen Freundlichkeit schließlich nicht umhinkonnte, sie damit zu konfrontieren, dass ich in ihre kleine Lügenlaube zwar eingetreten war, sie inzwischen aber wieder verlassen hatte. Wenngleich meine Erkenntnisse zugegeben nicht das Ergebnis systematischer Nachforschungen, sondern mehr unfreiwilliger Verstrickungen waren, die meine Neugier angestachelt hatten.

Doch das Blatt sollte sich an diesem denkwürdigen Tag noch mehrfach wenden, liebe Freundin. Hatte zunächst ich meinen Trumpf ausgespielt und, wo nicht für Verwirrung, so doch für Verärgerung gesorgt, sollte es bald umgekehrt sein.

Ich fand mich nun auf einmal mit den jüngsten Geschwistern, Karl und Agnesa von Ribbeck, allein im Salon. Sobald die Gräfin demonstrativ den Raum verlassen hatte, sah Agnesa offenbar kein Hindernis mehr, ihre frühere, einseitige Vertrautheit mit mir wiederherzustellen. Sie steht ihrer Schwester an plötzlicher Wandlungsfähigkeit in nichts nach und fragte ganz unverblümt nach meiner ›neuen Favoritin‹, auf die ihre Schwester angespielt hatte.

Ich bekannte, dass es sich dabei um die Pantaloncina handele, die jedoch, wie ihr bekannt sein dürfte, keineswegs *meine* Mätresse sei.

»Madame Denis ist lediglich eine gute Freundin aus Kindertagen in Venedig«, insistierte ich.

Ich sah, dass sie mir nicht glaubte. Sie formte ein boshaftes kleines Lächeln. »Die Pantaloncina«, sagte sie genüsslich, »soll schon vierzig Jahre alt sein. Der König sieht es nur nicht, weil er kurzsichtig ist, heißt es.«

»Beides wäre mir neu, Baronesse. Ich kann Ihnen versichern, dass Madame Denis keinesfalls jenes Alter hat, das man ihr nachsagt.«

»Aber doch auch wohl nicht die Jugend, welche sie für sich in Anspruch nimmt, Monsieur. Non?«

Ich ließ ihr diesen kleinen dummen Triumph. Nur leider feuerte er die Baronesse noch an, sich wieder selbst als die bessere Alternative zur Pantaloncina ins Spiel zu bringen. Sie begann, wie schon früher auf Glienicke, offen zu kokettieren, warf sich in eine Pose, die sie für galant hielt, die sie aber nicht im Ansatz beherrschte. Eigentlich war sie unfreiwillig komisch, wenn sie nicht zugleich so anstrengend gewesen wäre. Selbst ihr Bruder Karl saß peinlich berührt daneben.

Der Zeitpunkt war für mich gekommen, das Terrain schleunigst zu verlassen. Ich machte bereits Anstalten, mich zu erheben. Doch in diesem Moment wurde die Tür zum Salon mit Schwung geöffnet und die Gräfin kam plötzlich wieder hereingeweht wie eine frische Sommerbrise. Sie sah neu gepudert aus und duftete fruchtig wie eine Orange. Ich schoss in die Höhe und stand gerade wie zum Appell, um mich umstandslos zu verabschieden. Doch anstatt mir nun auch ihrerseits zu verstehen zu geben, dass ich ihre spontane Gastfreundschaft doch sicher nicht länger in Anspruch zu nehmen gedächte – lud sie mich ein, zum Essen zu bleiben. Und im Haus zu übernachten!

War das zu fassen? Sie tat, als hätte es die neuerliche Verstimmung zwischen uns gar nicht gegeben. Ihre Wandlungsfähigkeit machte mich sprachlos. Sie wirkte wieder so herzlich und freundlich zu mir, dass es mir unheimlich wurde. Was führte sie eigentlich im Schilde? Meine innere Stimme sagte mir, ich solle besser wie vorgesehen im Puhlmann'schen Gasthof übernachten.

Doch ich nahm ihre Einladung an.

Bei diesem Essen, an dem wieder die gesamte Gesellschaft teilnahm, inklusive Habicht und Gouvernante, bekam ich den Platz neben der Gräfin zugewiesen. Vielleicht als Ersatz für den fehlenden Sohn und Erben, der kränkelte.

Die Gräfin versuchte nun sehr bald, unser verunglücktes Gespräch von der Kaffeetafel wieder aufzunehmen. Allmählich begriff ich, was in ihr vorging. Sie ging jetzt offenbar fest davon aus, dass ich mit der Rückendeckung ihres hartnäckigen Vaters vorerst nicht loszuwerden war und mich in die Familie verbissen hatte wie eine Zecke. Also schien es ihr günstig, sich gut mit mir zu stellen und herauszufinden, was ich weiter beabsichtigte.

»Sie sagten vorhin, Monsieur«, bemerkte sie wie nebenbei, »Sie hätten den armen Ludwig entdeckt.«

»Ja, Madame, in Potsdam.«

»Hm, man sollte seinen Großvater, den Bernward, darüber informieren. Ich werde es tun«, bot sie an.

»Nicht nötig, Madame. Ich habe, Ihr Einverständnis still voraussetzend, meinen Bediensteten bereits damit beauftragt, den Großvater zu unterrichten.«

»Hm, so.« Sie schien etwas unzufrieden damit. »Haben Sie denn auch Nachricht von dem anderen Burschen, der uns davongelaufen ist, diesem Gregor?«

»Nein, Madame. Von ihm ist in Potsdam nichts bekannt.«

»Sie scheinen viele Informanten zu haben«, sagte sie spitz. Es war auch nicht schmeichelhaft gemeint.

»Das täuscht, Madame«, gab ich schmallippig zurück.

»Nun, Chevalier, da Sie nur Nachricht von *einem* unserer Burschen haben, spricht doch wohl alles dafür, dass mein Gatte sich mit dem anderen begnügt«, sagte sie wie endgültig. Sie schien mich wahrhaftig für einen degenerierten venezianischen Idioten zu halten! Das kränkte naturgemäß meine Eitelkeit so sehr, dass ich mich nicht zügeln konnte, gegenzuhalten.

»Madame, verzeihen Sie mir, wenn ich Ihnen auch in diesem Punkt widersprechen muss. Ich verfüge mittlerweile über ein recht differenziertes Bild, was Ihren Gatten betrifft. Und eines lässt sich mit Sicherheit sagen: Graf von Wilmerstorff ist an nichts weniger interessiert als an Knaben. Ganz im Gegenteil sogar. Dafür gibt es eindeutige Belege. Und glaubwürdige Zeugen. Ob wir den anderen Burschen nun finden oder nicht, in den speziellen Diensten Ihres Gatten befindet er sich gewiss nicht.«

Diese Antwort war erneut das Ende unserer Konversation. Sie sah ein, dass ihr neuerlicher Versuch, meine Ansichten zu manipulieren, wiederum fehlgeschlagen war. Es drängte sich mir allmählich der Verdacht auf, dass sie mich vielleicht gar für einen Geheimagenten des Königs hielt, der sich, vermittelt über Keith, bei ihrem Vater nur eingeschmeichelt hatte, um das Verschwinden von Wilmerstorffs auf eine dahinter liegende Staatsaffäre hin zu untersuchen. Friedrich, das wusste man, wollte alles wissen, was in seinem Land vorging. Und das gelang ihm sicher auch weitgehend aufgrund des gut ausgebauten Spitzelsystems in Preußen. Dass mich nun aber die Gräfin zur Zunft der Denunzianten rechnete, kränkte mich erneut.

Ich beschloss, am nächsten Morgen so früh wie möglich abzureisen. Dieser Ort, dieses Haus und seine Menschen waren mir endgültig widerwärtig geworden.

Doch dazwischen, Madame, lag ein weiterer schmieriger Akt. War der Tag bereits eine schlechte Komödie gewesen, so gerieten der Abend und die Nacht zur blanken Farce.

Von dem Moment an, da die Gräfin sich von mir abwendete, machte sie das Feld wieder für ihre jüngere Schwester frei. Es war ein Bäumchen-wechsel-dich-Spiel, das mir allmählich den Verstand raubte. Als meine Rettung erschien mir am Ende nur noch das Spiel, denn es wurden die Karten gebracht. Georg von Ribbeck erklärte sich bereit, eine Pharaobank zu halten, bisher der sympathischste Zug an ihm. Sein Bruder Karl verlor ein ums andere Mal, meine Gewinne und Verluste hielten sich die Waage, die Gräfin spielte grimmig und erfolgreich. Ihre Schwiegermutter, die alte Gräfin, zog sich zurück in ihren Habichthorst. Agnesa aber wich nicht von meiner Seite und trieb auf ihre penetrante, peinliche Weise ein ganz anderes Spiel.

Schließlich hatten alle auch vom Pharao genug, und man verlor sich recht schnell in die Zimmer. Dankenswerterweise musste ich diesmal nicht wieder im Gesindetrakt übernachten, sondern bekam ein kleines, aber angemessenes Zimmer im Haupthaus. Die Gräfin hatte anscheinend eingesehen, dass man mit Demütigungen nur meinen Widerstand reizte.

Ich will Ihnen nun, liebe Freundin, ehrlich bekennen, was in dieser Nacht geschah. Nachdem Lambert mir mit dem Auskleiden geholfen hatte, ging ich zu Bett und löschte die Kerze. Der fast volle Mond lag träge im Fenster, Szenen des vergangenen Tages schwirrten mir durch den Kopf wie lästige Insekten. Da bemerkte ich, wie sich leise die Tür öffnete, ein kühler Luftzug vom Flur wehte herein. Und wie schon in meiner letzten Nacht auf Glienicke war es Agnesa, die hereinschwebte. Nur mit der Chemise bekleidet, stand sie zitternd im Mondlicht, das silbergrau ins Zimmer fiel. Doch dieses Mal blieb sie nicht in der Tür stehen, sondern schloss sie rasch hinter sich, huschte schneller als eine Maus durchs Zimmer und warf sich mir in die Arme wie eine Soldatenbraut. Da gab ich den Widerstand auf. Jedenfalls hatte ich es vor.

Doch es geschah das, liebe Freundin, was ich in all den Jahren immer befürchtet hatte, bislang aber noch nicht eingetreten war. Ich war nicht imstande. Meine Männlichkeit ließ mich im Stich und verhielt sich wie ein toter kalter Wurm. Seltsam war nur, dass die Baronesse das nicht zu stören schien, sie gebärdete sich, als würde sie es nicht einmal merken und fand Wege, sich auf eine sehr geschickte Weise an mir Befriedigung zu verschaffen, die mir sagten, dass ihr diese Situation überaus bekannt sein musste, ja, dass sie für Agnesa vielleicht sogar der Normalzustand war. Für mich war die Erfahrung dagegen neu, verwirrend und demütigend. Dass die Baronesse zwar *an* mir, aber nicht *mit* mir glücklich wurde, beschämte mich.

Schon in aller Frühe am nächsten Morgen erwachte ich. Die Nacht hatte ihre Mütze abgesetzt, eine Armee von Insekten tanzte vor dem vernebelten Fenster, das den anbrechenden Tag hereinließ. Agnesa lag mit weißlichem Gesicht neben mir und drängte ihre magere Hüfte, die sich kühl und hart anfühlte wie ein Grabstein, gegen meinen Bauch. Ihre Mundwinkel waren breit gezogen wie ein Froschmaul, sie ersoff geradezu in ihrer Genugtuung darüber, dass sie mich erobert hatte. Wie zuvor schon Johannes Paulus, ihren Hauslehrer. Ich traute ihr zu, dass sie ihm gegenüber sogar mit mir prahlen würde, nur um ihn zu quälen.

»Was wird Ihr Hofmeister dazu sagen, wenn er erfährt, von wem er in dieser Nacht vertreten wurde?«, unterstellte ich ihr diese Absicht bereits in meiner Frage.

»Paulus?« Sie sah mich zuerst erstaunt an. Ihr wurde klar, dass ich von ihrem Liebesverhältnis mit dem Provinzpoeten wusste. Aber das focht sie nicht weiter an, sie zuckte nur die dürren weißen Schultern und sagte: »Er spielt keine Rolle mehr. Er ist verschwunden.«

»Ver –« Ich glaubte, nicht recht gehört zu haben. »Verschwunden?« Wie alle die anderen? »Was heißt das?«

»Ja, er ist fort, verschwunden eben.« Sie machte eine wegwerfende Bewegung mit dem Handrücken. »Es ist herausgekommen. Das mit ihm und mir. Irgendjemand muss es meinem Vater gesagt haben.«

Sicher, wenn ich, ein Gast, ihr Verhältnis binnen kürzester Zeit herausbekommen konnte, war es auch anderen möglich. Wohl fast jeder aus der Familie oder vom Gesinde konnte dem alten Baron das Verhältnis des Hauslehrers mit seiner Schülerin aufgedeckt haben.

»Bevor man Paulus zur Rechenschaft ziehen konnte, ist er auf und davon. Über alle Berge.«

»Armer Narr«, sagte ich. Und dachte: Wie ich. »Sie haben ihn gewiss noch gesprochen, bevor er gegangen ist.«

Sie schüttelte den Kopf und zuckte wieder die Achseln. »Nein, er war nur plötzlich nicht mehr da. Na, und?« Sein Ruf, seine berufliche Existenz als Hofmeister, waren vernichtet. Aber der Mann tat ihr kein bisschen leid. »Inzwischen befindet sich mein Vater bereits auf Glienicke. Nach dem Rechten sehen, nennt er das. Ich zog es vor, ihm aus dem Weg zu gehen.« Sie lachte spitz auf. »Und meine Herren Brüder ebenso. Wenn mein Vater wütend ist, macht er keine Unterschiede, wer ihm in die Quere kommt. Komischerweise hatte er einen Narren an Paulus gefressen. Ebenso wie an Denise.«

»Denise?«

»Mademoiselle de Bernays. Meine Gouvernante«, spuckte sie. »Vielmehr die der Baronin.«

»Sie mögen Mademoiselle de Bernays nicht besonders.«

»Sie etwa?« Sie fixierte mich spöttisch, an ihrem Mundwinkel zuckte ein Muskel.

Ich war ihrer jetzt wirklich überdrüssig. Ich sagte: »Gehen Sie zurück in Ihr Zimmer, Mademoiselle.«

»Warum?« Sie sah mich herausfordernd an.

Ich schwieg.

»Werden Sie mich auf Glienicke besuchen, Casanova?«

»Nein.«

Sie nahm es mit einer winzigen Bewegung ihres fehlenden Kinns hin, schälte sich umständlich aus den Kissen und patschte mit den kleinen, weißen Füßen über den Holzboden, öffnete sorglos die Tür und verschwand.

Ich fühlte mich schlecht. Ich wusste, ich hatte einen Fehler gemacht.

Sonntag, 22. Juli, nach dem Mittagessen

ICH ZOG ES VOR, möglichst niemandem zu begegnen und auf meinem Zimmer zu frühstücken. Lambert brachte mir aus der Küche Brot und Käse, dazu frischen Kaffee. Er hat nach seiner Niederlage in Puhlmanns Gasthof, wo ihn Trude, die straffe, junge, mehr soldatisch interessierte Bedienung abserviert hatte, ein recht vertrauensvolles Verhältnis zu Else, der Dahlemer Küchenmagd, angeknüpft. Er berichtete ihr, dass unter den Soldaten in Potsdam von ihrem Bruder nichts bekannt sei.

»Hat sie denn immer noch keine Vorstellung, wo sich ihr Bruder sonst aufhalten könnte, wenn schon nicht in Potsdam? Vielleicht in einer Kaserne in Berlin?«, fragte ich ihn. Der gute Käse, das frische Brot und der heiße Kaffee brachten meinen Geist langsam wieder in Schwung.

»Ich weiß nicht, Monsieur«, sagte Lambert kopfschüttelnd. »Sie spricht nicht gern darüber.«

»Willst du sagen, sie weiß, wo ihr Bruder steckt, sagt's dir aber nicht?«

Er zuckte die Achseln. »Sie hat Angst, Monsieur.«

»Vor wem?«

»Vor dem Grafen. So viel ist sicher. Sie – pardon Monsieur, aber sie traut ihm anscheinend alles zu.« Er schaute mich ratlos an. Die Else schien ihm wirklich zu gefallen, aber anders als das Gasthof-Mädchen. Er war bei ihr anscheinend nicht auf ein Abenteuer aus, er sorgte sich um sie. Mehr noch. Mein Diener hatte sich verliebt. Eine ernste Sache, wie mir schien.

»Glaubt denn die Else nicht, dass dem Grafen etwas zugestoßen sein könnte? Dass er vielleicht gar nicht mehr lebt?«, fragte ich ihn, während ich den Käse sezierte.

Er schüttelte heftig den Kopf. »Nein, Monsieur. Sie denkt, dass der Graf noch lebt, sich's irgendwo gut gehen lässt. ›Fett schwimmt immer oben‹, sagt sie. ›So einer kriegt immer alles. Nur nicht, was er verdient‹, meint sie.«

Darin schwang noch eine andere Botschaft mit. Ich ahnte sie bereits: »Der Graf … hat ihr … Gewalt angetan?«

Lambert schaute mich mit einem langen traurigen Blick an. »Er sagt dazu, er hat sich von ihr nur sein Recht genommen. Wie bei den anderen Mägden.«

Ich wurde misstrauisch. »Hat dir das etwa auch die Küchenmagd erzählt?« Daran glaubte ich nicht. Darüber würde die Else sicherlich nicht offen reden. Schon gar nicht mit einem Mann, den sie kaum kannte.

»Nein, nein«, schüttelte er wieder den Kopf. »Ich hab's vom Bernward erfahren. Er sagt, auf dem Gut wissen alle über den Herrn und seine Opfer unter den Mägden Bescheid. Auch die Herrin.«

»Gut, Lambert«, sagte ich und beendete das bäuerliche Frühstück. Es schmeckte mir nicht mehr. »Kümmere dich jetzt um meinen Wagen, wir reisen umgehend ab.«

»Zurück nach Berlin, Monsieur?« Er sah gar nicht glücklich aus.

»Nein. Nach Gut Glienicke. Fort jetzt damit!« Ich zeigte auf das Tablett mit den Frühstücksresten und warf einen Taler darauf. »Gib das deiner kleinen Magd zum Dank!«

Seine Augen blitzten, er wusste, dass sie das Geldstück ansehen würde, als hätte er selbst es ihr gespendet. Und im Grunde war es so, denn jeder andere Bedienstete, der nicht so verliebt in sie gewesen wäre wie Lambert, hätte es auf dem Weg zur Küche in seinen eigenen Beutel wandern lassen.

Wie bei meiner Ankunft am Vortag traf ich die Familie im Salon um den Tisch versammelt an. Man war keineswegs traurig, als ich mich betont förmlich verabschiedete.

»Ich werde unverzüglich nach Glienicke abreisen, um dem Familienoberhaupt, Ihrem Herrn Vater, einen Besuch abzustatten.« Zu spät fiel mir ein, dass mich über die Anwesenheit des alten Barons auf Gut Glienicke niemand anderes als Agnesa informiert hatte. Heute in der Früh. Im Bett mit mir.

Die Baronesse hatte es jedoch nicht vergessen, ihr Blick fixierte mich wie eine Fliege, nach der man schlagen will. Sie hatte die Stirn, mich zu fragen, wie ich geschlafen hätte.

»Danke, Mademoiselle, ausgezeichnet«, log ich matt. Aufgrund der Art, wie man mich entweder anstarrte oder ignorierte, bildete ich mir ein, dass alle es wussten oder mindestens ahnten, mit wem ich das Bett in der letzten Nacht geteilt hatte.

Agnesa schien die Situation zu genießen und schenkte mir ein zuckriges Lächeln. »Werden wir Sie in Glienicke noch antreffen, Monsieur Casanova, wenn wir in ein paar Tagen zurückfahren?«, fragte sie zum Schein, da sie ja wusste, dass das nicht der Fall sein würde.

»Ich bedaure, Baronesse«, sah ich mich gezwungen, das Theater weiterzuspielen, »dass mir das Vergnügen eines neuerlichen Zusammentreffens mit Ihnen und Ihrer hochverehrten Familie nicht vergönnt sein wird. Ich werde zurück nach Berlin reisen, sobald ich mit Ihrem Herrn Vater gesprochen habe.«

Agnesa aber ließ nicht locker: »Ich bin sicher«, zirpte sie, »Sie überlegen es sich noch, Monsieur.« Indessen fing ich von der Gräfin einen Blick auf, der in höchstem Maße besorgt zwischen mir und der Baronesse hin- und herflog. Was immer er bedeuten mochte, mein einziger Gedanke war: Nur fort von hier. Die Aufrichtigkeit hat dieses Haus schon vor langer Zeit schreiend verlassen.

Von Karl von Ribbeck erhielt ich immerhin noch einige Hinweise zur Fahrstrecke. »Fahren Sie nicht zu langsam, Monsieur«, riet er mir unter anderem. »Die Überfälle an der Strecke bis Potsdam haben in letzter Zeit sehr zugenommen.« Davon konnte ich allerdings ein Räuberlied singen. »Weiter im Westen, auf Glienicke zu, ist es dann wieder ruhiger«, glaubte er.

»Ja!«, rief die Baronesse begeistert, »aber sollten Sie dennoch überfallen werden, Chevalier, und überleben«, sie gluckste vor boshaftem Vergnügen, »seien Sie versichert, für die Pflege Ihres kranken Lieblings, ich meine für Ihre rasche Gesundung auch *dort* wird gesorgt sein.« Sie senkte ihre Stimme theatralisch: »Zumindest will ich es versuchen, Monsieur.«

Das nun auch noch. Es war also keineswegs so gewesen, dass Sie mein Außerstandesein in der vergangenen Nacht gewissermaßen nicht registriert oder für unwichtig gehalten hätte. Sie hatte nur auf den richtigen Moment gewartet, um mich daran zu erinnern.

»Ich danke Ihnen sehr, Mademoiselle«, erwiderte ich kalt, »für so viel Anteilnahme an einem Schicksal, das zu vermeiden ich mir dennoch alle Mühe geben werde. Au revoir.«

Damit drehte ich mich auf dem Absatz um, verließ den Salon – und stieß bereits im Flur auf den Leutnant Paxleben. Er war genauso begeistert, dass wir uns begegneten, wie ich. Seine blasierten Gesichtszüge entglitten ihm zu einer Grimasse aus Überraschung und blankem Abscheu: »Sie *hier*?«, fuhr er mich an wie einen Rekruten.

»Sie ebenfalls, Monsieur!«, schoss ich mit leichter Munition zurück. Und legte nach: »Ich hätte Sie auf dem Exerzierplatz vermutet. Mit dem Stiefelabsatz auf einem Soldatenrücken. Sein Gesicht im Staub.«

Das war natürlich dumm und unbeherrscht von mir, und ich bereute es augenblicklich, als ich in das knochige Gesicht dieses großen, harten Offiziers blickte. Kein Muskel regte sich darin.

»Diese Bemerkung reicht nicht für eine Beleidigung, Monsieur. Aber Sie werden sie dennoch schneller bereuen, als Sie denken können, Chevalier!«, schnappte er zurück wie ein böser Hund.

Ich wich ihm aus und verließ das Haus. Draußen wischte ich mir den Schweiß von der Stirn. Es ist die Unbeherrschtheit, liebe Freundin, Sie wissen es, die mich eines Tages den Kopf kosten wird.

Im Hof stand die Kutsche schon bereit. Mein armer, wegen seiner Küchenmagd trauernder Lambert saß mit gemütskrankem Gesichtsausdruck zusammengesunken auf dem Bock.

Es war überhaupt ein trübseliger Morgen, schwül, wolkenverhangen, ein Sommertag, schwermütig wie eine Waise. Er sollte böse enden, Madame.

Um vier am Nachmittag

Der Weg von Dahlem führte über Zehlendorf. Der kleine Ort ist gut zwei Meilen vor Berlin und auf halber

Strecke zwischen der Capitale und Potsdam gelegen. Hinter dem Dorf teilt sich die Straße in einen ›gemeinen‹ Weg, der kürzer ist, und den ›Königsweg‹, der vom Schloss Charlottenburg her über Zehlendorf, Kohlhasenbrücke und Nowa-Wes zur Stadt führt. Das hatte mir noch am Morgen der doch immerhin recht hilfsbereite Karl von Ribbeck erklärt.

Ich wählte die kürzere Strecke. Eine Fehlentscheidung. Wie so viele in meinem Leben. Wir fuhren durch eine Missgeburt von Landschaft. Der Untergrund war noch sandiger und beschwerlicher für die beiden Pferde als gewohnt. Ich sah nichts als Fichten- und Kienholz, nur hin und wieder ein paar Eichen. Gelegentlich ein Wohnhaus aus hölzernem Fachwerk mit Rohr- oder Strohdach. Am Wegrand stapelweise geschlagenes Holz, auf einem Feld Kinder und Alte, die mühselig Steine aufsammelten. Maulbeerbäume auf einem Friedhof. Überhaupt immer wieder die in Preußen unvermeidlichen Pflanzungen für die Seidenherstellung. Interessanter Umstand aber (den mir Karl von Ribbeck bereits auf unserer gemeinsamen Fahrt durch Brandenburg erklärt hatte), dass die Raupen in Frankreich mehr Seide produzieren sollen als die preußischen! Meine Äußerung, dass sich die Tiere dem natürlichen Temperament ihrer jeweiligen Wirte anpassten, hatte ihn aber geärgert.

Statt im Puhlmann'schen Gasthof nahmen wir gegen Mittag bereits in Stolpe eine gute, kräftige Mahlzeit im Braukrug ein. Der Ort, am Fuß eines Hügels gelegen, lud nicht zum längeren Verweilen ein, er glich einer reizlosen Insel in einem Meer aus Rüben auf den Feldern ringsum. Das Lokal aber war dunkel und kühl, daher sehr angenehm, so blieben wir eine kurze Weile, ehe wir weiterfuhren.

Wie schon früher bezauberte mich das Havelland mit seiner Frische und malerischen Schönheit, liebe Freundin, selbst bei diesem erdrückenden, feuchtwarmen Wetter. Diesmal hatte es mir besonders eine Engstelle angetan, an der sich drei Seen ein Stelldichein geben, etwa eine halbe Meile nördlich von Potsdam. Die Stelle war nach Westen hin dicht bewaldet, nach Osten aber öffnete sich der Blick weit über einen der drei Seen Richtung Berlin.

Rock und Weste hatte ich wegen der Schwüle längst ausgezogen. Ich ließ Lambert anhalten und die Pferde tränken und stieg aus dem Wagen. Es war jetzt hoher Mittag, der Himmel war hermetisch bewölkt und leuchtete diffus wie hinter einem schlecht geputzten Glas. Ich blickte aufs Wasser, eine leere, leicht geriffelte Fläche wie aus gehämmertem Zinn, nur in der Ferne ein Fischerboot, das dahinglitt und scheinbar den Wind hinter sich herzog. Ein träger Augenblick, kaum Geräusche in der Luft, das Schilf am Ufer stand still in der warmen Luft, die Natur schien den Atem anzuhalten.

In diesem Moment zerplatzte die Idylle. Vögel schrien auf, ich vernahm das aufgeregte Schlagen von Flügeln zwischen den Bäumen. Der Tag wurde in Fetzen gerissen durch zwei Pistolenschüsse, die aus nächster Nähe, aus der Deckung des dichten Waldrands, auf mich abgegeben wurden. Eines der Geschosse schwirrte um Haaresbreite mit hohem Sirren an meiner Schläfe vorbei und hätte mich beinahe von der Oberfläche des Lebens getilgt. Der andere Schuss, der auf mich abgefeuert wurde, traf meine linke Hand und schien sie förmlich vom Arm reißen zu wollen.

Der Schmerz war so gewaltig, dass er augenblicklich meinen Verstand ausschaltete, Schwindel überflutete mich wie eine Brandungswelle, ich sank zu Boden und wurde ohnmächtig. Laut Lambert war es nur Sekunden später, als ich wieder zu mir kam. Geistesgegenwärtig zog er mich hinter die Pferde und brachte mich so gegen die Angreifer in Deckung. Leider befanden sich die zwei Taschenpistolen, die ich besaß, in der Kutsche, wir hätten die Deckung verlassen müssen, um sie zu holen.

Aber seltsamerweise ließen sich die Angreifer auf kein Gefecht ein, obwohl wir ihnen nicht entkommen und sie selbst aus sicherer Deckung agieren konnten. Zumal sie denken mussten, dass sie mich, wenn nicht gleich getötet, so doch tödlich getroffen hatten. Es wäre, anders als bei dem Überfall hinter der Glienicker Brücke, diesmal ein Leichtes gewesen, sich der Kutsche zu bemächtigen, um sie nach Geld und Schmuck zu durchsuchen.

Erst nach einer ganzen Weile, in der nichts geschah, begriffen wir, dass die Übeltäter sich in den Wald zurückgezogen hatten und verschwunden waren. Was fürchteten sie? Wozu der Überfall, wenn die Sache nur halb ausgeführt wurde? Ich war jedoch nicht fähig, darüber nachzudenken. Die Angst um mein Leben hatte zwischenzeitlich den Schmerz betäubt. Jetzt flutete er zurück und brannte in meiner Wunde wie ein Feuer. Ich schaute hin, die getroffene linke Hand schien nur noch eine blutige Masse zu sein. Ich wurde ein zweites Mal ohnmächtig. Als ich kurz darauf wieder zu mir kam und feststellte, dass ich noch lebte und wirklich nicht mehr geschossen wurde, befahl ich Lambert, mir in den Wagen zu helfen.

In der Kutsche untersuchte ich mit etwas mehr Fassung die Verletzung, so gut es ging. Die Kugel war unterhalb des Mittelfingers in die Hand eingedrungen, hatte den Knochen zerschmettert und war stecken geblieben.

Harter, pulsierender Schmerz folterte mich, während das Blut auf das rote Samtpolster rann. Ich wies Lambert an, einen meiner Ärmel vom Hemd zu reißen und die Wunde damit notdürftig zu verbinden.

Dann befahl ich ihm, mich mit allem, was die Pferde noch hergaben, nach Gut Glienicke zu fahren.

Noch immer Sonntag, gegen acht Uhr am Abend

Ich habe darüber nachgedacht, Madame, inwieweit ich Sie mit dem Verlauf meiner Verletzung bedrängen darf, dessen Details in großen Teilen sehr unappetitlich sind. Ich bin zu dem Schluss gekommen, mich auf das Wesentliche zu beschränken, Sie dafür aber an den weiteren turbulenten Ereignissen umso intensiver teilhaben zu lassen.

Baron von Ribbeck befand sich in der Tat, wie Agnesa mir gesagt hatte, auf Gut Glienicke. Als wir dort ankamen, ließ er mir, äußerlich (wahrscheinlich auch innerlich) kaum von meinem Zustand berührt, mein früheres Zimmer zuweisen und einen Wundarzt kommen, der im Dorf ansässig war.

Dieser sogenannte Arzt, auf den der alte Ribbeck angeblich schwor, war eine erbärmliche, zerlumpte Gestalt, die ihr Halbwissen ausschließlich als Kompanie-Chirurg in Friedrichs Kriegen erworben hatte. Er hieß Müller, ein treffenderer Name wäre Schlächter gewesen. Während ich dem Baron den Hergang des Überfalls berichtete, machte der Arzt sich an meiner Hand zu schaffen. Statt nun aber die Kugel so schnell wie möglich von der Handinnenseite her zu holen, schnitt diese Karikatur eines Chirurgen das

Fleisch erst noch weiter auf und vergrößerte so die Wunde beträchtlich. Der Schmerz war überwältigend, er schoss von der Hand direkt in meinen Kopf, zuckte wie ein Blitzstrahl durch den ganzen Körper und bohrte sich durch die Eingeweide. Mir wurde unsäglich schlecht.

Eigentlich hätte die Kugel dem ›Chirurgus‹ bereits auf seinen in Auflösung begriffenen Schuh fallen müssen, dennoch bohrte er mit seiner Pinzette eine Ewigkeit voller Schmerz nach ihr, ehe er sie endlich fand. Der Speichel floss ihm aus dem unrasierten Maul, als er sie stolz in die Höhe hielt und sie dem Baron zeigte, der ihm auf die Schulter klopfte und ihn einen braven Mann nannte. Ich heulte, ich konnte nicht anders, Madame.

Zu Müllers (nicht zu meiner) Überraschung schwoll im Laufe des Abends zuerst die Hand auf den dreifachen Umfang an, dann auch der Arm um das Doppelte. Der Chirurg entschied, dass der Wundbrand drohe und befand, er müsse mir umgehend die Hand abnehmen. Ich fürchtete um mein Leben und war schon halb dazu bereit. Doch es war Mademoiselle de Bernays, die Gouvernante des Hauses, die wütend dagegen protestierte und ihm damit in seinen Säuferarm fiel.

Der Chirurg geriet darüber selbst in Rage und beschwerte sich beim Baron über die Gouvernante, die ihm schon die ganze Zeit assistiert hatte und ihn einen Pfuscher schimpfte. Doch überraschend verfügte der alte Ribbeck, dass der Arzt ihre Ansichten zu berücksichtigen habe.

Denise de Bernays verdanke ich das Glück, noch immer über zwei Hände und Arme zu verfügen. Sie versorgte die Wunde mit einem Tampon und verband sie. Das linderte ein wenig den Schmerz. In der Nacht stieg das Fieber jedoch stark an, und ich verlor mehrmals das Bewusstsein. Doch immer, wenn ich wieder zu mir kam, saß Denise de Bernays neben meinem Lager und kühlte meine Stirn. Nie vorher hatte ich so viele rote Flecken in ihrem stets kaum geschminkten Gesicht gesehen, nie erschien mir eine Frau engelhafter als die sonst so verhärmt wirkende Gouvernante in diesen Stunden meiner völligen Erschöpfung, des Schmerzes und der Angst.

Am nächsten Morgen kam Müller und begutachtete die Wunde, nachdem er Verband und Tampon meiner göttlichen Pflegerin wie persönliche Feinde fort- und herausgerissen hatte. Ich starb beinahe vor Schmerz und schwor, ich würde ihn der Länge nach aufspießen, sollte ich die Verletzung überleben. Danach sah es freilich nicht aus. Die Wunde war vereitert, und im Laufe des Tages wurde sie an den Rändern schwarz.

»Die Bleifärbung wird die ganze Hand und den Arm erfassen«, behauptete der Arzt gegenüber Mademoiselle de Bernays, die mir sein bellendes Deutsch übersetzte. Sein neuerlicher Vorschlag: »Amputieren.« Das furchtbare Wort verstand ich auch ohne Übersetzung. Diesmal wollte er den ganzen Arm von mir. Ich sank vor Schreck in eine sekunden- oder sogar minutenlange Ohnmacht. Als ich wieder erwachte, saß nur noch Denise de Bernays mit entschlossenem Gesicht neben meinem Bett und versicherte mir, Müller werde es nicht wagen, den Raum noch einmal zu betreten.

Was auch immer dieser Engel mit ihm angestellt hatte, ich sah ihn nie wieder. Sie versorgte mich mit dem Sud einer kräftigenden Hühnersuppe, gab mir Tees, wechselte den Verband, säuberte die Wunde mit Wasser, und vor allem flößte sie mir Mut und Zuversicht ein.

Zwei schlimme Tage und Nächte vergingen. Dann hatte ich die Krise überwunden. Ich fühlte es am Morgen des dritten Tages nach dem Überfall. Ich hatte einige Stunden tiefen Schlafs ohne Albträume gefunden und spürte, dass die Schwellung an Arm und Hand leicht abgenommen hatte, dass die Färbung nicht mehr schwarz oder bleifarben, sondern nur noch gräulich aussah. Ich wusste, ich war außer Gefahr. Und Denise de Bernays, die die Wunde untersuchte, sprach es aus. Sie strahlte dabei über ihr ganzes herbes Gesicht, und ich zog es plötzlich an mich und küsste die spröden Lippen, als wäre es das Letzte, was ich tat auf dieser grausamen, schönen, eitlen, dummen Welt. Der einzigen, die wir nun mal haben.

Montag, 23. Juli, kurz vor Mitternacht

GEGEN MITTAG erschien der Baron an meinem Bett, und Mademoiselle de Bernays verließ umgehend das Zimmer.

Das fleischige Gesicht des Alten war finster wie eine Regenwolke, seine buschigen Brauen standen ab wie Ameisenfühler. Ein größerer Gegensatz zu meiner Laune, die jetzt wieder Turmhöhe erreichte, war kaum denkbar.

Er baute sich neben meinem Lager auf, seinen schweren Knüttel in der Faust, und fixierte mich, als hätte ich ihm seine Mätresse genommen. Das stimmte natürlich. Er hatte es also erfahren. Und es stimmte auch wieder nicht. Denn während er die Pantaloncina bloß offiziell als Geliebte unterhielt, sonst aber kein Interesse an ihr zeigte, war ich es, der sie wirklich glücklich machte. Doch wir waren nicht in Paris, wo wirklich jeder Mann wegen seiner Mätresse eifersüchtig ist, aber keiner wegen seiner Gattin. Im folgenden Gespräch konnte ich feststellen, dass den Baron etwas ganz anderes bewegte und zu mir führte.

»Ich sehe, Monsieur«, sagte er, »dass es Ihnen wieder besser geht.« Er äußerte nicht, dass ihn meine Fortschritte freuten. Ich dankte trotzdem. »Sie haben«, fuhr er fort, »heute noch Gelegenheit, sich zu stärken. Damit Sie morgen abreisen können. So früh wie möglich. Bis dahin steht Ihnen mein Haus frei. Danach nicht mehr.«

Nicht, dass ich andere Pläne gehabt hätte, aber dennoch hatte er soeben recht unhöflich einen glatten Rauswurf formuliert.

»Ihr großzügiges Angebot, Baron, ehrt mich und deckt sich vollkommen mit meinen Absichten«, antwortete ich ihm. »Ich war überhaupt nur auf dem Weg zu Ihnen, um Ihnen den Stand meiner Nachforschungen mitzuteilen, die durchzuführen Sie mich gebeten hatten.«

Er winkte mit seinem Stock unwirsch ab. »Nicht nötig. Ich bin auch so im Bilde: Wilmerstorff ist nach wie vor verschwunden. Es gibt keine Nachricht von ihm, keinen Hinweis. Ihr Scheitern ist offenbar.«

Daran konnte nun allerdings kein Zweifel bestehen, Madame.

»Details«, fuhr er in gleicher Weise fort, »interessieren mich nicht. Sie haben nichts erreicht. Im Gegenteil.«

»Im Gegenteil? Was soll das heißen, Baron?«

»Sie haben mit Ihrer degenerierten Lebensart – nennen Sie sie venezianisch oder französisch, mir gleich – den schlimmsten Einfluss auf meine Familie und die Bediensteten genommen. Es ist Ihr Naturell, ich habe Ihnen nichts vorzuwerfen. Mein Fehler. Den ich hiermit korrigiert habe.«

Er wandte sich bereits zum Gehen. Doch ich hielt ihn zurück. »Baron, Ihre Erklärung grenzt an eine Beleidigung.«

»Ah, Monsieur! Ersparen Sie mir das Theater. Wir sind hier nicht in Venedig. Oder Paris.« Sein Gesicht legte sich in Falten wie ein Chagrin-Leder.

»Sie sind mir gleichwohl die Antwort schuldig, Baron. Auf wen in Ihrer Familie habe ich schädlichen Einfluss genommen? Und auf wen unter den Bediensteten? Was werfen Sie mir vor?«

»Wie ich schon sagte, mache ich Ihnen keinen Vorwurf. Ich hatte, als ich Sie bat, auf verschwiegene, unspektakuläre Weise nach Wilmerstorff zu suchen, hinter Ihrer lachhaften Theaterlarve einen echten Charakter erhofft. Doch Sie *sind* die Maske, die Sie tragen, Monsieur. Es ist nichts weiter dahinter. Kein Charakterkopf.«

Sein Gesicht lief weinrot an, er kam jetzt in Schwung, ich bedauerte bereits, ihn aufgehalten zu haben. »Wen Sie verdorben haben, fragen Sie? Sie wissen es doch: Zunächst einmal meine Tochter, die Baronesse. Sie ist mit ihren Brüdern vorhin von Dahlem eingetroffen. Sie spricht von nichts und keinem anderen als von Ihnen, Monsieur! Sie haben sie in sich verliebt gemacht. Und das sicher von Beginn an. Sobald Agnesa standesgemäß verheiratet ist, mag sie selbst entscheiden, wen sie sich als Liebhaber hält, einen Tänzer, einen Schauspieler, einen Abbé oder einen – Chevalier.« Er würgte das Wort wie Gewölle heraus. »Doch solange sie unverheiratet ist, muss ihr Ruf untadelig sein. Ansonsten wäre sie für jeden Mann von Stand ohne Wert.«

»Verstehe«, sagte ich knapp und fühlte mich angesichts der gemeinsam mit der Baronesse verbrachten Nacht in keiner guten Lage. Ich wechselte daher zum zweiten Teil seiner Vorwürfe. »Und welchen Bedienten habe ich Ihrer Ansicht nach zur Sünde bekehrt, Baron?«

Er hatte keinen Sinn für meine Spitze, nickte nur grimmig und erklärte: »Den Hofmeister der Baronesse, selbstverständlich.«

»Johannes Paulus?«, rief ich und lachte laut auf. »Wieso ihn?« Ausgerechnet!

»Aber das liegt doch auf der Hand!«, polterte er. »Er hat Ihnen nachgeeifert und meiner Tochter den Hof gemacht. Doch wo Sie erfolglos blieben, hat er sein Ziel erreicht. – Ein Bediensteter! Im Bett meiner Tochter!«, schrie er plötzlich und donnerte den Fuß seines Knüttels mit aller Gewalt gegen den Fußboden. Sein Gesicht verzerrte sich vor Wut.

»Wie haben Sie von dem Hofmeister und der Baronesse erfahren, Baron?« Das interessierte mich jetzt wirklich.

»Wie werde ich davon erfahren haben!«, brüllte er wieder. »Aufgrund seiner Flucht, natürlich. Hals über Kopf davon. Buchstäblich bei Nacht und Nebel. Den Grund dafür erfuhr ich im Nachhinein.«

»Von wem?«

»Was spielt das für eine Rolle?« Er überlegte dennoch, schüttelte dann den Kopf und sagte: »Im Grunde von allen. Sogar das Gesinde wusste Bescheid. Nur nicht … die Baronin.« Er starrte mich böse an. »Wussten *Sie* etwa auch davon?«

»Keine Spur, Baron. Ich ahnte nicht das Geringste.«

»Hm. Nun gut.« Er schien mir halb und halb zu glauben und senkte den mächtigen Kopf. »Ich habe Paulus wirklich vertraut. Ihm die Stelle verschafft gegen zahlreiche Konkurrenten mit besten Referenzen. Und so dankt er es mir. Canaille. Dichter!« Wieder versuchte er, mit seinem Stock ein Loch in den Boden zu rammen. »Wenigstens hatte er Angst vor meiner Rache.«

»Verzeihung, Baron. Wieso sollte er Sie fürchten, wenn Sie bis vor Kurzem noch nichts von seiner Verfehlung gegenüber Ihrer Tochter wussten?«

Er stierte mich wild an. »Was geht das mich an? Der Schuft hatte sein Vergnügen, den Schaden habe ich!« Er senkte aber dann den Kopf und fing seine Wut wieder ein. »Der Fehler liegt bei mir«, grummelte er. »Ich werde Agnesa wieder zu mir nach Ribbeck nehmen. Fort von ihrer nichtsnutzigen Mutter. Die sich um nichts bekümmert. Sich für nichts interessiert. Außer für sich selbst. Überhaupt geht es allen nur um ihr Vergnügen. Selbst einem wie dem Paulus!«

Er griff sich mit der freien Bärenpratze an seine umfangreiche Brust. Auf seine soldatisch-preußische Art hatte der Alte den durch sein Leben dümpelnden Johannes Paulus wohl wirklich in sein schmiedeeisernes Herz geschlossen.

An dem plötzlichen Verschwinden des Hofmeisters erschien mir jedoch einiges merkwürdig. Ich verstand nicht, durch welche genauen Umstände sich das Risiko für Johannes Paulus, sein Verhältnis mit Agnesa könne entdeckt werden, plötzlich so vergrößert hatte, dass er glaubte, derart überstürzt fliehen zu müssen. Ähnlich wie schon der flüchtige Lakai Wochen vor ihm.

»Mit Verlaub, Baron, noch eine Frage«, sagte ich. »Gibt es eigentlich Nachricht von dem schon länger flüchtigen Hausdiener, August heißt er, wenn ich mich nicht täusche?«

Der Baron stierte vor sich hin, seine hellen Augen waren blutunterlaufen. Er brauchte eine Weile, um aus seiner galligen Gedankenwelt zurück ins Zimmer zu finden, in dessen Mitte er stand wie ein alter, ausgehöhlter Baum. Dann schüttelte er heftig die noch immer mächtige Krone: »Was interessiert mich ein entlaufener Bedienter, Monsieur!«, polterte er. »Außerdem, was geht Sie der Bursche an? Wie ich schon sagte: Ihr Auftrag ist beendet. Wenn Sie ihn denn je ernsthaft in Angriff genommen haben. Was ich nach dem Verlauf der Ereignisse bezweifeln muss. Adieu, Monsieur.« Damit watete er schwerfällig zur Tür wie durch kniehohes Wasser. Ich ließ ihn ziehen und erwartete bereits ein wütendes Zuschlagen der Tür, doch sie fiel in seinem Rhinozeros-Rücken mit einem kleinen spröden Laut ins Schloss, wie wenn man einen trockenen Zweig bricht.

Dienstag früh

Die Ankunft der Baronesse und ihrer Brüder Karl und Georg auf Glienicke, von der der Baron gesprochen hatte, veränderte die Situation für mich vollständig. Von Stund an bekam ich Denise de Bernays nur noch einmal zu Gesicht. Kurz, nachdem der Baron mein Zimmer verlassen hatte, schlich sie herein, um ein letztes Mal meinen Tampon zu wechseln. Sie zeigte sich sehr zufrieden mit der Wundheilung. So war ich es denn ebenfalls. Besonders, da ihre magere, warme Hand noch eine kurze Weile federleicht auf dem neuen Verband lag.

»Jetzt, wo die Baronesse zurück ist, werde ich mich wieder um die Baronin zu kümmern haben, Monsieur«, erklärte sie mir. »Und zwar ausschließlich.«

»Soll das heißen, Mademoiselle, die Baronin verlangt nach Ihrer Gesellschaft besonders dann, wenn ihre Tochter, die Baronesse, anwesend ist?«

»*Nur* dann, wenn Agnesa anwesend ist.« Sie hängte ein winziges spöttisches Lächeln an ihren Mundwinkeln auf. »Wenn ich der Baronin jetzt, da die Baronesse wieder im Hause ist, nicht Gesellschaft leiste, wird die Dame sehr zornig werden.«

Mit den Fingerspitzen der gesunden Hand strich ich sehr vorsichtig über ihren schlanken Hals. Zu meiner Überraschung streifte sie nun so viel von ihrer Schüchternheit ab, dass sie sich über mich beugte und ihre trockenen Lippen an mein Ohr führte. »Adieu, Monsieur«, hörte ich sie flüstern. Dann entzog sie sich mir und ging mit einer Seelenruhe, die nicht von dieser Welt war, aus dem Zimmer. Ihr sandfarbenes Kleid, fiel mir jetzt auf, war abgetragen und zu weit, es schlenkerte um ihren knochigen Körper wie ein verblichenes Segeltuch um eine Sonnenblume. In Berlin, nahm ich mir in diesem Moment vor, würde ich ein Geschenk für sie aussuchen, vielleicht eine Kette aus Bernstein, um sie ihr zu schicken.

Der Abschied war endgültig. Denise de Bernays tauchte nicht mehr bei mir auf, und ich fühlte mich den Tag über noch zu schwach und auch zu lustlos, um mein Zimmer zu verlassen. Hin und wieder hörte ich die Stimmen der Anwesenden im Haus. Häufig Mägde und Lakaien (bis auf den alten Heinrich, dessen Sprache das Schweigen war), gelegentlich den Baron und seine Söhne auf dem Flur, irgendwann auch die hohe, flackernde Stimme der Baronesse. Ich fürchtete bereits, sie würde auf den Gedanken verfallen, den Kranken zu besuchen, um ihre Drohung wahr zu machen, mich (oder doch einen Teil von mir) gesund zu ›pflegen‹. Ich ließ Lambert, den Mademoiselle de Bernays umsichtigerweise aufgespürt und zu mir geschickt hatte, die Tür abschließen. Aber das war unnötig, niemand im Haus kümmerte sich mehr um mich, alles schien nur darauf zu warten, dass ich am folgenden Tag wieder reisefähig war und die Familie von meiner Gegenwart erlöste.

So verspürte ich denn auch keinen Drang, mich am Abend um häusliche Gesellschaft zu bemühen. Man ließ mich jedoch nicht verhungern, ich bekam eine kräftige Rindssuppe (gewiss auf Anraten von Denise de Bernays) auf dem Zimmer serviert, und ich tat nichts anderes, als mir Ruhe zu gönnen und Lambert daran zu hindern, mir seine neuesten mathematischen Spekulationen zu erläutern. Der Abend verging friedlich und, was meine Hand anging, weitgehend ohne Schmerzen. Von meinem Lager aus beobachtete ich durch die beiden großen geöffneten, zweigeteilten Fenster ergriffen den ewigen Kampf der letzten Tageshelligkeit gegen die drohende Dunkelheit. Am Ende gewann die Nacht. Wie immer.

Nach und nach erstarben auch die Geräusche im und ums Haus herum. Irgendwann war es gänzlich still. Ich fiel in einen leichten, oberflächlichen Schlaf, erwachte aber bald wieder. Lambert stand an meinem Bett und bat gähnend, sich zum Schlafen in seine Kammer zurückziehen zu dürfen. Ich gestattete es ihm, erinnerte ihn jedoch daran, dass wir am nächsten Morgen in aller Frühe abreisen würden. Er versprach, rechtzeitig alles vorzubereiten, und ging.

Seltsamerweise war ich ab diesem Zeitpunkt hellwach. Ich untersuchte meine Hand. Sie schmerzte nicht mehr allzu sehr, nur ein beständiges Pochen in der Wunde war noch spürbar.

Ich ging ans Fenster, atmete tief die feuchtwarme Luft und starrte hinaus in die dunkle Kehle der Nacht. Der Mond legte einen matten Glanz auf die Gruppe hoher Bäume in der Mitte des Parks, die Sterne darüber brannten millionenfach Löcher ins schwarze Tuch des nächtlichen Himmels.

Ich beschloss, mich anzukleiden, da ich nun einmal wach war und, wie ich mich kannte, vorerst nicht wieder würde Schlaf finden können. Ich fühlte mich kräftig genug und hatte das starke Bedürfnis, zur stillen Feier meiner Genesung ein paar Schritte durch den friedlichen, nächtlichen Park zu versuchen.

Ich verließ mein Zimmer. Das Haus lag tief unter seiner Schlafdecke, nur das Pendel der großen Wanduhr drang vom Salon herüber, und als ich mit meinem Nachtlicht durch die Gänge und über die Treppe des Hauses hinunterschlich, hatte ich die Vorstellung, es atme wie ein lebendiges Wesen in langen, tiefen, ruhigen Zügen. Am Ausgang zur Veranda stellte ich mein Licht ab, um im Park keinen falschen Alarm beim Gesinde auszulösen, und trat hinaus in die Nacht.

Ich schritt über den weichen, feuchten Rasen auf die Silhouette der Baumgruppe des Parks zu, unter der die zierliche Holzbank stand. Ich setzte mich und genoss den Frieden und die Dunkelheit, die mich umgaben. Ich hörte dem Zirpen der Grillen zu und blickte zum Herrenhaus hinüber, in dem alle Lichter gelöscht waren, es kam mir vor wie ein riesiges Gefäß, angefüllt mit Schweigen. Doch allmählich, dünn zwar, aber immer vernehmbarer, schälten sich menschliche Laute heraus. (Manche halten sie eher für tierisch, liebe Freundin, vornehmlich solche, die auf sie verzichten müssen.) Diese Laute waren anfangs so leise, dass sie sich nur wie eine andere Art von Stille anhörten. Ich kannte sie aber schon.

Es war noch nicht sehr lange her, da ich sie schon einmal nachts in diesem Park vernommen hatte. Und, was mehr war, ich hatte sie vor ein paar Nächten auch direkt an (besser: in) meinem Ohr gehabt.

Ich stand von der Bank auf und ging, wie von Sirenengesang angezogen, ein paar Schritte über den Rasen auf das Herrenhaus zu. Die Laute setzten kurz aus und bald wieder ein und nahmen an Kraft zu. Ich machte noch ein paar Schritte in Richtung des Fensters des ebenerdig gelegenen Zimmers. Jetzt hörte ich die Baronesse deutlich seufzen. Ich stand staunend über die Tollkühnheit ihres geächteten Liebhabers, der es tatsächlich wagte, sie nach seiner vermeintlichen Flucht mitten in der Nacht zu besuchen. Einer Nacht, da sich die ganze übrige Familie im Haus befand. Auch der Gönner des Hofmeisters, der alte Baron, welcher sich von ihm aufs Schlimmste betrogen fühlte.

Johannes Paulus riskierte im Augenblick für seine verbotene Liebe buchstäblich alles: Leib und Leben. Man würde ihn aufspießen wie einen Eber, wenn man ihn nun auch noch in flagranti mit der Baronesse entdecken würde. In Seidenkissen versunken, deren Wert allein sein Jahreshonorar überstieg.

Ein Flügel des Fensters stand einen kleinen Spalt breit offen, eine gefährliche Nachlässigkeit, nur deshalb hatte ich Agnesas Stimme hören können. Das kalte Mitternachtslicht fing sich im Fensterglas und spiegelte mein bleiches Gesicht. Ich fühlte mich plötzlich wie von mir selbst ertappt und beschloss bereits umzukehren. Da vernahm ich *ihn*. Sein verhaltenes Lachen. Seine Stimme. Leise, aber deutlich genug, dass ich sie erkennen konnte.

Ich starrte auf das Fenster, in dem aber nur meine eigene gespenstische Gestalt in einem Licht wie weiße Finsternis zu sehen war.

Die plötzliche Erkenntnis war überwältigend. Ich begriff auf einmal alles. Ja, Madame, so betrachtet, ergab plötzlich alles einen Sinn. Sogar der bizarre zweite Raubüberfall auf meine Kutsche, bei dem nicht nach Gold und Geld, sondern nur nach meinem Leben getrachtet wurde. In der Tat, alles ergab jetzt einen furchtbaren, mörderischen Sinn.

Ich ahnte bereits, als ich mich umdrehte und zurück zur Bank schlich, wie alles geschehen sein konnte. Ich stellte mir eine einzige Frage: Wenn ich *er* wäre, wie hätte *ich* es gemacht? Als ich die Baumgruppe wieder erreichte, war ich dessen nahezu sicher. Ich fühlte mich noch kräftig. Ich ging weiter bis zum Ende des Parks. Ich schlich mich an der jetzt wie eine schwarze Wand stehenden Hecke und den hohen Ulmen vorbei und erreichte den Kirchgarten, der sich unmittelbar anschloss. Ich sah die graue Silhouette der kleinen Patronatskirche und nicht weit davon im Kirchhof den Eingang zur nachtgrau schimmernden Familiengruft der von Ribbecks.

Ich rieb über meine verletzte Hand, die jetzt wieder etwas mehr schmerzte. Nein, so leicht würde es nicht gehen, wurde mir klar. Es tat mir zwar leid für Lambert, aber ich brauchte seine Hilfe. Ohne Zeit zu verlieren, aber auch ohne Hast ging ich durch die mondbeschienene Nacht den Weg zurück und dann quer über den Rasen, um ihn zu wecken.

Der Morgen kam mit einem riesigen weißen Wolkenwalfisch, der langsam über den noch rosafarbenen Himmel herannahte. Die Luft fühlte sich bereits warm, aber weniger feucht an als zuletzt. Lambert hatte wirklich alles Nötige zur Abreise präpariert, die Kutsche stand zum Anspannen bereit in der Remise und wartete nur darauf, dass die Pferde aus dem Stall geholt wurden.

Wie am Vortag speiste ich in meinem Zimmer. Es war jedoch noch so früh am Morgen, gegen acht Uhr, dass man sich in der Küche darüber wunderte, als Lambert nach dem Frühstück für seinen Herrn verlangte.

Ich frühstückte mit tödlicher Ruhe, ließ mir anschließend von Lambert die Wunde im Lavoir mit Rosenölwasser übergießen und wieder verbinden. Dann ließ ich mich mit Sorgfalt ankleiden, parfümieren und so gut es ging auch frisieren. Ich wählte aus meinem Reisevorrat für den heutigen Tag einen noch wenig getragenen taubenblauen Justeaucorps mit tiefen Taschen; dazu cremefarbene Culottes, ein effektvoll goldbesticktes Gilet über einem weißen Spitzenjabot. Die rechte Tasche des Rocks fütterte ich mit einer der beiden englischen Taschenpistolen, die ein kleines Bajonett unter ihrem Lauf versteckte.

Ich ließ Lambert nun auch meine restlichen Sachen zur Kutsche tragen und wartete nur noch ab, bis die Anzeichen und Geräusche im Haus dafür sprachen, dass die Familie den Tag in Angriff nahm. Als ich hinunter in den Speiseraum ging, fand ich dort nur die Herren, Karl und Georg von Ribbeck und ihren Vater, den alten Baron, vor. Letztlich aber war das ohne Belang, in diesem besonderen Fall war die Damenwelt verzichtbar.

Der alte von Ribbeck bedachte mich mit einem Blick, den man einer Laus schenkt, und blieb stumm. Sein älterer Sohn Georg war mit dem ganzen feisten Körper damit beschäftigt, Brot und Käse in sich hineinzuschaufeln, seine Augen quollen hervor, als habe man ihn in der Mitte des Körpers vollständig abgeschnürt. Ich wusste von Lambert, der es vom aufatmenden Gesinde hatte, dass beide heute zurück nach Ribbeck, dem Herrensitz, fuhren. Für Georg von Ribbeck war ich bereits nicht mehr existent; wenn ich es denn je in seinen Froschaugen war.

So war es ganz natürlich, dass ich mich an Karl von Ribbeck hielt. Auch er, den ich seit meinem Abschied von Dahlem in diesem Moment das erste Mal wieder traf, war keineswegs entzückt, mich wiederzusehen. Sein gedeckter Blick aus den dunklen Augen sah wie mit Raureif überzogen aus. Gleichwohl erkundigte er sich nach dem Zustand meiner Hand, bedauerte ein wenig die Verletzung und gab noch einen etwas formal klingenden Fluch auf alle Räuber und Verbrecher in Preußen hinzu. Ich schwieg dazu und bat ihn stattdessen, mich von einer Schwierigkeit zu befreien, damit ich unbelastet abreisen könne.

Karl blickte mich erstaunt über seine Warzenhöcker hinweg an, während die beiden anderen einfach weiterspeisten, als sei ich bereits gestorben. Karl war dann aber so verbindlich, mich hinauszubegleiten, zumal ich ihm versicherte, es werde nicht viel Zeit in Anspruch nehmen. Im Grunde, Madame, war Karl von allen Ribbecks der Einzige, der mir stets, wenn schon nicht Achtung, so doch ein Mindestmaß an Höflichkeit entgegengebracht hatte. So auch diesmal.

»Um welche Schwierigkeit handelt es sich genau, Monsieur?«, fragte er, während ich mit ihm raschen Schritts über den Rasen ging. Er deutete mit dem Kinn auf meine verletzte Hand. »Hat sie in irgendeiner Weise mit Ihrer bedauernswerten Verletzung zu tun?«

»Nein, gewiss nicht, Monsieur. Es hat mehr mit dem Ort drüben zu tun.« Ich wedelte mit der flachen Hand diffus in Richtung der Patronatskirche, deren schmaler Turmaufsatz sich über der hohen Hecke wie ein mahnender Finger in den Himmel streckte. Mittlerweile hatte sich der Wolkenwal so weit herangeschoben, dass er wie eine Ankündigung der Apokalypse seinen Schatten über uns auswarf. Er brachte frischen Wind mit. Mich fröstelte ein wenig.

Karl von Ribbeck hielt zwar Schritt, schüttelte aber jetzt den Kopf. »Entschuldigen Sie, Monsieur, der Durchgang neben der Kirche, falls Sie von ihm sprechen, ist keinesfalls für den Kutschenverkehr gedacht. Es würde den hinteren Teil des Parks ruinieren, die Räder und Pferde würden den Rasen dort vollkommen zerfurchen und ...«

»Ich möchte Ihnen nur etwas zeigen, Monsieur, das von zu großer Bedeutung ist, als dass ich abreisen könnte, ohne jemanden aus der Familie darauf hingewiesen zu haben.«

»Etwas zeigen? In der Kirche?«, rief er ungehalten aus.

Wir hatten die Kirche jetzt fast erreicht. »Ich führe Sie hin«, sagte ich. »Es ist zu kompliziert, davon zu reden. Sie werden sehen und verstehen, was ich meine, Monsieur.«

Seine Besorgnis war jetzt spürbar gestiegen. Er zögerte weiterzugehen. Doch wir standen bereits im Eingang zum Kirchhof. Die Riesenwolke hatte ihren Bauch jetzt vollständig vor die Sonne geschoben, die Bäume im Kirchgarten warfen nur noch blässliche Schatten.

»Ich verstehe einfach nicht, Monsieur Casanova, worin Ihre Schwierigkeit eigentlich besteht!«, knurrte er, gleichermaßen verärgert und beunruhigt. Es war mir klar, dass er nicht weiter gehen würde. Keinen Schritt wollte er durch die niedrige Holzpforte auf das Kirchengelände setzen. Nicht jetzt.

Ich wies mit der verletzten Hand auf das kleine weiße Gebäude der Familiengruft, über dessen moosgrüner Tür der Korinther-Spruch: ›Der Tod ist verschlungen in den Sieg‹ mir noch immer Rätsel aufgab: Ist denn der Tod nicht in Wahrheit verschlungen in die Niederlage, Madame?

»Schauen Sie doch, Monsieur!«, sagte ich eindringlich. »Sehen Sie sich das Türschloss an. Ich dachte, Sie sollten wissen, dass es aufgebrochen wurde.«

Das war es ganz offensichtlich, die grüne Farbe und auch das Holz rund um das Schloss waren beschädigt. Die Tür stand, wenn man genau hinsah, einen kleinen Spalt breit offen.

In dem Moment, als er das Malheur erkannte, schien er fast in Ohnmacht zu fallen. Doch er fing sich und machte ein paar Schritte auf die Gruft zu, besann sich dann aber plötzlich, blieb stehen, wandte sich zu mir um und quetschte einen aberwitzigen Laut heraus, der mehr wie das Aufjaulen eines geschlagenen Hundes klang als nach einem beschwichtigenden Lachen.

»Ja! Ja, ja, ganz recht. Die Tür, das Schloss ist beschädigt. Es muss ... natürlich umgehend repariert werden. Denn schließlich ...« Er brach ab, griff sich verwirrt und verängstigt an die Stirn und schien fieberhaft zu überlegen, was er jetzt tun sollte.

»Denn schließlich handelt es sich um die Familiengruft, nicht wahr«, sagte ich mit betont ruhiger Stimme. »Ich wusste, dass Sie das in besonderem Maße angehen würde, Monsieur. Schließlich verwalten Sie das Gut im Namen

Ihres Vaters. Und damit auch das Patronat. Außerdem besitzen Sie den Schlüssel zur Gruft, wie mir die Baronesse vor einiger Zeit beiläufig berichtete.« Die lautere Wahrheit, Madame, Sie wissen es.

»Ja. Ja, das ist richtig«, gab er denn auch rasch zu. »Ich … ich danke Ihnen für den äußerst nützlichen Hinweis, Monsieur.« Seine Stimme wurde fester. Er bekam sich wieder in den Griff. »Ich werde umgehend Sorge tragen …«

»Lassen Sie uns hineingehen!«, unterbrach ich ihn schroff. »Wir wollen sehen, ob noch alle Knochen vorhanden sind. Oder ein paar neue hinzugekommen.«

»Wie? Was haben Sie gesagt?« Er starrte mich an. Mit einem wilden Blick aus angstvoll aufgerissenen Augen.

»Sie haben mich sehr wohl verstanden, Monsieur. Sie wissen genau, was wir vorfinden, wenn wir in die Gruft hineingehen.«

Endlich begriff er. Jetzt, wo ich den Vorhang mit einem Mal hatte fallen lassen, gab es für ihn keinen Ausweg mehr. Dennoch überraschte er mich. Er stürzte urplötzlich auf mich los, und ich verdankte es dem glücklichen Umstand, dass er über einen Ast ins Stolpern geriet, noch am Leben zu sein. Er taumelte, und die Sekunden, die er brauchte, um nicht zu stürzen, reichten mir, um die Pistole aus der Tasche zu ziehen und das Bajonett aufzuklappen. Der Ernst seiner Lage musste ihm bei diesem Anblick doppelt sichtbar sein.

Als er erkannte, dass ich die Situation genau vorbereitet hatte, senkte er den Kopf, ließ die Schultern hängen und gab auf.

Donnerstag, 26. Juli, um acht Uhr am Abend

Dennoch, liebe Freundin, war ich in Sorge. Ich hatte vorher Lambert angewiesen, genau zu beobachten, wann ich mit Karl durch den Park zur Grotte gehen würde. Kurz darauf sollte er den alten Baron und Georg von Ribbeck alarmieren, damit sie uns zur Gruft folgten. Andernfalls, so sollte er ihnen vor Augen stellen, geschehe womöglich ein weiteres Unglück auf dem Gut. Ich war davon ausgegangen, dass Lambert seinen Auftrag sorgsam ausführen würde. Ebenso verlässlich, wie er mir in der vergangenen Nacht geholfen hatte, die Eingangstür zur Grotte mithilfe eines Eisens aufzubrechen.

Warum kam er nun aber nicht herbeigeeilt? Wo blieben der Baron und Karls Bruder?

Ich erfuhr erst später, dass Lambert Mühe gehabt hatte, überhaupt zu ihnen vorgelassen zu werden. Heinrich war davor. Und dann, als Lambert sich endlich gegen ihn durchgesetzt hatte, ließen ihn die Herren kurzerhand wieder hinauswerfen, nachdem sie ihn nur zur Hälfte angehört hatten. Erst als Karl nicht wie erwartet zu ihnen zurückkehrte, begriffen sie, dass mein Bedienter zwar nach Schnaps stank, aber nichtsdestoweniger glaubwürdig war.

Von alledem ahnte ich jedoch nichts und glaubte, dass die Messieurs bald erscheinen würden. Nun war ich zwar bewaffnet, Madame, aber keineswegs bereit, meine Pistole auch einzusetzen. Seit meiner Zeit bei den venezianischen Truppen vor so vielen Jahren weiß ich, dass ich nicht fähig bin, einen Menschen zu töten. Doch ehe auch Karl von Ribbeck aufgrund meines Zögerns zu dieser Erkenntnis gelangen würde, entschloss ich mich, meine Aufforderung, in die Grotte hineinzugehen, auch in die Tat umzusetzen. Lambert mit den beiden Ribbecks würde ja alsbald auftauchen. Glaubte ich.

»Gehen wir, Monsieur. Sie voran. Allez!«, fuhr ich den jungen Baron an wie einen Gaul. Es wirkte, er drehte sich, wenngleich schwerfällig, um und ging langsam voran zur Grotte. Vor der beschädigten Tür blieb er jedoch stehen, wagte nicht, sie ganz zu öffnen. Ich drückte ihm das Bajonett in den Rücken und zwang ihn dazu. Er trat ein und war überrascht. Denn auf den breiten Steinplatten vor der Treppe, die hinunterführte, wartete auf ihn bereits eine eisenblecherne Handlaterne, die ich zuvor von Lambert dort hatte abstellen und anzünden lassen. Die Lampe besaß vorn ein verdicktes Glas, das sich Kuhauge nennt und die Helligkeit verstärken soll.

»In die Hand nehmen und dann hinunter mit Ihnen ins Grabgewölbe!«, befahl ich, und Karl von Ribbeck gehorchte stumm.

Wir stiegen hinab. Die sommerlichen Töne und Geräusche der Natur versanken mehr und mehr in Stille, das Licht der Welt erstarb in Dunkelheit. Ich benötigte eine Weile, bis sich meine Augen an das matte Laternenlicht gewöhnt hatten.

Wir erreichten eine Art kleinen Vorraum. Der schwankende Lichtkegel tastete über Wände, die mit verschiedenen Epitaphien verstorbener Ribbecks geschmückt waren. Gut erhalten war das hautreliefartige Steinbild eines Vorfahren, der in Brustharnisch und Beinschienen aussah wie ein Reiterführer aus der Schwedenzeit. Ebenso erhalten war das Relief eines jüngeren Herren von Ribbeck, auffällig gekleidet in einen Roquelaure mit mächtigen Aufschlägen und Seitentaschen sowie einer merkwürdigen Kappe, die mich an eine Bischofsmütze erinnerte.

»Weiter, weiter!«, forderte ich scharf, denn Karl von Ribbeck war erneut stehen geblieben, als sei das Gewölbe hier zu Ende. Das war es aber keineswegs. So ging er denn weiter, langsam und widerstrebend, unter äußerster Spannung wie ein voll ausgezogener Bogen. Ich wusste, ich musste jede Sekunde auf der Hut sein.

Wir erreichten jetzt einen weiß gekalkten Raum, die eigentliche Grabkammer. In dem Raum herrschte überraschenderweise kein modriger, sondern im Gegenteil ein ganz trockener, fast neutraler Geruch. Ich führte dies darauf zurück, dass die Gruft außer dem Eingang noch über eine schmale Öffnung am gegenüberliegenden Ende verfügte, sodass ein beständiger Luftstrom entstand. Von außen war dieser Luftschlitz durch dichtes Buschwerk verborgen.

Zwölf große und vier kleine Holzsärge befanden sich insgesamt in den überwölbten Nischen der Kammer. An den Kopf- und Fußenden ruhten sie auf steinernen Quadern. In der Nacht hatte ich Lambert die Deckel der toten Erwachsenen öffnen lassen (nach einigen Ermunterungen, dann Ermahnungen, schließlich wüsten Drohungen, ihm den Lohn zu kürzen; Letzteres half dann). Das Ergebnis war der schauerliche Anblick der mumifizierten Überreste von fünf Frauen und sieben Männern, die ausgetrocknet waren, bevor die Fäulnis hatte einsetzen können. Die Mumifizierung war vermutlich auf den dauernden Luftzug infolge der beiden Öffnungen der Gruft zurückzuführen. Die Gesichter der Toten waren zu Grimassen verzerrt, aber ihre prachtvollen Gewänder wirkten nur etwas angestaubt, und selbst der Papierblumenschmuck war noch zu sehen. In einem der Särge erkannte ich den jüngeren Herren von Ribbeck in Roquelaure und roter Samtkappe wieder, die Mumie ähnelte in gespenstischer Weise seinem Reliefbild im Vorraum. Neben ihm war vermutlich seine erste Ehegattin aufgebahrt, in einem noch sehr gut erhaltenen rosa Seidenkleid. Die Inschrift am Sarg verriet, dass sie mit neunzehn Jahren gestorben war, wahrscheinlich im Kindbett. Neben ihr lag ein winziges, kaum zwei Fuß langes Särglein.

Das Licht fiel jetzt auf einen weiteren Sarg, er barg die Überreste eines Herrn im Rittergewand. Sein Haupt zierte eine Krone aus grünen Glasperlen. Ein flaches Fässchen diente ihm als hartes Kopfkissen. Nun ja, die Aufmunterung: ›Kopf hoch! Wird schon wieder‹, wäre von einem Toten auch zu viel verlangt gewesen.

Karl von Ribbeck schauerte angesichts der Galerie grinsender Mumien seiner Vorfahren keineswegs. Er war damit ja bestens vertraut, drehte sich jetzt sogar halb zu mir um und probte die Rolle des Entrüsteten: »Sie sind ein Grabfrevler, Casanova!«, spuckte er mich an. »Sie vergreifen sich an der Ruhestätte meiner Familie. Sie –«

»Weitergehen!«, kläffte ich zurück. »Und kein Wort mehr, bis ich es Ihnen erlaube. Los jetzt!« Die niedrige Decke und die dicken Steinmauern warfen meine Stimme hart zurück und verstärkten sie um ein Vielfaches. Für den Moment beeindruckt, ging er weiter, wenngleich widerwillig und zäh, wie gegen eine unsichtbare Kraft ankämpfend.

Zwischen den Särgen blieb ein Gang, der zu einer mannshohen Türöffnung führte. Durch sie gelangte man in ein zweites, noch größeres Grabgewölbe. Hier standen die Särge ebenfalls links und rechts gereiht auf hohen Steinböcken, insgesamt etwa zwei Dutzend. Auch in dieser Kammer hatten Lambert und ich in der Nacht einen Teil der Sargdeckel abgehoben, um die Identität der Toten zu überprüfen. Wie die Holzdeckel der ersten Kammer waren auch diese zu schwer, um sie mit nur drei gesunden Händen wieder hinaufzuhieven. Das war eine Aufgabe für später. Von wem auch immer.

Den zweifellos traurigsten und zugleich schauerlichsten Anblick in dieser zweiten Kammer bot die Leiche eines offenbar einbalsamierten Mädchens, dessen Sargdeckel Lambert versehentlich ebenfalls geöffnet hatte. Der schmale Körper des Mädchens, das mit acht oder neun Jahren gestorben sein mochte, war noch fast ganz erhalten. Sein neuerlicher Anblick und unsere jetzt an den weißen Wänden umhertanzenden Schatten verstärkten in mir noch das Grauen an dieser düsteren Stätte des Todes, die mir wie keine andere die Vergänglichkeit des Lebens und die Hybris menschlicher Eitelkeiten vor Augen führte.

Karl von Ribbeck blieb plötzlich wieder stehen, doch war ich sicher, dass ihn im Moment ganz vitale Gedanken beschäftigten.

»Weiter. Zu der Nische hinten rechts«, fuhr ich ihn nochmals schroff an. Doch er blieb wie festgefroren stehen. Ich musste ihm erst wieder die Spitze des Bajonetts in seinen violetten Samtrock, der jetzt schwarz schimmerte, bohren, damit er gehorchte und unter dem Einsetzen eines merkwürdigen Zuckens der Schultern weiter voranging. Entfernt erinnerte es mich an die Krämpfe der Pantaloncina während unserer gemeinsamen Fahrt nach

Potsdam. Wenige Tage war das erst her, aber hier unten kam es mir jetzt vor wie eine Erinnerung aus einem vergangenen Jahrzehnt.

Ihnen zur Warnung, liebe Freundin, sei an dieser Stelle gesagt, dass die Lektüre der folgenden, mehr noch als die der soeben gelesenen Passage meines Briefs eine gefestigte Gemütslage erfordert. Eine wissenschaftliche Grundhaltung scheint mir dabei am dienlichsten. Andernfalls empfehle ich Ihnen (und Ihrer unerschrockenen Freundin), die folgenden Zeilen zu überspringen und sie sich für einen besser geeigneten Zeitpunkt aufzuheben. Dies kann ohne Verlust für den großen Zusammenhang meiner Geschichte durchaus praktiziert werden. Wenn Sie sich aber stark genug fühlen, Madame, dann kehren Sie jetzt mit mir in die Gruft zurück. Zu all den Toten. Und den frisch Ermordeten, wenn man so sagen darf.

Da lagen sie nämlich im trüben Schein der zitternden Laterne. Drei Leichen auf dem nackten Steinboden. Wie ich sie in der Nacht zurückgelassen hatte. Neben einer schweren, erddunklen Wolldecke, die sie vorher bedeckt hatte. Verborgen hinter dem letzten auf Quadern ruhenden Sarg eines Verstorbenen. Wie die Salzheringe waren sie seitlich eng nebeneinander gelegt worden. Es war erstaunlich, wie wenig Verwesungsgeruch von ihnen ausging. (Ich erinnere erneut an den permanenten Luftstrom in der Gruft, Madame.)

Der weitaus am stärksten verfallene Körper war der eines beleibten Mannes von Ende sechzig, Anfang siebzig. Er hatte rötliche Haare und sehr weiße Finger, die dick wie Schweineschwänze und voller Ringe und Steine waren, ihn aber nicht wirklich mehr schmückten. Der Mann war einmal groß und breit und fett und wohlhabend gewesen, jetzt war er bloß noch tot. Sein ganzer Kopf war überzogen mit erkaltetem, dunklem, klumpigem Blut. Seine linke Schläfe wies eine starke Deformation auf. Die ehemals vornehme, zitronengelbe Kleidung war stark verschmutzt und ebenfalls über und über mit getrocknetem Blut beschmiert; mit dem Kuhauge des Laternenlichts sah es beinahe blau aus. Es handelte sich zweifellos um den verschwundenen Grafen von Wilmerstorff, dessen Leiche dort wie ein Sack Mehl auf den Steinplatten abgelegt worden war.

Gleich neben dem toten Grafen, beinahe hätte ich gesagt auf Tuchfühlung mit ihm, lag der schmale Körper eines jungen Mannes mit schwarzen Haaren, der nur mit einem Hemd und Hosen aus grobem Leinenstoff bekleidet war. Ich hatte keinen Zweifel, dass es sich dabei um den vermissten Lakaien August handelte. Er lag dort mit einer klaffenden Stichwunde in der Herzgegend, davon hatte ich mich in der Nacht überzeugen können. Seine spärliche Kleidung war blutdurchtränkt wie die seines adligen, jetzt keineswegs mehr besser gestellten Nachbarn.

Der dritte Leichnam war der des armen Johannes Paulus. Der tote Hofmeister sah im Vergleich zu seinen beiden ermordeten Leidensgenossen beinahe unversehrt aus. Wenn man von einer Kleinigkeit absah, die aber wesentlich war: Ich meine das kreisrunde Loch in seiner Stirn, die Eintrittsstelle der Kugel, die ihn frontal getroffen hatte. Sein ehemals rundes, rübenrotes Gesicht war eingefallen, aschgrau und bereift vom Frost des Todes. Im Übrigen wirkte er als Leiche wie schon im Leben mehr wie eine Wurstmasse, die man in schlechte, zu knapp sitzende Kleider gepresst hatte.

Karl von Ribbeck zuckte immer noch konvulsivisch mit den Schultern, der Lichtkegel der Laterne, die er trug, sprang dadurch unruhig hin und her und erzeugte auf den Wänden gespenstische Schatten wie von einer Schar Fledermäuse. Als ich schon dachte, es schüttele ihn, weil ihn am Ende doch die Reue überkam, schoss er plötzlich herum und brüllte mich mit erbärmlich schlecht gespielter Wut an: »Sie sind nicht nur ein Grabschänder, Casanova! Sie sind ein Mörder! Sie haben …« Seine Vorstellung war eine Beleidigung für jeden Ästheten, Madame!

»Schluss jetzt!«, fuhr ich ihn an und hielt ihm das Bajonett am ausgestreckten Arm entgegen, sodass es ebenso wie der Lauf der Pistole direkt auf seinen Kopf zielte. »Glauben Sie ernsthaft, Ribbeck, Sie könnten mich mit Ihrem dilettantischen Theater beeindrucken? Ich habe meinen Bedienten, der mir half, in die Gruft einzudringen, zum Zeugen, dass die Tür zuvor unbeschädigt war. Wir fanden diese drei Leichen in der hintersten Ecke vor, nachdem wir bereits einen Teil der Särge untersucht hatten. Drei Tote, Monsieur, drei Morde, die Sie zu verantworten haben. Nur Sie hatten den Zugang zur Gruft. Sie besaßen den Schlüssel. Und mehr noch, Ribbeck, hören Sie zu! Ich kenne Ihr Motiv. Heute Nacht habe ich Sie belauscht, Monsieur. Sie durchs Fenster beobachtet.« (Nun ja, nicht wirklich.) »*Sie* sind der eigentliche Liebhaber Ihrer Schwester. Und Sie würden jeden aus dem Weg räumen, nicht wahr, der Ihnen diese intimste aller – pardon – Stellungen bei der Baronesse streitig zu machen droht!« Er machte unwillkürlich eine Bewegung wie ein

Raubtier, das zum Sprung ansetzt. Doch er blickte noch immer direkt in die schwarze Mündung der Pistole, und so ließ er es bleiben.

»War nicht sogar die Provokation von Eifersucht Teil des Spiels zwischen Ihnen und Ihrer Bett-Schwester?«, fuhr ich fort. »Der Graf, der Hofmeister. Beide waren für Sie konkurrierende Liebhaber Agnesas, des traurigen Unschuldslamms. Beide mussten verschwinden; nicht wahr, das verlangten die Regeln Ihres Spiels!«

Selbstverständlich, liebe Freundin, war meine Anspielung auf die verschlungene Namensherkunft Agnesas verschwendet. Gehen Sie mit mir davon aus, dass Karl von Ribbeck weder die griechische Bedeutung von Agnesa als ›Geheiligte‹ noch die vulgärlateinische als ›Lamm‹ aufgrund der irrtümlichen Ableitung von ›agnus‹ bekannt war.

»Aber warum der junge Bursche, Monsieur?«, fuhr ich fort, indem ich mit meiner verletzten Hand auf den toten jungen Lakaien deutete, auf die schlanke schöne Leiche in der Mitte zwischen den zwei unförmigen Männerkörpern. »Warum mussten Sie auch August töten? Ich verstehe es einfach nicht. Verlangte es Agnesa von Ihnen? Wie auch die anderen Morde?«

Die Provokation wirkte augenblicklich: »Agnesa verlangte gar nichts von mir!«, stieß er wütend hervor. »Sie wusste nichts. Vielleicht ahnte sie etwas.«

»Dessen bin ich sicher.«

»Ich war Manns genug, um selbst zu tun, was getan werden musste. Der August hatte sein Fett genauso verdient wie Wilmerstorff und Paulus!« Er kam jetzt anscheinend in Schwung. Das war mir recht, denn ich wartete mit wachsender Unruhe auf Lambert und die Herren von Ribbeck.

»Wilmerstorff«, redete er weiter, »hat sich Agnesas rücksichtslos bedient. Ihre Koketterie war doch nur als ein Spiel gedacht. Aber er … war wie ein Vieh! Ich habe ihm nur gegeben, was er verdiente, nachdem er in der Nacht wieder bei ihr war. Wilmerstorff hatte genau das richtige Maß an Dummheit, sich nachts von mir an den See locken zu lassen.« Er lachte zufrieden. »Ich traf ihn mit einem Hufeisen an der Schläfe. Nur brauchte ich einfach zu lange, eine Ewigkeit, um seinen fetten Kadaver bis zur Gruft zu schleifen. Ich war auf sein Gewicht nicht vorbereitet, der Weg war weit beschwerlicher, als ich gedacht hatte.« Er schnaufte durch, als müsse er sich noch immer davon erholen. »Und dann kommt die dumme Stine im Morgengrauen auf dem Weg zum Stall daher und sieht mich. Aus ziemlicher Entfernung zwar. Aber es reichte, um hinterher zu begreifen, dass der menschlich aussehende Sack, den ich im Morgengrauen über den Rasen fortgeschleppt hatte, wirklich ein Mensch war. Kein anderer als Wilmerstorff, der kurz darauf als verschwunden galt, konnte es natürlich gewesen sein.«

»Wollen Sie behaupten, die Stine hätte Sie erpresst? Ohne Beweise? Ihr Wort, das eines Barons, hätte gegen das einer kleinen Küchenmagd gestanden. Wer hätte dem Mädchen glauben sollen?«

»Mein Vater natürlich!«, blaffte er mich in einer Mischung aus Wut und Verzweiflung an. »*Er* vertritt hier das Recht, niemand sonst. Er schert sich sonst nicht um das Gesinde, aber er kennt seine Wesensart genau und hätte *gewusst*, dass die Stine die Wahrheit sagt. Und wenn ich es auch geleugnet hätte, er hätte sich davon nicht täuschen lassen. Sie kennen ihn nicht. Wilmerstorff war der einzige Mensch, den Vater achtete. Seine

Familie – *wir!*«, er schlug sich mit der freien Hand gegen die Brust, »sind ihm gleichgültig. Schon aus dem Grund, weil ich seinen Wilmerstorff getötet hatte, hätte er mich auf der Stelle erschlagen. Oder dem Militär in Potsdam überstellt. Was auf das Gleiche hinausgelaufen wäre.« Er atmete heftig durch, wie nachträglich erleichtert, dass ihm dieses Schicksal erspart geblieben ist. Er dachte in dem Moment sicher nicht an den armen Justus, der sich in seiner Verzweiflung ›unter der Puppe‹ das Leben genommen hatte.

»Außerdem«, redete er jetzt weiter, »wusste die Stine wohl auch von ... von Agnesa und mir. Ahnte es zumindest. Sie hatte ihre Augen und Ohren überall. – Nein, nein, sie konnte mir sogar *sehr* gefährlich werden, ich wusste von Anfang an, dass ich sie früher oder später töten musste.«

Die Gruft war vorerst der ideale Ort für Wilmerstorffs Leiche gewesen. Später auch für die anderen. Ohne Leiche kein Mord. Irgendwann, wenn das Verschwinden der Opfer als unlösbares Rätsel hingenommen worden wäre, hätte Karl von Ribbeck die Gelegenheit genutzt, die Leichen endgültig verschwinden zu lassen. Zum Beispiel in einem weiter entfernten havelländischen See, dessen glitzernde Oberfläche über seine Untiefe hinweggetäuscht hätte.

»Vorerst gab ich der Stine Geld«, erklärte er mir jetzt, »damit sie sich nicht an meinen Vater wandte. Das Aas wusste genau, mit wem sie mir drohen musste. Ich gewöhnte sie aber daran, sich die Belohnung für ihr Schweigen nachts von mir zu holen. Wir trafen uns unten am See. Sie hatte große Pläne! Nach Berlin wollte sie. Ein Lokal aufmachen!« Er lachte jetzt lauthals und schüttelte seinen wässerigen Körper, der von dem Laternenlicht in seiner Hand als irrwitziger Schattenriss um das Vielfache vergrößert an die Wand in seinem Rücken und auf einen Teil der niedrigen Decke geworfen wurde.

»Sie hatte keinerlei Angst vor mir«, redete er weiter. »Sie fühlte sich vollkommen sicher. Und sie gestand mir auch, warum. Sie hätte bereits den August, unseren neuen Hauslakaien, eingeweiht, sagte sie frech.« Er schien sich noch immer über die Respektlosigkeit seines Opfers zu ärgern, es war grotesk! »Mit August«, fuhr er im gleichen beleidigten Tonfall fort, »nicht mit Justus, der ihr nicht mehr gut genug war, wollte sie groß herauskommen. – Ich musste beiden das Handwerk legen«, sagte er schnell. »Außerdem hatte mein Vater inzwischen *Sie* entdeckt und Ihnen den lächerlichen Auftrag, Wilmerstorff zu finden, erteilt. Sie sind zwar nur ein Parasit, aber das waren Stine und August ebenfalls.« Er spie angewidert auf den Boden der Gruft. »Die beiden mussten weg, bevor Sie anreisten. Bis dahin hatte ich noch gehofft, dass mir der Justus wenigstens den August abnehmen würde. Justus glaubte doch, die Stine würde nachts, wenn sie sich aus dem Gesindehaus schlich, den August treffen. Dabei traf sie sich mit mir. Um abzukassieren. Justus drohte der Stine ganz offen, er werde sie wegen August eines Tages noch umbringen. Und den Laffen gleich dazu. Der August hatte natürlich eine Heidenangst vor Justus' Rache.«

»Aber Justus tat Ihnen den Gefallen nicht.«

»Nein. Der liebte die Stine wirklich. Und August ging ihm aus dem Weg, wo er nur konnte. Also musste ich es vollständig selbst tun. Mir blieb keine Wahl.« Es klang beinahe, Madame, als hätte er dem Justus einen Gefallen getan, weil der nicht Manns genug war, seine Geliebte eigenhändig zu töten.

»Sie erschlugen die Stine unten am See. Gleich neben der Sitzbank«, sagte ich. Er nickte zustimmend.

»Ja. Ich wusste, dass man den Justus verdächtigen würde. Deshalb ließ ich sie einfach liegen.«

»Und in derselben Nacht noch erstachen Sie den August.«

Er lachte wieder trocken. »Mit August war es wirklich leicht. Ich weckte ihn in seiner Kammer. Gleich, nachdem ich die Stine zum Schweigen gebracht hatte. August fühlte die Pistole zwischen seinen Augen und machte sich gleich ins Hemd. Ich führte ihn aus dem Haus, in weitem Bogen um Park und Gesindehaus herum zur Gruft. Niemand hat uns bemerkt, es war ja noch finstere Nacht. Ich habe ihn mit offenem Visier getötet, von Angesicht zu Angesicht. Gleich neben der Mauer oben.« Er machte eine Bewegung aufwärts mit dem Kinn, sein Hals quoll hervor und wirkte für einen Moment wie der nackte Rücken einer gerupften Taube. Ein verspanntes Lächeln lag um seine Mundwinkel, als er hinzufügte: »August starrte immer auf die Pistole. Nicht auf das Messer in der anderen Hand. Ein leises, flinkes Werkzeug. Ein Stich ins Herz, es war schnell für ihn vorbei.«

»Schade«, sagte ich, »dass nur Sie ein Messer hatten, Ihr Opfer aber keins.«

»Das ist zwischen *uns* in diesem Moment doch nicht anders, Casanova«, sagte er auf einmal mit einem tückischen Blitzen in den Augen. Ich verstand ihn nicht. Er wies mit zwei Fingern seiner freien Hand auf den Lauf der Pistole, die ihn anstarrte. Er kam ihr gefährlich nahe, ich reagierte unwillkürlich darauf, indem ich mit der Spitze des überstehenden Bajonetts seiner Hand auswich und die Pistole zurückzog.

So war ich für den Bruchteil einer Sekunde nicht fähig, auf seine andere Hand, die das Licht hielt, zu achten. Mit einem kurzen, heftigen Schwung schmetterte er das Eisenblech-Gehäuse der Laterne gegen den Pistolenlauf, der der Länge nach gegen meine Schläfe donnerte. Die Pistole explodierte direkt neben meinem Kopf, und ich verlor sie aus der Hand. Im selben Augenblick zersprang das Glas der Laterne und erlosch das Licht. Der Knall war entsetzlich, er hallte donnernd wider in den Gewölben der Gruft, flutete in die vorderen Kammern, echote zurück und erstarb zwischen all den Särgen ringsum.

Ich glaubte mich zuerst von der zurückgeschleuderten Kugel getroffen. An der Hand, die die Pistole gehalten hatte. Als ich begriff, dass ich sämtliche Finger bewegen konnte und die Hand vom Rückstoß zwar schmerzte, aber nicht verletzt war, fürchtete ich gleich darauf, Karl werde versuchen, mich zu töten.

Es dauerte wiederum einige Sekunden, ehe ich fähig war, mich in der Schwärze, die mich plötzlich umgab, zurechtzufinden und meine Gedanken zu ordnen.

Dann erst wusste ich, dass er entkommen war.

Freitag, um elf Uhr am Vormittag

Der Schuss hatte für eine Weile nicht nur meinen Verstand ausgeräumt, sondern offenbar auch mein Gehör gelöscht. Ich tastete mich in der Dunkelheit vor und fühlte mich von einer Stille umgeben, wie sie im Weltraum herrschen muss. Oder dereinst in meinem Grab. Vielleicht war ich schon drin. Ich hörte nicht das Geringste, nicht meine Schritte, nicht die polternden Geräusche, die entstehen mussten, wenn ich mit meinen lose schlenkernden Taschenuhren versehentlich gegen einen Sarg stieß. Es herrschte jetzt buchstäblich Totenstille für mich.

In diesem Moment packte mich die Angst im Nacken wie ein Raubvogel, mein Herz schlug, als wollte es die Brust aufmeißeln. Ich wollte nur noch heraus aus dieser hundertjährigen Todesfalle, mochte mir Karl von Ribbeck am Ausgang auch auflauern. Licht war für mich gleichbedeutend mit Leben.

Mein Widersacher hatte die Tür zwischen erster und zweiter Kammer zugeschlagen, aber ich konnte immerhin einen winzigen grauen Längsstreifen ausmachen, der sich wie ein Zipfel der Offenbarung durch eine Ritze stahl. Eine Schnittwunde aus Licht, die mir mitten in der Dunkelheit die Richtung anzeigte.

Ich bewegte mich im Gang zwischen den Särgen wie zwischen schlafenden Monstern, auf einer grausigen Allee der Toten in Richtung Tür. Doch als ich sie endlich ertastete, musste ich feststellen, dass sie sich keinen Zoll öffnen ließ. Ich war gefangen.

Ich realisierte erst noch diese schockierende Erkenntnis, als die schwarze Fläche vor mir plötzlich gegen mich losschoss und mich hart in den Raum zurückwarf. Ich ging zusammen mit einem Sarg zu Boden, der von dem hinteren seiner stützenden Quader abrutschte, und lag nun längs über seiner Öffnung.

Die Tür war von außen mit großer Wucht geöffnet worden. Schlagartig war die Szenerie nun wieder beleuchtet, und ich starrte in das grinsende lederne Gesicht einer Dame in dem Sarg unter mir, die meiner Gesellschaft jedoch nicht mehr bedurfte.

Es war Lambert, der hinzustürzte, mich an den Armen packte und wild auf mich einredete, während er mir half, mich aufzurichten. Ich verstand kein Wort von dem, was er sagte, ich war immer noch taub. Ich wandte mich um und blickte in das wütende breite Hofhund-Gesicht des alten von Ribbeck, der eine eigene Pistole in der Hand hielt. Er hielt sie vor dem Bauch und richtete sie auf mich.

Rechts neben ihm stand, glücklicherweise nur mit einer Handlaterne bewaffnet, sein Sohn Georg. Seine Froschaugen saugten sich fassungslos zuerst an mir, dann an der mit mir gestürzten Dame im Sarg, schließlich an der Galerie der anderen geöffneten Särge fest. Plötzlich zwängte sich zwischen ihnen Karl von Ribbeck durch, um mit bloßen Fäusten auf mich loszugehen. Sein Bruder mit der einen, sein Vater mit der anderen Hand hielten ihn jedoch davon ab. Außerdem stellte sich auch Lambert mutig zwischen uns.

Karl spielte wieder nur Theater. Er gestikulierte wie ein Provinzschauspieler und brüllte mich an. Ich verstand jedoch nichts, und in seinem Fall war ich dankbar dafür.

Mit einer herrischen Geste brachte der Baron seinen Sohn zum Schweigen. Lambert nahm unterdessen die Laterne wieder an sich, die er nach dem Eindringen in die Kammer auf dem Boden abgestellt hatte, um mir aus der Umarmung der toten Schönen zu helfen. Der Baron baute sich, die Pistole wieder auf mich gerichtet, breit wie ein Ochse vor mir auf und stellte mir, seinem Gesichtsausdruck nach zu urteilen, eine schwerwiegende Frage.

»Baron, ich kann Sie nicht hören«, keuchte ich um Luft kämpfend. Ich hoffte, er würde mich verstehen, da ich mich selbst nur wie unter einer Käseglocke, gleichsam durch mein inneres Ohr, hörte. »Ich bin durch einen Schuss betäubt, der sich versehentlich aus meiner Pistole löste, als Ihr Sohn versuchte, mich zu überwältigen.«

Hinter dem Wall seines massigen Körpers entstand heftige Bewegung, Karl von Ribbeck gestikulierte wieder wild mit seinen Händen. Doch der Baron brachte ihn mit einem einzigen Ruf zur Ruhe, ich sah den Alten seinen Mund aufreißen, als wollte er ein Weißbrot hochkant hineinschieben. Dann wandte er sich wieder an mich und stellte mir erneut eine Frage, als hätte er meine Erklärung nicht verstanden, dass ich ihn nicht hören könne.

Ich gab es daher auf, mich ihm weiter mit Worten verständlich zu machen, nahm Lambert die Laterne aus der Hand und forderte den Baron auf, mir zu folgen: allein.

Er tat es nur widerwillig und mit einem Blick voller Misstrauen, griff seine Pistole fester, befahl seinen Söhnen aber zurückzubleiben, wie ich sehen konnte. So folgte er mir den Gang entlang bis in den hintersten Winkel der Kammer. Und dann stand auch er ebenso unvermittelt vor den Leichen am Boden wie ich in der vergangenen Nacht, nachdem ich die dunkle Wolldecke von ihnen entfernt hatte.

Er verharrte vor ihnen, stumm und steinern wie sein eigenes Standbild. Er schien mehr ins Leere zu blicken als in die bleichen Gesichter der Ermordeten. Mir war nun aber nicht danach, auf seine Schockstarre Rücksicht zu nehmen. Ich nutzte die Gelegenheit, ihm so kurz und prägnant, wie mir dies in meinem Zustand möglich war, zu erklären, was die grausige Szenerie zu bedeuten hatte.

»Ihr Sohn Karl ist schuldig am Tod dieser drei Männer, Baron. Wilmerstorff tötete er als Ersten, weil Ihr Herr Schwiegersohn und alter Frontkamerad die Baronesse beschlief.« Er war selbst nicht zimperlich in der Wahl seiner Worte, warum, liebe Freundin, sollte ich es jetzt sein? »Karl«, erklärte ich rasch weiter, »betrachtete Agnesa als sein sinnliches Eigentum, wenn Sie mir den Ausdruck gestatten. Den Lakaien August brachte er um, weil der Bursche vom Mord am Grafen erfahren hatte. Und zwar durch Stine, die junge Magd, die das Verbrechen als Erste erkannte und Karl damit erpresste, Ihnen, Baron, davon Kenntnis zu geben. Karl scheint Sie, seinen Vater, mehr zu fürchten als das Jüngste Gericht. Darum beseitigte er die Magd noch vor ihrem Mitwisser, dem Lakaien. Den Hofmeister tötete er schließlich, weil der arme Hauspoet Agnesa wohl wirklich liebte und sie ihren Bruder mit dem Verhältnis zu ihm so lange reizte, bis auch Johannes Paulus daran glauben musste.«

Ich war mir nicht klar darüber, ob der Alte, der noch immer wie vom Schlag gerührt auf die Toten herabsah, mir überhaupt zuhörte. Ich hatte ihm aber auch nicht viel mehr zu sagen. »Entscheiden Sie nun, Baron«, schloss ich, »was zu tun ist und in welcher Weise Sie Ihren Sohn zur Rechenschaft ziehen wollen. Ich habe damit nichts mehr zu schaffen. Ich möchte nur noch diese grausige Stätte und danach Ihr friedvolles Gut verlassen, das ist alles.«

Ich blickte ihn von der Seite an. Endlich löste er sich aus seiner Starre. Er drehte mir langsam sein Doggen-Gesicht zu, sein Schatten, der von meiner tief gehaltenen Laterne geformt wurde, nahm die halbe Deckenwölbung ein. Er sagte etwas, irgendetwas.

Dann wandte er sich um, es gab nichts mehr zu sagen, und wir schlichen zurück Richtung Ausgang.

An der Verbindungstür der beiden Kammern befanden sich die Ribbeck-Brüder offensichtlich in einem hitzigen Streit. Georg schüttelte Karl krampfhaft an den Schultern, vielleicht hielt er ihn auch fest. Sie schrien sich an, wie es aussah, und schlugen beinahe aufeinander ein, ließen aber schlagartig voneinander ab und wandten sich uns erschrocken zu, als sie uns zurückkommen sahen.

Seltsamerweise beachtete mich Karl von Ribbeck jetzt überhaupt nicht mehr, sondern richtete seinen panischen Blick ausschließlich auf seinen Vater. In diesem Moment wurde mir klar, dass Karl bereits seinen Richtspruch erwartete. An diesem Ort. Jetzt.

Das Urteil stand schon fest. Karls flehentlicher Blick verriet ihn mehr, als tausend Sätze es getan hätten. Es stimmte, seinem Vater gegenüber war er unfähig, die Wahrheit abzustreiten. Und die stumpfen, kalten Augen, mit denen der Alte dieses Flehen um Gnade und Freispruch beantwortete, kündigten die Höchststrafe für den Sohn an.

Danach ging alles sehr schnell. Der Baron schickte mit unwirschen, herrischen Gesten alle hinaus, bis auf Karl. Ich war nur noch begierig, ans Licht zu kommen, und stürmte, noch die Laterne in der Hand, voran. Gefolgt von Lambert und, mit einiger Verzögerung, Georg von Ribbeck.

Oben im Freien angekommen, schleuderte ich die Laterne fort, warf mich in das sommerhohe Gras, unter dem all die Toten ruhten, und badete in der Flutwelle aus Sonnenlicht, die sich über mich ergoss. Der Wolkenwalfisch war weitergezogen, zwischen den Baumwipfeln über mir zeigten sich die Ausschnitte des blanken, blassblauen Himmelsbogens. Die warme Luft war erfüllt vom üppigen Duft der Heckenrosen, Bienen bahnten sich ihren Weg zwischen den Grashalmen zu den weißen Blüten des Kleeblatts. Die Welt existierte also noch, wie ich sie verlassen hatte.

Lambert und der ältere Ribbeck-Sohn standen um mich herum. Beide blickten in gespannter Erwartung zur Eingangstür der Familiengruft. Plötzlich fuhren sie im selben Moment zusammen, wie unter einem Peitschenschlag, der sie beide gleichzeitig traf. Lambert wich einen Schritt zurück. Georg von Ribbeck dagegen stürzte sich wieder ins Dunkel der Gruft. Ich blieb halb sitzend, halb kauernd, wo ich war, am Boden.

Es dauerte nur kurz, bis zuerst der alte Baron, ohne seine Pistole, keuchend und gebeugt, wie mit einem unsichtbaren Mühlstein beladen, wieder ans Tageslicht kam. Ihm folgte Georg von Ribbeck mit hängenden Schultern und einem wie um Jahre gealterten Gesicht.

Der Baron blieb stehen, nur ein wenig schwankend, wie in vollkommener Seelenversteinerung, ein regloser Psycholith mit fast vollständig geschlossenen Augen.

Ich erhob mich. Wir standen uns jetzt gegenüber. Sein Gesicht war wie zum Eisblock erstarrt, seine Augen öffneten sich wieder, aber sein Blick war tot. Er bewegte die wulstigen Lippen, die mächtigen Kinnbacken mahlten kräftig, und es fiel eine Handvoll Wörter heraus. Ich verstand sie nicht, sah ihm jedoch an, dass er selbst nicht an sie glaubte.

Von Lambert erfuhr ich Stunden später, nachdem mein Gehör ansatzweise zurückgekehrt war, was genau der Baron zu mir gesagt hatte: »Karl hat sich gerichtet. Ein Tod in Ehren.«

Ich bin sicher, Madame, dass es der Vater selbst war, der den Sohn getötet hat. Aber es ist ja stets das äußere Erscheinungsbild, liebe Freundin, das die Gesellschaft in ihren eigenen Augen erst zur guten macht. Stimmen Sie mir zu?

Teresa

Mitau in Kurland, 12. September 1764

Überliste die Bewacher!, rieten schon die Alten. – Liebe Teresa, kluge Freundin, tausendfach danke ich Ihnen für Ihre Nachricht, die Sie Mademoiselle Bregonzi für mich mitgaben: Ich darf Ihnen also wieder gefahrlos schreiben!

Es tut mir außerordentlich leid, Madame, dass Ihre (ich bin versucht zu sagen: unsere) vertraute Freundin bei ihrem Gatten in den Verdacht geriet, einen Liebhaber so ganz außer der Reihe zu haben und ihn mit außerordentlichen Geldsummen zu unterhalten. Wer konnte ahnen, dass dieser Hohlkopf von einem Ehemann noch engstirniger über sein Vermögen wacht als der Ihre und den Briefwechsel Ihrer Freundin kontrolliert, als wäre es seine Geldbörse? Hätte er dann aber nicht wenigstens so genau lesen können, dass ihm klar geworden wäre, dass nur eine andere als seine Frau gemeint sein konnte? Ach, Madame, wer echte Liebschaften in den falschen Briefen vermutet, der ist wirklich verdorben.

Umso mehr freue ich mich, dass eine weitere, wie Sie schreiben, »zärtliche Freundin« in Dresden bereit ist, meine Briefe an Sie entgegenzunehmen und diskret an Sie weiterzuleiten. Ich freue mich schon jetzt auf den Tag in hoffentlich nicht allzu großer Ferne, Madame, an dem ich Sie in Dresden wiedersehen werde. Wir könnten unsere Freundschaft mit Hingabe feiern und unsere Zärtlichkeiten, wenn Sie möchten, um das Vielfache steigern, indem wir Ihre »unschätzbare« ebenso wie Ihre »zärtliche« Freundin in unser Spiel einbeziehen.

Einstweilen danke ich Ihnen auch für Ihr Empfehlungsschreiben und die Bürgschaftserklärung für den Bankier Keller in Königsberg, die mir Mademoiselle Bregonzi ebenso treulich überbracht hat wie Ihren Brief. Das Schreiben war Gold wert, ich verfüge nun wieder über eine Summe von hundert Dukaten, nachdem ich auf meiner Zwischenstation in Danzig beinahe alles Geld beim Piquet-Chouette-Spiel mit zwei holländischen Kaufleuten verlor.

Ich war mir, liebe Teresa, des Risikos für Sie, von Giovanni entdeckt zu werden, durchaus bewusst, als ich Ihnen meine erneute Notlage schilderte und den letzten Brief an Sie direkt adressierte. Doch das Glück ist mit den Liebenden. Und noch mehr mit den Liebenden, die sich schreiben, Madame. So auch diesmal.

Sie haben mich also wiederum errettet, liebe Freundin. Ich verspreche, ich werde Sie zum Dank glücklich machen. Sobald wie möglich. So oft Sie es wünschen (oder Ihre Freundinnen).

Apropos Mademoiselle Bregonzi! Sie und ich konnten bei unserer Begegnung feststellen, dass wir uns – fast wie bei der Pantaloncina – bereits aus Kindertagen in Venedig kannten. So wiederholten wir nun eifrig die unschuldigen Spiele mit nicht minder kindlichem Vergnügen. Sie ist eine Frau – wussten Sie das? –, die den größten Genuss aus den hunderterlei Geräuschen und Tönen der Sinnlichkeit zieht, die sie selbst hervorbringt. Sie liebt ausschließlich mit geschlossenen Augen. Sie murmelt, gluckst und röchelt dabei, lispelt unverständliche Worte, schluchzt (ein wenig), haucht, schnurrt und girrt. Eine faszinierende Tonleiter der Liebe, die freilich nicht allzu fern liegt bei einer Sängerin ihres Könnens. Caterina Bregonzi *ist* Gesang. Amors weibliche Stimme.

Ich bin Ihnen also, Madame, in so vieler Hinsicht zu Dank verpflichtet. Nicht zuletzt versetzte mich Ihre

Großzügigkeit in den Stand, in einem Landauer mit sechs Pferden in Mitau einzufahren und mich in einer noblen Gaststätte gegenüber dem neuen, imposanten Schloss des Herzogs von Kurland einzuquartieren. Der Herzog, erfuhr ich, ließ das alte Schloss auf einer Insel im Fluss niederreißen und das neue von Rastrelli an der Brücke über die Kurländische Aa erbauen. Es ist von einem weitläufigen, raffiniert mit allerlei Irrwegen und kleinen Labyrinthen versehenen Lustgarten umgeben, der mich täglich zum Spaziergang reizt. Nur die Vorstellung, dass das Schloss die Sarkophage aller kurländischen Herzöge beherbergt, behagt mir nicht. Sie erinnern mich fatal an die preußischen Särge in der Gruft von Gut Glienicke. Wahrscheinlich ist das ein Grund, warum ich bislang noch zögere, dem Herzog das Empfehlungsschreiben zu überbringen, das ich mitführe. Es stammt, Sie werden es nicht für möglich halten, vom Baron von Ribbeck, der es mir in Berlin noch per Boten überbringen ließ. Kurz vor seinem Tod.

Ja, Madame, der alte von Ribbeck starb nur drei Wochen nach seinem Sohn. Karls ›ehrenhafter‹ Tod hat dem alten preußischen Bären am Ende wohl doch das Patriarchen-Herz in Stücke gebrochen.

Die Pantaloncina nahm an den Trauerfeierlichkeiten teil. Die Baronin von Ribbeck nicht. Sie war unpässlich, hieß es. Es geht ihr aber schon wieder besser. Die Gerüchte besagen, dass sie gleich nach dem Tod ihres Gatten einen neuen Hofmeister angestellt hat. Er soll noch jung sein, erst zarte siebzehn Jahre alt, aber doch schon so lendenstark, dass er Tochter *und* Mutter Ovids Liebeskunst lehren kann. Oder die beiden Damen ihn. Denn das Lateinische soll seine Sache nicht sein.

Am Begräbnis des Grafen von Wilmerstorff nahm außer seiner Gattin niemand teil, den ich kannte. Abgesehen von James Boswell, der zufällig davon erfuhr und sich über Keith Zugang zur Trauerfeier verschaffte, in der kindischen Erwartung, den König anzutreffen. Vergeblich, wie mir der Lordmarschall lachend bestätigte. Es wäre auch zu schade gewesen, wenn Friedrich wirklich erschienen wäre. Ich bin sicher, dass der Teufel sich nicht getraut hätte, den Grafen in sein düsteres Reich zu holen, wenn er um die Anwesenheit des Preußen-Königs gewusst hätte. Gewiss hätte er (der Teufel) Angst gehabt, dass Friedrich auch mit ihm seine ruchlosen Späße treibt.

Gleichwohl gibt es auch schöne Erinnerungen an Preußen. Am erfreulichsten ist sicherlich die Tatsache, dass ich seit unserem Potsdam-Abenteuer den ganzen Sommer über der zärtliche Freund der Pantaloncina war. Ihre Krampfanfälle wiederholten sich zum Glück nicht, und sie beschämte mich mit ihrer Überzeugung, dass ihre Erholung auf meine Anwesenheit und Fürsorge zurückzuführen sei. Das alles bestätigt mich in meiner Ansicht, dass eine Frau wenigstens *eines* echten Liebhabers (oder einer zärtlichen Freundin) bedarf, um nicht nur seelisch glücklich, sondern auch körperlich gesund zu sein.

Die Pantaloncina hat endgültig Abschied von der Bühne genommen und dem König entsprechend Bescheid getan. Seine völlig unerwartete, heftige Reaktion – er weinte bei der Nachricht, die sie ihm persönlich gab – hat sie erschüttert, und seither verzeiht sie ihm allen Geiz der vergangenen anderthalb Jahrzehnte in Berlin. Dennoch steht ihr Entschluss fest, und sie bereitet ihre Abreise und Heimkehr (ohne ihren Gatten) nach Italien, vermutlich nach Florenz, vor. Ihre Entscheidung wurde durch die Tatsache beschleunigt, dass sie mit dem Theater ihre Bühne und mit dem Baron nun auch ihren finanziellen Gönner verloren hat.

Ich sprach mit der Pantaloncina auch lange über die frische Witwe, Johanna von Wilmerstorff. Ich glaube, die Gräfin im Nachhinein besser zu verstehen. Ihr verwirrendes, widersprüchliches Verhalten mir gegenüber schreibe ich heute dem Umstand zu, dass sie sehr schnell, vielleicht von Anfang an ahnte, ihr Bruder Karl könne der Mörder ihres Gatten sein. Sie ist klug genug, die Verhältnisse innerhalb ihrer Familie genau zu kennen, und ich war mir mit der Pantaloncina sicher, dass sie um die unselige Geschwisterliebe zwischen Karl und Agnesa wusste. Und natürlich kannte sie den brutalen Charakter des Grafen, dessen Opfer Agnesa wurde, nachdem sie anfangs glaubte, mit dem Schwager spielen zu können (wie später mit mir).

Johanna von Wilmerstorff musste jedes Mittel recht sein, mich von Nachforschungen abzubringen, die den Bruder als Mörder entlarven und den Ruf der Familie ruinieren konnten. Und für ihren Vater, meinen ahnungslosen Auftraggeber, würden sie gewiss am wenigsten verkraftbar sein, das wusste sie.

Die nachfolgenden tragischen Entwicklungen bestätigten natürlich ihre Befürchtungen und stießen im Nachhinein in mir eine bedeutende Frage an: Rechtfertigt die Aufklärung der Tat letztlich ihre traurigen Begleiterscheinungen? Hat das Wissen nicht auch eine so schreckliche Kehrseite, dass man ihm mitunter die Ahnungslosigkeit vorziehen sollte? Ich kann die Frage nicht letztgültig beantworten und hoffe bei Gelegenheit auf Ihre Meinung in diesem Punkt, liebe Freundin.

Die Fackel der Aufklärung lässt sich nicht durch die Menge tragen, ohne am Ende nicht doch jemandes Perücke zu versengen. Aber was ich zur Erhellung in dieser dunklen preußischen Affäre beigetragen habe, geschah mehr zufällig und mittelbar als durch mein aktives, zielgerichtetes Forschen.

Ein seltsames philosophisches Problem schließt sich hier an: Kann der Zufall entgegen seinem Wortsinn dennoch eine Richtung haben? Lamberts ›wissenschaftlichen‹ Ehrgeiz habe ich damit aufs Neue entzündet. Er will der Frage mathematisch (!) auf den Grund gehen und nennt seine vorläufigen Berechnungen, die sich über zahllose Verästelungen auf Stößen von Papier ergießen, das »Problem des bloßen Scheins von Zufälligkeiten«. Was soll man davon halten, Madame? Ich fürchte ernsthaft um seine geistige Gesundheit.

Seine seelische ist ohnehin stark angegriffen. Dies hängt mit einer schlimmen Nachricht zusammen, die uns (zufällig oder ›bloß scheinbar zufällig‹) an einer Poststation bei Danzig erreichte. Sie wissen, der Anstand gebietet es, mit Diener zu reisen, will man an europäischen Höfen willkommen sein. Lambert war bereit, mich zu begleiten. Ich versprach ihm im Gegenzug, ihn in den Stand zu setzen, nach Berlin zurückzureisen, falls ihm danach sei. Es war die stille Magd auf Gut Dahlem, Else, die seinen rechnenden Kopf und nicht zufällig auch sein unberechenbares Herz gefangen nahm, seitdem er sie kennengelernt hatte. Natürlich gab es vorerst keinen Weg, wie sie dauerhaft zueinander finden sollten. Doch er hoffte auf Änderung, wenngleich diese Hoffnung sich allein auf seinen Wunsch, nicht auf die Wirklichkeit bezog. Es ist nun einmal das Schicksal einer solchen Ganter-Liebe, dass sie unerfüllt bleibt oder in Enttäuschung ersäuft.

An der erwähnten Danziger Poststation also kam Lambert ins Gespräch mit dem Kutscher eines alten Bekannten von mir, des Kaufmanns Zierenberg aus Hamburg, den ich, Sie erinnern sich, im Berliner Hôtel de Paris kennengelernt hatte. Zierenberg war diesmal leider ohne seine kleine, kecke Frau unterwegs. Dafür aber mit zahlreichen Proben seiner Parfums, die er zuerst der Gattin des Gouverneurs von Königsberg, der »Feldmarschallin« Lehwald, unter die Nase halten will. Gleichsam als Nasenöffnerin für die übrige gute weibliche Gesellschaft in Königsberg.

Zierenbergs Kutscher nun wusste von einem tragischen Ereignis aus der Nähe von Potsdam, wo sein Herr hatte Station machen lassen, zu berichten. Es betraf Gut Dahlem. Einige Nächte zuvor nämlich, kurz nach unserer Abreise aus Berlin, war, wohl durch Unachtsamkeit mit einer Laterne, in den Stallungen hinter dem Herrenhaus ein verheerender Brand ausgebrochen, dem ein Teil des Viehs, der Pferde und auch zwei Menschen zum Opfer gefallen waren. Während alles Gesinde gegen die Feuersbrunst in den Ställen ankämpfte, in denen sich die Tiere befanden, war eine Magd, ihr Name war Else, unverständlicherweise panisch zu einem baufälligen alten Gebäude gerannt, das bereits länger ungenutzt stand und demnächst abgerissen werden sollte. Sie schrie und flehte die anderen um Hilfe an, auch das ohnehin schon einsturzgefährdete Gebäude gegen die Flammen zu verteidigen, die wegen des ungünstigen Winds bereits seine Frontseite erfasst hatten.

Man führte ihr Verhalten verständlicherweise auf ihre Angst und den Schock infolge des Feuers zurück. In dem allgemeinen Chaos angesichts des verheerenden Flammenmeers hatte jedoch niemand ein Auge darauf, was Else weiter unternahm, da man verständlicherweise gegen das Feuer in den anderen Stallungen und Nutzgebäuden kämpfte und Sorge trug, dass der Brand nicht auch auf das Herren- und das Gesindehaus übergriff.

Wie sich später herausstellte, warf die scheinbar irre gewordene Else sich, nun ganz auf sich allein gestellt, in die Flammen des brennenden alten Stalls. Das baufällige Gebäude brach aber innerhalb kürzester Zeit zusammen und brannte bis auf die Grundmauern nieder, das Feuer erlosch irgendwann von selbst, weil es keine neue Nahrung mehr fand. Erst am anderen Morgen entdeckte man die verkohlten Überreste der jungen Magd. Und zur Steigerung des allgemeinen Entsetzens auch das Wenige, was von ihrem verbrannten Bruder, dem jungen Gregor, übrig geblieben war. An der auffälligen Charakteristik der schon vor Jahren halb abgebrochenen oberen Schneidezähne des Jungen wurde sein skelettierter Schädel erkannt.

Die Magd hatte ihren Bruder folglich die ganze Zeit, da er für verschwunden galt, in dem alten Gebäude versteckt, in das niemand sich wagte, da es als lebensgefährlich baufällig galt. Die Vermutungen gingen dahin, so der Kutscher in Danzig, dass die Else ihren Bruder in dem alten Gebäude versteckt hatte, aus Angst, er könne, wie vorher schon der Sohn des Pferdeknechts auf Dahlem, von den preußischen Armeewerbern geholt werden. Wahrscheinlich hoffte sie, ihm noch vor dem Winter zur Flucht nach Polen, wo sie entfernte Verwandte hatte, verhelfen zu können.

Jedenfalls sollte den Gregor, so Elses offensichtliche Absicht, nicht das gleiche Schicksal ereilen wie den Ludwig.

Nun aber sind beide tot. Denn auch Ludwig, der Enkel des alten Bernward, ist im Haus des Potsdamer Hutmachers an den Folgen der ihm zugefügten Tortur gestorben.

Elses sinnloser, grausamer, tragischer Flammentod hat meinen armen Lambert nun vollständig aus der Bahn geworfen. Er ist seitdem als Diener nicht mehr tragbar, entweder stellt er stundenlang wirre Zahlenkolonnen auf oder versinkt im Alkohol. Ich werde ihn bald nach Berlin zurückschicken müssen, mit einer Empfehlung an die Pantaloncina. Solange sie noch in der Hauptstadt ist, möge sie sich um ihn bemühen und ihm eine seinem Gemütszustand angemessene Aufgabe verschaffen.

Das Profane zuletzt, Madame: Ich bin nicht Erzieher preußischer Adelssöhne geworden. Das zeigt Ihnen natürlich schon die Tatsache meiner Abreise aus Berlin an. Sie erinnern sich, dass der Lordmarschall mir den Rat erteilte, Friedrichs neue Kadettenanstalt in Augenschein zu nehmen? Die Anstalt befindet sich, wie Keith schon sagte, noch in den Räumlichkeiten über dem königlichen Marstall in Potsdam. Ich war dort. Vier Säle, fast ohne Möbel, mehrere schmucklose Zimmer, nur mit einem Tisch, einem groben, schmalen Bett und zwei Holzstühlen ausgestattet. Doch die kargen Räumlichkeiten waren es nicht, die mir die Augen öffneten.

Es waren die Kadetten selbst und ihre Ausbilder, die mich schier zum Lachen brachten. Ein gutes Dutzend zwölf- oder dreizehnjähriger Knaben mit groben Bauerngesichtern, ungekämmt, in speckigen, abstoßend hässlichen Uniformen. Und ihre Erzieher, die wie die Lakaien ihrer Schüler aussahen und mich anstarrten, als führte ich alle Anzeichen der Franzosen im Gesicht spazieren. Dabei trug ich einen rubinroten, goldbetressten Rock und mein Ordenskreuz am Halsband. Ich funkelte, Madame, wie ein Diamant in der Gosse!

Zufällig – immer diese Zufälle, vielleicht hat Lambert trotz seiner geistigen Verwirrung doch recht mit seiner Zielgerichtetheit des Zufalls, Madame? – zufällig also kam der König vorbei, begleitet von seinem Freund Guichard, alias Quintus Icilius, einem nach meinem Ermessen völlig überschätzten Militärschriftsteller mit einem für einen Deutschen lächerlichen römischen Pseudonym.

Weder Seine Majestät noch Q. Icilius beachteten mich. Die Szene, die vor meinen Augen abrollte, war umso erhellender für mich. Der große Friedrich, man stelle sich vor, geriet in Rage über einen kleinen Pot de chambre, der noch hübsch gefüllt neben dem Bett eines Kadetten stand. Den königlichen Zorn bekam jedoch nicht der Verursacher selbst zu spüren, sondern sein Erzieher. Er musste sich vom König einen »Lümmel« schimpfen lassen, da es seine Aufgabe sei, für Sauberkeit unter den Kadetten zu sorgen.

Die ganze Angelegenheit war unwürdig: Wie konnte der König glauben, ich würde eine Tätigkeit übernehmen, die unter anderem darin bestand, zu kontrollieren, ob und was die Kadetten unter sich lassen. Ich musste mich sehr zusammenreißen, Madame, um nicht auf offener Szene loszulachen. Um mich zu retten, schlich ich leise davon, und erfuhr später von Keith, den ich anschließend in Potsdam besuchte, wie viel der König bereit sei, für diese Nachttopf-Tätigkeit zu zahlen: sechshundert Taler im Jahr und das gemeinsame Essen mit den Zöglingen! Ich weinte vor Lachen.

»Sechshundert Taler, Mylord?«, rief ich. »Wissen Sie, dass mich allein meine Kutsche mehr kostet?«

Der alte Herr lächelte nachsichtig und wechselte das Thema. Wir sprachen über den jungen Boswell, der vergebens auf eine Audienz bei Friedrich gehofft hatte und jetzt weiterziehen wollte.

»Ein seltsamer junger Mann«, bemerkte ich und Keith stimmte mir zu. »Er hat bisher nur ein kleines Leben von vierundzwanzig Jahren zu befehligen gehabt, und doch muss man sich schon Sorgen um ihn machen«, meinte der alte Soldat. »Er kam zum Abschied mit einem album amicorum zu mir, damit ich meinen Namen und etwas Selbsterfundenes oder einen Ausspruch irgendeines Autors hineinschriebe.« Wir lachten beide sehr herzlich darüber.

»Armes Schottland«, bemerkte Keith, »wenn es durch verzogene Söhne wie Boswell die Marotten der Deutschen auch im eigenen Land annähme.«

»Übrigens ist das Freundschaftsalbum wohl auch ein Brauch der Holländer und Skandinavier«, fügte ich hinzu. »Und in gewisser Weise doch auch rührend und komisch, wenn man bedenkt, welcher Unarten die Preußen sonst fähig sind.«

Keith schmunzelte wieder auf seine unnachahmliche, hintergründige schottische Art und reichte mir von seinem Tabak in einer länglichen, silbernen, an den Seiten schön mit Blumen und Laubwerk gravierten Tabatiere. Auf dem Deckel hockten zwei Grazien, eine davon mit einem Dudelsack unter dem Arm.

Liebste Teresa! Betrachten Sie meine Briefe – diesen, die vergangenen und alle zukünftigen – als *mein* Freundschaftsalbum für Sie! Es befinden sich die leidenschaftlichsten Empfindungen für Sie darin und mein inniger Wunsch, Giovanni möge auch weiterhin nichts als seine papierene akademische Kunst im Auge haben.

Die Kunst aber, Sie mit allen Sinnen (und zugleich besinnungslos) zu lieben, darf ich getrost und ohne schlechtes Gewissen als *meine* heimliche Aufgabe betrachten. Ich fülle die Lücke, die Giovanni nicht einmal als solche erkennt. Ich schäme mich für ihn. Denn schließlich ist er mein Bruder.

In der Zeit aber, da ich nicht bei Ihnen sein kann, Schönste, nehmen Sie ausschließlich Vorlieb mit solchen Verehrern, die Ihrer würdig sind! Und mit allen Ihren lieben, reizenden und liebreizenden Freundinnen des Herzens und des Busens. – Das wünscht sich und Ihnen, Göttliche, stets Ihr Sie liebender und verehrender, ewig dankbarer und unentwegt an Sie denkender

Giacomo Casanova

Postscriptum: Calzabigi hat nun doch die Erlaubnis vom König erhalten, die Lotterie in Preußen weiterzuführen. Bedauerlich. Allerdings muss er es von nun an auf eigene Rechnung tun. Ich prophezeie, es wird sein Ruin werden! Und damit der von ›Madame Calzabigi‹. C.

PPS: Im Anschluss an Kurland beabsichtige ich, Russland zu besuchen. Vor allem vom Erfolg meiner Geschäfte in diesem riesigen, reichen Land hängt es ab, wann ich nach Preußen zurückkehre. Dann aber, liebe Teresa, über den ›Umweg‹ Dresden. – Darf ich vorausschauend, liebe

Freundin, auf eine Empfehlung von Ihnen an einen Bankier in Petersburg hoffen? Sie wäre wichtiger als eine Empfehlung an die Zarin.

Casanova de Seingalt

Nachspiel

Dieses Buch ist ein Roman und in erster Linie dem Vergnügen verpflichtet. Der historische Hintergrund diente mir dazu, eine Geschichte zu erzählen, nicht umgekehrt. Die Erfindung hatte stets Vorrang gegenüber den Tatsachen, wenn diese der Erzählung im Weg standen. Infolgedessen haben, um ein Beispiel zu nennen, die Roman-Familien von Ribbeck und von Wilmerstorff nur noch Details mit ihren historischen Namensvettern und -cousinen gemeinsam; gleiches gilt für »ihre« Güter Dahlem und (Groß-)Glienicke. Auch wohnte Casanova in Berlin wahrscheinlich nicht, wie er in seinen Memoiren schrieb, im Gasthof ›Zur Stadt Paris‹ (Hôtel de Paris), der zu seiner Zeit wohl teuersten Adresse der Stadt in der Brüderstraße. Vielmehr hätten wir ihn damals, wie auch James Boswell, dessen Tagebücher gleichfalls zu den bedeutendsten Dokumenten der Epoche zählen, im weniger noblen Gasthof ›Zu den drei Lilien‹ in der Poststraße angetroffen. Casanovas Irrtum (oder kleine Schwindelei) war für mich Ausgangspunkt zu einer eigenen Variante.

Für diejenigen aber, die aufgrund der Fiktion Lust auf mehr Fakten bekommen haben, sind die unten folgenden Anmerkungen zu historischen Personen und Worterklärungen gedacht. Darüber hinaus steht es natürlich jedem und jeder frei, sich selbst ein genaueres Bild der Verhältnisse damals zu machen. Sei es mithilfe etwa von Choderlos de Laclos' beißendem, sittlich völlig unkorrektem Briefroman ›Gefährliche Liebschaften‹ oder Walter Stengels detailversessenem ›Guckkasten‹ voller ›altberliner Curiosa‹. Mit Peter-Michael Hahns prägnant geschriebener ›Geschichte Potsdams‹ oder Claudia Wisniewskis geschlechtsneutral gehaltenem ›Kleinen Wörterbuch des Kostüms und der Mode‹. Wertvolle Quellen sind darüber hinaus natürlich Casanovas berühmte Memoiren, James Boswells selbstbezogenes ›Journal‹, Voltaires Gift spritzende ›Denkwürdigkeiten‹, Büschings anschauliche Reisebeschreibungen von Berlin, Potsdam und dem Havelland sowie sein freimütiger Bericht über ›Friedrich den Großen, privat‹.

Historische Personen in der Reihenfolge ihres Auftretens

MADAME RUFIN, vermutlich Wirtin des Gasthofs ›Zu den drei Lilien‹, das auch als ›Rufins Gasthaus‹ bekannt war.

Giovanni Antonio CALZABIGI, (nach 1714 bis nach 1767). Gründete 1757 in Paris mit seinem Bruder Ranieri und Casanova die ›Loterie de l'Ecole Militaire‹, 1760 von Friedrich dem Großen als Finanzberater an den preußischen Hof gerufen.

SOPHIE-ANNE Bélanger, Tochter eines Pariser Wechselmaklers, deren Mutter Casanova ebenfalls kannte.

LAMBERT, richtiger Name vermutlich Franz Xaver Albert.

George KEITH, Earl Marischal of Scotland (1693–1778), gewöhnlich Lordmarschall genannt, musste als Anhänger des Stuartkönigs Jakob II. Großbritannien verlassen, lebte seit 1745 in Berlin, wurde 1759 in England begnadigt und erhielt seine Güter zurück, lebte aber von 1764 bis zu seinem Tod als enger Freund Friedrichs II. wieder in Potsdam.

James BOSWELL (1740–1795), schottischer Schriftsteller und Jurist. 1764 auf grand tour durch Deutschland und die Schweiz.

La Pantaloncina, Giovanna Denis (1728 bis nach 1797), geb. Corrini, berühmte Tänzerin. Seit 1748 mit dem Ballettmeister Jean-Baptiste Denis verheiratet, von 1749 bis 1765 in Berlin. Friedrich II. ließ sie von Antoine Pesne für Sanssouci porträtieren.

Pierre Aubry, Tänzer u.a. in Venedig, St. Petersburg, Berlin (1764) und Paris (1765).

La Santina, Santina Zanuzzi, (gestorben nach 1775), Tänzerin nachweislich in Venedig, St. Petersburg, Berlin (1764) und Paris (1765), verheiratet mit Pierre Aubry.

dall'Oglio, Giuseppe (gestorben zwischen 1791 und 1796), italienischer Musiker, 1735 bis 1764 als Cellist des Orchesters am Zarenhof in St. Petersburg.

Friedrich II., ›der Große‹ (1712–1786), König ›in‹ (ab 1772 ›von‹) Preußen. Sanssouci ließ er nach eigenen Entwürfen binnen zwei Jahren (1745 bis 1747) bauen.

de Catt, Henri-Alexandre (1725–1795), geboren in Morgues am Genfer See, von 1756 bis 1780 Privatsekretär und Vorleser Friedrichs II.

Guichard, Carl Gottlieb (1724–1775), auch Guischardt, Militärschriftsteller unter dem Pseudonym Quintus Icilius. Sohn französischer Hugenotten, lebte als Berater und Gesellschafter am Hof Friedrichs II. in Potsdam.

Caterina Bregonzi, venezianische Sängerin, trat seit 1750 in St. Petersburg auf.

Teresa Roland/Casanova (1744–1779), Tochter eines Hoteliers, Casanova lernte sie bereits 1760 in Avignon kennen, später verheiratet mit seinem Bruder Giovanni Battista Casanova (1730–1795), Maler und Zeichner, seit 1764 Direktor der Akademie der Künste in Dresden.

Alle anderen handelnden Figuren der Geschichte sind erfunden, wenngleich nicht ganz frei, sondern von verschiedensten historischen Quellen und Vorbildern beeinflusst.

Worterklärungen

ACCISE: Akzise, Verbrauchssteuer, vor allem auf Güter des täglichen Bedarfs wie Salz, Fleisch, Getreide.

À DOUBLE ENTENTE: doppeldeutig.

ALBUM AMICORUM: auch liber amicorum, Freundschaftsbuch mit Sinnsprüchen, guten Wünschen, Zeichnungen etc.; heute als Poesiealbum oder Gästebuch bezeichnet.

ALLONGEPERÜCKE: von frz. ›allonger‹, verlängern, Perücke mit langen Locken, ab 1700 weiß gepudert, nach 1715 mit dem Tod Ludwig IV. aus der Mode gekommen.

BAVAROIS: ›culottes à la bavarois‹ waren Hosen im bayerischen Stil, das heißt mit herunterklappbarem Latz; mit kürzer werdenden Westen zunehmend beliebt.

BERLINE: viersitziger Reisewagen mit Dach, erstmals im 17. Jahrhundert in Gebrauch. Er soll in Berlin zuerst angefertigt worden sein. Zweisitzige Halbberlinen waren in Berlin als Droschken im Einsatz.

BETT À LA DUCHESSE: frz. Lit à la Duchesse, Bett einer Herzogin; prachtvoll ausgestattetes Bett mit einem Baldachin

BOISERIE: Holztäfelung, früher auch im deutschsprachigen Raum übliche Bezeichnung, besonders für Tafelwerk mit Reliefschnitzereien aus dem 17./18. Jh.

BOURSE: Von etwa 1725-85 wurde das Nackenhaar der Männer in Frankreich meist in einem kleinen schwarzen Haarbeutel (frz. Bourse für Beutel, Börse) verstaut. Meist aus schwarzem Taft. Kann sich auch auf eine Perücke mit einem solchen Beutel beziehen.

BRELAN: französisches Kartenspiel, Vorläufer des Poker.

CAMISOLE: französischer Herkunft, dt. auch ›Kamisol‹,

Unterkleidung, als Weste für den Mann, als Korsett für die Frau.

CASAQUIN: im 16., 17. Jahrhundert kurzes Hausgewand für Männer; im 18. Jahrhundert Schoßjacke besonders für Frauen. Im Berliner Volksmund auch als ›Kasekeng‹ bezeichnet.

CHEMISE: Hemd, unter dem Korsett, auch als Nachthemd getragen, gewöhnlich aus feinem weißem Leinen, ellbogenlange Ärmel und weiter Halsausschnitt teils mit Spitze oder feinem Batist besetzt.

CHINOISERIE: frz. ›chinois‹, chinesisch, Verzierungen nach chinesischem Vorbild, etwa bei bemalten Tapeten, Textilien, Geschirr oder Figuren aus Porzellan und Fayence.

COCHON: Schwein.

COMMODITÉ: frz. ›Bequemlichkeit‹, Toilette, in Frankreich in diesem Sinn stets im Plural: commodités.

CRACHOIR: Spucknapf.

CULOTTES: Kniehosen, anfangs unter dem Knie mit einem Strumpfband zusammengehalten, später mit Schnallen, seit Mitte des 18. Jahrhunderts mit Hosenlatz.

DAUPHIN: französischer Kronprinz.

DÉSHABILLÉ: Hauskleid, Morgenrock.

FAYENCE: nach der italienischen Stadt Faenza benannte Keramik mit porösem Scherben, im 18. Jahrhundert im deutschsprachigen Raum willkommener Ersatz für das teure Porzellan.

FICHU: frz. ›Brust-, Halstuch‹, dreieckiges Tuch aus leichtem Material.

FRIEDRICHSDOR: preußische Goldmünze im Wert von fünf Talern.

GENIEN: geflügelte Figuren in der Kunst, ähnlich Amoretten oder Putten; als Schutzgeister der Familie, des Hauses oder eines Ortes angesehen.

GILET: kurze schoß- und ärmellose Weste, ein- oder zweireihig, aus gemusterten, oft kostbaren Stoffen.

GIRANDOLEN: Leuchter aus Silber oder Bronze, manchmal auch Hartholz, mit rundum angeordneten Armen.

GRÜNEWALDS ALTAR: Isenheimer Altar, heute in Colmar, vermutlich 1506 bis 1515 von Matthias Grünewald geschaffen, ein Detail zeigt das Nachtgeschirr des Jesuskinds.

HABIT: Frac à la française, zwischen Justaucorps und späterem Frack stehend. Allg. Habit à la française der Herren bestehend aus Justaucorps, Gilet und Culottes.

HOMME À FEMMES: Frauentyp.

JABOT: urspr. ›Kropf des Vogels‹, ›Halskrause‹, Dekoration aus Rüschen oder Volants aus feinem Stoff, teilweise mit Spitze, am Brustschlitz oder -verschluss des Hemds angenäht, um diesen zu verdecken, Teil eleganter Herrenkleidung.

JUSTAUCORPS: frz. ›direkt am Körper‹, eng anliegender, etwa knielanger Herrenrock, tailliert, Schoß auch versteift und abstehend, dreiviertellange Ärmel, umgeschlagene Kanten, eingearbeitete Taschen, bei Hof reich verziert mit Tressen, Stickerei, Litzen.

LANDAUER: Kutsche mit vier Sitzen, deren Verdeck vollständig zusammengelegt oder aufgespannt werden konnte, im 18. Jahrhundert bevorzugter Reisewagen und Statussymbol.

LAVOIR: Waschgeschirr.

L'HOMBRE: span. ›hombre‹, Mann, hier: Spieler, auch Lomber, kompliziertes Kartenspiel für drei Personen;

im 18. Jahrhundert wurden eigens für L'Hombre kunstvoll gestaltete, dreiseitige Tische hergestellt.

LOTTERIE nach Genueser Art: Lotto mit neunzig Zahlen, man setzt auf eine bis fünf Zahlen; geht zurück auf die Wahl des Großen Rats in Genua, bei der von neunzig Kandidaten fünf ausgelost wurden.

MOUCHE: frz. ›Fliege‹, Schönheitspflästerchen, von Männern und Frauen getragen, meist aus dünnem schwarzem Taft.

MUSCATELLER-Wein: »blanck oder röthlich, trefflich süß und gesund, schmeckt, als wenn er gewürzet«, Consentius, Alt-Berlin.

NÉGLIGÉ: von frz. ›négliger‹, vernachlässigen, ähnliche Bedeutung wie Déshabillé; hatte im 18. Jahrhundert keine kokette oder erotische Bedeutung, sondern war bequeme, private, doch elegante Hauskleidung oder sogar Reisekleidung; für Frauen vor allem locker geschnittene, aber über Korsett und Reifrock getragene Kleider.

NEWTON FÜR DAMEN: ›Il Newtonianismo per le dame‹, Neapel 1737. Bekanntestes Werk von Francesco Algarotti (1712 – 1764), italienischer Schriftsteller, Vertreter der Aufklärung, Ehrenmitglied der Akademie der Wissenschaften zu Berlin und Kammerherr Friedrichs II.

DE NUIT-Burgunderwein: »hat eine hohe Farbe und ist von lebhafftem Geschmack, darbey substantiös«, Consentius, Alt-Berlin.

OLEUM TALCI: Talköl, obskures chemisches Produkt. Gegen die Blattern und andere Flecken des Gesichts eingesetzt, überhaupt, um eine schöne Haut zu bekommen. Laut Krünitz' Oekonomischer Encyclopädie »eigentlich nur ein an der Luft zerflossenes Weinsteinsalz«.

PALM-Sekt: »gantz köstlich; kömmt von den Canarischen

Insuln, sonderlich von der Insul Palma, wird genennet vino secco oder vin sec«, Consentius, Alt-Berlin.

PEKINGTAPETEN: kurz auch ›Pekings‹, Tapeten mit Verzierungen nach chinesischem Vorbild (s. Chinoiserie).

PHARAO: im 18. Jahrhundert sehr beliebtes französisches Kartenspiel mit zwei Paketen französischer Spielkarten zu zweiundfünfzig Blatt, einer der Könige ist als Pharao dargestellt. Mehrere ›Pointeure‹ spielen gegen einen Spieler, der die ›Bank‹ hält und im Gewinnvorteil ist.

PIQUET: Kartenspiel für zwei Personen mit zweiunddreißig französischen Spielkarten. Piquet-Chouette ist eine Methode, die es mehreren Personen erlaubt, am Spiel teilzunehmen.

PONTAQ: halbtockener französischer Wein, »etwas dunckeler als Medoc, schmeckt mit Zucker gesüßet«, Consentius, Alt-Berlin.

PORTE-ÉPÉE: Degenquaste der Offiziere.

POSCHEN: frz. ›Taschen‹, zwei Körbe, anstelle des Reifrocks als ›falsche Hüfte‹ getragen, auch als Taschen verwendbar.

POT DE CHAMBRE: Nachttopf.

PUHLMANNS GASTHOF ›Zum weißen Ross‹, vom Gastwirt Georg Puhlmann 1753 erworben, an der heutigen Ecke Schopenhauerstraße/Allee nach Sanssouci gelegen, die damals außerhalb der Stadtmauer vor dem Brandenburger Tor lag. Dort verkehrten königliche Beamte, Musiker, Gelehrte, Künstler und Offiziere des Gardegrenadierbataillons.

QUINZE: frz. ›fünfzehn‹, Kartenspiel, bei dem die Zahl fünfzehn entscheidet, wer gewinnt.

RATAFIA: sehr süßer Fruchtlikör, galt auch als Heilmittel bei Magenproblemen.

RIBBECK-HAUS: einzig erhaltener Spätrenaissancebau Berlins in der Breiten Straße. 1624 für den kurfürstlichen Kammerrat Hans Georg von Ribbeck aus zwei älteren Gebäuden entstanden, die zusammengelegt wurden und eine einheitliche Fassade erhielten, ursprünglich zwei, später drei Stockwerke. Heute Zentral- und Landesbibliothek.

RICDIN-RICDON: Figur im französischen Märchen, ähnlich dem Grimmschen Rumpelstilzchen.

ROQUELAURE: Reise- oder Regenmantel, vorn bis unten zugeknöpft, nach einem Herzog von R. benannt.

TABLE D'HÔTE: gemeinsames Essen in Gasthäusern mit festgesetztem Menü zu einem bestimmten Preis; meist für Pensionsgäste.

TÊTE-À-TÊTE-GESCHIRR: kleines Service für zwei Personen. Zwei kleine Kaffee- oder Mokkatassen, Zuckerschale und Milchkännchen, Kaffeekanne, oft noch mit passendem Tablett.

TOUCHÉ: getroffen, Treffer.

TRENTE-ET-QUARANTE: frz. ›dreißig und vierzig‹, Spiel mit sechs Paketen französischer Karten.

TROMPE-L'OEIL: ›täusche das Auge‹, von tromper ›täuschen‹ und œil ›Auge‹, auf illusionistische Effekte abzielende Kunst.

UNTERBAUM: mit Ketten verbundene Bäume an der Berliner Stadtgrenze, quer über die Spree gezogen. Pendant: Oberbaum.

VIS-À-VIS: leichte Kutsche mit zwei gegenüberliegenden Sitzplätzen.

DAGMAR FOHL

Das Mädchen u. s. Henker

274 Seiten, Paperback.
ISBN 978-3-8392-1003-1.

GEWISSENSFRAGEN Hamburg im 18. Jahrhundert: Jan Anton Kock, Sohn des Scharfrichters Anton Kock, muss nach dem plötzlichen Tod seines Vaters dessen Amt übernehmen und schon im Alter von 16 seine erste Hinrichtung vollziehen. Viele Jahre erfüllt er seine Arbeit pflichtbewusst, obwohl er dem Scharfrichterberuf zwiespältig gegenübersteht.

Doch als er sich in das Lachen eines Mädchens verliebt, gerät seine Welt ins Wanken. Denn die junge Hanna Kranz, Dienstmädchen einer reichen Familie, ist des Kindsmordes angeklagt und bis zu ihrer Hinrichtung bleiben nur noch wenige Tage. Eine qualvolle Zeit für Jan Kock, aber auch für Dr. Friedrich König. Der Anwalt ist als Defensor der Hanna Kranz berufen. Als aufgeklärter Geist und Gegner der Todesstrafe versucht er ihr Leben um jeden Preis zu retten …

UWE GARDEIN

Die Stunde des Königs

278 Seiten, Paperback.
ISBN 978-3-89977-789-5.

HOCHVERRAT FRÜHJAHR 1886. Die bayerische Regierung entscheidet sich endgültig, mit aller Härte gegen König Ludwig II. vorzugehen. Nach langem Suchen hat der Ministerpräsident in dem Irrenarzt Gudden einen Mann gefunden, der die Verantwortung für das Urteil gegen den König auf sich nehmen will. Es lautet: König Ludwig ist geisteskrank.

Nach der Verhaftung des Königs kommt es bei Neuschwanstein fast zu einer bewaffneten Auseinandersetzung; der Widerstand bricht jedoch schnell zusammen. Aber es bleibt ein Problem: Der lebende Ludwig würde so lange König sein, bis er stirbt – so sieht es die Verfassung vor. Zudem gibt es bereits laute Äußerungen, die an der »Wahrheit« Guddens zweifeln lassen. Und die Regierung hat sich des Hochverrates schuldig gemacht …

GMEINER

Wir machen's spannend

SABINE KLEWE
Die schwarzseidene Dame

ca. 277 Seiten, Paperback.
ISBN 978-3-8392-1007-9.

TÖDLICHES GEHEIMNIS Düsseldorf, November 1819. Im Rhein wird ein toter Mann entdeckt: Dietrich Lohner, Tagelöhner und Gelegenheitsgauner. Am selben Tag beginnt in der ehemaligen Kreuzherrenkirche die Suche nach der Gruft der mehr als 200 Jahre zuvor ermordeten Herzogin Jakobe von Baden. Die junge Schreibkraft Isolde Heinrich protokolliert die Grabungen. Als sie am Abend nach Hause geht, steht plötzlich eine schwarz verschleierte, geisterhafte Frau vor ihr.

Während die Polizei nach Lohners Mörder fahndet, versucht Isolde das Geheimnis um die mysteriöse Dame in Schwarz zu lösen. Bis sie merkt, dass beide Fälle zusammenhängen …

GERHARD LOIBELSBERGER
Die Naschmarkt-Morde

274 Seiten, Paperback.
ISBN 978-3-8392-1006-2.

MARKT DER EITELKEITEN Wien 1903. Auf dem nächtlichen Naschmarkt, dem größten Viktualien-Markt der Stadt, wird ein brutaler Mord verübt. Das Opfer: die junge Gräfin Hermine von Hainisch-Hinterberg, eine Waise aus reichem Haus, die bei ihrer Tante und ihrem Cousin in der Wiener Innenstadt lebte.

Die Presse macht viel Lärm um den »Naschmarkt-Mord«, vor allem der Journalist Leo Goldblatt übt Druck auf die Polizei aus. Doch das kümmert Joseph Maria Nechyba, ermittelnder Inspector des kaiserlich-königlichen Polizeiagenteninstituts, zunächst wenig. Der korpulente Genussmensch widmet sich lieber seinem leiblichen Wohlbefinden und seiner neuen Liebe, der Köchin Anna Litzelsberger. Bis am Naschmarkt ein weiterer Mord geschieht …

GMEINER

Wir machen's spannend

Alle Gmeiner-Autoren und ihre Krimis auf einen Blick

ANTHOLOGIEN: Tödliche Wasser • Gefährliche Nachbarn • Mords-Sachsen 3 • Tatort Ammersee (2009) • Campusmord (2008) • Mords-Sachsen 2 (2008) • Tod am Bodensee • Mords-Sachsen (2007) • Grenzfälle (2005) • Spekulatius (2003) **ARTMEIER, HILDEGUND**: Feuerross (2006) • Katzenhöhle (2005) • Drachenfrau (2004) **BAUER, HERMANN**: Karambolage (2009) • Fernwehträume (2008) **BAUM, BEATE**: Ruchlos (2009) • Häuserkampf (2008) **BECK, SINJE**: Totenklang (2008) • Duftspur (2006) • Einzelkämpfer (2005) **BECKMANN, HERBERT**: Die indiskreten Briefe des Giacomo Casanova (2009) **BLATTER, ULRIKE**: Vogelfrau (2008) **BODE-HOFFMANN, GRIT / HOFFMANN, MATTHIAS**: Infantizid (2007) **BOMM, MANFRED**: Glasklar (2009) • Notbremse (2008) • Schattennetz • Beweislast (2007) • Schusslinie (2006) • Mordloch • Trugschluss (2005) • Irrflug • Himmelsfelsen (2004) **BONN, SUSANNE**: Der Jahrmarkt zu Jakobi (2008) **BOSETZKY, HORST [-KY]**: Unterm Kirschbaum (2009) **BUTTLER, MONIKA**: Dunkelzeit (2006) • Abendfrieden (2005) • Herzraub (2004) **BÜRKL, ANNI**: Schwarztee (2009) **CLAUSEN, ANKE**: Dinnerparty (2009) • Ostseegrab (2007) **DANZ, ELLA**: Kochwut (2009) • Nebelschleier (2008) • Steilufer (2007) • Osterfeuer (2006) **DETERING, MONIKA**: Puppenmann • Herzfrauen (2007) **DÜNSCHEDE, SANDRA**: Friesenrache (2009) • Solomord (2008) • Nordmord (2007) • Deichgrab (2006) **EMME, PIERRE**: Pasta Mortale • Schneenockerleklat (2009) • Florentinerpakt • Ballsaison (2008) • Tortenkomplott • Killerspiele (2007) • Würstelmassaker • Heurigenpassion (2006) • Schnitzelfarce • Pastetenlust (2005) **ENDERLE, MANFRED**: Nachtwanderer (2006) **ERFMEYER, KLAUS**: Geldmarie (2008) • Todeserklärung (2007) • Karrieresprung (2006) **ERWIN, BIRGIT / BUCHHORN, ULRICH**: Die Herren von Buchhorn (2008) **FOHL, DAGMAR**: Das Mädchen und sein Henker (2009) **FRANZINGER, BERND**: Leidenstour (2009) • Kindspech (2008) • Jammerhalde (2007) • Bombenstimmung (2006) • Wolfsfalle • Dinotod (2005) • Ohnmacht • Goldrausch (2004) • Pilzsaison (2003) **GARDEIN, UWE**: Die Stunde des Königs (2009) • Die letzte Hexe – Maria Anna Schwegelin (2008) **GARDENER, EVA B.**: Lebenshunger (2005) **GIBERT, MATTHIAS P.**: Eiszeit • Zirkusluft (2009) • Kammerflimmern (2008) • Nervenflattern (2007) **GRAF, EDI**: Leopardenjagd (2008) • Elefantengold (2006) • Löwenriss • Nashornfieber (2005) **GUDE, CHRISTIAN**: Homunculus (2009) • Binärcode (2008) • Mosquito (2007) **HAENNI, STEFAN**: Narrentod (2009) **HAUG, GUNTER**: Gössenjagd (2004) • Hüttenzauber (2003) • Tauberschwarz (2002) • Höllenfahrt (2001) • Sturmwarnung (2000) • Riffhaie (1999) • Tiefenrausch (1998) **HEIM, UTA-MARIA**: Wespennest (2009) • Das Rattenprinzip (2008) • Totschweigen (2007) • Dreckskind (2006) **HUNOLD-REIME, SIGRID**: Schattenmorellen (2009) • Frühstückspension (2008) **IMBSWEILER, MARCUS**: Altstadtfest (2009) • Schlussakt (2008) • Bergfriedhof (2007) **KARNANI, FRITJOF**: Notlandung (2008) • Turnaround (2007) • Takeover (2006) **KEISER, GABRIELE**: Gartenschläfer (2008) • Apollofalter (2006) **KEISER, GABRIELE / POLIFKA, WOLFGANG**: Puppenjäger (2006) **KLAUSNER, UWE**:

GMEINER

Wir machen's spannend